中國古典文學基本叢書

# 杜詩詳注

第一册

〔唐〕杜甫撰
〔清〕仇兆鰲注

中華書局

圖書在版編目(CIP)數據

杜詩詳注:典藏本/(唐)杜甫著;(清)仇兆鰲注. —北京:中華書局,2015.8(2025.4 重印)
(中國古典文學基本叢書)
ISBN 978-7-101-10930-6

Ⅰ.杜… Ⅱ.①杜…②仇… Ⅲ.杜詩-注釋
Ⅳ.I222.742

中國版本圖書館 CIP 數據核字(2015)第 090462 號

責任編輯:劉 明
責任印製:管 斌

中國古典文學基本叢書
杜詩詳注(典藏本)
(全八册)
〔唐〕杜 甫 著
〔清〕仇兆鰲 注
*
中 華 書 局 出 版 發 行
(北京市豐臺區太平橋西里 38 號 100073)
http://www.zhbc.com.cn
E-mail:zhbc@zhbc.com.cn
三河市宏達印刷有限公司印刷
*
850×1168 毫米 1/32 · 92⅜印張 · 16 插頁 · 1360 千字
2015 年 8 月第 1 版 2025 年 4 月第 4 次印刷
印數:4601-5800 册 定價:480.00 元

ISBN 978-7-101-10930-6

# 出版説明

杜甫（公元七一二—七七〇），字子美，唐代的大詩人。他出生于一個逐漸没落的官僚家庭，祖籍襄陽，後來遷居鞏縣（今河南鞏縣）。杜甫曾在長安東南郊杜陵附近的少陵住過，有時自稱「少陵野老」，所以後人也稱之爲杜少陵。

杜甫早年讀書很多，接受過較廣的文化教養。二十歲時開始漫遊吴越和齊趙，過着十年左右裘馬清狂的生活。三十五歲以後到長安求官，公元七四七年應詔考試不第，七五一年、七五四年兩次獻賦，雖曾得到皇帝的賞識，但並没有得到官職。在長安困居了將近十年，甚至落到了「朝叩富兒門，暮隨肥馬塵，殘杯與冷炙，到處潛悲辛」的境地。直到他四十四歲時才當上了一個右衛率府胄曹參軍的小官。就在這年，安史之亂爆發，杜甫流亡了一段時期，又被俘拘留長安，七五七年從長安冒險奔赴當時皇帝所在地——鳳翔，肅宗李亨給了他一個左拾遺的職位，不久即被貶爲華州司户參軍。四十八歲以後他棄官入蜀，長期漂泊西南，投靠一些當地方官的朋友，一度掛着檢校工部員外郎的官銜，雖曾在成都營建了草堂，但並未久居。五十七歲離蜀，漂流湖南、湖北一帶，五十九歲病死在湘水舟中。

杜甫的詩，反映了唐代社會的巨大變化。他在《憶昔》等詩中，描寫了盛唐時期的富庶景象，然而就在當時，已經隱伏着深刻的政治危機。杜甫在安史之亂前夕，就看到了當時最高統治集團的荒淫腐敗和貧富對立尖鋭化的社會現象。他的《麗人行》、《兵車行》以及《自京赴奉先縣詠懷五百字》等詩，揭示了「邊庭流血成海水，武皇開邊意未已」、「朱門酒肉臭，路有凍死骨」等一系列矛盾，這是當時封建社會階級矛盾的表現。安史之亂後，杜甫有機會更多地接觸人民生活，寫出了像《北征》和「三吏」、「三别」等著名的篇章，形象地表現了重大政治題材。儘管他只是對人民疾苦表示了同情，没有提出什麼解決辦法，然而還是比較真實地、廣闊地反映了唐代歷史巨大轉折時期的政治局勢和社會面貌，因此後人稱之爲「詩史」。杜甫關心政治，關心國家命運，總是和他的忠君思想聯繫在一起的。在他看來，要消除戰争動亂，恢復唐朝盛世，減輕人民負担，主要依賴君主的聖明，所以在詩裏也總是那樣寄希望于皇帝。當他追求個人功名或安于自己的小康生活時，詩中就流露出更多的不健康情緒。這些都是杜甫思想上的階級烙印。

杜詩藝術有多方面的成就，無論古體、近體、五言、七言，都有他獨到的長處。他的古體詩，以即事名篇的新題樂府爲代表，創造性地發展了漢魏樂府的優良傳統；在近體上他以創作實踐推進了格律詩的發展。杜甫廣泛地學習前人的創作經驗，并積極吸取民歌的營養，做到了他詩中所説的，「不薄今人愛古人」。杜詩在語言藝術上曾付出了艱苦的努力，有時千錘百鍊，沉鬱頓挫；有時樸素自然，鮮明生動。無論抒情，叙事，寫人物，寫自然景物，都體現了詩人的形象思維。杜詩對後世詩歌發生極爲深遠的影響，並不是偶然的。

杜詩到了宋代日益受人重視，注家蜂起，當時就號稱有千家注杜。後來又有人陸續爲杜詩作了一些評注。清初朱鶴齡、錢謙益都有杜詩注本，稍後，仇兆鰲（公元一六三八——一七一三以後）彙集各家注本，輯爲《杜詩詳注》（又名《杜少陵集詳注》）。他前後用了二十多年時間，幾經增補，搜集了大量資料，爲研究杜詩提供了方便，至今還不失爲閱讀杜詩的一種基本參考資料。詳注的好處是詳盡，把康熙以前各家注釋差不多都已彙集起來，起了集解的作用。缺點是煩瑣冗沓，還有一些穿鑿附會和陳腐無聊的地方。仇注的疏漏錯誤，後出的注本如楊倫的《杜詩鏡詮》、浦起龍的《讀杜心解》，都有所補充糾正。尤其是施鴻保的《讀杜詩説》一書，專門駁難仇注的失誤，讀者可以參看。

《杜詩詳注》自序作于康熙三十二年（公元一六九三），但書刻成于康熙四十二年（公元一七〇三），以後又不斷有所增訂。我們現在采用的是有康熙五十二年癸巳（公元一七一三)附記的後印本(詳見本書二五四〇頁、二八四一頁附記)。這個後印本較初印本多兩卷,上卷爲《諸家詠杜附録》和《逸杜附録》,下卷爲《杜詩補注》和《諸家論杜》。我們已把《逸杜附録》的詩移到第二十三卷末,把《杜詩補注》連同詩後、卷後增加的補注一起移到每首詩相應的位置,以免讀者前後翻檢。個别原注和補注有重複和矛盾的地方,我們作了一些删節。原書第二十五卷所附元稹墓係銘等文,現改爲附編。

仇注所據杜詩正文,曾參校各本,並附有一作某字的校語,但還有一些遺誤,我們參考《續古逸叢書》影宋本《杜工部集》和《杜工部草堂詩箋》,改正了少數錯字,並另作校勘記附在書後。仇注迴避清朝忌諱,不少地方把杜詩中的「虜」字改成「鹵」字,「胡」字改成「湖」字,現已改回,不再出校。

仇注引書常有錯誤,如《大招》誤作《招魂》,王粲《遊海賦》誤作《海賦》,江淹《恨賦》誤作潘岳《恨賦》,陶淵明《九日閑居》誤作《桃花源記》等,其他脱文誤字,不一而足。我們在標點過程中發現了就加以改正,但無法一一查對原著,也不再出校。仇注引書常用簡稱或代稱,現在仍舊不改,適當加上書名號。仇注引文往往有所删節或概述大意,標點時一般不加引號,只在引詩、對話及易于引起誤解的地方加上引號。

我們這次整理重印,除對全書加了標點外,還把注文加上注碼,移到每段之後,分段仍依照仇注原書。一個題目下的詩有兩首以上的，在其間加了「其二」、「其三」等小題。整理工作中錯誤不當之處在所不免，希望讀者隨時指正。爲了便于查檢，我們還編了一個篇目索引，附在書後。

中華書局編輯部

一九七八年十一月

# 目録

杜詩詳注卷之三

杜詩詳注卷之四

杜詩詳注卷之五

杜詩詳注卷之六

杜詩詳注卷之七

杜詩詳注卷之八

杜詩詳注卷之十一

杜詩詳注卷之十三

杜詩詳注卷之十四

杜詩詳注卷之十五

杜詩詳注卷之十六

杜詩詳注卷之十七

杜詩詳注卷之十八

杜詩詳注卷之十九

杜詩詳注卷之二十

杜詩詳注卷之二十一

杜詩詳注卷之二十三

## 逸詩

# 原序

臣觀昔之論杜者備矣，其最稱知杜者莫如元稹、韓愈。稹之言曰：「上薄風騷，下該沈宋，鋪陳終始，排比聲韻，詞氣豪邁而風調清深，屬對律切而脱棄凡近。」愈之言曰：屈指詩人，工部全美，筆追清風，心奪造化，「天光晴射洞庭秋，寒玉萬頃清光流」。二子之論詩，可謂當矣。然此猶未爲深知杜者。論他人詩，可較諸詞句之工拙，獨至杜詩，不當以詞句求之。蓋其爲詩也，有詩之實焉，有詩之本焉。孟子之論詩曰：「頌其詩，讀其書，不知其人，可乎？是以論其世也。」詩有關於世運，非作詩之實乎。孔子之論詩曰：「温柔敦厚，詩之教也。」又曰：「可以興觀群怨，邇事父而遠事君。」詩有關於性情倫紀，非作詩之本乎。故宋人之論詩者，稱杜爲詩史，謂得其詩可以論世知人也。明人之論詩者，推杜爲詩聖，謂其立言忠厚，可以垂教萬世也。使舍是二者而談杜，如稹、愈所云，究亦無異於詞人矣。甫當開元全盛時，南遊吴越，北抵齊趙，浩然有跨八荒、凌九霄之志。既而遭逢天寶，奔走流離，自華州謝官以後，度隴客秦，結草廬於成都瀼西，扁舟出峽，泛荆渚，過洞庭，涉湘潭。凡登臨遊歷，酬知遺懷之作，有一念不繫屬朝廷，有一時不痌瘝斯世斯民者乎？讀其詩者，一一以此求之，則知悲歡愉戚，縱筆所至，無在非至情激發，可興可觀，可群可怨。豈必輾轉附會，而後謂之每飯不忘君哉。若其比物託類，尤非泛然。如宫桃秦樹，則悽愴於金粟堆前也。風花松柏，則感傷於邛山路上也。他如杜鵑之憐南内，螢火之刺中官，野莧之諷小人，苦竹之美君子，即一鳥獸草木之微，動皆切於忠孝大義，非他人之争工字句者，所可同日語矣。是故注杜者必反覆沉潛，求其歸宿所在，又從而句櫛字比之，庶幾得作者苦心於千百年之上，恍然如身歷其世，面接其人，而慨乎有餘悲，悄乎有餘思也。臣於是集，矻矻窮年，先挈領提綱，以疏其脈絡，復廣搜博徵，以討其典故。汰舊注之楦釀叢脞，辯新説之穿鑿支離。夫亦據孔孟之論詩者以解杜，而非敢憑臆見爲揣測也。第思顓蒙固陋，紕漏良多，幸逢聖世作人、文教誕興之日，從此益擴見聞，以補斯編之闕略，是又臣區區之願爾。

時康熙三十二年癸酉歲長至日，翰林院編修臣仇兆鰲謹序。

# 舊唐書文苑本傳

劉　昫

杜甫，字子美，本襄陽人，後徙河南鞏縣。朱注：《晉書·杜預傳》云：京兆杜陵人。又《周書·杜叔毗傳》云：其先京兆人，徙居襄陽。《唐書·宰相世系表》載襄陽杜氏，出自預少子尹。公自稱預十三葉孫，其爲尹之後明矣。後又自襄陽徙居河南。故公之田園，都在鞏洛。其族望本出杜陵，故詩每稱杜陵野老。《進封西岳賦表》亦云：臣本杜陵諸生也。曾祖依藝，位終鞏令。祖審言，終膳部員外郎，自有傳。父閑，終奉天令。甫天寶初，當作開元末。應進士不第。天寶末，獻《三大禮賦》，玄宗奇之，召試文章，授京兆府兵曹參軍。十五載，禄山陷京師，肅宗徵兵靈武，甫自京師宵遁，赴河西，謁肅宗於彭原，拜右拾遺。朱注：公自京師西竄，謁肅宗於鳳翔，《舊史》誤也。房琯布衣時，與甫善。時琯爲宰相，請自帥師討賊，帝許之。是年十月，琯兵敗於陳濤斜。明年春，琯罷相，甫上疏，言琯有才，不宜罷免。肅宗怒，貶琯爲刺史，出甫爲華州司功參軍。時關輔亂離，穀食踊貴，甫寓居成州同谷縣，自負薪採梠，兒女餓殍者數人。久之，召補京兆府功曹。朱注：公不赴京兆功曹，乃武再帥劍南時，史誤。辯詳詩集。上元二年冬，當作廣德二年春。黄門侍郎鄭國公嚴武鎮成都，奏爲節度參謀、檢校尚書工部員外郎，賜緋魚袋。據《新書》在武再帥劍南時表薦者。武與甫世舊，待遇甚隆。甫性褊躁，無器度，恃恩放恣，此句當删。嘗憑醉登武之牀，瞪視武曰：「嚴挺之乃有此兒！」武雖急暴，不以爲忤。甫於成都浣花里種竹植樹，結廬枕江，縱酒嘯詠，與田夫野老相狎蕩，無拘檢。嚴武過之，有時不冠，其傲誕如此。永泰元年夏，武卒，甫無所依。及郭英乂代武鎮成都，英乂武人粗暴，無能刺謁，乃遊東蜀，依高適。既一有至字。而適卒。朱注：適自西川入朝，在嚴武再鎮前，拜散騎常侍，乃卒。《舊書》誤也。寶應元年，避徐知道之亂，入梓州，居東川者三年，亦未嘗依高適。辯詳年譜。是歲，崔寧殺英乂，楊子琳攻西川，蜀中大亂。甫以其家避亂荆楚，扁舟下峽，未維舟而江陵亂。朱注：公居江陵及公安頗久，其時江陵無警。《舊書》曰「未維舟」及「江陵亂」者，誤也。公嘗往來梓閬間，《新史》云往來梓夔，亦誤。二史載居夔下峽事，皆不詳。乃泝沿湘流，遊衡山，寓居耒陽。甫嘗遊岳廟，爲暴水所阻，旬日不得食。耒陽聶令知之，自櫂舟迎甫而還。永泰二年，當作大曆五年。啗牛肉白酒，一夕而卒於耒陽。《唐詩紀事》謂公卒於岳陽。時年五十有九。子宗武，流落湖湘而卒。元和中，宗武子嗣業，自耒陽遷甫之柩，歸葬於偃師西北首陽山之前。天寶末詩人，甫與李白齊名，而白自負文格放達，譏甫齷齪，有飯顆山頭之嘲誚。朱注：唐《本事詩》：太白戲杜曰：「飯顆山頭逢杜甫，頭戴笠子日卓午。借問别來太瘦生，總爲從前作詩苦。」蓋譏其拘束也。《酉陽雜俎》：衆言李白惟戲杜考功飯顆山頭之句。白有祠亭上宴别杜考功詩。按飯顆山頭詩，《太白集》不載。柯古所言，特據流俗傳聞。又子美未嘗爲考功，其誣可不攻而破。劉昫以之入史，謬也。苕溪漁隱亦有辯。

元和中，詞人元稹論李杜之優劣曰：「余讀詩至杜子美云云……特病懶未就爾。」自後屬文者，以稹論爲是。甫有集六十卷。元稹序銘見末卷。

# 新唐書本傳

宋　祁

甫字子美，少貧，不自振，客吴、楚、齊、趙間，李邕奇其材，先往見之。舉進士，不中第，困長安。本集原注：玄宗開元二十五年，甫預京兆薦貢，而考工下之。天寶十三載，玄宗朝獻太清宫，饗廟及郊，甫奏賦三篇。朱氏曰：獻賦在天寶十載，《新史》誤云十三載。辯詳詩集。帝奇之，使待制集賢院，命宰相試文章，擢河西尉，不拜，改右衛率府胄曹參軍。數上賦頌，因高自稱道，且言：「先臣恕、預以來，承儒守官十一世，迨審言以文章顯中宗時。臣賴緒業，自七歲屬辭，且四十年。然衣不蓋體，常寄食於人。竊恐轉死溝壑，伏惟天子哀憐之。若令執先臣故事，拔泥塗之久辱，則臣之述作雖不足鼓吹六經，先鳴諸子，至沉鬱頓挫，隨時敏給，揚雄、枚臯可企及也。有臣如此，陛下其忍棄之。」會禄山亂，天子入蜀，原注：天寶十四載，安禄山反於范陽。明年，改元至德。六月，禄山犯長安，車駕幸劍外。七月，即位靈武。甫避走三川。三川縣屬鄜州。肅宗立，自鄜州羸服欲奔行在，爲賊所得。至德二載，亡走鳳翔，上謁，拜左拾遺。與房琯爲布衣交，琯時敗陳濤斜，又以客董廷蘭罷宰相。甫上疏，言罪細不宜免大臣。帝怒，詔三司推一作雜問。宰相張鎬曰：「甫若抵罪，絶言者路。」帝乃解。甫謝，且稱：「琯，宰相子，少自樹立，爲醇儒，有大臣體。時論許琯才堪公輔，陛下果委而相之。觀其深念主憂，義形於色，然性失於簡，酷嗜鼓琴，廷蘭託琯門下，貧疾昏老，依倚爲非。琯愛惜人情，一至玷污。臣歎其功名未就，志氣挫衄，尼六切。覬陛下棄細録大，所以冒死稱述，涉近訐激，違忤聖心。陛下赦臣百死，再賜骸骨，天下之幸，非臣獨蒙。」然帝自是不甚省録。時所在寇奪，甫家寓鄜彌年，艱窶，孺弱至餓死，朱氏曰：公之孺弱餓死，乃天寶十四載自京兆赴奉先時事。若往鄜迎家，則在至德二載。《新史》蓋誤當以《奉先詠懷》詩正之。因許甫自往省視。從還京師，出爲華州司功參軍。原注：乾元元年，甫自左拾遺移華州掾。關輔饑，輒棄官去。客秦州，負薪採橡栗自給。流落劍南，乾元二年夏，甫棄官，去華之秦。十月，發秦州。十二月，離同谷，至劍南。結廬成都西郭。召補京兆功曹參軍，不至。會嚴武節度劍南東西川，往依焉。原注：廣德元年，甫補京兆功曹，不赴。明年，鄭國公嚴武復出節度劍南東西兩川。武再帥劍南，表爲參謀、檢校工部員外郎。武以世舊，待甫甚善。親詣一作至其家。甫見之，或時不巾，而性褊躁傲誕。嘗登武牀瞪視曰：「嚴挺之乃有此兒！」武亦暴猛，外若不爲忤，中銜之。一日，欲殺甫及梓州刺史章彝，集吏於門，武將出，冠鉤于簾三。左右白其母，奔救，得止，獨殺彝。朱氏曰：此説出《雲溪友議》，不可信。辯詳詩集。魯訔曰：以甫詩考之，嚴武來鎮蜀，章彝已交印入覲，史當失之。武卒，崔旰等亂，甫往來梓夔間。大曆中，出瞿塘，下江陵，泝沅湘以登衡山，因客耒陽。耒陽縣，在衡州之東南。游嶽祠，大水遽至，涉旬不得食，縣令具舟迎之，乃得還。令嘗饋牛炙白酒，大醉，一夕或作昔卒，年五十九。《新書》謂公卒於牛肉白酒，此踵《舊史》之訛，黄伯思已力辯其誣。詳見年譜末條。本集原注云：子美之卒，當在衡湘之間，秋冬之際。元氏墓誌，略見本末。唐史氏惑於劉斧《摭遺》小説之言曰：子美由蜀往耒陽，以詩酒自適。一日，過江上洲中，飲醉，不能復歸，宿酒家。是夕，江水暴漲，子美爲驚湍漂泛，其尸不知落於何處。玄宗還南内，思子美，詔求之。聶令乃積空土於江上曰：子美爲白酒牛炙脹飫而死，葬於此矣。以此聞玄宗。故唐史氏因有牛炙白酒，大醉一夕卒之語。信哉史氏之訛矣。按：此説欲辯牛酒飫死之誣，而反坐以漲水漂溺之慘，與李觀補傳，同出俗子妄撰耳。甫放曠不自檢，好論天下大事，高而不切。少與李白齊名，時號李杜。嘗從白及高適過汴州，酒酣登吹臺，今東京城東南隅繁臺是也。慷慨懷古，人莫測也。數嘗寇亂，挺節無所汙，爲歌詩，傷時橈一作澆弱，情不忘君，人憐其忠云。

贊曰：唐興，詩人承陳隋風流，浮靡相矜。至宋之問、沈佺期等，研揣聲音，浮切不差，而號律詩，競相沿襲。逮開元間，稍裁以雅正，然恃華者質反，好麗者壯違，人得一概，皆自名所長。至甫，渾涵汪茫，千彙萬狀，兼古今而有之。他人不足，甫乃厭餘。殘膏賸馥，沾丐後人多矣。故元稹謂「詩人已來，未有如子美者」。甫又善陳時事，律切精深，至千言不少衰，世號詩史。昌黎韓愈於文章慎許可，至於歌詩，獨推曰：「李杜文章在，光焰萬丈長。」誠可信云。

鰲按：《舊書》記事略而論文詳，備載元稹原序，亦失史家裁制之法。《新書》記事稍詳，其論贊一段，簡括遒勁，頗類歐史筆意。但二史均有差謬。牛酒飫死之慘，《舊史》既誣於殁後。嚴武欲殺之端，《新史》復謗於生前。皆疑案之當剖者。兹採前人諸説，足以一雪史家沿謬矣。又按：兩史記事，多有舛誤，杜傳尚然，其餘差謬者，亦當據杜詩正之。如上元二年夏，段子璋反，次年公作《去秋行》，知秋日尚未平也。史謂四月討平者，誤矣。寶應元年，嚴武以應召入朝，有寄答杜詩，九月猶在巴山。《通鑑》謂是夏六月，武除西川節度，爲徐知道阻拒，誤矣。大曆元年，杜《贈李丈》詩，稱李勉爲汧公。史謂大曆五年，勉自嶺南還京，始封汧公，誤矣。宜乎當時有糾謬之作也。

# 杜氏世系

一代　當陽侯預

二代　錫　躋　耽　尹

六代　乾光（齊司徒右長史。）

七代　漸（梁邊城太守。）

八代　叔毗（周硤州刺史，見《孝義傳》，子廉卿。）

九代　某　某（隋河内郡司功參軍、獲嘉縣令，見《萬年縣君京兆杜氏墓誌》。）

十代　某　依藝（監察御史、河南鞏縣令。）

十一代　易簡（咸亨中，登進士，累轉殿中侍御史，吏部員外郎。）　審言（修文館學士、尚書膳部員外郎。）

十二代　閑（朝議大夫。兗州司馬，終奉天令。）　并（見國史。）　專（歷開封尉。）　登（任武康尉。）

十三代　甫（甫弟有穎、觀、豐、占，未知行列，故不序。）

十四代　宗文　宗武

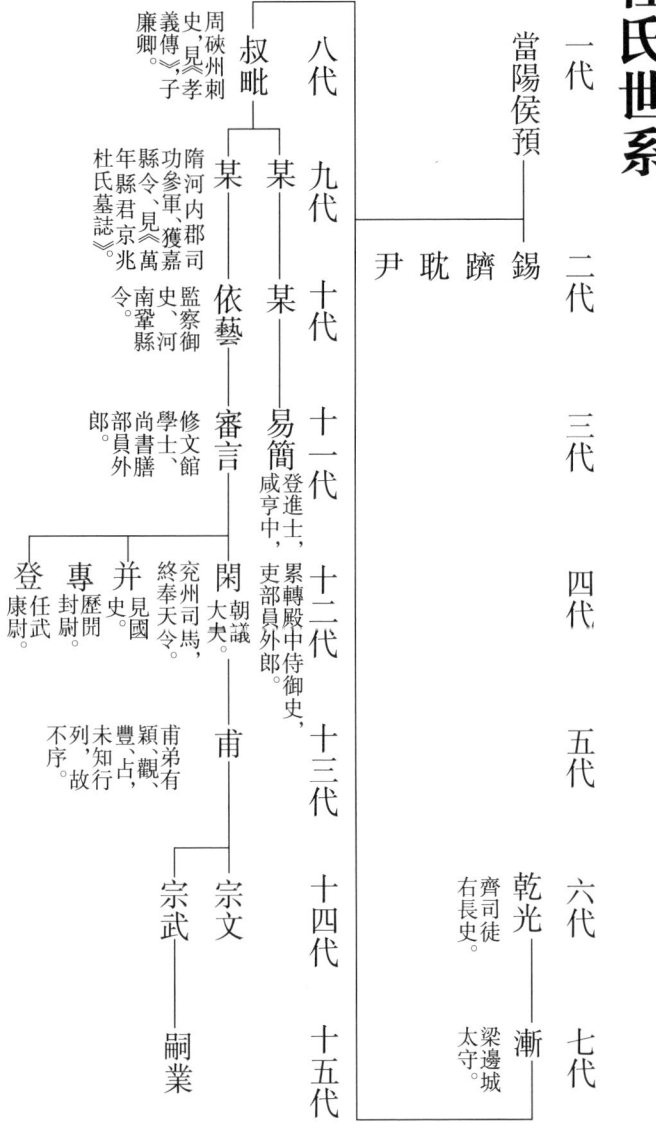

十五代　嗣業

錢謙益曰：《唐·宰相世系表》：杜預四子，錫、躋、耽、尹。襄陽杜氏，出自預少子尹。元稹墓誌：晉當陽侯下，十世而生依藝。甫《祭當陽君文》稱十三葉孫甫。甫爲預之後，未知預四子，誰爲甫之祖。舊譜以甫爲尹之後，此何據也。唐《舊書·杜易簡傳》：易簡，襄州襄陽人，周硤州刺史叔毗曾孫。易簡從祖弟審言。易簡、審言，同出叔毗下，獲嘉爲甫高祖，即硤州之子也。《周書·杜叔毗傳》：其先京兆杜陵人，徙居襄陽。祖乾光，齊右司徒右長史。父漸，梁邊城太守。此世系之較然可考者。以《世系表》推之，尹下六代爲襲池陽侯洪泰，與乾光爲行。洪泰生二子，祖悅、顒，與漸爲行。顒生三子，景仲、景秀、景恭，與叔毗爲行。叔毗、景恭，皆仕周，其子皆仕隋。叔毗之子爲廉卿，則未知其爲易簡之祖與，審言之祖與。舊譜以叔毗爲顒子，景仲、叔毗並系顒下，紕繆極矣。顔魯公撰《杜濟神道碑》爲征南十四代孫，甫有《示從孫濟》詩，斯爲合矣。《世系表》濟與位同出景秀下，並征南十四代。而詩稱從弟位，抑又何與？宋人謂《世系表》承逐家譜牒，多所謬誤耳。按：陸務觀詩注：少陵之後，有徙大埡、大蓬者。戴復古詩中有杜子野，趙孟頫詩中有杜伯玉，楊載所記有杜舉。錢謙益謂今岳州平江縣杜富，猶藏拾遺敕命。喜文人子孫千年不替也。

# 杜工部年譜

**唐睿宗先天元年壬子**即景雲三年。正月改元太極，五月改延和，八月改先天。

**甫生。**吕汲公《詩譜》云：墓誌、本傳皆言公年五十九歲，卒於大曆五年庚戌，則當生於是年。蔡興宗、魯訔、黄鶴諸譜同。蔡夢弼曰：按《唐書》本傳及元稹《墓誌》，晉當陽成侯預下，十世而生依藝，以監察御史令於河南府之鞏縣。依藝生審言，審言善詩，官至修文館學士、尚書膳部員外郎。審言生閑，京兆府奉天縣令。閑生甫。

**玄宗開元元年癸丑**即先天二年也。七月，歸政於帝。十二月，改元。

**開元三年乙卯**

公《舞劍器行序》：開元三年，余尚童稚，記於郾城觀公孫氏舞劍器。黄鶴曰：公七歲能詩，則四歲記事，非不能矣。吕譜疑其年必有誤，非也。

**開元六年戊午**

公《壯遊》詩云：「七齡思即壯，開口詠鳳皇。」又《進鵰賦表》云：「自七歲所綴詩筆，向四十載矣，約千有餘篇。」

**開元八年庚申**

《壯遊》詩云：「九齡書大字，有作成一囊。」

**開元十四年丙寅**

《壯遊》詩云：「往昔十四五，出遊翰墨場。斯文崔魏徒，以我似班揚。」

**開元十九年辛未**

**公年二十，遊吴越。**黄曰：公《進三大禮賦表》云：「浪跡於陛下豐草長林，實自弱冠之年。」則其遊吴越，乃在開元十九年。自是下姑蘇，渡浙江，遊剡溪，久之方歸。朱鶴齡曰：公《哭韋之晉》詩：「凄愴郇瑕邑，差池弱冠年。」又《酬寇侍御》詩：「往别郇瑕地，於今四十年。」郇瑕，晉地也。公弱冠之時，嘗遊晉地。當是遊晉後，方爲吴越之遊也。

**開元二十三年乙亥**

**公自吴越歸，赴京兆貢舉，不第。**黄曰：公本傳：「嘗舉進士不第。」故《壯遊》詩云：「歸帆拂天姥，中歲貢舊鄉。忤下考功第，獨辭京兆堂。」朱按：史：唐初，考功郎掌貢舉。至開元二十四年，考功郎李昂爲舉人詆訶，帝以員外郎望輕，徙禮部，以侍郎主之。則公下考功第，當在二十三年。蓋唐制年年貢士也。《選舉志》：每歲仲冬，州縣館監舉其成者，送之尚書省。《舊史》云：「天寶初，應進士不第。」非。

開元二十五年丁丑

**公遊齊趙。** 朱曰：按《壯遊》詩：「忤下考功第，獨辭京尹堂。放蕩齊趙間，裘馬頗清狂。」是下第後，即遊山東之明證。但未詳起於何年，今姑依魯訔、黄鶴諸譜，又按《壯遊》詩，不言遊兖州，而集中頗多兖州所作。蓋兖州與齊州接境，公遊齊州，蓋在兖州趨庭之後也。

開元二十九年辛巳

**公年三十，在東都。** 是年寒食，祭遠祖當陽君於洛之首陽。

天寶元年壬午正月改元。

**公在東都。** 是年，公姑萬年縣君卒於東京仁風里。六月，還殯河南縣。公作墓誌。

天寶三載甲申五月改年爲載。

**公在東都。** 五月，公祖母范陽太君卒於陳留之私第。八月，歸葬偃師。公作墓誌。錢謙益曰：是時太白自翰林放歸，客遊梁、宋、齊、魯，相從賦詩，正在天寶三四載間。朱曰：按舊譜謂：開元二十五年，公從高適、李白過汴州，登吹臺懷古，以寄李一白詩證之，其謬信矣。

天寶四載乙酉

**公在齊州。** 是年，撰《皇甫淑妃神道碑》。夏，陪李北海邕宴歷下亭。錢曰：高適、李白俱有贈邕詩，當是同時。白有《魯郡石門别杜二甫》詩，或四五載之秋也。

天寶五載丙戌

公歸長安。黄曰：《壯遊》詩：「放蕩齊趙間，裘馬頗清狂。快意八九年，西歸到咸陽。」則歸京師在天寶四五載間。

天寶六載丁亥

公應詔退下，留長安。元結《諭友》文云：「天寶六載，詔天下有一藝，詣轂下。李林甫命尚書省試，皆下之。遂賀野無遺賢。」時公與結，皆應詔而退。

天寶七載戊子

公在長安。

天寶八載己丑

公在長安，間至東都。黄曰：公《洛城北謁玄元廟》詩云：「五聖聯龍衮。」唐史加五帝大聖字，在八載閏六月，可證是年公又在東都。

天寶九載庚寅

公在長安。

天寶十載辛卯

公年四十，在長安，進《三大禮賦》。玄宗奇之，命待制集賢院。魯訔曰：公奏《三大禮賦》，史、集皆云十三載。朱按：帝紀：十載行三大禮，十三載未嘗郊。況表云：「臣生長陛下淳朴之俗，行四十載矣。」故知當在是歲。　是年，作《秋述》。

**天寶十一載壬辰**

**公在長安，召試文章，送隸有司，參列選序。**黄曰：是年十一月，楊國忠爲右丞相，鮮于仲通爲京兆尹。　吕譜：公《上韋左相詩》：「鳳曆軒轅紀，龍飛四十春。」自玄宗即位，至此爲四十年。

**天寶十二載癸巳**

**公在長安。**黄曰：有《贈集賢院崔于二學士》詩。崔、于當是試文之官。

**天寶十三載甲午**

**公在長安。**黄曰：是年進《封西嶽賦》。是年二月，右相兼文部尚書楊國忠守司空，即《封西嶽表》所云元弼司空也。故知進表在是年。

**天寶十四載乙未**

**授河西尉，不拜，改右衛率府胄曹參軍。十一月，往奉先。**魯曰：公在率府，其家先在奉先。黄曰：《詩史》謂薊北反書未聞，公已逸身畿甸。非也。若先已竄逸，則改授無容在初興師之時矣。吕、蔡譜俱云：十一月初，赴奉先，有《詠懷詩》。知非避亂也。

**肅宗至德元載丙申**即天寶十五載。七月，肅宗即位靈武，改元。

五月，自奉先往白水依舅氏崔少府。六月，又自白水往鄜州。聞肅宗即位，自鄜羸服奔行在，遂陷賊中。

至德二載丁酉

四月，脱賊，謁上鳳翔，拜左拾遺。疏救房琯，上怒，詔三司推問。宰相張鎬救之，獲免。八月，墨制放還鄜州省家。十月，上還西京，公扈從。是年六月一日，有《奉謝口敕放三司推問狀》，又有《同遺補薦岑參狀》。

乾元元年戊戌二月改元，復以載爲年。

任左拾遺，六月出爲華州司功。冬晚，離官，間至東都。是年十月，有《爲華州郭使君進滅殘寇形勢圖狀》，有《試進士策問》五首。

乾元二年己亥

春，自東都回華州。關輔饑。七月，棄官西去，度隴，客秦州，卜西枝村置草堂，未成。十月，往同谷，寓同谷不盈月。十二月，入蜀，至成都。

上元元年庚子閏四月改元。

公在成都，卜居浣花溪。是年，營草堂，公詩所云「經營上元始」是也。又云「頻來語燕定新巢」，則三月堂成。鰲按：黄魯諸譜皆云：裴冕爲公卜居。考詩題不載此事，恐是臆説，有辯在集内。

上元二年辛丑九月，去年號，止稱元年，以十一月爲歲首，以斗所建辰爲名。

公年五十，居成都草堂。間至蜀州之新津、青城。朱曰：公赴青城，黄譜編上元元年，魯譜編上元二年，以《寄杜位》詩考之，疑魯是。是年秋作《唐興縣客館記》。

代宗寶應元年壬寅建巳月，代宗即位，改元，復以正月爲歲首，建巳月爲四月。

公居成都草堂。七月，送嚴武還朝，到綿州。未幾，西川兵馬使徐知道反，因入梓州。冬，復歸成都，迎家至梓。十二月，往射洪南之通泉，皆梓屬邑。或云：《新書》本傳：「遊東蜀依高適。」當在此時，嚴武入朝之後。朱曰：嚴武還朝，適領西川節度，公方攜家往東川，其時並無一詩與之，不得云依高適也。公在梓州，最善留後章彝。彝爲留後，可知適未嘗兼領東川，而謂之依適，可乎。鰲按：公迎妻子，不見詩題，恐是遣弟往迎。有《弟占歸草堂》詩「熟知江路近，頻爲草堂迴」，可證。是年建巳月，公上嚴武《説旱》。

廣德元年癸卯七月改元。

公在梓州。春，間往漢州。秋，往閬州。冬晚，復回梓州。是歲，召補京兆功曹，不赴。魯、黄譜俱云：是年春，公嘗暫至綿州，以《惠義寺送辛員外》詩有「直到綿州始分手」之句。朱氏以惠義寺以下諸作皆係逸詩，故不取其説。今當存以待考。朱曰：公補京兆功曹，蔡興宗、趙子櫟、魯訔、黄鶴諸譜，俱編廣德元年，蓋以《别馬巴州》詩注爲據。惟《新唐書》本傳與王原叔集注謂公不赴功曹，在嚴武初鎮成都之時，恐非。辯詳詩集注。是年有《爲閬州王使君進論巴蜀安危表》。九月，有《祭房相國文》。

廣德二年甲辰

春，復自梓州往閬州。嚴武再鎮蜀，春晚，遂歸成都草堂。六月，武表爲節度參謀、檢校工部員外郎，賜緋魚袋。是年上武《東西兩川説》。

永泰元年乙巳正月改元。

正月，辭幕府歸草堂。四月，嚴武卒。五月，遂離蜀南下，自戎州至渝州。六月，至忠州。秋，至雲安，居之。

大曆元年丙午十一月改元。

春，自雲安至夔州，居之。秋，寓西閣。是年有《爲夔府柏都督謝上表》。

大曆二年丁未

公在夔州。春，遷居赤甲。三月，遷瀼西。秋，遷東屯。未幾，復自東屯歸瀼西。

大曆三年戊申

正月，去夔出峽。三月，至江陵。秋，移居公安。冬晚，之岳州。

大曆四年己酉

正月，自岳州之潭州。未幾，入衡州。夏，畏熱，復回潭州。鰲按：是年，有《發潭州》及《發白馬潭》詩，乃春日自潭往衡岳也。又據韋迢《早發湘潭寄杜員外》詩云「湘潭一葉黄」，知秋深復在潭州矣。觀公《樓上》詩「身事五湖南」、「終是老湘潭」，皆可證。

# 大曆五年庚戌

公年五十九。春，在潭州。夏四月，避臧玠亂入衡州。欲如郴州依舅氏崔偉，因至耒陽，泊方田驛。秋，舟下荆楚，竟以寓卒，旅殯岳陽。此條朱氏削去舊譜，非是。鶴譜云：夏如郴。因至耒陽，訪聶令。經方田驛，阻水旬餘，聶致酒肉。而史云：「令嘗饋牛炙白酒，大醉，一夕卒。」嘗考謝聶令詩有云：「禮過宰肥羊，愁當置清醥。」其詩題云「興盡本韻」。又且宿留驛近山亭，若果以飫死，豈復能爲是長篇，又復游憩山亭。以詩證之，其誣自可不攻。況元稹作誌，在《舊史》前，初無此説。按：是秋舟下洞庭，故有《暮秋將歸秦奉留别親友》詩，又有《洞庭湖詩》云：「破浪南風正，回檣畏日斜。」言南風畏日，又云回檣，則非四年所作甚明。當是是年自衡州歸襄陽，經洞庭詩也。元微之誌云：扁舟下荆楚，竟以寓卒，旅殯岳陽。其後嗣業啟柩，襄祔事於偃師，途次于荆，拜余爲誌。呂汲公亦云：夏還襄漢，卒於岳陽。魯譜云：其卒當在衡岳之間，秋冬之交。但衡在潭之上流，與岳不相鄰，舟行必經潭，然後至岳。當云在潭岳之間，蔡譜以史爲是，以呂爲非，蓋未之考耳。

鰲按：五年冬，有《送李銜》詩云：「與子避地西康州，洞庭相逢十二秋。」西康州即同谷縣。公以乾元二年冬寓同谷，至大曆五年之秋爲十二秋。又有《風疾舟中》詩云：「十暑岷山葛，三霜楚户砧。」公以大曆三年春適湖南，至大曆五年之秋爲三霜。以二詩證之，安得云是年之夏卒於耒陽乎。舊譜當屬可信，而錢、朱兩譜，偏信《新書》，遂以牛肉白酒，斷送一生，豈不誣枉前賢。夫不信親著之詩章，而信後人之記載，不信子孫之行述，而信史氏之傳聞，其亦昧於權衡審擇矣。

鰲謹按：宋人作少陵年譜，其傳世者，有呂大防、蔡興宗、魯訔、趙子櫟、黄鶴數家。明初則有單復之譜，近日則有錢謙益、朱鶴齡、顧宸諸譜。唯朱氏裁别異同，簡净明當，可稱定本。但末後一條，關於生死大事，而其時其地，皆未分明。兹仍採舊譜，以正其訛云爾。

庚辰歲重陽月考定

# 杜詩凡例 計二十則

一、**杜詩會編**自唐刺史樊晃首編杜少陵詩集，行於江右。至宋，王介甫爲鄞令，得未見者二百餘篇。嗣後王原叔取中秘藏本及舊家流傳者，定爲一千四百五篇。黄伯思校本，則有千四百四十七篇。蔡傅卿《草堂詩箋》，取後來增益者，如卞圜、吴若、員安宇、裴煜輩所收，别爲逸詩一卷。今依年次補入，不另置卷末，便省覽也。

一、**杜詩刊誤**坊本多字畫差訛。蔡興宗作《正異》，朱文公謂其未盡，如「風吹滄江樹」，「樹」當是「去」，乃音近而訛。「鼓角滿天東」，「滿」當是「漏」，乃形似而訛。當時欲作考異，未暇及也。近日朱長孺采集宋元諸本，參列各句之下，獨稱詳悉。然猶有遺脱者，如《何氏山林》詩「異花開絶域」，當是「來絶域」，於「開拆」不犯重。《送裴尉》詩「扁舟吾已就」，當是「吾已僦」，於「就此」不相重。如《冬深》詩「花葉隨天意」，當是「惟天意」，於「隨類」不相重。如《送王侍御》「況復傳宗近」，當是「宗匠」，於「近野」不相重。如《諸葛廟》「巫硯醉蛛絲」，當是「綴蛛絲」，於上句「穿畫壁」方稱。《王彭州》詩「東堂早見招」，當是「東牀」，於「河漢」、「夫人」等語相合。如《秋興》詩「白頭今望苦低垂」，與「綵筆昔曾干氣象」本相工對，刻本誤作「吟望」。《呀鶻行》「强神非復皂鵰前」，與「緊腦雄姿迷所向」，字無複出，而刻本誤作「迷復」。又如《遣意》詩「宿雁聚圓沙」，當是「宿鷺」。《草堂即事》詩「宿鷺起圓沙」，當是「宿雁」。鷺雁各有時候，彼此兩誤也。今或依他注改正，或據臆見參定。至於上下錯簡、句語顛倒者，如《古柏行》「君臣已與時際會」二句，當在「雲來」、「月出」之下。如《姜少府設鱠》「偏勸腹腴愧年少」二句，當在「落碪」、「放筯」之下。如《過吴侍御宅》「仲尼甘旅人」二句，當在「閉口」、「歎息」之下。如《郭代公故宅》「精魄凜如」二句，當在顧步涕落之下。如《夢李白》、《贈蘇渙》、《呈聶耒陽》諸詩，各有顛錯之句，今皆訂正，文義方順。

一、**杜詩編年**依年編次，方可見其平生履歷，與夫人情之聚散，世事之興衰。今去杜既遠，而史傳所載未詳，致編年互有同異。幸而散見詩中者，或記時，或記地，或記人，彼此參證，歷然可憑。間有渾淪難辯者，姑從舊編，約略相附。若其前後顛錯者，如《投簡咸華諸子》本屬長安，而誤入成都。《遣愁》詩、《贈虞司馬》本屬成都，而誤入夔州。如《冬深》、《江漢》、《短歌贈王司直》皆出峽後詩，而誤入成都夔州。如《回棹》、《風疾舟中》本大曆五年秋作，而誤入四年。今皆更定，庶見次第耳。

一、**杜詩分章**古詩先有詩而後有題，朱子作《集傳》，每篇各標詩柄，乃酌小序而爲之。杜詩先有題而後有詩，即不須再標詩柄矣。唯一題而並列三五首，或多至一二十首者，每首各拈大旨，又有題屬託物寓言，亦須提明本意，倣《集傳》例也。

一、**杜詩分段**《詩經》古注，分章分句。朱子《集傳》亦踵其例。杜詩古律長篇，每段分界處，自有天然起伏，其前後句數，必多寡匀稱，詳略相應。分類千家本，則逐句細斷，文氣不貫。編年千家本則全篇渾列，眉目未清。兹集於長篇既分段落，而結尾則總括各段句數，以見製格之整嚴，倣《詩傳》某章章幾句例也。

一、**内注解意**歐公説詩，於本文只添一二字，而語意豁然。朱子注詩，得其遺意，兹於圈内小注，先提總綱，次釋句義，語不欲繁，意不使略，取醒目也。其有諸家注解，或一條一句，有益詩旨者，必標明某氏，不敢没人之善，攘爲己有耳。

一、**外注引古**李善注《文選》，引證典故，原委燦然，所證之書，以最先者爲主，而相參者，則附見於後。今圈外所引經史詩賦，各標所自來，而不復載某氏所引，恐冗長繁瑣，致厭觀也。其有一事而引用互異者，則彼此兩見，否則但注已見某卷耳。

一、**杜詩根據**集中古風近體，篇帙弘富。昔人謂五古、七律入聖，五律、七古入神。蓋其體製之精，上自風騷漢魏，下及六朝四傑，各有淵源脈絡也。兹於每體之後，備載名家議論，以見詩法所自來，而作者苦心亦開卷曉然矣。若五七言絶句，用實而不用虚，能重而不能輕，終與太白、少伯分道而驅。

一、**杜詩褒貶**自元微之作序銘，盛稱其所作，謂自詩人以來，未有如子美者。故王介甫選四家詩，獨以杜居第一。秦少游則推爲孔子大成，鄭尚明則推爲周公制作，黄魯直則推爲詩中之史，羅景綸則推爲詩中之經，楊誠齋則推爲詩中之聖，王元美則推爲詩中之神。諸家無不崇奉師法，宋惟楊大年不服杜，詆爲村夫子，亦其所見者淺。至嘉隆間，突有王慎中、鄭繼之、郭子章諸人，嚴駁杜詩，幾令身無完膚，真少陵蟊賊也。楊用修則抑揚參半，亦非深知少陵者。兹集取其羽翼杜詩，凡與杜爲敵者，概削不存。

一、**杜詩僞注**分類始於陳浩然，元人遂區爲七十門，割裂可厭。又廣載僞蘇注，古人本無是事，特因杜句而緣飾首尾，假撰事實，前代楊用修，力辯其謬妄。邵國賢、焦弱侯往往誤引。凌氏《五車韻瑞》援作實事。張邇可又據《韻瑞》以證杜詩，忽增某史某傳，輾轉附會矣。吴門新刊《庾開府集》亦誤採《韻瑞》，皆僞注之流弊也。今悉薙芟，不使留目。

一、**杜詩謬評**蔡夢弼注本，删去僞注，最爲潔凈。但參入劉須溪評語，不玩上下文神理，而摘取一字一句，恣意標新，往往涉於纖詭，宋潛溪譏其如醉翁囈語，良不誣也。後來鍾譚論詩，亦踵須溪之流泒，全無精實見解，故集中所採甚稀。

一、**歷代注杜**宋元以來，注家不下數百。如分類千家注所列姓氏尚百有五十人。其載入注中者，亦止十數家耳。其所未採者，尚有洪邁之《隨筆》，葉夢得之《詩話》，羅大經之《玉露》，王應麟之《困學記聞》，劉克莊、樓鑰之文集。元時全注杜詩者，則有俞浙之《舉隅》，七律則有張性之《演義》，五律則有趙汸之《選注》。明初有單復之《讀杜愚得》，嘉靖間有邵寶之《集注》，張綖之《杜通》、《杜古》及《七律本義》。他若天台謝省之《古律選注》、山東顔廷榘之《七律意箋》、關中王維楨之《杜律頗解》、海寧周甸之《會通杜釋》、閩人邵傅之《五律集解》、楚中劉逴之《類選》、華亭唐汝詢之《詩解》，各有所長。其最有發明者，莫如王嗣奭之《杜臆》。而王道俊之《博議》、鄭侯升之《卮言》、楊德周之《類注》，俱有辯論證據，今備採編中。

一、**近人注杜**如錢謙益、朱鶴齡兩家，互有同異。錢于《唐書》年月、釋典道藏、參考精詳。朱于經史典故及地里職官，考據分明。其刪汰猥雜，皆有廓清之功。但當解不解者，尚屬闕如。若盧元昌之《杜闡》，徵引時事，間有前人所未言。張遠之《會粹》，搜尋故實，能補舊注所未見。若顧宸之《律注》，窮極苦心，而不無意見穿鑿。吳見思之《論文》，依文衍義，而尚少斷制剪裁。他如新安黄生之《杜説》、中州張溍之《杜解》、蜀人李長祚之《評注》、上海朱瀚之《七律解意》、澤州陳冢宰之《律箋》、歙縣洪仲之《律注》、吳江周篆之《新注》、四明全大鏞之《彙解》，各有所長。盧世㴶之《胥鈔》、申涵光之《説杜》、顧炎武、計東、陶開虞、潘鴻、慈水姜氏，别有論著，亦足見生際盛時，好古攻詩者之衆也。

一、**杜賦注解**少陵諸賦，廓漢人之堆垛，而氣獨清新，開宋世之空靈，而詞加典茂，亦唐賦中所傑出者。其《三大禮賦》，有東萊、長孺二注。《封西岳》一賦，朱注尚未詳盡。兹於四賦，多所補輯。若《鵰》、《狗》兩賦，則出自新注云。

一、**杜文注釋**古人詩文兼勝者，唐惟韓、柳，宋惟歐公、大蘇耳。且以司馬子長之才，有文無詩，知兼美之不易矣。少陵詩名獨擅，而文筆未見採於宋人，則無韻之文，或非其所長。集中所載墓誌，尚帶六朝餘風，惟《祭房相國文》，清真愷惻，卓然名篇。其代爲表狀，皆曉暢時務，而切中機宜。朱氏輯注已明，惟間附評釋而已。

一、**詩文附録**新舊《唐書》本傳，互有詳略，要皆事跡所關，固當並載。其諸家序文，具述原委，爲歷世所珍重。又唐宋以後題詠詩章，及和杜、集杜諸什，皆當附入。而諸家評斷見於别集凡有補詩學者，併採録末卷，猶恐掛漏蒙譏，尚俟博採以廣聞見焉耳。

一、**少陵大節**賀蘭進明，不救睢陽之圍，致一城俱陷。忠如張許，爲賊所害，進明之罪，上通於天矣。後又密譖房琯，甫上疏力救，遂至貶官。其《出金光門》詩云：「近侍歸京邑，移官豈至尊。無才日衰老，駐馬望千門。」臨去而尚惓惓，與孟子三宿出晝之意，千載同符。此公生平事君交友立朝大節也。

一、**少陵曠懷**太白狂而肆，少陵狂而簡。其在成都，結廬枕江，與田夫野老相狎蕩，便有傲睨一切、侮玩不恭之意。初寓長安，得錢沽酒，時招鄭虔，後去夔州，舉四十畝果園贈與知交，毫無顧戀。此與謫仙之千金散盡者，同一磊落襟懷。宜其詩品迴出尋常。

一、**少陵謚法**公負挺出之才，濟時之志，拾遺半載，郎官遥受，宦途之偃蹇極矣。迨曠世以還，宋真宗讀江上之詩而深加稱賞，蜀獻王至草堂之地而作文致弔，其風流儒雅，能感發後代之帝王。考元順帝至正二年，嘗追謚文貞，此實褒賢盛事，增韻文壇。公所謂「千秋萬歲名，寂寞身後事」者，其亦差不寂寞矣。

一、**少陵逸事**杜公精靈，千載不没。誦《花卿歌》而痊久瘧之人，解《八陣》詩而入眉山之夢。宋時病夫，目不知書者，忽吟子美詩句，見於程叔子之記述。四月十八日遊草堂者，從來不逢陰雨，得於蜀父老之傳聞。又雍熙間，彭城劉景真遊華清宫，夢明皇與子美談詩，尤爲奇怪。録此以見其氣亘江山，神遊天壤也。

# 杜詩詳注卷之一

## 遊龍門奉先寺

黄鶴注：此當是開元二十四年後遊東都時作。　朱鶴齡注：龍門，即伊闕。《元和郡縣志》：伊闕山，在河南府伊闕縣北四十五里。舊注誤引《禹貢》河東之龍門，今削之。《兩京新記》：煬帝登北邙，觀伊闕，曰：「此龍門也，自古何不建都於此？」《一統志》：闕塞山，在河南府城西南三十里。《左傳》：趙鞅使女寬守闕塞，即此。一名伊闕，俗名龍門山，又名闕口。

**已從招提遊**㈠，**更宿招提境**。**陰壑生虚**一作靈**籟**㈡，**月林散清影**㈢。**天闕**《正異》作闕，姜氏作**開象緯逼**㈣，**雲卧衣裳冷**㈤。**欲覺**古效切**聞晨鐘**㈥，**令**平聲**人發深省**悉井切㈦。

公遊奉先寺，夜宿而作也。中四，寺中夜景。末二，宿寺之情。　張綖注：三四，狀風月之佳。五六，見高寒之極。聞鐘發省，乃境曠心清，倏然而有所警悟歟。

㈠王洙注：《僧史》：魏太武始光元年，創造伽藍，立招提之名。朱鶴齡注：《唐會要》：官賜額爲寺，私造者爲招提蘭若。《僧輝記》：招提者，梵言拓鬬提奢，唐言四方僧物，但傳筆者訛拓爲招，去鬬奢留提字，即今十方住持寺院耳。

㈡沈佺期詩：陰壑以冰閉。　山北曰陰。　謝莊《月賦》：聲林虚籟。《莊子·齊物》篇有天籟地籟人籟。師氏曰：風聲爲天籟，水聲爲地籟，笙竽爲人籟。

㈢梁昭明太子詩：月落林餘影。　曹植詩：明月澄清影。

㈣韋述《東都記》：龍門號雙闕，與大内對峙，若天闕然。　陸倕《石闕銘》：假天闕於牛頭。　朱注：《丹陽記》載王茂弘指牛頭山兩峰爲天闕，見《文選注》，禹疏伊水北流，兩山相對，望之若闕，見《水經注》，皆確據也。　況此本古體詩，何必拘拘偶對耶。　錢箋：韋應物《龍門遊眺》詩云：「鑿山導伊流，中斷若天闕。」此即杜詩注脚也。　晉王子年《拾遺記》：師延精述陰陽，曉明象緯。　象緯，星象經緯也。

㈤鮑照詩：雲卧恣天行。　庾信詩：山深雲濕衣。

㈥《列子》：一覺一寐。　庾信詩：山寺響晨鐘。

㈦梅子真書：願深省臣言。　蜀人師氏曰：釋氏有聲聞、緣覺。　如香巖和尚一日掃庵，瓦礫擊竹作聲，忽然大悟。　又如道吾聞巫吹角，瞥地大省。　此得乎聲聞而有所覺者也。　詩言發深省，其亦得於聲聞緣覺者耶。

附考：杜詩各本流傳，多有字句舛訛，昔蔡伯世作《正異》，而未盡其詳。　朱子欲作考異，而未果成書。今遇彼此互異處，酌其當者書於本文。參見者分注句下，較錢箋、朱注，多所辯證矣。如此詩「天闕」諸家聚訟約有八説：蔡興宗《正異》依古本作「天闚」，有《莊子》「以管闚天」及鮑照詩「天闚苛平圓」可證。楊慎云：「天闕」「雲卧」乃倒字法，言闕天則星辰垂地，卧雲則空翠濕衣，見山寺高寒，殊於人境也。蔡絛及《庚溪詩話》皆作「天闕」，引韋述《東都記》「龍門若天闕」爲證，言天闕迥而象緯逼近，雲卧山而衣裳涼冷也。朱鶴齡從之。姜氏疑「天闕」既用實地，不應「雲卧」又作虛對，欲改作「天開」，引《天官書》「天開書雲物」爲證，則屬對既工，而聲韻不失。張綖謂「天闕」乃寺門觀，「雲卧」猶言雲室。《杜臆》解「天闕」爲帝座，以《宋志》角二星十二度謂之「天闕」也。王介甫改作「天閲」。舊千家本或作「天闊」，或改「天關」，俱未安。據文翔鳳《藥溪談》：伊陽之北山，即鳴皋之派，長殆百里，如雲卧然。龍門南直卧雲，故云然耶。

四明王嗣奭《杜臆》曰：人在塵溷中，真性淪隱，若身離塵表，其情趣自别。而又宿於其境，對風月則耳目清曠，近星雲則心神悚惕。已上六句，步緊一步，逼到夢將覺而觸於鐘聲，道心之微忽然呈露，猶之剥復交而天心見，勿淺視此深省語也。

盧世㴶《紫房餘論》曰：公少遊吴越時，必有著作，今不少概見，斷自龍門奉先始，或其後自裁定，汰去前詩耶。

唐庚《子西文録》云：五經已後，有一司馬子長，三百五篇之後，有一杜子美，此天生二人以翼斯文之統也。故作文當學龍門，作詩當學少陵，以二書爲根本，朝夕誦讀，則趨向正而可以進退百家矣。

蘇軾子瞻曰：子美之詩，退之之文，魯公之書，皆集大成者也。學詩當以子美爲師，有規矩法度，故可學。退之於詩，本無解處，以才高而見長耳。淵明不爲詩，自寫其胸中之趣耳。學杜不成，不失爲工。無韓之才與陶之妙，而學其詩，終爲樂天耳。

嚴羽《滄浪詩話》：少陵詩憲章漢魏，而取材於六朝，至其自得之妙，則前輩所謂集大成者也。又曰：詩之法有五：曰體製，曰格力，曰氣象，曰興趣，曰音節。詩之品有九：曰高，曰古，曰深，曰遠，曰長，曰雄渾，曰飄逸，曰悲壯，曰淒婉。其用工有三：曰起結，曰句法，曰字眼。其大概有二：曰優游不迫，曰沉著痛快。詩之極致有一：曰入神。詩而入神，至矣盡矣，蔑以加矣。惟李杜得之，他人得之蓋寡也。又曰：李、杜、韓三公詩，如金鳷擘海，香象渡河，龍吼虎哮，濤翻鯨躍，長鎗大劍，君王親征，氣象自別。

## 望嶽

鶴注：公《壯遊》詩云「忤下考功第，放蕩齊趙間」，乃在開元二十四年後，當是其時作。《元和郡縣志》：泰山一曰岱宗，在兖州乾封縣西北三十里。

**岱宗夫**音扶**如何**㈠，**齊魯青未了**㈡。**造化鍾神秀，陰陽割昏曉**㈢。**盪胸生曾**《集韻》通作層**雲**㈣，**決眥**牆細切**入歸鳥**㈤。**會當凌絶頂**㈥，**一覽衆山小**㈦。此望東嶽而作也。詩用四層寫意：首聯遠望之色，次聯近望之勢，三聯細望之景，末聯極望之情。上六實叙，下二虚摹。　岱宗如何，意中遥想之詞。自齊至魯，其青未了，言嶽之高遠。　拔地而起，神秀之所特鍾。矗天而峙，昏曉於此判割。二語奇峭。　王嗣奭《杜臆》云：「盪胸」句，狀襟懷之浩蕩。「決眥」句，狀眼界之空闊。公身在岳麓，而神遊岳頂，所云「一覽衆山小」者，已冥搜而得之矣，非必再登絶頂也。　杜句有上因下因之法，盪胸由於曾雲之生，上二字因下。決眥而見歸鳥入處，下三字因上。上因下者，倒句也。下因上者，順句也。末即登泰山而小天下之意。

㊀《虞書》：東巡狩，至於岱宗。《前漢·郊祀志》：岱宗，泰山也。鄭昂曰：王者升中告代必於此山，又是山爲五嶽之長，故曰岱宗。

㊁《史記·貨殖傳》：泰山之陽則魯，其陰則齊。　《子夜歌》：寒衣尚未了。

㊂《莊子》：造化之所始，陰陽之所變。　《左傳》：「天鍾美於是。」鍾，聚也。　孫綽《天台賦序》：天台者，山嶽之神秀。　《老子》：「大制不割。」割，分也。　曹輔佐對：大人達觀，任化昏曉。　徐增云：山後爲陰，日光不到故易昏。山前爲陽，日光先臨故易曉。　朱注：《封禪記》：泰山東隅有日觀峰，雞鳴時見日出，長三丈。　即割昏曉之義。

㊃張衡《南都賦》：淯水盪其胸。　馬融《廣成頌》：動盪胸臆。　《公羊傳》：觸石而出，膚寸而合，不崇朝而徧天下者，泰山之雲也。　雲氣瀰漫飄蕩，如疊浪層波，對之心胸若摇。　庾肩吾詩：層雲霾峻嶺。

㈤曹植《冬獵篇》：「張目決眥。」決，開也。眥，目眶也。　曹植詩：歸鳥赴喬林。

㈥周王褒詩：絶頂日猶晴。　沈約詩：絶頂復孤圓。

㈦《世説》：王珣曰：「若使阡陌條暢，則一覽而盡。」　《揚子法言》：登東嶽者，然後知衆山之峛崺也。

盧世㴶曰：公初登東嶽，似稍緊窄，然而曠甚。後望南嶽，似稍錯雜，然而肅甚。固不必登峰造極，而兩嶽真形已落其眼底。及觀《又上後園山脚》云：「昔我遊山東，憶戲東嶽陽。窮秋立日觀，矯首望八荒。」則是業升岱宗之巔，而流覽無際矣，乃絶不另設專題以鋪張遊概，亦以《望嶽》一首已領其要，故不必再拈也。試思他人千萬語，有加於「齊魯青未了」者乎。

少陵以前題詠泰山者，有謝靈運、李白之詩。謝詩八句，上半古秀，而下却平淺。李詩六章，中有佳句，而意多重複。此詩遒勁峭刻，可以俯視兩家矣。

龍門及此章，格似五律，但句中平仄未諧，蓋古詩之對偶者。而其氣骨崢嶸，體勢雄渾，能直駕齊梁以上。

# 登兖州城樓

邵注：兖州，魯所都，漢以封共王餘。《唐書》：兖州，魯郡，屬河南道。　顧宸注：兖州，隋改爲魯郡，唐武德間復曰兖州，天寶元年又改魯郡。此云兖州，當是開元二十五年，公下第後遊齊趙時所作。　鰲按：唐之兖州治瑕丘縣，即今之嵫陽縣也。　蔡夢弼曰：公父閑嘗爲兖州司馬，公時省侍，故有「趨庭」句。

**東郡趨庭日**㈠，**南樓縱目初**㈡。**浮雲連海岱**一作嶽㈢，**平野入青徐**㈣。**孤嶂秦碑在**㈤，**荒城魯殿餘**㈥。**從來多古意**㈦，**臨眺獨躊躇**㈧。公至兖州省侍而詠南樓也。通首皆登樓所見，「海岱」「青徐」屬遠景，故以「縱目」二字起之。「秦碑」「魯殿」屬近景，故以「臨眺」二字結之。仍在上下四句分截。　趙汸云：三四宏闊，俯仰千里。五六微婉，上下千年。曰「從來」則平昔懷抱可知。曰「獨」則登樓者未必皆知。

㈠《前漢志》：東郡，秦置，屬兖州。　隋孫萬壽詩：趨庭尊教義。

㈡《晉書·庾亮傳》：「乘秋夜往，共登南樓。」此借用其字。　張鏡《觀象賦》：爾乃縱目遠覽，傍通四維。

㈢古詩：浮雲蔽白日。　海岱青徐，與兖州接壤。　《禹貢》：海岱惟青州。

㈣鮑照詩：平野起秋塵。　《海賦》：西薄青徐。《唐書》：青州北海郡、徐州彭城郡，俱屬河南道。

㈤唐太宗《小山賦》：寸中孤嶂連還斷。　《秦本紀》：始皇二十八年，東行郡縣，上鄒嶧山，刻石頌秦德。

㈥謝玄暉詩：荒城迥易陰。　徐摛詩：列楹登魯殿。　王延壽《魯靈光殿賦》：殿本景帝子魯共王所立。《後漢書注》：殿在兖州曲阜縣城中。

㈦《史記·龜策傳》：所從來久矣。　隋李密詩：悵然懷古意。

㈧沈約詩：臨眺殊復奇。　《莊子》：聖人躊躇以興事。　薛君曰：躊躇，躑躅也。《玉篇》：猶豫也。

黄生曰：前半登樓之景，後半懷古之情，其驅使名勝古跡，能作第一種語。此與《岳陽樓》詩，並足凌轢千古。

趙汸曰：公祖審言《登襄陽城》詩云：「旅客三秋至，層城四望開。楚山橫地出，漢水接天迴。冠蓋非新里，章華只舊臺。習池風景異，歸路滿塵埃。」公此詩實本於其祖。

張綖注：凡詩體欲其宏，而思欲其密。廣大精微，此詩兼之矣。考公作此詩時，年甫十五，而所作已如此，其得之天者，良不偶也。

胡應麟曰：五言律體，肇自齊梁，而極盛於唐。要其大端，亦有二格。陳、杜、沈、宋，典麗精工，王、孟、儲、韋，清空閒遠。此其概也。然右丞贈送諸什，往往闌入高岑。鹿門蘇州，雖自成趣，終非大手。太白風華逸宕，特過諸人，而後學者，才非天仙，多流率易。唯工部諸作，氣象嵬峩，規模宏遠，當其神來境詣，錯綜幻化，不可端倪，千古以還，一人而已。　又曰：宏大則「昔聞洞庭水」，富麗則「花隱掖垣暮」，感慨則「東郡趨庭日」，幽野則「林風纖月落」，餞送則「冠冕通南極」，投贈則「斧鉞下青冥」，追憶則「洞房環珮冷」，弔哭則「他鄉復行役」等，皆神化所至，不似人間來者。　又曰：作詩不過情景二端，如五言律體，前起後結，中四句，二言景，二言情，此通例也。唐初多以首二句言景對起，止結二句言情，雖豐碩，往往失之繁雜。唐晚則第三四句多作一串，雖流動，往往失之輕儇。俱非正體。惟沈、宋、李、王諸子，格調莊嚴，氣象閎麗，最爲可法。第中四句大率言景，不善學者湊砌堆疊，多無足觀。老杜諸篇，雖中聯言景不少，大率以情間之。故習杜者，句語或有枯燥之嫌，而體裁絶無靡冗之病。此初學入門第一義，不可不知。若老手大筆，則情景混融，錯綜惟意，又不可專泥此論。

李夢陽曰：疊景者意必二，闊大者半必細，此最律詩三昧。如「浮雲連海岱，平野入青徐。孤嶂秦碑在，荒城魯殿餘」，前景寓目，後景感懷也。如「詔從三殿去，碑到百蠻開。野館濃花發，春帆細雨來」，前半闊大，後半工細也。唐法律甚嚴惟杜，變化莫測亦惟杜。

楊士弘曰：律詩破題，或對景興起，或比物起，或引事起，或就題起，要突兀高遠，如狂風捲浪，勢欲滔天。頷聯，或寫意，或寫景，或叙事，或引證，此聯要接破題，如驪龍之珠，抱而不脱。頸聯，或寫意，或寫景，或叙事，或引證，與前聯之意，相應相避，此聯要有變化，如疾雷破山，觀者驚愕。結句，或就題結，或開一步，或繳前聯之意，或用事，必放一步作散場，如剡溪之棹，自去自回，言有盡而意無窮。

周珽曰：古雄而渾，律精而微。四傑律詩，多以古脈行之，故才氣雖高，風華未爛。陳、杜、沈、宋起，而吞吐含芳，安詳合度，亭亭整整，喁喁吁吁，覺其句自能言，字自能語，品之所以爲美。漸至開元、天寶，李杜群賢迭興，國脈既昌，文運正盛，洋洋乎一朝聲律，頓成盡善。自大曆諸家，以及貞元學者，雖多合作，不無少變。元和以後，風氣漸衰，聲格浸降，要亦世運使然耳。

周弼曰：五言律有四實，謂中四句皆景物而實。開元、大曆多此體，華麗典重之間，有雍容寬厚之態，此其妙也。稍變，然後入於虚，間以情思，故此體當爲衆體之首。昧者則堆積窒塞，寡於意味矣。四虚者，謂中四句皆情思而虚也。不以虚爲虚，以實爲虚，自首至尾，如行雲流水，此其難也。元和以後，用此體者，骨格雖存，氣象頓殊。向後則偏於枯瘠，流於輕餒，不足采矣。又前聯情而虚，後聯景而實。實則氣勢雄健，虚則態度諧婉，輕前重後，酌量適均，無窒塞輕餒之患。若前聯景而實，後聯情而虚，前重後輕，多流於弱。蓋發興盡，則難於繼矣。

## 題張氏隱居二首

鶴注：《舊唐書·李白傳》云：少與魯中諸生張叔明等隱於徂徠山，號爲竹溪六逸。又子美《雜述》云「魯有張叔卿」，意叔明、叔卿止是一人，卿與明有一誤耳。不然，亦兄弟也。是詩張氏隱居，豈其人歟。此當是開元二十四年後，與高李遊齊趙時作。

**春山無伴獨相求**㈠，**伐木丁丁**音争**山更幽**㈡。**澗道餘寒歷冰**去聲**雪**㈢，**石門斜日到林丘**㈣。**不貪夜識金銀氣**㈤，**遠**去聲**害朝看**平聲**麋鹿遊**㈥。**乘興**去聲**杳然迷出處**昌據切㈦，**對君疑是泛虚舟**㈧。此首初訪張君而作也。上四言景，下四言情，此大概分段處。若細分之，首句張氏，次句隱居。三四切隱居，言路之僻遠，五六切張氏，言人之廉静。末二説得賓主兩忘，情與境俱化。上海朱瀚曰：看此詩脈理次第，曰斜日，曰夜，曰朝，曰到，曰出，曰求，曰對，分明如畫。

㈠庾信詩：春山百鳥啼。　劉琨詩：獨生無伴。　《易》：同氣相求。

㈡《詩》：伐木丁丁，鳥鳴嚶嚶。嚶其鳴矣，求其友聲。《小序》：《伐木》，燕朋友故舊也。注：丁丁，伐木聲。　王籍詩：鳥鳴山更幽。

㈢王臺卿詩：飛梁通澗道。　朱記室詩：疊夜抱餘寒。　《世説》：「范逵投陶侃宿，於時冰雪積日。」冰雪，猶言凍雪，冰讀去聲。

㈣錢箋：《地理志》：臨邑縣有濟水祠，水有石門，以石爲之，故濟水之門也。《春秋》：齊鄭會於石門，鄭車僨濟。即此地。邵注謂在兖州府平陰縣。今按：石門不必確指地名，公《橋陵》詩云「石門霜露白」，亦只泛言。　謝靈運詩：披雲卧石門。　陰鏗詩：翠柳將斜日。　謝惠連詩：落雪灑林丘。

㈤《左傳》：子罕曰：「我以不貪爲寶。」　朱注：《南史》載梁隱士孔祐至行通神，嘗見四明山谷中有錢數百斛，視之如瓦石。樵人競取，入手即成沙礫。金銀氣殆是類耶。《地鏡圖》：凡觀金玉寶劍之氣，皆以辛日雨霽之旦及黄昏夜半伺之，黄金之氣赤黄，千萬斤以上，光大如鏡盤。《史·天官書》：敗軍場，破國之墟，下有積錢，金寶之上，皆有氣，不可不察。

㈥《晏子春秋》：可謂能遠害矣。　《史記·李斯傳》：麋鹿遊於朝。《關中記》：辛孟年七十，與麋鹿同群，世謂鹿仙。

㊆《世説》：王徽之曰：「我本乘興而行。」《莊子》：窅然難言之矣。注：窅然，杳深貌。沈佺期詩：此中迷出處。盧照鄰詩：桃源迷處所。

㊇庾信詩：對君俗人眼。《莊子》：方舟而濟於河，有虚船來觸舟，雖褊心之人不怒。虚舟，謂空無所繫。

唐律多在四句分截，而上下四句，自具起承轉闔。如崔顥《行經華陰》詩，上半華陰之景，下半行經有感，「武帝祠前」二句乃承上，「河山北枕」二句乃轉下也。崔署《九日登仙臺》詩，上半九日登仙臺，下半呈寄劉明府，「三晉雲山」二句乃承上，「關門令尹」二句乃轉下也。杜詩格法，類皆如此。首句「春山」二字一讀，次句「伐木丁丁」四字一讀，下面「澗道餘寒」「石門斜日」皆四字一讀，「不貪」「遠害」「乘興」「對君」皆二字一讀。知得句中有讀，則意義自易明矣。

高棅曰：七言律詩，又五言之變也，在唐以前，沈君攸七言儷句已肇律體，唐初始專此體，沈宋輩精巧相尚。開元初，蘇張之流盛矣。盛唐作者不多，而聲調最遠，品格最高，若崔灝、賈至、王維、岑參，當時各極其妙。至於李頎、高適，當與並驅，未論先後也。少陵七言律法，獨異諸家，而篇什亦盛，如《秋興》諸作，前輩謂其大體渾雄富麗，小家數不可髣髴，誠然。

楊士奇曰：律詩始盛於開元、天寶之際，若渾雄深厚，有行雲流水之勢，冠裳佩玉之風，流出胸次，從容自然，而皆由夫性情之正，不拘於法律，而亦不越乎法律之外。所謂從心所欲不踰矩，爲詩之聖者，其杜少陵乎。

胡應麟曰：近體莫難於七言律，五十六字之中，意若貫珠，言若合璧。其貫珠也，如夜光走盤而不失迴旋曲折之妙。其合璧也，如玉匣有蓋而絶無參差扭捏之痕。綦組錦繡，相鮮以爲色。宫商角徵，互合以成聲。思欲深厚有餘，而不可失之晦。情欲纏綿不迫，而不可失之流。肉不可使勝骨，而骨又不可太露。辭不可使勝氣，而氣又不可太揚。莊嚴則清廟明堂，沉着則萬鈞九鼎，高華則朗月繁星，大則泰山喬嶽，圓則流水行雲，變幻則淒風急雨，一篇之中，必數者兼備，乃稱全美。迄唐，高岑明凈整齊，所乏遠韻。王李精華秀朗，時覺小疵。學者步高岑之格調，合王李之風神，加以工部之雄深變幻，七律能事畢矣。　又曰：近體，盛唐至矣，充實輝光，種種備美，所少者曰大曰化耳。故能事必老杜而後極。杜公諸作，正所謂正中有變，變而能化者。今其體調之正，規模之大，人所共知。惟變化二端，勘覈未徹。不知變主格，化主境，格易見，境難窺。變則標奇越險，不主故常。化則神動天隨，從心所欲。七言近體諸作，所謂變也，如「錦江春色來天地，玉壘浮雲變古今」，「織女機絲虚夜月，石鯨鱗甲動秋風」，「香稻啄餘鸚鵡粒，碧梧棲老鳳凰枝」，「聽猿實下三聲淚，奉使虚隨八月槎」，字中化境也。「無邊落木蕭蕭下，不盡長江滚滚來」，「二儀清濁還高下，三伏炎蒸定有無」，「永夜角聲悲自語，中天月色好誰看」，「絶壁過雲開錦繡，疏松隔水奏笙簧」，句中化境也。「昆明池水」、「風急天高」、「老去悲秋」、「霜黄碧梧」，篇中化境也。　又曰：大概杜有三難，極盛難繼，首創難工，遘衰難挽。子建以至太白，詩家能事都盡，杜後起，集其大成，一也。排律近體，前人未備，伐山道源，爲百世模，二也。開元既往，大曆系興，砥柱其間，唐以復振，三也。

王世貞曰：王允寧生平所推伏者獨少陵，其所好談以爲獨解者七言律。大要貴有照應，有開闔，有關鍵，有頓挫，其意主比主興，其法有正插，有倒插。又曰：七言律，不難於中二聯，難於發端及結句耳。發端，盛唐人無不佳者。結頗有之，然亦無轉入他調及收頓不住之病。篇法，有起有束，有放有斂，有唤有應，大抵一開則一闔，一揚則一抑，一象則一意，無偏用者。句法，有直下者，有倒插者，倒插最難，非老杜不能也。字法，有虚有實，有沉有響，虚響易工，沉實難至。五十六字，如魏明帝凌雲臺，材木銖兩悉配，乃可耳。篇法之妙，有不見句法者。句法之妙，有不見字法者。此是法極無迹，人猶能之。至境與天會，未易求也。有俱屬象而妙者，有俱屬意而妙者，有俱作高調而妙者，有直下不偶對而妙者，皆興詣而神合氣完使之然。

楊士弘曰：七言律難於五言律。七言下字較粗實，五言下字較細嫩。七言若可截作五言，便不成詩，須字字去不得方是。所以句要藏字，字要藏意，如連珠不斷方妙。

陸時雍曰：工部七律，藴藉最深，有餘地，有餘情，情中有景，景外含情，一咏三諷，味之不盡。

周敬曰：少陵七言律，如八音並奏，清濁高下，種種具陳，真有唐獨步也。然其間半入大曆後聲調，實開中晚濫觴之竇。

其二

**之子時相見**㈠，**邀人晚興**去聲**留**㈡。**霽**王洙作霽，一作濟**潭鱣發發**音撥㈢，**春草鹿呦呦**㈣。**杜酒偏勞勸**㈤，**張梨不外求**㈥。**前村山路險**㈦，**歸醉每無愁**㈧。此記張氏留飲之興也。曰「時相見」，則往來非一度矣。「邀人」句起中四。魚躍鹿鳴，晚時之景。酌酒削梨，留客之具。醉歸忘險，極盡主人之興矣。　顧注：杜酒、張梨，暗用賓主二姓。酒本出於杜，故云偏勞勸。梨自出於張，故云不外求。

㈠之子指張公。《詩》：彼其之子。　漢成帝時童謡曰：燕燕，尾涎涎，張公子，時相見。

㈡杜審言詩：聖情留晚興。

㈢別本作濟潭，是指濟水言。按：前章云「林丘」，本章云「山路」，則知不在濟水傍矣。以霽對春，正切時景。　《詩》：鱣鮪發發。《齊風·碩人》篇正義以鱣爲江東黄魚。今按霽潭中恐無此大魚，當依毛傳作鯉爲是。發發，盛貌。

㈣謝靈運詩：萋萋春草繁。　《詩》：呦呦鹿鳴。蘇武詩：鹿鳴思野草，可以喻嘉賓。

㈤《急就篇注》：古者儀狄作酒醪，杜康又作秫酒。魏武帝樂府：何以解憂，惟有杜康。

㈥潘岳《閑居賦》：張公大谷之梨。　謝靈運詩：得性非外求。

㈦沈炯詩：火炬前村發。　楊炯詩：山路遶羊腸。

㈧全大鏞注：《莊子》：「醉者之墜車，得全於酒。」末句暗用其意。公《夔州》詩「醉於馬上往來輕」，是忘憂良法。《詩》：醉言歸。

張綖曰：前詩但述隱居孤寂以美張氏，未言相留款曲之情，故次詩盡之。可見古人作二首者，不徒然也。

鰲按：此兩詩非一時之作，玩首句「時」字末句「每」字，可見。

黄常明《詩話》曰：杜詩多用經語，如「車轔轔，馬蕭蕭」、「鱣發發」、「鹿呦呦」皆渾然嚴重，如入天陛赤墀，植璧鳴玉，法度森嚴。然後人不敢用者，豈非造語膚淺不類耶。

# 劉九法曹鄭瑕丘石門宴集

鶴注：此當是開元二十四年已後作。兖與齊爲鄰，至兖則至齊也。朱注：《唐書》府州各有法曹參軍事。《海録碎事》：魏置理曹掾，法曹也。邵注：《唐志》：瑕丘，山東兖州府治也。石門，山名，在兖州府平陰縣，與瑕丘相鄰境。鄭是官於瑕丘者。

**秋水清無底**㈠，**蕭然净客心**㈡。**掾曹乘逸興**去聲㈢，**鞍馬到荒林**一作去相尋㈣。**能吏逢聯璧**㈤，**華筵直一金**㈥。**晚來横吹**去聲**好**㈦，**泓下亦龍吟**㈧。首聯點石門，次聯點劉九，三聯點宴集。横吹、龍吟，極言開筵張樂之盛，亦應「秋水清」句。

㈠潘岳《秋興賦》：澡秋水之涓涓兮。盧思道詩：「秋江見底清。」首句翻用之。sw據詩：深谷下無底。

㈡王彪之詩：散懷山水，蕭然忘羈。顧宸云：公爲客，鄭乃主人。謝惠連詩：眷眷浮客心。

㊂洙曰：漢制以曹官爲掾，如屋之有椽，言其有所負荷也。《西京雜記》：京兆有古生者爲都掾史，至今稱古掾曹。　湛方生《風賦》：轉濠梁之逸興。

㊃阮籍詩：鞍馬去行遊。　謝靈運詩：荒林紛沃若。

㊄《後漢書》：曹騰字季興，桓帝時封費亭侯。种暠劾騰，騰不爲纖介，嘗稱暠能吏。　聯璧，兼稱劉鄭。《晉書》：潘岳、夏侯湛，美丰容，行止同輿接茵，人謂之聯璧。《南史》：韋孝寬從荊州刺史源子恭鎮襄城，時獨孤信爲新野郡守，與孝寬情好甚密，政術俱美，荊部吏人號爲聯璧。

㊅楊慎曰：華筵直一金，有典則可，無典則俗。　張率《白紵歌》：列坐華筵紛羽爵。　班彪《王命論》：所願不過一金。《史記·平準書》：一金，黄金一斤。《漢·食貨志》：黄金一斤直錢萬。《淮南子》：秦以一鎰爲一金，而重一斤，漢以一斤爲一金。

㊆李百藥詩：晚來風景麗。　《晉書》：横吹有雙角，張騫自西域傳其法於長安，唯得《摩訶兜勒》一曲，李延年因之更造新聲二十八解。《古今樂録》：横吹，羌樂也。《樂纂》曰：横笛，小篪也。

㊇江淹《横吹賦》：樹嵜嵺，水泓澄。《説文》：泓，水深處。　《晉書》：鼓角横吹曲，蚩尤氏率魑魅與黄帝戰於涿鹿，帝乃命鼓角爲龍吟以禦之。　馬融《長笛賦》：龍吟水中不見已，伐竹吹之聲相似。

# 與任平聲城許主簿遊南池

鶴注：《唐志》：任城爲兖州緊縣。此詩公遊齊趙，乃至兖州時所作。《唐書》：任城，漢縣，隋屬兖州。《一統志》：南池在濟寧城東南隅，今淤塞。

**秋水通溝洫**㊀，**城隅進**一作集**小船**㊁。**晚涼**草堂本作來**看**平聲**洗馬**㊂，**森木亂鳴蟬**㊃。**菱熟經時**一作旬**雨**㊄，**蒲荒八月天**㊅。**晨朝降白露**㊆，**遥憶舊青氈**㊇。上四遊池之景，下四悲秋之意。

公詩善記節候。此詩「晨朝降白露」，明日白露節也。《秦州》詩「露從今夜白」，今日白露節也。

遥憶舊氈，蓋當秋而動鄉思矣。

㊀《莊子》：秋水時至，百川灌河。《周禮·考工記》：匠人爲溝洫。廣深四尺謂之溝，廣深八尺謂之洫。

㊁《詩·鄭風》：俟我於城隅。庾信詩：小船行釣鯉。

㊂沈佺期詩：高樹晚涼歸。左思《魏都賦》：「刷馬江州。」刷，即洗馬也。劉劭《七華》：「漱馬河源。」漱，乃飲馬也。左思《蜀都賦》：彈言鳥於森木。

㊃潘岳詩：鳴蟬厲寒音。

㊄《武陵記》：三角四角曰芰，兩角曰菱，其花紫色，晝合宵炕，隨月轉移，猶葵之隨日也。《呂氏春秋》：甘露時雨，不私一物。蔡邕《述行賦》：遘淫雨之經時。

㊅蒲有二種。《陳風》：「彼澤之陂，有蒲與荷。」蒲乃水草，其質柔弱，故至中秋而荒殘也。《王風》：「不流束蒲。」乃蒲柳，屬木本，與此不同。《詩》：八月萑葦。

㊆夏侯湛詩：冒晨朝兮入大谷。《月令》：孟秋之月，白露降，寒蟬鳴。

㊇《世説》：王獻之夜卧齋中，有盗入室，獻之語曰：「青氈我家舊物，可特置之。」

## 對雨書懷走邀許主簿

鶴注：許即任城許主簿。當是開元二十五年至兖州，與許遊南池時相先後。今詩云「東嶽雲峰起」，則是在兖州甚明。魯訔年譜引公酹文云：「二十九年，在洛之首陽祭遠祖。」則至兖在二十九年之前。梁權道編在天寶十三載，非。蓋是年公在長安矣。走邀，遣人持詩往邀也。

**東嶽雲峰起**㊀，**溶溶滿太虚**㊁。**震雷翻幕燕**㊂，**驟雨落河**一作溪**魚**㊃。**座對賢人酒**㊄，**門聽長者車**㊅。**相邀愧泥濘**㊆，**騎馬到階除**㊇。單復注：上四對雨，五六書懷，七八走邀主簿。

㊀「東嶽」二句，即《公羊傳》「泰山之雲，觸石而出，膚寸而合，不崇朝而雨天下」意。《説苑》：泰山，東嶽也。謝道韞詩：峩峩東嶽高，秀極沖青天。庾肩吾詩：雨足飛春殿，雲峰入夏池。

㊁《楚辭》：雲溶溶兮雨溟溟。《内經》：太虚廖廓。

㊂《國語》：震雷出滯。《左傳》：吴公子札聘於上國，宿於戚，聞孫林父擊鐘，曰：「夫子之在此，猶燕之巢於幕上。」嚴有翼曰：幕非巢燕之所，此言其至危。潘岳《西征賦》：危素卵之累殼，甚立燕之幕巢。丘希範書：「將軍魚游鼎沸之中，燕巢飛幕之上。」蓋用此意。邢劭《春宴》詩：「簷喧巢幕燕，池躍戲蓮魚。」謝瞻《九日》詩：「巢幕無留燕，遵渚有來鴻。」却是誤用其文。杜詩「震雷翻幕燕」，則仍合本意矣。

㊃《老子》：驟雨不終日。《始皇本紀》：八年，河魚大上。注：謂河水溢，魚大上平地。《杜詩博議》：《汝南先賢傳》：「葛玄書符着水中，大雨淹注。復書符投雨中，須臾落大魚數百頭。」暗使此事。全大鏞注：明萬曆丁酉，楚墩子湖忽龍起，是日雨如傾，魚從雲中散落百里，家家得魚。慈水姜氏曰：「驟雨落河魚」與「細雨魚兒出」照看自明。雨細則魚浮而上唸，雨驟則魚落而潛伏也。

㊄《魏略》：太祖時禁酒，而人竊飲之，故難言酒，以白酒爲賢人，清酒爲聖人。

㊅《陳平傳》：平家負郭窮巷，以席爲門，然門外多長者車轍。

㊆《吴都賦》：流汗霡霂，而中逵泥濘。

⑧襄陽兒童詩：時時能騎馬。《景福殿賦》：階除連延。

## 巳上人茅齋

鶴注：梁氏編在天寶十二載遊山東時作，然舊次與洛兗所作詩先後，當是開元二十九年間。　胡應麟曰：巳上人歐公作齊己，非也。己與貫休同出晚唐，乃鄭谷輩同時，何緣與杜相值。《摩訶般若經》云：何名上人？　佛言：若菩薩一心行阿耨菩提，心不散亂，是名上人。

**巳公茅屋下**㈠**，可以賦新詩**㈡**。枕簟入林僻**㈢**，茶瓜留客遲**㈣**。江蓮摇白羽**㈤**，天棘蔓**徐鉉家本作蔓，舊作夢，非**青絲**㈥**。空忝許詢輩**㈦**，難酬支遁詞**㈧**。** 首聯，領起中四。枕簟茶瓜，茅齋之事，江蓮天棘，茅齋之景，此足以發詩興者。末以許詢自比，以支遁比巳公，蓋賦詩而作謙詞也。摇白羽，狀江蓮之飄動。蔓青絲，狀天棘之蒙茸。

㈠《漢·許皇后傳》：幸得免離茅屋之下。

㈡陶潛詩：乃賦新詩。

㈢《荀子》：枕簟之上。　朱注：簟，竹席也。　自關以西謂之簟，或謂之籧篨。

㈣《晉書》：陸納爲吴興太守，謝安詣納，所設唯茶果而已。　《神仙傳》：葛玄爲客設生瓜。　《杜臆》：遲，謂留客之久。

㊄鮑照詩：留我一白羽。注：白羽，扇也。朱注：《華嚴會玄記》：青松爲麈尾，白蓮爲羽扇。董斯張云：白羽如「值其鷺羽」之羽，狀蓮之迎風而舞。舊解作扇，非。

㊅鄭侯升《秕言》曰：《冷齋詩話》以天棘爲楊柳。蔡夢弼注以天棘爲天門冬。羅大經《鶴林玉露》則引佛書云：終南長老入定，夢天帝賜以青棘之絲，故云「天棘夢青絲」。其説牽合難從。考鄭漁仲《通志》：柳名天棘，南人謂之楊柳。庾信詩：「岸柳被青絲。」亦一證也。楊慎升菴曰：鄭樵之説無據。柳可言絲，衹在初春。若茶瓜留客之日，江蓮白羽之辰，必是深夏，柳已老葉陰濃，不可言絲矣。若夫蔓云者，可言兔絲、王瓜，不可言柳。天棘非柳明矣。按《本草索隱》云：「天門冬，在東嶽名淫羊藿，在南嶽名百部，在西嶽名管松，在北嶽名顛棘。」顛與天，聲相近而互名也。此解近之。朱注：杜田《正謬》：夢當作蔓。《抱朴子》及《博物志》皆云：天門冬一名顛棘，以其刺故也。然不載天棘之名，疑是方言。《本草圖經》：「天門冬生奉高山谷，今處處有之。春生藤蔓，大如釵股，高至丈餘，亦有澀而無刺者，其葉如絲而細散。」以此考之，天棘爲天冬明矣。

㊆《世説》：支遁、許詢，共在會稽王齋，支爲法師，許爲都講。《高僧傳》：支遁講《維摩經》，遁通一義，詢無以厝難。詢設一難，遁亦不能復通。

㊇陸罩詩：信解愧難酬。

# 房兵曹胡馬

鶴注：房兵曹，未詳何人。以舊次先後，當在開元二十八九年間。　朱注：《唐書》：諸衛府州，各有兵曹參軍事。

**胡馬大宛**於爰切**名**㈠**，鋒稜瘦骨成**㈡**。竹批雙耳峻**㈢**，風入四蹄輕**㈣**。所向無空闊**㈤**，真堪託死生**㈥**。驍騰有如此**㈦**，萬里可横行**㈧**。**　黄生曰：上半寫馬之狀，下半贊馬之才，結歸房君，此作者詩法。　張綖曰：馬以神氣清勁爲佳，不在多肉。故云「鋒稜瘦骨成」。　無空闊，能越澗注坡。託死生，可臨危脱險。下句蒙上，是走馬對法。　張綖曰：此四十字中，其種其相，其才其德，無所不備，而形容痛快，凡筆望一字不可得。

㈠李陵書：胡馬奔走。　《史記》：初天子得烏孫馬，號曰天馬。及得大宛汗血馬，益壯，更名烏孫馬曰西極馬，宛馬曰天馬。

㈡馬援鑄銅馬，奏曰：「臣既備數家骨法。」

㈢賈思勰《齊民要術》：馬耳欲小而鋭，狀如斬竹筒。　黄注：批竹，即《馬經》削筒。批，削也。　盧注：太宗叙十驥，耳根尖鋭，杉竹難方。「竹批雙耳峻」本此。《拾遺記》：曹洪乘白馬，耳中生風，足不踐地。「風入四蹄輕」本此。《楚辭·九懷》：驥垂兩耳。

㈣劉義恭《白馬賦》：竦身輕足。沈佺期《驄馬》詩：四蹄碧玉片，雙眼黄金瞳。

㈤何晏《韓白論》：白起爲將，所向無前。　張九齡詩：轉逢空闊處。

㈥《孫子》：死生之地。　《東觀漢記》：吴漢伐蜀，戰敗墮水，緣馬尾得出。《江表傳》：孫權征合肥，乘駿馬上津橋，橋見徹，丈餘無板。權躍馬超之，得免。《蜀志》：劉先主的盧一躍三丈，過檀溪，免劉表之追。《晉書》：劉牢之馬躍五丈澗，脱慕容垂之逼。此皆能越空闊而託死生者。

㈦《赭白馬賦》：「料武藝，品驍騰。」言驍勇飛騰也。

㈧《莊子》：穆王駕八馬之乘，一日行萬里。楊素詩：横行萬里外。

趙汸曰：前輩言詠物詩戒粘皮着骨。公此詩，前言胡馬骨相之異，後言其驍騰無比，而詞語矯健豪縱，飛行萬里之勢，如在目中，所謂索之於驪黄牝牡之外者。區區模寫體貼以爲詠物者，何足語此。

## 畫鷹

鶴注：此詩未詳何年何地所作。舊次在與李白同尋范十隱居，則不得云在天寶十三載矣。梁編非是。

**素練風**一作如**霜起**㈠，**蒼鷹畫作殊**㈡。**攫**荀勇切**身思狡兔**㈢，**側目似愁胡**㈣。**絛**他刀切，同縧

**鏇**徐釗切**光堪摘**㊄**，軒楹勢可呼**㊅**。何當擊凡鳥**㊆**，毛血灑平蕪**㊇**。**次句點題，起下四句。曰攫、曰側，摹鷹之狀。曰摘、曰呼，繪鷹之神。末又從畫鷹想出真鷹，幾於寫生欲活。每詠一物，必以全副精神入之，故老筆蒼勁中，時見靈氣飛舞。張孝祥曰：首聯倒插，言鷹之威猛，如挾風霜而起也。朱注：此即《畫馬》詩「縞素漠漠開風沙」意。趙汸注：末聯兼有疾惡意。

㊀素練，畫絹也。沈約《恩倖傳論》：素練丹魄，至皆兼兩。《西京雜記》：淮南子自云字挾風霜。孫楚《鷹賦》：風霜激厲。

㊁《國策》：唐雎謂秦王曰：「要離刺慶忌，蒼鷹擊於殿上。」畫作，謂畫中作勢。丘巨源詩：畫作景山樹。

㊂攫當作玃。《漢·刑法志》：玃之以行。晉灼曰：攫，古竦字。《抱朴子》：徒聞振翅竦身，不能凌厲九霄。孫楚《鷹賦》：「擒狡兔於平原。」兔性善狡也。

㊃傅玄《鷹賦》：左看若側，右視如傾。《漢書·李廣傳》：側目而視，號曰蒼鷹。孫楚《鷹賦》：深目蛾眉，狀如愁胡。魏彥深《鷹賦》：立如植木，望似愁胡。劉云：以其碧眼相似也。

㊄《淮南子》：絛可以爲繶。《廣韻》：絛編絲繩。王褒《四子講德論》：走箭飛鏇。《玉篇》：鏇，轉軸。《鷹賦》：「結璇璣之金環。」環，即鏇也。朱注：以絛繫鷹足，而繫之於鏇也。摘，解去也。

㊅孫楚《鷹賦》：應則應機，招則易呼。勢可呼，謂呼之使獵。

㊆何當，言何時當擊。《世說》：褚季野問孫盛：「卿國史何當成？」吴均詩：何當見天子？朱浮

書：褻之者，以爲園囿之凡鳥，外厩之下乘。《西都賦》：風毛雨血，灑野蔽天。《禮·郊特牲》：毛血，告幽全之物也。

㈧《幽冥録》：楚文王獵於雲夢之澤，雲際鳥翱翔飄颺，鷹見之，竦翮而升，矗若飛電，須臾羽墮如雪，血灑如雨，兩翅墮地，廣數十里。江淹賦：「平蕪際海。」平蕪，平原荒草也。

律詩八句，須分起承轉闔。若中間平鋪四語，則堆垛而不靈。此詩三四承上，固也。五六仍是轉下語，欲摘去條鏇，而呼之使擊，語氣却緊注末聯，知此可以類推矣。

## 過宋員外之問舊莊

原注：員外季弟執金吾見知於代，故有下句。

《唐書》：宋之問，字延清，景龍中遷考功員外郎。公故居在偃師，故過之問舊莊。朱注：本集：開元二十九年，公築室首陽之下，祭遠祖當陽君。其過之問莊，或在是時。

**宋公舊池館**㈠，**零落首**去聲，一作守，非**陽阿**㈡。**枉道秖**與祇同**從入**㈢，**吟詩許更過**平聲㈣。**淹留問耆老**一作舊㈤，**寂寞向山河**㈥。**更識將軍樹**㈦，**悲風日暮多**㈧。上四過宋舊莊，下則對莊而有感也。枉道入莊，題詩誌勝，有留連不盡之意，故云「吟詩許更過」。問耆老，訪其子孫家世也。向山河，傷其跡在人亡也。末乃觸物增悲，情見乎詞。

㈠鶴注：宋之問，虢州弘農人。首陽山在河南府，虢與河南爲鄰，故宋有别墅在焉。謝朓《遊後園賦》：清陰起兮池館涼。

㈡曹植詩：零落歸山丘。《一統志》：首陽山，在河南偃師縣西北二十五里。陸機《洛陽記》：首陽山，在洛陽東北去洛二十里。阮籍詩：步出上東門，北望首陽岑。夷齊所隱首陽，别在蒲州。

㈢魏文帝《與吴質書》：故使枉道相過。秖，適也。《詩》：秖攪我心。《司馬遷傳》：祇取辱耳。《鄒陽傳》：祇恐怨結而不見德。

㈣楊守阯曰：言宋詩尚矣，亦許我更過而題詠乎。須溪謂是尊慕前輩之詞。

㈤魏文帝詩：何爲淹留寄他方。漢武帝詔：詢問耆老。

㈥司馬長卿《美人賦》：上宫閒館，寂寞雲虚。曹植《王仲宣誄》：經歷山河。

㈦《後漢·馮異傳》：諸將並坐論功，異獨屏樹下，軍中呼爲大樹將軍。庾信《哀江南賦》：將軍一去，大樹飄零。壯士不還，寒風蕭瑟。

㈧古詩：蕭蕭白楊樹，日暮多悲風。鶴注：《舊史》：之問弟之悌，有勇力，開元中自右羽林將軍出爲益州長史、劍南節度使兼採訪使，尋遷太原尹。故云將軍，初不曾爲金吾官。原注疑誤。

趙汸曰：之問與公祖審言及陳子昂、沈佺期四人，爲唐律之祖，實公詩法淵源也。武后時，之問、審言俱爲修文館學士，世交亦厚。然之問爲人實不足道，詩無譏詞，以其契家前輩也。但曰「零落」「寂寞」「悲風」，則感慨係之矣。

# 夜宴左氏莊

鶴注：公未得鄉貢之前，遊吴越，下第之後，遊齊趙。此詩云：「詩罷聞吴詠，扁舟意不忘。」則是遊齊趙時作。未詳左氏莊在何郡，舊次在過宋之問舊莊後，則左氏莊亦當在河南。

**林風**晉作林風，舊作風林**纖月落**㈠，**衣露静**一作净**琴張**㈡。**暗水流花徑**㈢，**春星帶草堂**㈣。**檢書燒燭短**㈤，**看**一作説**劍**一作煎茗**引杯長**。**詩罷聞吴詠**㈥，**扁舟意不忘**㈦。月落露濃，静琴始張，入夜方飲也。水暗星低，夜宴之景。檢書看劍，夜宴之事。公弱冠曾遊吴越，故聞吴詠而追思其處。

吴江周篆云：檢書以考證，看劍而吟哦，此時正賦詩也。末句詩罷，乃倒插法。

㈠吴均詩：林疏風至少。謝朓詩：疏蕪散風林。《杜臆》謂林風與衣露相偶。鰲按：林風則微，風林則大，只顛倒一字，而輕重不同。古詩：兩頭纖纖月初生。張綽詩：雲表掛纖月。

㈡《説苑》：「孺子操彈於後園，露霑其衣。」或以衣爲琴衣，非是。謝朓詩：静琴愴復傷。《詩》：琴瑟在御，莫不静好。

㈢李百藥詩：暗水急還流。庾肩吾詩：向嶺分花徑。

㈣梁簡文帝《神山寺碑》：照影春星。張伯復《詩話》：「春星帶草堂」，古今傳爲佳句，只一帶字，便點出空中景象。如「玉繩低建章」，低字亦然。帶，拖帶也。《北山移文》：草堂之靈。

㈤江淹《傷友人賦》：共檢兮洛書。

㈥吴詠，謂詩客作吴音。

㈦《史記》：范蠡乘扁舟，游五湖。

趙汸曰：此詩寄興閑遊，狀景纖悉，寫情濃至，而開闔參錯，不見其冗，乃詩之入妙處。

顧宸曰：一章之中，鼓琴看劍，檢書賦詩，樂事皆具。而林風初月，夜露春星，及暗水花徑，草堂扁舟，時地景物，重疊鋪叙，却渾然不見痕迹。而其逐聯遞接，八句總如一句，俱從夜宴二字摹寫盡情。

黄生曰：夜景有月易佳，無月難佳。三四就無月時寫景，語更精切。上句妙在一暗字，覺水聲之入耳。下句妙在一帶字，見星光之遥映。

胡應麟曰：五律仄起高古者，唯杜爲勝。如「嚴警當寒夜，前軍落大星」，「不識南塘路，今知第五橋」，「今夜鄜州月，閨中只獨看」，「帶甲滿天地，胡爲君遠行」，「吾宗老孫子，質朴古人風」，「韋曲花無賴，家家惱殺人」，皆雄深渾樸，意味無窮。然律以盛唐，則氣骨有餘，風韻稍乏。唯「風林纖月落，衣露静琴張」，「花隱掖垣暮，啾啾棲鳥過」，尤爲工絶，此則盛唐所無也。

## 臨邑舍弟書至苦雨黄河泛溢隄防之患簿領所憂因寄此詩用寬其意

鶴注：《唐·五行志》：開元二十九年秋，河南河北二十四郡水。齊其一也，當是其年作。《唐書》：臨邑，漢縣，屬齊州。　張綖注：此詩諸家皆編在開元二十九年，公是時年甫三十，而詩中有「吾衰同泛梗」之句，是豈其少作耶。徒以唐史此年有伊洛及支川皆溢，河南北二十四郡水，遂爲編附。然黄河水溢，常常有之，豈獨是年哉。集中如此類者甚多，不能徧舉。

**二儀積風雨**㈠，**百谷漏波濤**㈡。**聞道**去聲**洪河坼**㈢，**遥連滄海高**㈣。從苦雨泛河叙起。「聞道」二字，據來書所言。　排律詩須見段落分明，看此篇逐段還題之法。

㈠二儀，天地也。《抱朴子》：彌綸二儀，升爲雲雨，降成百川。

㈡《老子》：江海能爲百谷王。　《魏志》：波濤汹湧。《通鑑》：漢陳忠曰：「淫雨漏河。」漏字本此。

㈢潘岳詩：登城望洪河。　注：洪河，黄河也。

㈣《抱朴子》：滄海之滉瀁。

**職司**一作思**憂悄悄**㈠，**郡國訴嗷嗷**㈡。**舍弟卑棲邑**㈢，**防川領簿曹**㈣。**尺書前日至**㈤，**版築**

不時操㈥。難假黿鼉力㈦，空瞻烏鵲毛㈧。此言隄防之患。簿領所憂。職司，治水之官。郡國，被災之民。領簿曹，穎爲臨邑主簿。操版築，監督治河之事。黿鼉、烏鵲，言不能借此以作橋梁。

㈠潘岳詩：恪居處職司。《前漢・成帝紀》：「御史大夫尹忠，以河決不憂職，自殺。」此反用之。《詩》：憂心悄悄。

㈡《漢・文帝紀》：令郡國無來獻。曹植詩：衆人徒嗷嗷。

㈢韋孟詩：修翼無卑棲。此暗用枳棘非鸞鳳所棲意。

㈣《國語》：甚於防川。《前漢・五行志》：不防川，不竇澤。

㈤《吴越春秋》：采葛婦歌：吴王歡兮飛尺書。

㈥洙曰：版築，以版夾土而築也。《齊國策》：田單身操版插。《史記・黥布傳》：項王身負版築，以爲士卒先。

㈦《竹書紀年》：周穆王大起九師，東至於九江，叱黿鼉以爲梁。

㈧《爾雅翼》：涉秋七日，鵲首無故皆秃，相傳是日烏鵲爲梁渡織女，故毛皆脱去。《淮南子》：烏鵲填河成橋渡織女。

燕平聲南吹畎畝㈠，濟上聲上没蓬蒿㈡。螺力戈切蚌步項切滿蕭氏云：滿讀平聲近郭㈢，蛟螭乘一作横九皋㈣。徐關深水府㈤，碣石小秋毫㈥。白屋留孤樹㈦，青天一作雲失以失對留，一作矢，非萬艘㈧。此言傍河州郡皆被泛溢。徐關近濟，碣石近燕，深成水府，小若秋毫，皆爲水所淹也。孤樹僅存，萬艘失道，甚言水勢之横決。　朱注：新舊史：開元二十九年七月，伊洛水溢，損居人廬舍，秋稼無遺，壞東都天津橋及東西漕，河南北諸州皆漂没。此詩黿鼉二句，誌橋毀也。燕南、濟上、徐關、碣石，誌諸州漂没也。吹畎畝，失萬艘，誌害稼并壞漕也。

㈠《一統志》：燕南，今順天保安州等地。　漢章帝詔：或起甽畝。漢趙過爲代田，一畝三甽。

㈡濟上，今山東濟南、兖州等地。　《莊子》：翱翔蓬蒿之間。

㈢東方朔詩：螺蚌非有心，沉迹在泥沙。《易傳》：「爲蠃爲蚌。」蠃，與螺通。　蕭雲從曰：《莊子·天地篇》「子貢瞞然俯慚而不對」，與《漢書·佞幸傳》「石顯憂滿不食」，字體聲音微分而義則一。杜詩「多壘滿山谷」，亦作平聲用。

㈣揚雄《羽獵賦》：薄索蛟螭。　《詩》：鶴鳴于九皋。《詩傳》：深澤曰皋。《釋文》：九皋，九折之皋。

㈤《左傳》：鞍之戰，齊侯自徐關入。　師古曰：「徐關，齊地。」公《送弟潁赴齊州》詩：徐關東海西。

《海賦》：爾其水府之内，極深之庭。

㈥《禹貢》：夾右碣石。《山海經注》：碣石山，在右北平驪城縣海邊。《唐書》：平州石城縣有碣石山。　公《昔遊》詩，追遊齊兖之作，亦云：昔與高李輩，晚登單父臺。寒蕪際碣石，萬里悲風來。　《淮南子》：秋毫之末，視之可察。

閻若璩曰：王氏《通鑑地理通釋》：碣石有三處。騶虞如燕，昭王築碣石宫，身親往師之。此碣石特宫名耳，在幽州薊縣西三十里，寧臺之東，非山也。秦築長城，起自碣石。此碣石在高麗界中，當名爲左碣石。其在平州南三十餘里者，即古大河入海處，爲《禹貢》之碣石，亦曰右碣石。其説可謂精矣。或疑《史記索隱》引《戰國策》，碣石山在常山九門縣。考九門縣，自西漢五代猶沿，宋開寶六年始省入藁城縣，西北二十五里有九門城，四面皆平地，求一培塿亦不可得，故鄭康成云：九門無此山。

㈦《漢書·吾丘壽王傳》：有司或由窮巷白屋。《漢書》：顔師古注：白屋，茅屋也。

㈧《莊子》：絶雲氣，負青天。湛方生詩：青天瑩如鏡。杜篤《論都賦》：大船萬艘，轉漕相過。

**吾衰同泛梗**㈠，**利涉想蟠桃**㈡。**却**一作賴**倚**一作倚賴**天涯釣**㈢，**猶能掣巨鼇**㈣。末乃寄詩以寬其意。朱注：言我雖泛梗無成，猶思垂釣東海，以施掣鼇之力，水患豈足憂耶。蓋戲爲大言以慰之耳。臨邑近海，故用蟠桃巨鼇事。此詩前起後結，各四句，中間二段各八句。今依朱子《詩傳》例，凡長篇之作，皆分勒章句，使眉目易醒也。

㈠吾衰，見《論語》。劉向《説苑》：土偶謂桃梗曰：「子東園之桃也，刻子以爲梗，遇天大雨，水潦並至，必浮子，泛泛乎不知所止。」駱賓王詩：旅行勞泛梗。

㈡《易》：利涉大川。《中洲記》：東海有山，名度索山，有大桃樹，屈盤三千里，名曰蟠桃。

㈢賴倚，作「却倚」爲是，即「長劍倚天外」之倚。或解作公爲臨邑弟所賴，非。曹植詩：布日蓋天涯。

㈣《列子》：龍伯之國有大人，一釣而連六鼇。《海賦》：崇島巨鼇。

楊慎曰：《文心雕龍·聲律》篇云：異音相從謂之和，同音相應謂之韻。韻氣一定，故餘聲易遣。和體抑揚，故遺響難契。宋詞元曲，皆於仄韻用和音以叶韻，蓋以平聲爲一類，而上去入三聲附之。如東、凍、董是和，東、中、風是韻也。鰲按：杜詩排律，如「螺蚌滿近郭」滿可讀平聲，如「人頻墜塗炭」塗可讀上聲，「此生任春草」任可讀平，春可讀上，「心微傍魚鳥」傍可讀平，魚可讀上，知杜句失嚴處仍是謹嚴也。

高棅曰：排律之作，其源自顔謝諸人，古詩之變，首尾排句，聯對精密。梁陳以還，儷句尤切。唐興始專此體，與古詩差别。貞觀初，作者猶未備。永徽以下，王、楊、盧、駱倡之於前，陳、杜、沈、宋繼之於後，蘇頲、二張又從而申之。其文辭之美，篇什之盛，蓋由四海宴安，萬幾多暇，君臣游豫賡歌而得之者。故其文體精麗，風容色澤，以詞氣相高而止矣。開元後，作者之盛，聲律之備，獨王右丞、李翰林，諸家皆不及。諸家得其一概，少陵獨得其兼善者。如《上韋左相》、《贈哥舒翰》、《謁先主廟》等篇，其出入始終，排比聲韻，發斂抑揚，疾徐縱横，無施而不可也。

胡應麟曰：陰鏗《安樂宫》詩：「新宫實壯哉，雲裏望樓臺。迢遞翔鷗仰，聯翩賀燕來。重簷寒霧宿，丹井夏蓮開。砌石披新錦，雕梁畫早梅。欲知安樂盛，歌管雜塵埃。」此十句律詩，氣象莊嚴，格調鴻整，平頭上尾，八病咸除，切響浮聲，五音並協，實百代近體之祖。考之陳後主、張正見、庾信、江總輩，雖五言八句，時合唐規，皆出此後。則近體之有陰生，猶五言之始蘇李矣。又曰：讀盛唐排律，延清、摩詰等作，真如入萬花春谷，光景爛熳，令人應接不暇，賞玩忘歸。太白輕爽雄麗，如明堂黼黻，冠蓋輝煌，武庫甲兵，旌旗飛動。少陵變幻閎深，如陟昆侖，泛溟渤，千峰羅列，萬彙汪洋。

益王潢南曰：五言排律，與五言律詩，其句法雖同，篇法實異。律詩描寫情景，止盡於四十字耳，故貴寬閒醞籍之中，又有嚴密緊湊之妙。若排律，或數十韻，或百餘韻，其篇法豈五言律法可同。故作排律，其要有四：一貴鋪叙得體，先後不亂。二貴隊仗整肅，情景分明。三貴過度明白，不令人沉思回顧。四貴氣象寬大，從容不迫，斯爲得體。其修辭煉句，繁冗混雜，險怪艱深，令人三讀不知，翻不如五言律矣。昔白樂天作小詞，尚令老婢得解，况於長律乎哉。

徐用吾曰：排律之體，所貴反覆議論，井井有條，意興迭出，一氣呵成。賦景入事，皆須各當其可，切忌散緩錯亂，屋上架屋，意興索然，則深可厭矣。

# 假山

鶴注：此當題曰假山，舊題乃詩之序。序云天寶初，指元年也。故吕汲公、魯岂俱編此詩在元年。

天寶初，南曹小司寇舅於我太夫人堂下壘一作絫土爲山㊀，一匱一作簣盈尺，以代彼朽木，承諸焚香瓷甌，甌甚安矣。旁植慈竹，蓋兹數峰，嶔岑嬋娟㊁，宛有塵外一有數字，一有格字**致。乃不知興**去聲**之所至，而作是詩。**

㈠《舊唐書》：吏部員外郎二員，一人主判南曹。注：以在選曹之南，故曰南曹。朱注：唐制未聞以司寇判南曹。權德輿《吏部南曹廳壁記》云：高宗上元初，請外郎一人顓南曹之任，其後或詔他曹郎權居之。此云南曹小司寇，當是以秋官權職者。太夫人盧氏，公祖審言繼室，天寶三載五月卒於陳留郡之私第，公作墓誌。

㈡嶔岑，謂山。嬋娟，謂竹。

申涵光曰：序不易解。杜文長至數語，便期期不能達意。如「夔人屋壁」、「平章鄭氏女子」、「公孫大娘」等篇，世人附會以爲古，其實不明。詩小序，莫妙於元次山，杜短語多有佳者。

**一匱功盈尺**㈠**，三峰意出群**㈡**。望中疑在野**㈢**，幽處欲生雲**㈣**。慈竹春陰覆**㈤**，香爐曉勢分**㈥**。惟南將獻壽**㈦**，佳氣日氤**一作氛**氳**㈧。詩序錯綜，須看此詩布置次第。先提土山，次出數峰。在野、生雲，申明塵外之致。慈竹、香爐，傍景點綴。南山獻壽，又就舅氏爲山，歸到太夫人堂下。

㈠《書》：爲山九仞，功虧一匱。沈約詩：一匱望成峰。陸雲《歲暮賦》：盼盈尺其若遺。

㈡諸葛孔明《黄陵廟記》：崔嵬巑岏，列作三峰。趙曰：《華山記》有云：其三峰直上，晴霽可觀。

㈢《世說》：殷中軍曰：「韓康伯居然是出群器。」

㈢潘岳詩：卉木在野。

㈣《雪賦》：河海生雲。

㊄《述異記》：漢章帝三年，子母竹生白虎殿前，群臣作竹頌。鶴注：竹紀云：慈竹，吴蜀皆有之，其竹叢生，每年笋出不離叢内。隋侯夫人詩：春陰正無際，獨步意何如。

㊅劉斌詩：香爐烟氣多。曉勢分，謂曉烟分布。舊注謂從廬山香爐峰分其曉勢，太迂。

㊆《詩》：如南山之壽。李適詩：山翠遥添獻壽杯。

㊇張正見詩：香浮佳氣裏。陸雲詩：靈爽絪緼。朱異詩：山澤共氛氲。

# 龍門

鶴注：龍門一山，連跨數郡，此詩蓋指東京而言。天寶元年，公在東京，爲姑萬年縣君制服，又爲墓誌。四載，又爲皇甫妃范陽太君盧氏作墓誌。當是其時作。鰲按：此再至龍門也。故曰「往來時屢改」。其云佛寺，蓋近驛之寺。元人《龍門記》謂舊有八寺，固不但奉先一寺也。洪覺範指奉先者，未然。

**龍門橫野斷**㊀，**驛樹出城來**㊁。**氣色皇居近**㊂，**金銀佛寺開**㊃。**往來時屢**音慮**改**㊄，**川陸一作水日悠哉**㊅。**相閲征途上**㊆，**生涯盡幾回**㊇。此詩再遊龍門而作也。上四寫景，下四感懷。

斷山之上，佛寺弘開，洛城之中，皇居壯麗，此登高所見者。時屢改而川陸長存，見前遊已過。

閲征途而生涯無幾，歎後遊難必也。

㈠《水經注》：禹疏伊水北流，兩山相對，望之若闕，即所謂横野斷也。　横野字，見晉劉琨表。

㈡《杜臆》：驛樹自都城而出，直接龍門，便見繁華氣象。　鄭注：《河南志》：龍門驛，在河南縣十八里。　曾鞏曰：驛樹，驛道兩畔之樹。　庾信詩：半城斜出樹。

㈢《唐書》：東都皇城，名曰太微城。　宫城，在皇城北，名曰紫微城。　都城前值伊闕，後據北邙。　何遜詩：山中氣色滿。　顔延之詩：皇居體環極。

㈣覺範曰：佛地有金色世界、銀色世界。　梁元帝《梁安寺碑》：銀闕金宫，出瀛洲之下。　《抱朴子》：遊戲佛寺。　韋應物《龍門》詩：精舍繞層阿，千龕鄰峭壁。《杜臆》：地志：龍門石壁，鑿石龕石佛數千，中有極大三龕，魏王泰爲長孫皇后所造，其偉麗可知，故有金銀之語。

㈤《左傳》：行李之往來。

㈥陸機《豫章行》：川陸殊塗軌。　謝朓詩：懷古信悠哉。

㈦陸機《歎逝賦》：人閲人而成世。　徐陵詩：征途愁轉旆。

㈧《莊子》：吾生也有涯。　宋之問詩：伊闕天泉復幾回。

## 李監宅二首 一作李鹽鐵

鶴注：據梁氏編在東都作，當屬天寶初年。　顧注：《靈怪録》：李令問開元中爲秘書監，好美服珍饌，以奢聞，有炙驢罌鵝之屬，慘毒取味。今詩中有「異味重」之句，豈即令問乎。朱注：後一首見吴若本逸詩，草堂本入正集。

**尚覺王孫貴**㊀，**豪家意頗濃**㊁。**屏開金孔雀**㊂，**褥隱**去聲**繡芙蓉**㊃。**且食雙魚美**㊄，**誰看**平聲**異味重**平聲㊅。**門闌多喜色**㊆，**女壻近乘龍**㊇。

首章美李監得壻，兼叙席上事。李係宗室，故曰王孫。豪家意濃，領起中四。細分之，孔雀、芙蓉是招壻，雙魚、異味是燕客，末則稱其得佳壻也。

㊀《韓信傳》：吾哀王孫而進食。《史記索隱》：秦末多失國，言王孫公子，尊之也。

㊁梁武帝詔：豪家富室。

㊂徐彦伯詩：金縷畫屏開。《舊唐書》：高祖皇后竇氏，父毅，於門屏畫二孔雀，有求婚，輒與兩箭，潛約中目者許之。高祖後至，兩發各中一目，遂歸於帝。

㊃王僧孺詩：以親芙蓉褥，方開合歡被。崔顥《盧姬篇》：水精簾箔繡芙蓉。楊慎《丹鉛録》云：《集韻》：縫衣曰繶，今俗云繶線。杜詩「褥隱繡芙蓉」，字作隱而意同。今按：賈山《至言》：隱於金錐。注：隱，於靳切。

㊄古詩：遺我雙鯉魚。

㊅《左傳》：鄭子公之食指動，以示子家曰：「必嘗異味。」《朱博傳》：食不重味。

㊆《續漢志》：伍伯，鈴下侍閤，門闌部署，街里走卒，皆有程品。庾信詩：詰旦啟門闌。《禮記》：乃有喜色。

㊇《晉書・衛玠傳》：婦公冰清，女壻玉潤。《楚國先賢傳》：孫寯與李元禮俱娶太尉桓焉女，時人謂桓叔元兩女俱乘龍，言得壻如龍也。楚中張希良曰：《神仙拾遺》：「弄玉乘鳳，蕭史乘龍。」此女壻乘龍之原始也。

王嗣奭曰：起語與五六，俱含諷意。挾貴好華，此是王孫習氣。曰「尚覺」「頗濃」，猶未盡言之也。下文又申之云美魚可食，只此已足。而乃異味重疊，誰復看此耶。蓋以儉樸之意，箴其奢華耳。食魚句，乃翻《孟子》舍魚取熊掌語。

## 其二

**華館**黄作落葉**春風起**㊀，**高城烟霧開**㊁。**雜花分户映**㊂，**嬌燕入簾**一作簷**回**㊃。**一見能傾座**㊄，**虚懷只愛才**㊅。**鹽車**一作官**雖絆驥**㊆，**名是漢庭來**㊇。次章稱李監好客，從宅景叙入。風起、霧開，春晴曉色。花映、燕迴，春時景物。李能傾倒座客，以其有愛才虚懷也。顧注：驥困鹽車，比官之閑冷。然天馬來自漢庭，終當大用，蓋李爲宗室之臣也。正與前首王孫相應。

㊀劉楨詩：華館寄流波，豁達來風凉。曹植詩：春風起兮蕭條。

㊁何遜詩：日夕望高城，眇眇青雲外。鮑照詩：徘徊烟霧裏。

㊂丘遲書：雜花生樹，群鶯亂飛。魏澹詩：映户落殘花。

㊃北周王褒詩：初春麗景鶯欲嬌。梁簡文帝《新燕》詩：入簾驚釧響。

㊄吴邁遠詩：一見願道意。《司馬相如傳》：一座盡傾。

㈥鄒潤甫《爲諸葛穆答晉王命》曰：雖曰博納，虚懷下開。《語林》：孔北海居家，賓客日滿其門，愛才樂士，常恐不及。

㈦《戰國策》：騏驥駕鹽車，上吴坂，遷延負轅而不能進。《淮南子》：絆驥驥而求千里。庾信詩：絆驥猶千里，垂鵬更九飛。

㈧《漢書贊》：「賓於漢庭。」《史記·傳論》：「垂名漢庭。」漢有鹽鐵使，故曰「漢庭來」，此切李鹽鐵。魏澹詩：出簾飛小燕，映户落殘花。杜云：雜花分户映，嬌燕入簾回。句法互换，而意趣更佳，陸放翁云：楊花穿户入，燕子避簾低。本於杜句，而姿致不減。

## 贈李白

朱注：年譜：天寶三載，公在東都。太白以力士之譖，亦放還遊東都。此贈詩當在其時，故有「脱身」「金閨」之句。

**二年客東都**㈠**，所歷厭機巧**㈡。**野人對腥羶**一作羶腥㈢**，蔬食**音嗣**常不飽**㈣。**豈無青精**一作粇，亦作䊦**飯**㈤**，使我顔色好**㈥。**苦乏大**一作買**藥資**㈦**，山林跡如掃**㈧。上段自叙，厭都市而羡山林也。機巧，則習俗難居。腥羶，則臭味弗投。青精不如大藥，歎避世引年之無術矣。

㈠《唐書》：東都，隋置，武德四年廢。貞觀六年號洛陽宫，顯慶二年詔改東都。

㈡《莊子》：功利機巧，必忘夫人之心。

㈢潘岳《秋興賦序》：「僕，野人也。」野人，公自謂。《抱朴子》：爲道者必入山林，欲遠腥膻而即清净也。《周禮注》：犬腥羊羶。張綖注：草食曰羶，牛羊之屬。水族曰腥，魚鼈之屬。

㈣《魏志》：毛玠布衣蔬食。

㈤《三洞珠囊》：王褒，字子登，漢王陵七世孫，服青精飿飯，趨步峻峰如飛鳥。陶隱居《登真隱訣》：太極真人青精乾石飿飯法，用南燭草木葉，雜莖皮煑，取汁浸米蒸之，令飯作青色，高格曝乾，當三蒸曝，每蒸輒以葉汁溲令浥浥，日可服二升，勿服血食，填胃補髓，消滅三蟲。飿音信，亦作䭀。

㈥《參同契》：薰蒸入五内，顔色悦澤好。

㈦《梁書》：陶弘景既得神符秘訣，而苦無藥物，帝賜黄金、硃砂、雄黄等物。丹書：抱陽山人《大藥證》曰：夫大藥者，須煉砂中汞，能取鉛裏金。黄芽爲根蒂，水火煉功深。

㈧《抱朴子》：作神藥必入名山。郭璞詩：隱士托山林。《高士傳》：先幾掃迹。王僧孺詩：沙岸净如掃。

**李侯金閨彦**一作深㈠，**脱身事幽討**㈡。**亦**一作未**有梁宋遊**㈢，**方期拾瑶草**㈣。下段贈李，欲遂偕隱初志也。梁宋之遊，近於東都，大藥無資，故思瑶草耳。盧注：天寶三載，詔李白供奉翰林，旋被高力士譖，帝賜金放還。白託鸚鵡以賦曰「落羽辭金殿」，是脱身也。是年，白從高天師授籙，是事幽討也。同時事華蓋君，隱王屋山艮岑，梁宋之遊，必訪此君。杜集有《昔遊》詩可證。此章上八句，下四句。

㊀謝朓詩：既通金閨籍。《別賦》：金閨之諸彦。注：金閨，金馬門也。錢箋：東方朔、公孫弘待詔金馬門。白供奉翰林，故云。

㊁《史記·高帝紀》：脱身獨去。幽討，謂尋討幽隱。

㊂錢箋：《唐書·李白傳》：白與高適同過汴州，酒酣登吹臺，慷慨懷古。杜公在梁宋，亦與白同遊，有《遺懷》、《昔遊》二詩可證。顔延之詩：塗出梁宋郊。趙注：梁謂汴州，宋謂宋州。《杜臆》：東都在今河南府，梁宋在今開封府。

㊃《山海經》：姑瑶之山，帝女死焉，化爲瑶草，仙家用以合丹藥服餌。江淹《登廬山》詩：瑶草正翕艷。李善注云：玉芝也。

顧宸曰：公與白相從賦詩，始於天寶三四載間，前此未聞相善也。白生於武后聖曆二年，公生於睿宗先天元年，白長公十三歲。公於開元十九年遊剡溪，而白與吴筠同隱剡溪，則在天寶三年，相去十三載，斷未相值也。後公下第遊齊趙，在開元二十三年。考白譜，時又不在齊趙。及白因賀知章薦，召入金鑾，則在天寶三載正月，時公在東都葬范陽太君，未嘗晤白於長安也。是載八月，白被放，客遊梁宋，始見公於東都，遂相從如兄弟耳。觀公後《寄白二十韻》有云：「乞歸優詔許，遇我宿心親。」是知乞歸後始遇也。黄蔡諸注俱謬。

## 重平聲題鄭氏東亭原注：在新安界。

鶴注：《唐書》：新安縣，屬河南府。當是天寶三載在東都作。　朱注：鄭氏無考。鮑欽止云：即駙馬鄭潛曜。

**華亭入翠微**㈠，**秋日亂清暉**一作輝㈡。**崩石欹山樹**㈢，**清**一作晴**漣曳水衣**㈣。**紫鱗衝岸躍**㈤，**蒼隼護巢歸**㈥。**向晚尋征路**㈦，**殘雲傍**去聲**馬飛**㈧。上六，亭前佳景，末言遊罷晚歸也。亭華山翠，映於秋日，故見清暉搖亂。亭枕山，故有崩石。亭瞰水，故有清漣。紫鱗承水，蒼隼承樹。顧宸云：此詩得力，全在詩腰數實字。着一欹字，如見巉巖參錯。着一曳字，宛然藻荇交橫。曰衝岸，則跳突排湧，惟恐墮岸。曰護巢，則疾飛急赴，唯恐失巢。并魚鳥精神，俱爲寫出，此詩家鍊字法也。

㈠華亭，見《陸機傳》，乃郊外别墅，此借用其字。《爾雅》：山未及上曰翠微。疏云：山未及頂上，在旁陂陀之處名翠微。左思《蜀都賦》：鬱葐蒕以翠微。注云：翠微，山氣之輕縹也。楊慎曰：凡山遠望則翠，近之則翠漸微。孟郊詩：「山明翠微淺。」又詩：「山近漸無青。」可以發詩人及《爾雅》之詮矣。

㈡《詩》：秋日烈烈。　謝靈運詩：山水含清暉。

㊂江淹《兔園賦》：崩石梧岸，崱屴藏陰。　曹植詩：山樹鬱蒼蒼。

㊃《詩》：河水清且漣猗。注：水成紋曰漣。　張協詩：堂上水衣生。注：水苔也。

㊄《蜀都賦》：鮮以紫鱗。　陶弘景書：夕日欲頹，沉鱗競躍。

㊅《説苑》：蒼隼擊於臺上。《説文》：隼，鷙鳥。　陸佃云：鶻屬。

㊆陳子昂詩：征路入雲烟。

㊇隋煬帝詩：殘雲尚作雷。

# 陪李北海宴歷下亭

鶴注：歷下，在齊州，以有歷山故得名。歷山，即舜耕之山也。李北海即李邕。按：新舊史：邕，廣陵人，開元二十三年爲括州刺史，後歷淄滑二州刺史，天寶初爲汲郡、北海二太守。五載，奸贓事發，又嘗與劉勣馬，勣下獄，吉温吏引邕，李林甫素忌邕，因傅以罪，詔祁順之、羅希奭就郡杖殺之，乃六年正月辛巳。此詩當是天寶四年作。梁權道編在天寶十一年者，非是，時邕死已六年矣。　朱注：《舊唐書·地理志》：青州，屬河南道，武德四年置青州總管府，天寶元年改爲北海郡，乾元元年復爲青州。　于欽《齊乘》：歷下亭，在府城驛邸内歷山臺上，面山背湖，實爲勝絶。

**東藩駐皂蓋**㈠，**北渚凌清河**錢從青荷，一作清菏㈡。**海右**一作内**此亭古**㈢，**濟**上聲**南名士多**㈣。原注：時邑人蹇處士輩在坐。　首叙李公至亭。　皂蓋，切太守。北渚，切北海。清河，切歷下。海右句，見亭爲勝跡。濟南句，見宴有嘉賓。

㈠趙曰：青州在京師之東，故稱東藩。《上林賦》：齊列爲東藩。　曹冏《六代論》：「今之州牧郡守，古之方伯諸侯。」李屬太守，故得稱藩。　《後漢書》：太守秩二千石，中二千石、二千石，皆皂蓋、朱兩幡。

㈡陸機詩：永歎遵北渚。　凌，歷也。　杜氏《通典》：東平、濟南、淄川、北海界，中有水流入海，謂之清河，實菏澤、汶水合流，亦曰濟河。

㈢江淹《恨賦》：巡海右以送日。　趙曰：海在東，州在西，故云海右。

㈣《舊唐書》：齊州，屬河南道。　貞觀七年置齊州都督府，天寶元年改爲臨淄郡，五載改濟南郡。《前漢・儒林傳》：濟南伏生傳《尚書》，其時張生、歐陽生、林尊皆傳其學，皆濟南人也。此亦名士多之一證。　李尋《災異對》：博延名士。

**雲山已發興**去聲㈠，**玉珮仍當歌**㈡。**修竹不受暑**㈢，**交流空湧波**㈣。次記宴亭景事。　此段句腰各用虚字抑揚。　張綖注：修竹既不受暑，則交流空自湧波。此十字句法。

㈠曹毗文：招儀鳳於雲山。　鮑照詩：臨歌不知調，發興誰與歡。

㈡王容歌：寶髻耀明璫，香羅鳴玉珮。　玉珮，指侑酒者。　當歌，當筵而歌也。　楊慎曰：此是對當之當，非合當之當，與魏武樂府「對酒當歌」不同。

㊂阮籍詩：修竹隱山陰。江淹《竹賦》：亦中暑而增肅。

㊃《東征賦》：望河濟之交流。《三齊記》：歷水出歷祠下，衆源競發，與濼水同入鵲山湖。所謂交流也。魏文帝《浮淮賦》：驚風泛，湧波駭。

**蘊真愜所遇㊀，落日將如何。貴賤俱物役㊁，從公難重**義從平聲，讀依去聲**過**㊂。末則陪宴而惜別也。蘊真，亭含真趣。物役，各役於事。落日，此席將散。重過，後會無期。此章三段，各四句。

㊀謝靈運詩：表靈物莫賞，蘊真誰爲傳。江淹詩：悠悠蘊真趣。

㊁師氏曰：貴指李，賤自謂。《杜臆》：貴賤俱物役，可作醒世名言。《易》：貴賤位矣。任昉《竟陵王行狀》：牽以物役。

㊂《詩》：從公于邁。

## 同李太守去聲登歷下古城員外新亭

原注：時李之芳自尚書郎出齊州，製此亭。

鶴注：以歷下亭考之，當是天寶四載作。新舊史：李之芳，開元末爲駕部員外郎。天寶十三載，禄山奏爲范陽司馬。及禄山起逆，自拔歸西京。未嘗爲齊州司馬。錢箋：李爲齊州司馬，或是史闕也。　又云：《水經注》：歷縣故城西南，城南對山，其水北爲大明湖，西即大明寺，寺北兩面側湖，此水便成净池，池上有客亭。《齊乘》：池上有亭即渚池。今名五龍潭。客亭當爲歷下古亭，故曰「海右此亭古」。《水經注》又云：「湖水北流，逕歷城東，又北引水爲流杯池，州僚賓燕，公私多在其上。」疑此即員外新亭之地。曰新亭，所以别於古亭也。　同，和詩也。

**新亭結構罷**㈠，**隱見**形甸切**清湖陰**原注：亭對鵲山湖㈡。**跡籍**《韻會》：古籍字與藉通**臺觀**去聲**舊**㈢，**氣冥**一作溟**海嶽深**㈣。**圓荷想自昔**㈤，**遺堞感至今**㈥。此記新亭景物。　亭南有湖，故水光隱映。　朱注：亭之基迹，憑藉臺觀之舊。亭之氣象，冥接海嶽之遥。此正和邕詩「形制開古跡」及「泰山」「巨壑」二句意。　舊注籍字作圖籍解，冥字作溟濛解，義遂難通。　荷種湖中，本當言今。堞在古城，本當言昔。今昔互换，尤見曲折。

㈠《晉·謝安傳》：將發新亭。　何晏《景福殿賦》：其結構則修梁彩制。

㈡趙曰：或隱或見，言昏明異候。　謝惠連詩：行雲星隱見。　師氏曰：清湖，鵲湖。《地理志》：歷下亭，居鵲湖之北。《一統志》：鵲山湖，在濟南府城北二十里。　謝惠連詩：分袂澄湖陰。　注：水南曰陰。

㈢《列子》：岱輿山上臺觀皆金玉。

㈣鮑照詩：平灑周海嶽。

㈤祖孫登詩：圓荷承日暉。

㈥錢箋：古齊歷下城，對歷山之下，韓信渡河破齊歷下之師，即此地。城東有故譚國城，故云「遺堞感至今」。沈佺期詩：故基乃嶽立，遺堞尚雲屯。朱注：堞，雉堞也。

**芳宴此時具**一作俱㈠**，哀絲**一作絃**千古心**㈡。**主稱壽尊客**㈢**，筵秩宴北**一作密**林**一作鄰，非㈣。**不阻蓬蓽興**去聲㈤**，得兼**一作兼得**《梁甫吟》**㈥。此叙登亭情事。絲音哀切，能寫千古琴心，見宴逢絶調也。上宴，指設宴。下宴，指宴飲。主，指員外。客，指太守。蓬蓽興，公自謂。《梁甫吟》，在歷下也。

㈠謝朓詩：嘉樂具兮，芳宴在斯。

㈡《禮記》：絲聲哀，哀以立廉，廉以立志。

㈢稱，舉觴也。　曹植詩：主稱千金壽。　《曲禮》：尊客之前。

㈣《詩》：賓之初筵，左右秩秩。　又：鬱彼北林。

㈤《記》：蓽門圭竇，蓬户甕牖。注：蓬户，編蓬爲户。蓽門，以荆竹織門也。沈約《郊居賦》：歸閑蓬蓽。

㈥《史記注》：梁甫，太山下小山。諸葛武侯《梁甫吟》：步出齊東門，遥望蕩陰里。里中有三墳，纍纍正相似。問是誰家墓，田疆古冶子。力能排南山，文能絶地紀。一朝被讒言，二桃殺三士。誰能爲此謀，相國齊晏子。《西溪叢語》：諸葛亮《梁甫吟》，不知何義。張衡《四愁詩》：「欲往從之梁甫艱。」注：言人君有德則封太山，太山喻人君，梁甫喻小人也。諸葛好爲《梁甫吟》，恐取此意。

此與上章皆用六韻，依初唐排律，詞尚簡要耳。但此篇多平仄不諧，蓋古詩之對耦者，做六朝體也。

## 登歷下古城員外孫新亭附李邕詩

孫，謂從孫行也。一本無孫字。

**吾宗固神秀㊀，體物寫謀長㊁。形制開古迹㊂，曾同層冰延樂**音洛**方㊃。太山雄地理**一作**里㊄，巨壑眇雲莊㊅。**此咏員外新亭。首聯，言結搆巧思，切員外。次聯，言落成宴會，切新亭。三聯，言亭臨山水，切歷下。

㊀《左傳》：晉，吾宗也。謝朓詩：華宗誕吾秀。《陳書》：「虎丘者，吴之神秀。」此借用其字。

㊁孫綽《樽銘》：大匠體物，妙思入神。潘岳《西征賦》：摹寫舊豐。《書》：汝不謀長。

㊂《漢書·酈食其傳》：示諸侯形制之勢。張九齡詩：「想像終古迹。」開古迹，謂開拓舊基。

㊃《楚辭》：層冰峩峩。曹植詩：衆賓延樂方。傅毅《舞賦》：「亢音高歌，爲樂之方。」此言夏時置冰，乃引樂之方也。

㊄《易大傳》：俯以察於地理。鮑照詩：負海横地理。《吴越春秋》：土地里數。

⑥江總《鐘銘》：「舟移巨壑。」巨壑，即鵲湖。　顏延之詩：都莊雲動。　馬懷素詩：「仙塔儼雲莊。」此謂遠望莊舍，渺在雲間也。

**高興**去聲**泊**陳作泊**煩促**㈠**，永懷清典常**㈡**。含弘知四大**㈢**，出入見三光**㈣**。負郭喜粳**與秔同**稻**㈤**，安時歌吉祥**㈥**。**　此登亭而美員外也。　泊煩促，言塵思頓蠲。　清典常，言清静可法。　含弘以下，舉亭前景象，以形容德化。　四大、三光，見其上下同流。　郭外農祥，稱其萬物得所。　此章兩段，各六句。

㈠殷仲文詩：能使高興盡。　張華詩：煩促每有餘。

㈡顏延之詩：永懷交在昔。　《書》：「其爾典常作之師。」典常，指常法言。

㈢《易》：含弘光大。　《老子》曰：域中有四大，道大、天大、地大、王亦大。

㈣枚乘奏書：上不絶三光之明。　班固《典引》：經緯乾坤，出入三光。《史記索隱》：三光，日、月、五星。

㈤《國策》：蘇秦曰：「使我有洛陽負郭田二頃。」左思詩：陳平無産業，歸來翳負郭。　亭在古城之下，故云負郭。　《史記·淳于髡傳》：祭以粳稻。《蜀都賦》：粳稻漠漠。

㈥《莊子》：安時而處順。　又：吉祥止止。

北海此詩，拙朴平淺，未見所長，昔人有議之者。　少陵特推《六公篇》，必有大過人處，惜其詩今不可見耳。

# 暫如臨邑至𡵓音宅山湖亭奉懷李員外率爾成興去聲

盧元昌注：暫如臨邑者，公弟簿領此邑，前以河泛書至，故暫如臨邑。先至湖亭，別李員外之芳，李適往青州，因而奉懷。　鶴注：此當是天寶四載作，在邕五載事發之前。是年公西歸咸陽。臨邑，唐屬齊州，公《和李太守登歷下新亭》詩自注：「亭對鵲湖。」今題云𡵓山湖，即鵲湖也。　按今地志：齊州治歷城縣，歷城東門外有歷水入鵲山湖。宋曾鞏有《鵲山亭》詩：「濼水飛綃來野岸，鵲山浮黛入晴天。」此亦可證矣。

**野亭逼湖水**㊀，**歇馬高林間**㊁。**鼉吼**呼候切**風奔浪**㊂，**魚跳**平聲**日映山**㊃。**暫遊阻詞伯**㊄，**却望懷青關**㊅。**靄靄生雲霧**㊆，**惟應**平聲**促駕還**㊇。上四，湖亭之景。下四，懷李員外。　鼉吼乘風，故激波生浪。魚跳水動，故曰光映山。此登亭而見湖中之勝也。詞伯，指李員外。李在青關，故阻而懷思。　關近臨邑，故望其早還。

㊀《後漢書》：郭伋止野亭。　庾信詩：野亭高被馬。　曹植詩：湖水何洶洶。

㊁庾信詩：樹陰逢歇馬。　陶潛詩：微風洗高林。

㊂《草木疏》云：鼉形似蜥蜴，四足，長丈餘，首尾皆有鱗甲。《續博物志》：鼉，一名土龍，其聲如鼓。

㈣《杜臆》：風奔浪，奔字奇妙。魚跳句，偶然觸目，所云率爾成典也。

㈤《論衡》：文詞之伯。

㈥遠注：却望，退望也。張正見詩：揚鞭還却望。朱注：青關或云即徐州穆陵關，未知是否。

㈦吴均詩：靄靄隱青林。《楚辭》：雲霧會兮日冥晦。

㈧《前漢·朱博傳》：告外趣駕。注：趣讀曰促。

## 贈李白

鶴注：公與白相别，當在天寶四載之秋，故云「秋來相顧尚飄蓬」。李集有魯郡石門别公詩，亦當在秋時。

**秋來相顧尚飄蓬**㈠，**未就丹砂愧葛洪**㈡。**痛飲狂歌空度日**㈢，**飛揚跋扈**侯古切**爲**去聲**誰雄**㈣？此詩自歎失意浪遊，而惜白之興豪不遇也。下二，贈語含諷，見朋友相規之義焉。

㈠庾信詩：秋來南向飛。又：離别兩相顧。曹植詩：轉蓬離本根，飄飄隨長風。

㈡《晉書》：葛洪見天下已亂，欲避地南土，乃參廣州刺史嵇含軍事。含遇害，遂停南土。多年後，以年老，聞交趾出丹砂，求爲勾漏令。帝以洪資高不許，洪曰：「非欲爲榮，以有丹砂。」帝從之。

㊂後詩「李白斗酒詩百篇」，即痛飲狂歌也。《世説》：王孝伯曰：「但常得無事，痛飲讀《離騷》，可稱名士。」　徐幹《中論》：或被髮而狂歌。　吴均詩：離離堪度日。

㊃朱注：唐史謂白好縱横術，喜擊劍，爲任俠。　錢箋：魏顥稱其眸子炯然，哆如餓虎，少任俠，手刃數人。故以飛揚跋扈目之，猶云「平生飛動意」也。《北史·侯景傳》：「專制河内，常有飛揚跋扈之意。」飛揚，浮動之貌。跋扈，强梁之意。朱注：《西京賦》：睢盱跋扈。《梁冀傳》：此跋扈將軍也。考《説文》：扈，尾也。跋扈，猶大魚之跳跋其尾也。《選注》及《後漢書注》俱未明。　陳子昂詩：可憐驄馬使，白首爲誰雄。

此章乃截律詩首尾，蓋上下皆用散體也。下截似對而非對，「痛飲」對「狂歌」，「飛揚」對「跋扈」，此句中自對法也。「空度日」對「爲誰雄」，此兩句又互相對也。語平意側，方見流動之致。

范梈曰：絶句者，截句也，或前對，或後對，或前後皆對，或前後皆不對，總是截律之四句。是雖正變不齊，而首尾布置，亦由四句爲起承轉合，未嘗不同條而共貫也。

敖英曰：少陵絶句，古意黯然，風格矯然。其用事奇崛樸健，亦與盛唐諸家不同。

楊載曰：絶句之法，要婉曲回環，删蕪就簡，句絶而意不絶，多以第三句爲主，四句發之。有實接，有虚接。承接之間，開與合相關，反與正相依，順與逆相應，一呼一吸，宫商自諧。大抵起承二句固難，不過平直叙起爲佳。從容承之爲是。至如宛轉變化，工夫全在第三句，若於此轉變得好，則第四句如使順流舟矣。

王世貞曰：七言絶句，盛唐主氣，氣完而意不盡工。中晚主意，意工而氣不甚完。然各有至者，未可以時代優劣也。

胡應麟曰：四言變而《離騷》，《離騷》變而五言，五言變而七言，七言變而律詩，律詩變而絶句，詩之體以代變也。三百篇降而《騷》，《騷》降而漢，漢降而魏，魏降而六朝，六朝降而三唐，詩之格以代降也。風雅之規，典則居要。《離騷》之致，深永爲宗。古詩之妙，專求意象。歌行之暢，必由才氣。近體之攻，務先法律。絶句之構，獨主風神。此結撰之殊塗也。兼衰總挈，集厥大成，詣絶窮微，超乎彼岸，軌筏具存，在人而已。　又曰：五七言絶句，蓋五言短古、七言短歌之變也。五言短古，雜見漢魏詩中，不可勝數。唐人絶體，實所從來。七言短歌，始於垓下，梁陳以降，作者坌然。第四句之中，二韻互叶，轉换既迫，音調未舒。至唐諸子，一變而律吕鏗鏘，句格穩順，語半於近體，而意味深長過之。節促於歌行，而咏嘆悠永倍之。遂爲百代不易之體。　又曰：絶句之義，迄無定説，謂截近體首尾或中二聯者，恐不足憑。五言絶，起兩京，其時未有五言律。七言絶，起四傑，其時未有七言律也。但六朝短古，概目歌行，至唐方曰絶句。又五言律在七言絶前，故先律後絶耳。　又曰：杜陵、太白，七言律絶，獨步詞場。然少陵律多險拗，太白絶間率露，大家故宜有此。若神韻干雲，絶無烟火，深衷隱厚，妙協簫韶，李頎、王昌齡，故是千秋絶調。　又曰：古人作詩，各成己調，未嘗互相師襲。以太白之才就聲律，即不能爲杜，何至遽減嘉州。以少陵之才攻絶句，即不能爲李，詎謂不若摩詰。彼自有不可磨滅者，無事更屑屑也。　又曰：五言絶尚真切，質多勝文。七言絶尚高華，文多勝質。五言絶昉於兩漢，七言絶起自六朝，源流迥别，體製自殊，至意當含畜，語務舂容，則二者一律也。又曰：自少陵絶句對結，詩家率以半律譏之。然絶句自有此體，特杜非當行耳。如岑參《凱歌》「丈夫鵲印摇邊月，大將龍旗掣海雲」，「洗兵魚海雲迎陣，秣馬龍堆月照營」等句，皆雄渾高華，後世咸所取法，即半律何傷。若杜審言「紅粉樓中應計日，燕支山下莫經年」，「獨憐京國人南竄，不似湘江水北流」，則詞竭意盡，雖對猶不對也。又曰：少陵不甚攻絶句，遍閲其集，得二者：「東逾遼水北滹沱，星象風雲喜色和。紫氣關臨天地闊，黄金臺貯俊賢多。」「中巴之東巴東山，江水開闢流其間。白帝高爲三峽鎮，夔州險過百重關。」頗與太白《明皇幸蜀歌》相類。又曰：杜之律，李之絶，皆天授神詣，然杜以律爲絶，如「窗含西嶺千秋雪，門泊東吴萬里船」等句，本七律壯語，而以爲絶句，則斷錦裂繒類也。李以絶爲律，如「十月吴山曉，梅花落敬亭」等句，本五言絶境，而以爲律詩，則駢拇枝指類也。又曰：杜《少年行》：「馬上誰家白面郎，臨階下馬坐人床。不通姓氏粗豪甚，指點銀瓶索酒嘗。」殊有古意。然自是少陵絶句，與樂府無干。惟「錦城絲管」一首，則近於太白。又曰：盛唐長五言絶，不長七言絶者，孟浩然也。長七言絶，不長五言絶者，高達夫也。五七言各極其工者太白，五七言俱無所解者少陵也。

# 與李十二白同尋范十隱居

顧注：天寶三載三月，白自翰林放歸。四載，白在齊州，公與同遊歷下，所云「余亦東蒙客，憐君如弟兄」，是也。

**李侯有佳句**㊀**，往往似陰鏗**㊁**。余亦東蒙客**㊂**，憐君如弟兄**㊃**。醉眠秋共被**㊄**，攜手日**一作月**同行**㊅**。**首叙待白交情。　共被同行，所謂如弟兄也。

㊀《宋書》：謝靈運云：「每對惠連，輒得佳句。」

㊁《漢書·吴王傳》：往往而有。　《南史》：武威陰鏗，字子堅，五歲能誦賦日千言。及長，博涉史傳，尤善五言詩，爲當時所重。

㊂《論語疏》：顓臾主祭蒙山。山在東，故曰東蒙。鶴注：《唐志》：蒙山在沂州新泰縣。沂與兖州爲鄰，公在兖，故云東蒙客。

㊃《韓詩外傳》：使兩國相親如弟兄。

㊄《世説》：朱百年就孔思遠宿，飲酒醉眠。　漢姜肱兄弟，同被而寢。晉祖逖、劉琨情好綢繆，共被同寢。

㊅《詩》：攜手同行。

**更想幽期處**㊀**，還尋北郭生**㊁**。入門高興**去聲**發**㊂**，侍立小童清**㊃**。落景**影**同聞寒杵**㊄**，屯**音諄**雲對古城**㊅**。**次叙同尋隱居。　更想、還尋，叙途中也。入門、侍立，造范居也。落景、屯雲，則留連至晚矣。

㊀丁督護詩：幽期濟河梁。　謝靈運詩：平生協幽期。

㈡《高士傳》：楚聘北郭先生，婦曰：「結駟連騎，所安不過容膝。」遂辭聘。《後漢書》：汝南廖扶，絶志世外，不應辟召，時號北郭先生。錢箋：太白集《尋魯城北范居士失道落蒼耳中》詩云：「忽憶范野人，閒園養幽姿。酸棗垂北郭，寒瓜蔓東籬。」此云「來尋北郭生」，即其人也。鶴注：范居任城北郭，非兖州北郭。

㈢《曲禮》：客入門而左。殷仲文詩：能使高興盡。

㈣《家語》：升堂侍立。《莊子》：黄帝遇牧馬童子，問塗焉。黄帝曰：「異哉小童！」《杜臆》：見小童之清俊，便知主人不俗。

㈤梁元帝《纂要》：晚照謂之落景。盧思道詩：落景照長亭。

㈥《列子》：望之若屯雲焉。袁孝若《諸葛孔明論》：古城荒毁，難可修復。

**向來吟《橘頌》**㈠，**誰與**誰劉作惟，與一作欲**討蓴羹**㈡？**不願論**平聲**簪笏**㈢，**悠悠滄海情**㈣。

末對隱居而思物外之遊也。橘蓴，秋時物品。滄海近齊，有神仙在焉。此章前二段各六句，後段四句收。

㈠《杜臆》：《橘頌》以受命不遷，行比伯夷。頌云：后皇嘉樹，橘徠服兮。受命不遷，生南國兮。

㈡《晉書》：張翰在洛見秋風起，思吴中菰菜蓴羹鱸魚鱠，曰：「人生貴適志，何能覊宦數千里以要名爵乎？」遂命駕而歸。

㈢江總詩：簪笏奉周行。邵注：冠簪手笏，貴者之服。

㊃李陵詩：悠悠清川水。　吾丘壽王論：東越滄海。

# 鄭駙馬宅宴洞中

朱注：此詩乃天寶四五載歸長安後作。黄鶴以駙馬洞中與鄭氏東亭爲一處，誤矣。錢箋：《長安志》：蓮花洞在神禾原鄭駙馬之居，杜詩所謂「主家陰洞」者也。鶴注：唐史：臨晉公主，皇甫淑妃所生，下嫁鄭潛曜。公所撰《皇甫淑妃碑》：鄭潛曜尚臨晉公主，乃代國長公主之子，官曰光禄卿，爵曰駙馬都尉。又云：甫忝鄭莊之賓客，遊竇主之山林。開元二十三年葬於河南縣。公主戚然謂左右曰：「自我之西，歲陽再紀。」乃以詩文見託。則是碑作於天寶四載矣。

**主家陰洞細烟霧**㈠，**留客夏簟青**一作清**琅玕**㈡。**春酒杯濃琥珀薄**㈢，**冰漿碗碧瑪瑙寒**㈣。**誤疑茅堂**一作屋**過江麓**一作底㈤，**已入風磴**丁鄧切**霾雲端**㈥。**自是秦樓壓鄭谷**㈦，**時聞雜佩聲珊珊**㈧。

首句切洞，次句切宴，三四承留客，五六承陰洞，俱屬夏時景事。七八駙馬公主並收。細烟霧，狀洞口之幽陰。青琅玕，比竹簟之蒼翠。琥珀杯、瑪瑙碗，言主家器物之瑰麗。若三字連用，易近於俗，將杯碗倒拈在上，而以濃薄碧寒四字互映生姿，得化腐爲新之法。江麓、雲端，其清凉迴出塵境，又見高樓下臨鄭谷，空中雜佩聲聞，恍如置身仙界矣。結語風韻嫣然。　朱瀚曰：末句暗用《毛詩》「雜佩以問之」，亦見公主有好賢之意。

㈠《漢書·東方朔傳》：董偃出入主家。注：公主之家也。《拾遺記》：洞穴陰源，下通地脈。陶開虞曰：主家陰洞四字，若今人爲之，近於諧謔矣。鮑照詩：重拾烟霧迹。

㈡戴暠詩：揮金留客坐。江淹《别賦》：夏簟清兮晝不暮。《書》：厥貢惟球琳琅玕。《本草》蘇業注：琅玕有五色，青者入藥爲勝。《靈異兼圖》載：琅玕青色，生海底，以網掛得之，初出水紅色，久而青黑，擊之有金石之聲，與珊瑚相類。趙曰：詩家多以琅玕比竹。

㈢朱瀚曰：李德林詩：壺盛仙客酒，瓶貯帝臺漿。頷聯本此。《詩》：爲此春酒。蕭子範詩：握中清酒瑪瑙鐘，裾邊雜佩琥珀紅。陳藏器《本草》：琥珀出罽賓國。陶隱居曰：松脂入地千年，化爲琥珀。

㈣陸機樂府：渴飲堅冰漿。魏文帝《瑪瑙賦序》曰：瑪瑙，玉屬也，出自西域，文理交錯，有似馬腦，因以名之。楊衒之《洛陽伽藍記》：元琛酒器，有水晶鉢、瑪瑙琉璃碗、赤玉卮數十枚。

㈤謝莊詩：訪德茅堂陰。服虔曰：麓，大林也。

㈥鮑照詩：既類風門磴，復象天井壁。風磴，登陟之路，凌風而上也。陸機詩：飛陛躡雲端。

㈦《列仙傳》：秦穆公以女弄玉妻蕭史，日於樓上吹簫作鳳鳴，鳳止其屋，一旦夫妻皆隨鳳去。殷謀詩：秦樓出佳麗。《揚子法言》：谷口鄭子真，耕於巖石之下，名震京師。鄭樸，字子真，漢成帝時人。

⑧宋玉《神女賦》：動霧縠以徐步兮，拂墀聲之珊珊。

律詩中二聯，須用虛實相生，方見變化。此詩，頷聯叙事濃麗，腹聯寫景蕭疏，前實後虛，乃安頓章法也。

《毛詩》如《兔罝》、《魚麗》等篇，皆隔句用韻。韓昌黎作《張徹墓銘》，上下韻脚仄平迭用，亦效此體。如此詩三五七句末，疊用薄、麓、谷三字，古韻屋陌相通，豈亦效隔句韻耶？但律詩從無此格，他本江麓作江底，中换一音，則薄谷便不礙矣。考公詩多用江渚，底宜作渚。

李天生曰：少陵七律百六十首，惟四首疊用仄字，如《江村》詩，連用局、物二字，考他本「多病所須惟藥物」作「幸有故人分禄米」，於局字不疊矣。《江上值水》詩連用興、釣二字。考黄鶴本，「老去詩篇渾漫興」作「老去詩篇渾漫與」，於釣字不疊矣。《秋興》詩連用月、黑二字，考黄鶴本，「織女機絲虛夜月」作「織女機絲虛月夜」，於黑字不疊矣。可見「晚節漸於詩律細」，凡上尾仄聲，原不相犯也。

沈約標律詩八病，有平頭、上尾、蜂腰、鶴膝等名，不可不知。若大韻、小韻、正紐、旁紐，尚非所重。所謂平頭者，前句上二字，與後句上二字同聲，如古詩「今日良宴會，歡樂難具陳」，今、歡同聲，日、樂同聲，是平頭也。又如「朝雲晦初景，丹池晚飛雪」，「飄披聚還散，吹揚凝其威」，四句上二字皆平聲，是平頭也。又如周王褒詩「高箱照雲母，壯馬飾當顱。單衣火浣布，利劍水精珠」，四句疊用四物，而每物各用一虛一實字面，亦平頭也。又如杜摯詩「伊摯爲媵臣，吕望身操竿。夷吾困商販，甯戚對牛歎。食其處監門，淮陰飢不餐」，疊引古人，皆在句首，是亦平頭也。所謂上尾者，上句尾字與下句尾字，俱用平聲。雖韻異而聲則同，是犯上尾。如古詩「西北有高樓，上與浮雲齊」，樓與齊皆平聲，又如「庭陬有若榴，緑葉含丹榮」，榴與榮亦平聲也。又一句尾字與三句尾字連用同聲，是亦上尾。如古詩「客從遠方來，遺我一書札。上言長相思，下言久離别」，來、思皆平聲。又如「新製齊紈素，皎潔如霜雪。裁爲合歡扇，團圓似秋月」，素、扇皆去聲，亦犯上尾矣。其在七律，如杜詩「春酒杯濃琥珀薄」與「誤疑茅堂入江麓」，同係入聲。王維詩「新豐樹裏行人度」與「聞道甘泉能獻賦」，去聲同韻，皆犯上尾也。又如杜《秋興》詩「西望瑶池降王母，東來紫氣滿函關。雲移雉尾開宫扇，日繞龍鱗識聖顔」，王母、函關、宫扇、聖顔，俱在句尾，未免疊足，亦犯上尾。若「林花著雨臙脂落，水荇牽風翠帶長。龍虎新軍深駐輦，芙蓉别殿漫焚香」，前聯拈落、長二字於句尾，後聯移深、漫二字於上面，便不犯同矣。《蔡寬夫詩話》云：蜂腰鶴膝，蓋出於雙聲之變。若五字首尾皆濁音，中一字獨清，則兩頭大而中間小，即爲蜂腰。若五字首尾皆清音，中一字獨濁，則兩頭細而中間粗，即爲鶴膝矣。今按張衡詩「邂逅承際會」，是以濁夾清，爲蜂腰也。如傅玄詩「徽音冠青雲」，是以清夾濁，爲鶴膝也。舊注以「客從遠方來」、「上言長相思」爲鶴膝，意不分明。所謂大韻者，如微、暉同韻，上句第一字不得與下句第五字相犯。阮籍詩「微風照羅袂，明月耀清暉」，是也。所謂小韻者，如清、明同韻，上句第四字不得與下句第一字相犯。詩云「薄帷鑒明月，清風吹我襟」，是也。所謂正紐者，如溪、起、憩三字爲一紐，上句有溪字，下句再用憩字。庾闡詩「朝濟清溪岸，夕憩五龍泉」，是正紐也。所謂旁紐者，如長、梁同韻，長上聲爲丈，上句首用丈字，下句首用梁字，是亦相犯。詩云「丈夫且安坐，梁塵將欲起」，此旁紐也。在七律，如杜詩「遠開山嶽散江湖」，山、散爲正紐。如「丈人才力猶强健」，丈、强爲旁紐矣。此外又有雙聲疊韻之法。《南史》：王元謨問謝莊曰：「何者爲雙聲？何者爲疊韻？」答曰：「互、護爲雙聲，磝、碻爲疊韻。」《學林新編》曰：雙聲者，同音而不同韻。疊韻者，同音而又同韻也。如李群玉詩「方穿詰曲崎嶇路，又聽鉤輈格磔聲」，詰曲、崎嶇，乃雙聲。鉤輈，格磔，乃疊韻也。蔡寬夫曰：如杜詩「卑枝低結子，接葉暗巢鶯」，即疊韻也。僧皎然《詩評》曰：沈休文酷裁八病，碎用四聲，故風雅殆盡。後人天機不高，多爲沈法所媚，懵然隨流，溺而不返矣。

# 冬日有懷李白

顧宸注：此詩在天寶四載冬作。諸家謂白未官時，誤。鰲按：曾鞏《李白集序》：李白至齊魯凡兩次，初去雲夢，之齊魯，居徂來山竹溪而入吴，此在天寶三年前明皇未召見時。後至洛陽，遊梁宋，復之齊魯，南遊淮泗而再入吴，此在天寶三年後翰林既放歸時。杜之懷李，當在四年之冬，此時李復有東吴之遊，後《春日懷李》詩云「江東日暮雲」，當屬五年之春。其《送孔巢父詩》題云「遊江東兼呈李白」，亦即五年之春也。

**寂寞書齋裏**㊀，**終朝獨爾思**㊁。**更尋嘉樹傳**去聲，**不忘**去聲**《角弓》詩**㊂。**短**或作裋**褐風霜入**㊃，**還丹日月遲**㊄。**未因乘興**去聲**去**㊅，**空有鹿門期**㊆。上四懷李，下四自叙。朱注：公不忘太白，猶季武之不忘韓宣，故有嘉樹、《角弓》語。短褐二句，自傷流落蹉跎。空有鹿門期，即前詩「相期拾瑶草」意也。

㈠曹植詩：閒房何寂寞。　王勃詩：書齋望曉開。

㈡《詩》：終朝采緑。　逸詩：豈不爾思。

㈢庾信詩：更尋終不見。　《左傳》：晉韓宣子來聘，公享之，韓子賦《角弓》。既享燕於季氏，有嘉樹焉，宣子譽之，武曰：「宿敢不封殖此樹以無忘《角弓》。」遂賦《甘棠》。顧注：此將一事翻成兩句。

㈣《杜臆》：短褐二句，言貧難鍊藥，即前詩「苦乏大藥資，山林迹如掃」也。　朱注：《戰國策》：鄰有短褐。一作裋褐。《史記》：士不得短褐。司馬貞曰：短亦作裋。裋，襦也。《貢禹傳》：裋褐不完。《王命論》：裋褐之褻。裋，皆音豎。魏文帝令：衣或短褐不完。唐人兩用之。若少陵「短褐風霜入，還丹日月遲」與「江湖漂短褐，霜雪滿飛蓬」，以屬對言，不當作裋。　陸倕詩：行止避風霜。

㈤《神仙傳》：藥之上者有九轉還丹。　陶潛詩：日月不肯遲。

㈥《世説》：戴安道居剡溪，王子猷雪夜命棹，未至遽反，曰：「乘興而來，興盡而返，何必見戴。」　張遠注：《舊唐書》：李白天寶初客遊會稽，與吴筠隱於剡下。故有乘興句。

㈦《後漢書》：龐德公攜妻子登鹿門山，採藥不返。

李集有《堯祠贈杜補闕》詩：「我覺秋風逸，誰言秋氣悲。山將落日去，水與晴相宜。烟歸碧海少，雁度青天遲。相失各萬里，茫然空爾思。」段成式《酉陽雜俎》謂杜補闕即杜子美，公此詩用李詩遲字以和之。其説非也。公遇李時尚爲布衣，其授拾遺，在至德乾元間。且補闕、拾遺，官銜不同，豈可强作傅會耶。

洪邁《容齋隨筆》云：李太白、杜子美，在布衣時同遊梁宋，爲詩酒會心之友。以杜集考之，其稱太白及懷贈之作，凡十四五篇。至於太白與子美詩，略不可見。蓋杜自諫省出爲華州司功，迤邐入蜀，未嘗復至東州也。所謂飯顆山頭之嘲，亦好事者所撰耳。

今考：太白集中，有寄少陵二章，一是《魯郡石門送杜》，一是《沙丘城下寄杜》，皆一時酬應之篇，無甚出色，亦可見兩公交情，李疏曠而杜剴切矣。至於天寶之後，間關秦蜀，杜年愈多而詩學愈精，惜太白未之見耳。若使再有贈答，其推服少陵，不知當如何傾倒耶！

# 春日憶李白

顧注：天寶五載春，公歸長安，白被放浪遊，再入吴，詩必此時所作。

**白也詩無敵**一作數㈠，**飄然思**去聲。一作意**不群**㈡。**清新庾開府**㈢，**俊逸**一作豪邁**鮑參軍**㈣。**渭北春天樹**㈤，**江東日暮雲**㈥。**何時一樽酒**㈦，**重**平聲**與細論**平聲。一作話**斯文**㈧？上四稱白詩才，下乃春日有懷。　才兼庾鮑，則思不群而當世無敵矣。　杯酒論文，望其竿頭更進也。　公居渭北，白在江東，春樹暮雲，即景寓情，不言懷而懷在其中。　王嗣奭《杜臆》曰：公懷太白，欲與論文也。公與白同行同卧，論文舊矣。　然於别後另有悟入，因憶向所與言，猶粗而未精，思重與論之。　此公之篤於交誼也。

㈠《檀弓》：「是爲白也母。」句法本此。　《史記·項羽紀》：所向無敵。

㈡晉曹毗《黄帝讚》：飄然跨騰鱗。　《詩品》：曹思王超逸今古，卓爾不群。

㈢黄生曰：六朝綺靡，庾鮑獨存氣骨。　今按：庾新，主五言。　鮑逸，主長句。　晉《文士傳》：張翰善屬文，造次立成，辭義清新。　任昉《薦士表》：詞賦清新。　《周書》：庾信留長安，遷驃騎大將軍、開府儀同三司。

㈣《世説》：邊文禮才辯俊逸，孔北海薦於曹公。　沈約《任昉墓銘》：天才俊逸，文雅弘備。　《宋書》：臨海王子頊在荆州，以鮑照文辭贍逸，爲前軍參軍。

㈤江淹詩：渭北雨聲過。　陳子昂詩：郊園春樹平。

㈥《語林》：王充著《論衡》，中土未有傳者，蔡中郎至江東得之。　此指浙江之東，充蓋會稽上虞人也。　朱注：江東，即會稽。　太白《懷賀監》詩：「欲向江東去，定將誰舉杯。　稽山無賀老，却棹酒船回。」蓋亦以會稽爲江東。　江淹詩：日暮碧雲合。

㈦蘇武詩：我有一樽酒，欲以贈遠人。

⑧庾信詩：論文報潘岳。

朱鶴齡曰：公與太白之詩，皆學六朝，前詩以李侯佳句比之陰鏗，此又比之庾鮑，蓋舉生平所最慕者以相方也。王荆公謂少陵於太白，僅比以鮑庾，陰鏗則又下矣。或遂以「細論文」譏其才疏也，此真瞽説。公詩云「頗學陰何苦用心」，又云「庾信文章老更成」，又云「流傳江鮑體，相顧免無兒」。公之推服諸家甚至，則其推服太白爲何如哉！荆公所云，必是俗子僞託耳。

《遯齋閒覽》云：王荆公編杜、歐、韓、李四家詩。或問公云：「子編四詩，以杜爲第一，李爲第四，豈白之才格詞致不逮子美耶？」公曰：太白歌詩，豪放飄逸，人固莫及，然其格止於此而已，不知變也。至於子美，則悲歡窮泰，發斂抑揚，疾徐縱横，無施不可。故其詩有平淡簡易者，有綺麗精確者，有嚴重威武若三軍之帥者，有奮迅馳驟若泛駕之馬者，有淡泊閑静若山谷隱士者，有風流醖藉若貴介公子者。蓋公詩緒密而思深，觀者苟不能臻其閫奥，未易識其妙處，夫豈淺近者所能窺哉。此子美所以光掩前人，而後來無繼也。元稹謂兼人所獨專，斯言信矣。

楊萬里誠齋曰：太白之詩，列子之御風也。少陵之詩，靈均之乘桂舟、駕玉車也。無待者，神於詩者歟。有待而未嘗有待者，聖於詩者歟。

徐仲車曰：太白之詩，飢鷹瞥漢。少陵之詩，駿馬絶塵。

嚴滄浪曰：少陵之詩法如孫吴，太白之詩法如李廣。

孫器之曰：太白如淮安雞犬，遺響白雲，覈其歸存，恍無定處。獨少陵如周公制作，後世莫能擬議。

楊慎升菴曰：太白詩，仙翁劍客之語。少陵詩，雅士騷人之詞。比之於文，太白則《史記》，少陵則《漢書》也。

王世貞曰：五言律，七言歌行，子美神矣，七言律，聖矣。五七言絶，太白神矣，七言歌行，聖矣，五言次之。太白之七言律，子美之七言絶，皆變體爲之可耳。又曰：十首以前，少陵較難入。百首以後，青蓮較易厭。揚之則高華，抑之則沉實，有色有聲，有氣有骨，有味有態，濃淡淺深，奇正開闔，各極其則，吾不能不服膺少陵。

胡應麟曰：才超一代者李也，體兼一代者杜也。李如星懸日揭，照曜太虚。杜若地負海涵，包羅萬彙。李唯超出一代，故高華莫並，色相難求。杜唯兼綜一代，故利鈍雜陳，巨細咸蓄。又曰：李才高氣逸而調雄，杜體大思精而格渾。超出唐人而不離唐人者，李也。不盡唐調而兼得唐調者，杜也。

# 送孔巢父謝病歸游江東兼呈李白

朱注：此詩乃天寶中在京師作。唐注：時蔡侯餞别巢父，公在筵上賦此。《唐書》：孔巢父，字弱翁，冀州人，早勤文史，少與韓準、李白、裴政、張叔明、陶沔隱居徂徠山，時號竹溪六逸。朱注：江東乃浙江以東。《晉書》：謝安被召，歷年不至，遂栖遲東土。王羲之既去官，徧游東中諸郡。皆謂會稽也。又云：考史，巢父以辭永王璘辟署知名，廣德中始授右衛兵曹參軍。意巢父在天寶間嘗游長安，辭官歸隱，史不及載耳。舊注云：巢父察永王必敗，謝病而歸，公作此送之。大謬。

**巢父**音甫**掉頭不肯住**㊀**，東將入海隨烟霧**㊁**。詩卷長留天地間**㊂**，釣竿欲拂珊瑚樹**㊃**。**此叙巢父往江東。孔之東游，志在遯世引年，故篇中多言神仙事。

㊀《莊子》：鴻濛拊髀雀躍掉頭曰：「吾弗知。」陶潛詩：彭祖愛永年，欲留不得住。

㊁《史記·秦始皇紀》：方士徐市等入海求神藥。江淹詩：乘鸞向烟霧。

㊂本集注：巢父有《徂徠集》行於世。古詩：人生天地間。

㊃東游近海，故引珊瑚樹。魏文帝詩：遥望大海涯，釣竿何珊珊。《述異記》：鬱林郡有珊瑚市，海客市珊瑚處也。珊瑚碧色，生海底，一樹數枝，枝間無葉，大者高五六尺。《西京雜記》：積草池中有珊瑚樹，高一丈二尺，一本三柯，上有四百六十二條，是南越王趙佗所獻，號爲烽火樹，至夜光景常欲然。趙曰：珊瑚樹生海底石上，故以拂言之也。

**深山大澤龍蛇遠**㊀**，春寒野陰風景暮**㊁**。蓬萊織女回雲車**㊂**，指點虚無是征路**㊃**。**此寫東游景事。龍蛇山澤，况其歸隱之迹。春寒野陰，紀其别去之時。蓬萊征路，言當有同志契合也。

㊀《左傳》：深山大澤，實生龍蛇。

㊁《漢·成帝紀》：陽朔元年二月，春寒。顔延之詩：庭昏見野陰。宋武帝詩：粤值風景和。

㊂蓬萊在東海之中，織女爲吴越分野，故用之。别本作仙人玉女，稍泛。《漢·郊祀志》：蓬萊、

方丈、瀛洲爲三神山。　織女，見二卷《贈張珀》詩注。　司馬相如《大人賦》：排閶闔而入帝宫，載玉女而與之俱歸。　後漢桓君山《仙賦》：乘凌虚無，洞達幽明，諸物皆見，玉女在傍。　傅玄詩：雲爲車兮風爲馬。　陶隱居《真誥》：朱闕内真，以雲車虚轅相適。

㊃《抱朴子》：莫不指點之。　《史記》：老子所貴道，虚無因應。《大人賦》：乘虚無而上假。　陳子昂詩：離亭暗風雨，征路入雲烟。

**自是君身有仙骨**㊀，**世人那得知其故**㊁。**惜君只欲苦死留**㊂，**富貴何如草頭露**㊃。此稱其隱志已決。　愛惜而苦留，此世人不知巢父者。　富貴如草露，此巢父獨有仙骨也。

㊀葛洪《神仙傳·劉根傳》：神人曰：「汝有仙骨，故得見吾耳。」又：嚴青居貧，忽有人以一卷素書與青，曰：「汝有仙骨，應得長生。」

㊁鮑照詩：旁人那得知。《詩》：憯不知其故。

㊂苦死留，雖用方言，然亦有所本。《莊子》：苦死者。《世説》：羊孚食畢便退，遂苦相留。

㊃李嶠詩：富貴榮華能幾時。　《述征記》：八月一日作五明囊，盛草頭露，洗眼，眼明。《商君傳》：君之危若朝露。

**蔡侯静者意有餘**㊀，**清夜置酒臨前除**㊁。**罷琴惆悵月照**一作點**席**㊂，**幾歲寄我空中書**㊃。**南尋禹穴見李白**㊄。**道**去聲**甫問訊**一作信**今何如**㊅。結出送孔呈李之意。　置酒者蔡也，惆悵者公也，寄書道訊者孔也，賓主一齊收拾矣。　此章前三段，各四句。　末段，六句收。

㊀夢弼謂：蔡侯爲人恬静而意氣有餘。今按：謝靈運詩：「還得静者便。」公三用之。如《貽阮隱居》詩云「貧知静者性」，《寄張彪》詩云「静者心多妙」。師氏以静爲蔡侯名，誤矣。

㊁魏文帝詩：清夜延賓客。陸機詩：置酒高堂。前除，庭前階除也。王勃詩：傾影赴前除。

㊂沈佺期詩：罷琴明月夜。楚辭：惆悵兮而私自憐。注：惆悵，悲哀也。

㊃陶弘景《左仙公蕭公碑》：有人漂海，隨風眇漭無垠，忽值神島，見人授書一函，題曰：「寄葛公。」令歸吴達之，上云神仙事。錢箋：《西溪叢語》：空中書，用史宗事，乃蓬萊仙人也。洪慶善云「雁足書」，非是。朱注：《梁高僧傳》：蓬萊道人，寄書小兒至廣陵白兔埭，令其捉杖飄然而往，足下時聞波濤。或云：有商人海行，見一沙門求寄書史宗。同侣欲看書，書著船不脱，及至白兔埭，書飛起就宗，宗接而將去。宗後憩上虞龍山寺，會稽謝邵、魏邁之等皆師焉。《列子》：夫天地，空中之一細物。《南史》：褚翔少有孝行，聞空中彈指。

㊄《史記自序》：上會稽，探禹穴。周珽注：禹穴有兩處，蜀之石泉，禹生之地，古碑刻有太白書「禹穴」二字。今紹興會稽亦有禹穴，乃窆所也。天寶初白居會稽，故云。南尋句，一作「若逢李白騎鯨魚」。按：騎鯨魚，出《羽獵賦》。俗傳太白醉騎鯨魚，溺死潯陽，皆緣此句而附會之耳。

㊅古詩：幸可廣問訊。

王洙曰：一本云：「巢父掉頭不肯住，東將入海隨烟霧。書卷長攜天地間，釣竿欲拂三珠樹。我擬把袂苦留君，富貴何如草頭露。深山大澤龍蛇遠，花繁草青春日暮。仙人玉女回雲車，指點虚無引歸路。若逢李白騎鯨魚，道甫問訊今何如。」按：别本止十二句，語雖簡净，然少宕逸風神，還依諸家本爲正。

劉勰曰：七言成章，必優柔和平。長短措詞，貴抑揚頓挫。

范槨曰：七言古詩，要鋪叙，要開合，要風度，要迢遞、險怪、雄峻、鏗鏘，忌庸俗軟腐，須是波瀾開合，如江海之波，一波未平，一波復起。又如兵家之陣，方以爲正，又復爲奇，方以爲奇，忽復是正，奇正出入，變化不可紀極。備此法者，唯李杜也。開合燦然，音韻鏗然，法度森然，學問充然，議論超然。又曰：七言長古，篇法有八：曰分段、過段、突兀、字貫、讚歎、再起、歸題、送尾。分段如五言，過段亦如之。稍有異者，突兀萬仞，則不用過句，陡頓便説他事。杜詩大多如此，岑參專尚此法，爲一家數。字貫，前後重三疊四，用兩三字貫串，極精神好誦，岑參所長。讚歎如五言。再起且如一篇三段，説了前事，再提起從頭説去，謂反覆有情，如《魏將軍歌》、《松子障歌》是也。歸題，乃本末一二句，繳上起句，又謂之顧首，如《蜀道難》、《古别離》、《洗兵馬行》是也。送尾，則生一段餘意結末，或反用，或比喻用，如《墜馬歌》曰「君不見嵇康養生被殺戮」，又曰「如何不飲令人哀」。長篇有此，便不迫促，甚有從容意思。

王世貞曰：歌行有三難，起調一也，轉節二也，收結三也。惟收爲尤難。如作平調，舒徐綿麗者，結須爲雅詞，勿使不足。奔騰洶湧，驅突而來者，須一截便住，勿留有餘。中作奇語，峻奪人魄者，須令上下脈相顧，一起一伏，一頓一挫，有力無跡，方成篇法。　又曰：李杜歌行之妙，冠於盛唐。咏之使人飄揚欲仙者，太白也。使人慷慨激烈，歔欷欲絶者，子美也。

謝榛曰：七言長古之法，如波濤初作，一層緊一層，拙句不失大體，巧句不害正氣，鋪叙意不可盡，力不可竭，貴有變化之妙。

胡應麟曰：五言古至兩漢，無論中才，即大匠國工，履冰袖手。七言古，苟天才雄贍，而刻意前規，則縱横排蕩，滔滔莽莽，千言不窮，點筆立就，無不可者。然五古才力不足，可勉而能。七古非才力有餘，斷不至此也。　又曰：七言長歌，非博大雄渾，横逸浩瀚之才，鮮克辨此。蓋歌行不難於師匠，而難於賦授；不難於揮灑，而難於藴藉；不難於氣概，而難於神情；不難於音節，而難於步驟；不難於胸腹，而難於首尾。學者須尋其本色，即千言鉅什，亦不使有一字離去，乃爲善耳。　又曰：七言歌行，垂拱四子，詞極藻艷，然未脱梁陳也。張、李、沈、宋，稍汰浮華，漸趨平實，唐體肇矣，然而未暢也。高、岑、王、李，音節鮮明，情致委折，濃纖修短，得衷合度，暢矣，然而未大也。太白、少陵，大而化矣，能事畢矣。　降而錢劉，神情未遠，氣骨頓衰。元相白傅，起而振之，敷演有餘，步驟不足。昌黎而下，門户競開，盧仝之拙樸，馬異之庸猥，李賀之幽奇，劉叉之狂譎，雖淺深高下，材局懸殊，要皆曲逕旁蹊，無取大雅。　張籍、王建，稍爲真淡，體益卑卑。　庭筠之流，更事綺繪，漸入詩餘，古意盡矣。　又曰：初唐七言古，以才藻勝，盛唐以風神勝，李杜以氣概勝，而才藻風神稱之，加以變化靈異，遂爲大家。　又曰：李杜歌行，雖沉鬱逸宕不同，然皆才大氣雄，非子建、淵明判不相入者比。　又曰：古詩窘於格調，近體束於聲律，唯歌行大小短長，錯綜闔闢，素無定體，故極能發人才思。李杜之才，不盡於古詩，而盡於歌行。

## 今夕行

鶴注：詩言「咸陽客舍一事無」，當是天寶五年，自齊趙西歸至長安時作。

**今夕何夕歲云徂**㈠，**更**平聲**長燭明不可孤**㈡。**咸陽客舍一事無**㈢，**相與博塞**蘇代切。一作賭**爲歡娱**㈣。**馮**音憑**陵大叫呼**去聲**五白**㈤，**袒跣不肯成梟盧**一作牟㈥。**英雄有時亦如此**㈦，**邂逅豈即非良圖**㈧。**君莫笑，劉毅從來布衣願，家無儋**都濫切**石輸百萬**㈨。此詩見少年豪放之意。除夕博戲，呼白而不成梟，因作自解之詞。末引劉毅輸錢，以見英雄得失，不係乎此也。《庚溪詩話》：澄江朱正民曰：今夕歲徂，值除夜也。更長燭明，夜守歲也。客舍無事而博塞，旅中借以遣興也，在他時則不暇爲此矣。不可孤，言不負此夕。馮陵，意氣發揚貌。袒跣，袒臂跣足也。《杜臆》：邂逅良圖，謂失意中偶然遭遇，便成良緣，此貧人意想之詞。

㈠《詩》：今夕何夕。韋孟詩：歲月其徂，年其逮耇。

㈡《楚辭》：蘭膏明燭，華燈錯些。

㊂《三輔黄圖》：秦都咸陽，山水俱在其南，故名咸陽。《唐書》：武德元年，析涇陽始平置咸陽縣，屬京兆府。潘岳議：客舍灑掃，以待征旅。

㊃《莊子》：問穀何事，則博塞以遊。蘇武詩：歡娱在今夕。

㊄《左傳》：馮陵我城郭。《英雄記・公孫瓚傳》：揚塵大叫，直前衝突。《招魂》：成梟而牟，呼五白些。

㊅《吴越春秋》：肉袒徒跣。後漢杜篤《論都賦》：莫不袒跣稽顙。

㊆劉劭《人物志》：草之秀者爲英，獸之特者爲雄。故人之文武茂異，取名於此。聰明秀出謂之英，膽力過人謂之雄。左思詩：英雄有屯邅。

㊇《詩》：邂逅相遇。陸機詩：行矣勉良圖。

㊈《晉書・劉毅傳》：毅於東堂聚樗蒱大擲，一判應至數百萬，餘人並黑犢以還，惟劉裕及毅在後。毅次擲得雉，大喜，繞床叫謂同坐曰：「非不能盧，不事此耳。」裕惡之，因挼五木久之，曰：「老兄試爲卿答。」既而四子俱黑，一子轉躍未定，裕厲聲喝之，即成盧。又《慕容寶傳》：寶與韓黄、李根等樗蒱，誓之曰：「世云樗蒱有神，若富貴可期，頻得三盧。」於是三擲盡盧，寶拜而受賜。《前漢・蒯通傳》：守儋石之禄。《揚雄傳》：家無儋石之儲。應劭《漢書注》：齊人名罌爲儋石，受米二斛。《南史》：劉毅家無儋石儲，樗蒱一擲百萬。

附考：王逸《楚辭注》：投六箸，行六棊，故云六博。許慎《説文》：博，局戲，六箸，十二棊也。鮑宏

《博經》：用十二棊，六白六黑，所擲投謂之瓊，瓊有五采。　潘鴻曰：古大博則六棊，小博則十二棊，故王、許説不同。　《説文》：簺，行棊相塞謂之塞。　鮑宏《塞經》：塞有四采，塞四乘五是也。　至五即格不得行，故謂之格五。　《招魂》王逸注：倍勝爲牟，五白，博齒也。　言已箸已棊，當成牟勝，射張食棊，下逃於窟，故呼五白以助投也。　師氏曰：五白，即今之骰子。　李白云：連呼五白行六博。　《戰國策》：王不見夫博之用梟耶？　欲食則食，欲握則握。　補注：正義云：博頭有刻爲梟鳥形者，擲得梟者，合食其子，食者行棊。　握，不行也。　《晉·張重華傳》：謝艾曰：梟者，邀也。　六博得梟者勝。　邵注：梟盧以五木爲采，有梟、盧、雉、犢之形，盧多者爲勝。　盧，犬名。　《唐國史補》：崔師本好爲古樗蒱，其法三分其子三百六十，限以二關，人執六馬，其骰五枚，上黑下白，黑者刻二爲犢，白者刻二爲雉。　擲之全黑爲盧，二雉三黑爲雉，二犢三白爲犢，全白爲白。　四者，貴采也。　開、塞、塔、秃、撅、梟六者，雜采也。　貴采得連擲，得打馬，得過關，餘則否。　程大昌《演繁露》：盧在樗蒱爲最高之采，梟固爲善齒，而殺梟者又當得雋，則梟之采品，非盧比也。　杜概言梟盧，亦恐未詳。　朱注：不肯成梟盧，正用劉毅事，兼舉六博之梟者，以樗蒱本博類也。　昌黎詩：六博在一擲，梟盧叱迴旋。　語與此同。

# 贈特進汝陽王二十二韻

鶴注：《舊史》：天寶初，璡終父喪，加特進，九載卒。　考寧王憲以開元二十九年十一月薨，天寶三載，璡喪服方終，必其年二月封璡以嗣寧王，並加特進也。公於開元二十四年下考功第，去遊齊趙八九年，其歸長安當在天寶四五載間。《壯遊》詩云：「賞遊實賢王，曳裾置醴地。」正其時也。梁權道編在十一載，非。《唐書》：文散階正二品曰特進。

**特進群公表**㈠，**天人夙德升**㈡。**霜蹄千里駿**㈢，**風翮九霄鵬**㈣。首從特進叙起。上二言位以德升，下二言德以位顯。夙德句，領下兩段。

㈠《漢官儀》：諸侯功德優盛，朝廷所敬異者，賜位特進，在三公下。《書》：群公既皆聽命。表，表帥也。

㈡《魏略》：邯鄲淳見曹植才辯，對其所知，嘆爲天人。《後漢·齊武王傳》：名儒宿德，莫不造門。應璩書：王肅以宿德顯授。夙德，早成之德也。

㈢《莊子》：馬蹄可以踐霜雪。《漢書》：武帝謂劉德爲千里駒。

㈣陸機詩：苟無凌風翮。《莊子》：鵬怒而飛，其翼若垂天之雲，摶扶摇而上者九萬里。支遁詩：九霄落芳津。

**服禮求毫髮**㈠，**惟**一作推。土回切**忠忘**去聲**寢興**㈡。**聖情常有眷**㈢，**朝**音潮**退若無憑**㈣。**仙醴**一作醞**來**一作求**浮蟻**㈤，**奇毛或賜鷹**㈥。**清關塵不雜**㈦，**中使**去聲**日相乘**㈧。此言其尊君謙己之德。惟忠，故帝常眷注。服禮，故勢不敢憑。醴、鷹遣使，申言聖眷。門關不雜，正見無憑。

㈠《忠經》：被服禮樂。鍾繇表：不差毫髮。《賈子新書》：十毫曰髮，十髮曰釐。

㊁庾信詩：惟忠復惟孝。　江淹詩：寢興何時平。

㊂孔燾詩：聖情想區外。　沈約《齊安陸昭王碑文》：皇情眷眷。

㊃按：鄭繼之善夫云：若無憑，猶漢高失蕭何若失左右手意。此説非也。詩主汝陽，不主明皇，還依王洙作不挾貴爲是。盧注：如漢吴王濞、梁孝王皆以有所憑而致禍敗，河間獻王、東平王蒼皆以無所憑而得令名。只若無憑三字，可爲千古藩王法矣。

㊄戴暠詩：安平醖仙酒。《漢書》：楚元王敬禮申公、穆生，每置酒，嘗爲穆生設醴。《釋名》：酒有泛齊浮蟻。曹子建《七啟》：浮蟻鼎沸，酷烈馨香。

㊅陶潛詩：毛色奇可憐。

㊆《會稽典録》：丁寬門無雜賓。　陶潛詩：户庭無塵雜。

㊇《前漢·田横傳》：中使還報。《吴志·朱然傳》：中使醫藥口食之物，相望於道。

**晚節嬉遊簡**㊀**，平居孝義稱**㊁**。自多親棣萼**㊂**，誰敢問山陵**㊃**。學業醇儒富**㊄**，辭**一作才**華哲匠能**㊅**。筆飛鸞聳立，章罷鳳騫**一作騫，非**騰**㊆**。精理通談笑**㊇**，忘形向友朋**㊈**。寸長一作賜堪繾綣**㊉**，一諾豈驕矜**⑪**。**此詳述生平善蹟，皆夙德所致也。　晚節四句，稱其孝友。　學業四句，稱其文翰。　精理四句，稱其交誼。　棣萼承義，山陵承孝，鸞鳳言其書法，初舉筆，後成章也。　談笑而有精理，此得之於學問者。　寸長、一諾，能好善而無德色矣。

㊀張景陽詩：晚節悲年促。　曹植《銅雀臺賦》：從明后而嬉遊兮。

〔二〕嵇康詩：念我平居時。　《高士傳》：漢姜岐，少修孝義，鄉曲歸仁。

〔三〕《詩》：棠棣之華，萼不韡韡。　明皇嘗造華萼相輝之樓，以友愛諸王。　此言汝陽能善於兄弟也。漢中王瑀，即汝陽之弟。

〔四〕光武詔：無爲山陵陂池，裁令流水而已。《舊唐書》：寧王薨，謚曰讓皇帝，葬橋陵，號惠陵。　璡上表懇辭。　朱注：此所謂不敢問山陵也。　吴任臣注：梁竟陵王蕭子良，乞停止山陵，不許。

〔五〕《南齊・杜栖傳》：學業清標，後來之秀。　《賈山傳》：所言涉獵書記，不能爲醇儒。

〔六〕《齊書》：盧詢有術學，文辭華美。　殷仲文詩：哲匠感蕭晨。

〔七〕吴質《答太子箋》：摛藻下筆，龍鸞之文奮矣。　張懷瓘《書録》：許圉師見太宗書曰：「鳳翥鸞迴，實古今書聖。」

〔八〕王僧達詩：精理亦道心。　《顏氏家訓》：韓蘭英甚有名篇，又善談笑。

〔九〕《莊子》：養志者忘形。　阮瑀詩：友朋集光輝。

〔一〇〕沈約《與范述曾書》：微表寸長。　《左傳》：繾綣從公。　傅咸詩：繾綣情所希。　邵注：繾綣，反覆固結之意。

〔一一〕《史記・季布傳》：曹丘生謂布曰：「得黄金百斤，不若得季布一諾。」　《魏國策》：公子意驕矜而有自功之色。　庾信《周齊憲王碑》：不自驕矜，謙光下物。

**已忝歸曹植**〔一〕，**何如**黄作如，他本作知**對李膺**〔二〕。**招要**平聲**恩屢至**〔三〕，**崇重力難勝**平聲〔四〕。**披**

霧初歡夕㊄，高秋爽氣澄㊅。樽罍臨極浦㊆，鳧雁宿張燈㊇。花月窮遊宴㊈，炎天避鬱蒸㊉。硯寒金井水㊀，簷動玉壺冰㊁。此感王接遇之厚。以曹植比汝陽，自謙不如王粲輩，故曰已忝。又以杜密自比，見汝陽可方李膺，故云何如。初宴在秋，故見鳧宿燈張。後宴在夏，故見井水壺冰。中間花月之遊，當屬春時，所謂招要崇重也。

㊀《魏志》：曹植封陳王，謚曰思。《詩》：無忝爾所生。注云：忝，辱也。

㊁《後漢書》：杜密與李膺俱坐黨錮而名行相次，時人亦稱李杜焉。

㊂謝瞻詩：輟策共駢筵，並坐相招要。

㊃《晉書・山濤傳》：禮秩崇重。

㊄《世説》：衛瓘見樂廣曰：「見此人若披雲霧而覩青天。」《北史》：李繪儀容端偉，邢晏曰：「若披雲霧，如對珠玉。」

㊅何遜詩：蕭索高秋暮。《世説》：王徽之爲桓冲參軍，以手扳拄頰云：「西山朝來致有爽氣。」

㊆《周禮》：司尊彝，再獻用兩象尊，皆有罍。注：罍，所以副貳其尊也。《禮圖》：六彝爲上，受三斗。六尊爲中，受五斗。六罍爲下，受一斛。《楚辭》：望涔陽兮極浦。

㊇《西京雜記》：梁孝王好宫室苑囿之樂，築兔園，園有雁池，池間有鶴洲鳧渚。陸機詩：飛鳴亂鳧雁。《漢書・外戚傳》：張燈燭，設幃帷。

㊈陰鏗詩：花月分窗進，苔草共階生。何劭詩：遊宴綢繆。《梁書》：建安王愛文學之士，日與

遊宴。

⑽顔延之詩：炎天方埃鬱。《子夜歌》：鬱蒸仲暑月。

⑾《西征記》：太極殿前有金井。

⑿鮑照詩：清如玉壺冰。

**瓢飲惟三徑**㈠，**巖棲在百層**㈡。陳作巖居異一縢。**謬**一作且**持蠡**音離**測海**㈢，**况挹酒如澠**石**澠**。

**鴻寶寧全秘**㈤，**丹梯庶可凌**《杜臆》作凌，他本作陵㈥。**淮王門有**一作下**客**㈦，**終不愧孫登**㈧。末段自叙，喜見知於王也。瓢飲巖棲，言身本隱逸。蠡測海，王德之深。酒如澠，王恩之渥。《杜臆》：公自居淮王門客，而云不愧於孫登，蓋嵇康所遇非時，公所與遊，則賢王而當盛世也。

末乃賓主兼收，各見品格。此章四句起，中後十二句者兩段，八句者兩段，章法勻稱。

㈠《逸士傳》：許由手捧水飲，人遺一瓢，飲訖掛木上，風吹瀝瀝有聲，由以爲煩，去之。嵇康《高士傳》：蔣詡，杜陵人。詡爲兖州，王莽居宰衡，詡移疾歸杜陵，荆棘塞門，舍中三徑，終身不出。

㈡嵇康書：堯舜之君世，許由之巖棲。百層，高山也。《西京賦》：井幹疊而百層。

㈢《東方朔傳》：以管窺天，以蠡測海。注：蠡，瓠勺也。《韻會》：螺，亦作蠡。

㈣《詩》：不可以挹酒漿。《左傳》：有酒如澠。

㈤《劉向傳》：淮南王有枕中鴻寶苑秘書。《神仙傳》：淮南王安，作内書二十二篇，又中篇八章，言神仙黄白之事，名爲《鴻寶》。《萬畢》三卷，論變化之道，凡十萬言。

㈥朱注：謝靈運詩：躡步陵丹梯。注：丹梯，陞階也。又詩：即此陵丹梯。注：謂山也。二注不同。邵注以丹梯爲山上升仙之路，當從前説。

㈦《神仙傳》：淮南王安，好方術，養士數千人，有八公詣門，皆鬚眉皓白。王薄其老，八公俄變爲童子。

㈧《晉・隱逸傳》：孫登居汲郡北山，好讀《易》，撫一絃琴，嵇康從之遊，三年，問其所圖，終不答。將別，乃曰：「子才多識寡，難免於今之世矣。」康不能用，果遭非命，乃作《幽憤》詩曰：「昔慚柳下，今愧孫登。」

王嗣奭《杜臆》云：用十蒸韻，頗難。此篇二十二韻，收取殆盡，須看其落韻之巧。陵字作凌，可免重複。凌，超越也。

胡應麟曰：杜排律五十百韻者，極意鋪陳，頗傷蕪碎。蓋大篇冗長，不得不爾。惟贈汝陽、哥舒、李白、見素諸作，格調精嚴，體骨勻稱。每讀一篇，無論其人履歷，咸若指掌，且形神意氣，踴躍毫楮，如周昉寫生，太史序傳，逼奪化工。而杜從容聲律間，尤爲難事，真古今絶詣也。又曰：凡排律起句，極宜冠冕雄渾，不得作小家語。唐人可法者，盧照鄰「地道巴陵北，天山弱水東」，駱賓王「二廷歸望斷，萬里客心愁」，杜審言「六位乾坤動，三微曆數遷」，沈佺期「閶闔連雲起，巖廊拂霧開」，玄宗「鐘鼓嚴更曙，山河野望通」，張説「禮樂逢明主，韜鈐用老臣」，李白「獨坐清天下，專征四海隅」，高適「雲紀軒皇代，星高太白年」，此類最爲得體。

# 贈比音皮部蕭郎中十兄原注：甫從姑之子。

《唐書》：比部屬刑部，郎中、員外各一人。　詩云「漂蕩」「沉埋」，又云「歸老任乾坤」，此必天寶六載應詔退下後所作。　黄氏謂在未獻賦之前，是也。

**有美生人傑**㊀**，由來積德門**㊁。**漢朝**音潮**丞相**去聲**系，梁日帝王孫**㊂。**蘊藉爲郎久**㊃**，魁梧秉哲尊**㊄。**詞華傾後輩**㊅**，風雅靄**一作藹**孤騫**一作騫，非㊆。　此從蕭公叙起。　首句推本從姑，三四稱其家世，五六記官職人品，七八記文章才望。

㊀《詩》：有美一人。　《桓玄傳》：劉裕風骨不恒，蓋人傑也。

㊁《開皇神告録》曰：隋開皇末，有老翁詣唐高祖，從容置酒，語及時事，曰：「公積德之門，負至貴之表。」

㊂《唐書·世系表》：蕭氏出自姬姓，漢有丞相酇文終侯何。　蕭氏定著二房，一曰皇舅房，一曰齊梁房。　齊梁房即梁武帝之後。

㊃《漢書·薛廣德傳》：爲人温雅有蘊藉。　顔師古注：蘊，言如醖釀。　藉，有所薦藉。　又曰：道其寬博厚重也。　《漢書》：馮唐白首爲郎。

㈤《周勃傳》：魁梧奇偉。《前漢注》：梧音忤。《後漢注》：梧音吾。今從後音。《書》：經德秉哲。《王儉傳》：儉體道秉哲，風宇淵贍。

㈥《蔡邕傳》：後輩被遺。

㈦鍾嶸云：文約意廣，取效風雅。《正韻注》：靄，雲集貌。靄孤騫，如鳥之飛騫雲際也。他本作藹字，誤。藹，多也。朱注：騫、騫音義各異。騫，去乾切，馬腹熱。騫，虚言切，鳥飛貌。

**宅相**去聲**榮姻戚**㈠，**兒童惠討論**平聲㈡。**見知真自幼**㈢，**謀拙愧**一作醜**諸昆**㈣。次叙親誼交情，乃上下關鈕。見知，指蕭。謀拙，自謂。諸昆，謂蕭氏兄弟。

㈠《晉·魏舒傳》：舒少孤，爲外家甯氏所養。甯氏起宅，相宅者云：「當出貴甥。」舒曰：「當爲外氏成此宅相。」後果爲公。趙曰：蕭係杜家外甥，故比之魏舒。

㈡潘岳《閒居賦》：昆弟斑白，兒童稚齒。潘徽詩：篇章極討論。

㈢任昉《贈王僧孺詩》：唯子見知，唯余知子。

㈣隋孫萬壽詩：粤余非巧宦，少小拙謀身。洙曰：公與蕭爲姑舅之昆仲。

**漂蕩雲天濶**㈠，**沉埋日月奔**㈡。**致君時已晚**㈢，**懷古意空存**㈣。**中散山陽鍛**丁亂切㈤，**愚公野谷村**㈥。**寧紆長**丁丈切**者轍**㈦，**歸老任乾坤**㈧。末承謀拙意，自嘆不遇。言漂泊沉淪，無復遭際矣。唯有學中散、愚公，玩世隱身而已。從此歸老舊鄉，不煩蕭之枉駕也。此章前後各八句，中間四句。

㈠古詩：漂蕩水無根。《莊子》：黄帝得之以游雲天。謝靈運詩：豈若登雲天。

㈡《吴越春秋》：伍尚曰：「其遂沉埋，亦吾所喜。」《黄庭經》：高奔日月吾上道。

㈢應璩《與弟書》：思致君於唐虞。

㈣傅亮《修張良廟教》：抒懷古之情，存不刊之烈。

㈤《嵇康傳》：康與魏宗室婚，拜中散大夫，居山陽，性絶巧而善鍛，宅中有一柳樹甚茂，每夏月居其下以鍛。朱注：《急就篇注》：凡金鐵之屬，椎打而成器者謂之鍛。

㈥《説苑》：齊桓公逐鹿，入谷中，見一老公，問爲何谷，對曰：「爲愚公之谷，以臣名之。臣故畜牸牛，生子大，賣之而買馬。少年曰：『牛不能生馬。』遂持駒去。鄰人以臣爲愚，故名愚公谷。」《水經注》：時水又北逕杜山，北有愚公谷。

㈦陶淵明曰：王公紆轍。注：紆轍，猶言枉駕。

㈧《漢書》：邴漢以清行徵爲京兆尹，遂歸老於鄉里。乾、坤，本《易》卦名。孔子《易傳》以此爲天地之稱。

## 奉寄河南韋尹丈人

原注：甫故廬在偃師，承韋公頻有訪問，故有下句。

鶴注：《舊唐書·韋濟傳》：天寶七載，爲河南尹，遷尚書左丞。《唐·地理志》河南府偃師注云：天寶七載，尹韋濟以北坡道迂，自縣東山下開新道，通孝義橋。則詩當作於是年。詩云「章甫尚西東」，又云「江湖漂短褐」，「周流道術空」，可知是時公又去京師而他矣。意在近畿，故云奉寄。是年韋方拜左丞，公又有兩詩贈之。謂之贈，則歸京師後投贈也。

**有客傳河尹，逢人問孔融㈠。青囊仍隱逸㈡，章甫尚西東㈢。鼎食分**一作爲**門户㈣，詞場繼國風㈤。尊榮瞻地絶㈥，疏放憶途窮㈦。**首段，賓主並叙。上四述存問之語，下四感垂注之情。李膺比韋，孔融自喻。隱逸、西東，傷公之困窮潦倒。鼎食，稱韋家世。詞場，稱韋文翰。尊榮屬韋，瞻者在公，疏放屬公，憶者在韋也。《重遊何氏》詩，先提「將軍有報書」，而接以倒衣二句，即報書語也。此提「逢人問孔融」，而接以青囊二句，即所問意也。

㈠《詩》：有客有客。《後漢·孔融傳》：河南尹李膺，不妄接士，融年十歲，造門與交。

㈡《晉書·郭璞傳》：璞嘗受業於郭公，得青囊書九卷，遂開洞五行。《抱朴子》：褒隱逸之士。

㈢《記·儒行》：孔子居宋，冠章甫之冠。《檀弓》：丘也，東西南北之人也。

㈣《家語》：子路仕衛，列鼎而食。夏侯湛《抵疑》：承門户之業，受過庭之訓。韋氏有大小兩逍遥房，故云分門户。

㈤《舊唐書》：濟以詞翰聞，製《先德》詩四章，辭致高雅。杜審言詩：巖谷卧詞場。國風，《毛詩》也。鍾嶸《詩品》：子建詩原出國風，卓爾不群。

㈥尊榮二字，出《孟子》。任昉《齊景陵行狀》：地尊禮絶，親賢莫貳。

㈦向秀《思舊賦序》：嵇志遠而疏，吕心曠而放。　阮籍詩：途窮能無慟。

**濁酒尋陶令**㈠，**丹砂訪葛洪**㈡。**江湖漂短**一作裋**褐**㈢，**霜雪滿飛蓬**㈣。**牢落乾坤大**㈤，**周流**一作旋**道術空**㈥。**謬慚知薊子**㈦，**真怯笑揚雄**㈧。此自叙途窮，以答所問之意。　濁酒二句，言隱逸之狀。　江湖二句，言東西之迹。　牢落、周流，對章甫言，不敢以孔子自方也。　慚薊、怯雄，對青囊言，不欲居郭璞，而以子雲自命也。　知指韋丈，笑指他人。

㈠陶潛詩：濁酒且自陶。

㈡葛洪丹砂，見前。

㈢陶潛詩：江湖多賤貧。

㈣朱注：霜雪，喻頭白也。　張正見詩：鬢似雪飄蓬。《詩》：自伯之東，首如飛蓬。

㈤司馬相如《上林賦》：牢落陸離。　郭璞曰：群奔走也。　李善云：猶遼落也。　曹植詩：牢落冥冥。

㈥《説苑》：孔子周流應聘。　《莊子》：人相忘乎道術。

㈦《後漢·方術傳》：薊子訓有神異之道，既到京師，公卿以下候之者，坐上常數百人。

㈧《揚雄傳》：雄草《太玄》，或嘲雄以玄尚白。　雄作《解嘲》曰：「子徒笑我玄之尚白，我亦笑子之病甚，不遭臾跗、扁鵲。」盧注：公《秋述》云：「揚子雲草《玄》寂寞，多爲後輩所褻。」意正相同。

**盤錯神明懼**㈠，**謳歌德義豐**㈡。**尸鄉餘土室**㈢，**誰話**《正異》作誰話，一作難説**祝**一作呪，一作咒**雞翁**㈣。　末稱頌河尹，仍歸結見問之意。　盤錯，言才堪經世。　謳歌，言化能及人。　尸鄉係公舊居。

誰話雞翁，唯韋獨見問耳。《杜臆》：杜公贈人諸詩，大概前半頌所贈，後截乃自陳。此獨參錯轉接，承頂呼應，脈理極細。此章，前二段各八句，後段四句收。

㈠《後漢·虞詡傳》：詡爲朝歌長，曰：「不遇盤根錯節，何以别利器。」治政咸稱神明。神明懼，猶言鬼神畏其精鋭。

㈡陸雲《贈汲郡太守》詩：之子于行，民固謳歌。《左傳》：敬奉德義。《淮南子》：德義足以懷天下之民。朱注：《唐書》稱濟文雅，能修飾政事，所至以治稱。此詩盤錯二語，乃是實録。

㈢《詩正義》：河南偃師縣西二十里，有尸鄉亭。《水經注》：陽渠水，又東流，經漢廣野君酈食其廟南。廟在北山上，成公綏所謂偃師西山，即陸士衡會王輔嗣處也。此山即祝雞翁之故居。《後漢·袁閎傳》：閎四周築土於庭，以爲房室。王績詩：土室映山斜。鶴注：土室，謂依土山以爲室，如《宿贊公土室》詩云「土室延白光，松門耿疏影」是也。諸杜廬與墓多在河南偃師，故《憑孟倉曹覓土婁舊莊》詩：「平居喪亂後，不到洛陽岑。」則喪亂之前，公屢到矣。自開元二十九年酹遠祖於洛之首陽，及天寶元年爲姑萬年縣君制服作銘，三年爲皇甫妃范陽太君盧氏作誌，皆在河南也。所以公歿又歸祔於偃師。

㈣《列仙傳》：祝雞翁者，洛陽人也，居尸鄉北山下，養雞百，年餘雞至千頭，皆有名字，欲取呼則種别而至。賣雞及子得千餘萬，輒置錢去之。錢箋：《風俗通》：呼雞朱朱。俗説雞本朱公化爲之，至今呼雞皆朱朱也。《説文解字》：喌喌二口爲讙，州，其聲也，讀若祝。祝者，誘致禽畜和順之意。 邢與朱音相似耳。

## 贈韋左丞丈濟

鶴注：此詩當是天寶七載冬作。

**左轄頻虛位**㈠，**今年得舊儒**㈡。**相**去聲**門韋氏在**㈢，**經術漢臣**一作官**須**㈣。**時議歸前列**一作列，古列與烈同㈤，**天倫恨莫俱**㈥。**鴒原荒宿草**㈦，**鳳沼接亨衢**㈧。首從左丞之職，叙出韋公門第。

舊儒，指韋濟。相門、前烈，指其祖父。天倫、宿草，記其兄亡。鳳沼，謂拜左丞。

㈠趙曰：魏晉以來，左丞得彈奏八座，故傅咸云：斯乃皇朝之司直，天臺之管轄。《唐六典》：左右丞，掌管轄省事，糾察憲章。《唐書》：天寶中，濟遷尚書左丞，三代並爲省轄，衣冠榮之。盧照鄰詩：左轄去南臺。 任昉表：台階虛位。

㈡後漢樊準疏：公卿各舉明經及舊儒子孫。

㈢《孟嘗君傳》：相門必有相。 《漢書》：韋賢兼通《禮》、《尚書》，以《詩》教授，號稱鄒魯大儒，七十餘爲相。少子玄成，復以明經歷位至丞相。鄒魯諺曰：「遺子黄金滿籯，不如一經。」《舊唐書》：韋思謙，武后時同鸞臺鳳閣三品。子承慶、嗣立。長壽中，嗣立代承慶爲鳳閣舍人。長安三年，承慶代嗣立爲天官侍郎。頃之，又代知政事。及承慶卒，嗣立又代爲黄門侍郎。前後四職相代，又父子三人皆至宰相，有唐以來莫與爲比。

㊃《史記·滑稽傳》：褚先生曰：「臣幸得以經術爲郎。」

㊄《幽通賦》：懿前烈之純淑。　《舊書》：濟製《先德》詩四章，詞致高雅。

㊅《穀梁傳》：兄弟，天倫也。何休注：兄先弟後，天之倫次。

㊆《詩》：脊令在原，兄弟急難。箋：雝渠，水鳥，今在原，失其常處，則飛鳴求其類。《記》：朋友之墓，有宿草而不哭焉。注：宿草，陳根也，謂期年。陶潛《悲從弟》詩：流塵集虚位，宿草旅前庭。　《舊書》：嗣立三子，孚、恒、濟，皆知名。孚累遷至左司員外郎。恒開元初爲碭山令，宇文融密薦恒有經濟才，擢拜殿中侍御史，爲隴右道河西黜陟使，出爲陳留太守，未行而卒。朱注：濟遷左丞時，其兄恒必已先殁，故有「恨莫俱」「荒宿草」之句。

㊇《晉中興書》：荀勗從中書監遷尚書令，有賀之者，曰：「奪我鳳凰池，諸君何賀耶？」謝莊《讓中書表》：壁門天邃，鳳沼神深。　《易》：何天之衢亨。《靈光殿賦》：何天衢以元亨。　朱注：《通典》：光宅元年，中書省改曰鳳閣。濟父祖皆官鳳閣，故以接亨衢期之。千家本有公自注：「濟之兄恒亦爲給事中。」此出黄鶴補注，他本無之，其實誤也。

**有客雖安命**㊀，**衰容豈壯夫**㊁。**家人憂几杖**㊂，**甲子混泥塗**㊃。**不謂矜餘力**㊄，**還來謁大巫**㊅。**歲寒仍顧遇**㊆，**日暮且踟躕**㊇。次言窮老而受知於韋。應詔退回，命之窮也。衰容漸改，老將至矣。戞几杖，承衰。困泥塗，承命。今猶乘餘力而來謁者，以韋有接遇之情也。因此遂起躊躕盼望之意矣。

㊀《詩》：有客戾止。《莊子》云：知不可奈何而安之若命。鮑照《園葵賦》：盪然任心，樂道安命。

㊁謝脁詩：開鏡眄衰容。揚子雲曰：雕蟲之技，壯夫不爲。

㊂《月令》：仲秋之月，養衰老，授几杖。

㊃《左傳》：絳縣老人曰：「臣生之歲，正月甲子朔，四百有四十五甲子矣。」趙孟謝曰：「使吾子辱在泥塗久矣，武之罪也。」家人、甲子，以卦名配支干。

㊄梁武帝詩：不謂當過時。《隋·藝文傳》：筆有餘力，詞無竭源。

㊅《吴志注》：張紘見陳琳《武庫賦》，歎美之，琳答曰：「河北率少文章，易爲雄伯。今足下在彼，所謂小巫見大巫，神氣盡矣。」徐陵詩：漳川仰大巫。

㊆歲寒、日暮，寓言窮老，亦時值歲暮而云然耳。高允《答宗欽詩》：雖曰不敏，請事金蘭。爾其勵之，無忘歲寒。

㊇《主父偃傳》：日暮途遠，故倒行逆施之。《詩》：搔首踟躕。曹植詩：攬轡正踟躕。

**老驥思千里**㊀，**饑鷹待一呼**㊁。**君能微感激**㊂，**亦足慰榛蕪**㊃。一云折骨效區區。末有望於韋之汲引也。老驥，況己之衰。饑鷹，況己之窮。曰思、曰待，承上踟躕，言韋能感動激發，則己不淪於荆榛蕪草矣。此章前二段各八句，末段四句收。

㊀魏武樂府：老驥伏櫪，志在千里。烈士暮年，壯心未已。
㊁《魏志》：陳登謂呂布曰：「曹公言，待將軍譬如養鷹然，饑則爲用，飽則颺去。」孫楚《鷹賦》：饑則易呼。
㊂《張儀傳》：蘇秦使人微感張儀。趙岐《孟子章指》：千載聞之，猶有感激。
㊃傅亮表：伊洛榛蕪，津塗久廢。

## 奉贈《杜臆》作呈韋左丞丈二十二韻

按：黄鶴注：公以天寶六載，應詔赴轂下，爲李林甫見阻，由是退下。詩云「主上頃見徵」，「青冥却垂翅」，當是七載所作。篇内皆係陳情語，當在《贈韋左丞丈》詩後。末云「况懷辭大臣」，明年果又有東都之遊矣。《杜臆》：前詩有頌韋丞語，此篇全屬陳情，題曰贈，似誤，恐當作呈。

**紈袴不餓死㊀，儒冠多誤身㊁。丈人試静聽㊂，賤子請具陳㊃。**首用議論總提。《杜臆》：儒冠誤身，乃通篇之主，紈袴句特伴語耳。

㊀《漢書》：班伯在綺襦紈袴之間，非其所好也。注：綺，細綾。紈，素也。並貴戚子弟服。《漢書》：鄧通相當餓死。
㊁《酈食其傳》：諸客冠儒冠來者，沛公輒解其冠溺之。

㊂《吴越春秋》：伍子胥謂漁父曰：「性命屬天，今屬丈人。」又王弼《易注》：丈人，嚴莊之稱。　鮑照書：静聽無聞。

㊃鮑照樂府：主人且勿喧，賤子歌一言。蔡琰《胡笳》：去住兩情兮難具陳。

**甫昔少**去聲。**一作妙年日**㊀**，早充觀國賓**㊁。**讀書破萬卷**㊂**，下**去聲**筆如有神**㊃。**賦料**義從平聲，讀用去聲**揚雄敵，詩看**平聲。《摭言》作將**子建親**㊄。**李邕求識面**㊅**，王翰願爲**陳作爲，一作卜**鄰**㊆。**自謂頗挺出**一作生㊇**，立登要路津**㊈。**致君堯舜上**㊉**，再使風俗**《摭言》作化**淳**⑪。

此叙少年自負，申言儒冠之事。甫昔八句，言學優才敏，足以馳騁古今。自謂四句，欲正君善俗，不但文辭見長也。此乃備陳學問本領，言大而非夸。《杜臆》：公以韋丞爲知己，故通篇作衷語，如「讀書破萬卷」等句，大膽説出，絶無謙遜也。

㊀沈約詩：生平少年日。　鶴注：《壯遊》詩云「中歲貢舊鄉」，「忤下考功第」，開元二十四年改用禮部侍郎主考，公預舉在二十四年之前，故主試屬考功郎。其時年方二十餘歲，宜自謂少年也。

㊁《易》：觀國之光，利用賓於王。

㊂胸羅萬卷，故左右逢源而下筆有神。書破，猶韋編三絶之意，蓋熟讀則卷易磨也。張遠謂識破萬卷之理，另是一解。《梁元帝紀》：兵敗，焚圖書十四萬卷，曰：「讀書萬卷，猶有今日。」《北史》：李永和曰：「丈夫擁書萬卷，何假南面百城。」

㊃魏文帝《典論》：傅武仲下筆不能自休。　孔文舉表：性與道合，思若有神。

㊄漢揚雄嘗作《甘泉》等賦，魏曹子建七步成詩，公謂揚雄之賦與己敵體，子建之詩於己相近也。考字書：物料之料從去聲，料度之料從平聲。《左傳》：臣料虞君。

㊅《唐書》本傳：甫少貧不自振，客齊趙間，李邕奇其才，先往見之。《北齊書》：神武自太原來朝，見宋游道，曰：「嘗聞其名，今日始識其面。」　趙曰：公《哀李邕》詩：「伊昔臨淄亭，酒酣託末契。重叙東都别，朝陰改軒砌。」追言洛陽相見事，豈非公與邕先識面於洛陽乎。《新史》蓋誤以再見爲始識面矣。

㊆《唐書·文苑傳》：王翰，字子羽，并州晉陽人，及進士第，張説輔政，召爲秘書正字，終道州司馬。　《左傳》：二三子先卜鄰矣。　陶潛詩：思與爾爲鄰。　朱注：邕、翰皆公同時前輩，識面、卜鄰乃當時實事。　舊注引杜華母使華與王翰卜鄰，出僞書杜撰。

㊇劉峻《辯命論》：孔墨之挺生。　《蜀志·吕凱傳》：諸葛丞相英才挺出。

㊈古詩：何不策高足，先據要路津。

㊉應璩《與弟書》：伊尹輟耕，郅惲牧羊，思致君於唐虞，濟斯民於塗炭。《孟子》：伊尹使是君爲堯舜之君。

㊁《詩序》：美教化，移風俗。　《何氏語林》：阮孝緒歎明賓山曰：「是使還淳返樸。」

此意竟蕭條《摭言》作索㊀，行歌非隱淪㊁。　騎驢十三載上聲。諸本作三十載，盧注作十三載，載作年㊂，旅食京華春㊃。　朝扣富兒門㊄，暮隨肥馬塵㊅。　殘杯與冷炙㊆，到處潛悲辛㊇。　主上頃見徵㈨，歘許勿切然欲求伸㈩。青冥却垂翅⑪，蹭蹬無縱鱗⑫。此慨歷年不遇，申明誤身之故。　蕭條八句，前因貢舉不第。見徵四句，後以應詔退下。　黄生曰：騎驢六句，極言困厄之狀，略不自諱，隱然見抱負如彼，而阨窮乃如此，俗眼無一知己矣。

㈠李陵書：但聞悲風蕭條之聲。

㈡《列子》：林類年且百歲，拾穗行歌。　桓譚《新論》：天下神人五：一曰神仙，二曰隱淪。嵇康詩：尋山洽隱淪。　朱注：言以窮困行歌，非隱淪肥遯之流也。

㈢漢靈帝時，執政皆騎驢。《後漢・獨行傳》：向栩或騎驢入市，乞丐於人。　公兩至長安，初自開元二十三年赴京兆之貢，後以應詔到京，在天寶六載爲十三載也。他本作三十載，斷誤。

㈣《儀禮》：尊士旅食於門。　鄭注作衆食解。　魏鍾繇表：「旅食許下。」作旅寓之食解矣。　魏文帝《與吴質書》：旅食南館。　郭璞詩：京華游俠窟。

㈤鮑照詩：結友多貴門，出入富兒鄰。

㈥《世説》：司馬德操曰：「坐則華屋，行則肥馬。」

㈦《顏氏家訓》：殘杯冷炙之辱，戴安道猶遭之，況爾曹乎。

㈧潛悲辛，含悲不忍言也。　鮑照《野鶴賦》：對鐘鼓而悲辛。

㈨年譜：天寶六載，詔天下有一藝詣轂下，李林甫命尚書省皆下之，公應詔退下。　《淮南子》：主上出令。　《漢雜事》：宣帝時，蔣蒲與子方召見徵。

〔一〇〕《易》：尺蠖之屈，以求伸也。

〔一一〕《楚辭》：據青冥而攄虹。注：青冥，雲也。《後漢·馮異傳》：始雖垂翅回谿，終能奮翼澠池。王通《東征賦》：道之不行兮垂翅東歸。

〔一二〕《海賦》：蹭蹬窮波。王褒《聖主得賢臣頌》：沛乎若巨魚之縱大壑。

**甚愧丈人厚，甚知丈人真**〔一〕。**每於百僚上**〔二〕，**猥誦佳句新**〔三〕。**竊效貢公喜**〔四〕，**難甘原憲貧**〔五〕。**焉**於虔切**能心怏怏**〔六〕，**祇是走踆踆**〔七〕。**今欲東入海**《摭言》作洛〔八〕，**即將西去秦**〔九〕。**尚憐終南山**〔一〇〕，**回首**一作望**清渭濱**〔一一〕。**常擬報一飯**一作餐〔一二〕，**況懷辭大臣**。**白鷗没**一作波**浩蕩**〔一三〕，**萬里誰能馴**〔一四〕？末段感懷韋丈，而致臨別繾綣之情。甚愧四句，藉韋公爲知己。竊效四句，不得志而思去矣。今欲四句，欲去而不忍徑去。常擬四句，欲留而不能復留也。詩到尾梢，他人幾於力竭，公獨滔滔滾滾，意思不窮，正所謂「篇終接混茫」也。然須玩其轉折層次，不可增減，非汗漫敷陳者比。此章首段四句，中二段各十二句，末段十六句收。

〔一〕趙曰：厚，言其相待之厚，如《世説》范達深愧其厚意。真，言其懷抱之真，如《莊子》云其爲人也真。

〔二〕《書》：百僚師師。《史記》：相國位諸侯王百僚之上。

〔三〕《前漢·朱雲傳》：嘉猥稱雲。《後漢·孔融傳》：猥惠書教。曹植《責躬表》：猥垂齒召。注：猥，曲也。又解作遝。《范滂傳》：「所劾猥多。」此詩言頻誦佳句也。《世説》：孫興公作《天台賦》

成，以示范榮期，每至佳句，輒云：「應是我輩語。」

㊃《前漢·王吉傳》：吉字子陽，與貢禹爲友。世稱「王陽在位，貢公彈冠」，言其取舍同也。劉孝標《廣絶交論》：王陽登則貢公喜。

㊄《仲尼弟子傳》：原憲攝敝衣冠見子貢，子貢恥之，曰：「夫子豈病乎？」憲曰：「吾聞之，無財者謂之貧，學道而不能行謂之病。若憲，貧也，非病也。」子貢慚而去。

㊅《吴越春秋》：「公子光心氣怏怏，常有愧恨之色。」怏怏，不平貌。

㊆《西京賦》：大雀踆踆。注：踆踆，行走貌。

㊇《莊子》：石户之農，攜子入於海，終身不返。《易林》：東入海口。

㊈裴讓之詩：申胥欲去秦。李斯《上始皇書》：天下之士，退而不西向，裹足不入秦。

㊉《詩》：終南何有。《元和郡縣志》：終南山，在京兆府萬年縣南五十里。渭水在萬年縣北五十里。

⑪《西征賦》：北有清渭濁涇。

⑫《史記·范睢傳》：一飯之恩必償。《後漢·李固傳》：竊感古人一飯之報。注：謂靈輒也。

⑬《杜臆》：白鷗，承入海來，用海客事，屬在自己説，以東海望秦川，則相去萬里矣。　鮑照詩：翻波揚白鷗。　趙曰：浩蕩，或取流放之貌，如《離騷》「怨靈修之浩蕩」。或取曠遠之貌，如《楚辭》「志浩蕩而傷懷」。　《東坡志林》：子美「白鷗没浩蕩」，言滅没於烟波間耳。宋敏求謂鷗不解没，改作波字，便覺神氣索然。今按《易林》：「鳧遊江海，没行千里。」此没字所本。

㈣阮籍詩：雙翮凌長風，須臾萬里逝。　顔延之《五君詠》：「龍性誰能馴。」馴，馴服也。

范元實《詩眼》曰：山谷謂文章必謹布置，每見後學多告以《原道》命意曲折。後予以此概考古人法度，如子美《贈韋左丞》詩云「紈袴不餓死，儒冠多誤身」，此一篇立意也，故使人静聽而具陳之耳。自「甫昔少年日」，至「再使風俗淳」，皆言儒冠事業也。自「此意竟蕭條」，至「蹭蹬無縱鱗」，言誤身如此也，則意舉而文已備矣。然必言其所以見韋者，於是有厚愧真知之語，而所以真知者，謂傳誦其詩也。然宰相職在薦賢，不當徒愛人而已，故曰「竊效貢公喜，難甘原憲貧」。果不能薦賢，則去之可也，故將東入海而西去秦。然其去也，必有遲遲不忍之意，故曰「尚憐終南山，回首清渭濱」。然所知不可以不别，故曰「常擬報一飯，況懷辭大臣」。夫如是，可以相忘於江湖之外，雖韋亦不得而見矣，故以「白鷗没浩蕩，萬里誰能馴」終焉。此詩前賢録爲壓卷，其布置最得正體，如官府甲第，廳堂房舍，各有定處，不可亂也。韓文公《原道》與《書》之《堯典》蓋如此，其他皆謂之變體可也。又曰：詩有一篇命意，有句中命意。如此詩前後布置，是一篇命意也。至其道不忍决去之意，則曰「尚憐終南山，回首清渭濱」，其道欲與韋别之意，則曰「常擬報一飯，況懷辭大臣」，此句中命意也。蓋如此，然後可謂頓挫高雅矣。

董養性曰：篇中皆陳情告訴之語，而無干望請謁之私，詞氣磊落，傲睨宇宙，可見公雖困躓之中，英鋒俊彩，未嘗少挫也。

王嗣奭曰：此篇本古詩，而頗帶排句，以呈左丞，故體近莊雅耳。通首直抒隱衷，如寫尺牘，而縱横轉折，感憤悲壯之氣溢於行間，繾綣躊躕，曲盡其妙。

《東皋雜録》：或問荆公，杜詩何故妙絶古今。公曰：老杜固嘗言之：「讀書破萬卷，下筆如有神。」

嚴羽曰：五言始於李陵，以興在漢，故云古詩。

茅一相曰：獨孤及云：五言之源，生於國風，廣於《離騷》，著於蘇李，盛於曹劉。當漢魏之間，雖已樸散爲器，作者猶質有餘而文不足。以今揆昔，則有朱絃疏越、太美遺味之嘆。

徐用吾曰：五言古詩，或引興起，或賦比起。須要用意深遠，託詞温厚，反覆優游，雍容不迫，或感古懷今，或懷人傷己，或瀟灑閒適，寫景要雅淡，推人心之至情，摹感慨之微意，悲歡含蓄而不傷，美刺婉曲而不露，要有三百篇遺意。

范梈曰：五言長篇，法有四要，曰分段、過脈、回照、讚歎。先分爲幾段幾節，每節句數多少。要略均齊。首段是叙子，一篇之意皆含在其中。結段要照應起段，且選詩分段，節數要均，三句則皆三句，四句、六句、八句，則皆不參差。惟工部夔州後詩，間有錯綜，然亦不太長太短也。次要過句，名爲血脈，此處用兩句，一結上，一生下也。回照，謂十步一回頭以照題目，又五步作一消息語以讚歎之，方不甚迫促。長篇怕雜亂，一意爲一段。以上四法，備於《北征》詩，舉一隅之道也。

胡應麟曰：四言簡質，句短而調未舒。七言浮靡，文繁而聲易雜。折繁簡之衷，居文質之要，蓋莫尚於五言。故兩漢以還，文人藝士，平生精力，咸萃斯道。又曰：統論五言之變，則質漓於魏，體排於晉，調流於宋，格喪於齊。又曰：兩漢之詩，所以冠古絶今，率以得之無意。不唯里巷歌謡，匠心信口，即枚、李、張、蔡，未嘗鍛鍊求合，而神氣工巧，備出天造。又曰：古詩浩繁，作者至衆，雖風格體裁，人以代異，支流原委，譜系具存。炎劉之製，遠紹國風；曹魏之聲，近沿枚李。陳思而下，諸體畢備，門户漸開。阮籍左思，尚存其質；陸機潘岳，首播其華。靈運之詞，淵源潘陸；明遠之步，馳騁太冲。有唐一代，拾遺草創，實阮前踪；太白綜横，亦鮑近矱。少陵才具，無施不可，而憲章漢魏，祖述六朝，所謂風雅之大宗，藝林之正朔也。又曰：古詩軌轍殊多，大要不過二格：有以和平渾厚、悲愴婉麗爲宗者，即前所列諸家。有以高閒曠逸、清遠玄妙爲宗者，六朝則陶，唐則王、孟、常、儲、韋、柳。但其格本一偏，體靡兼備，宜短章不宜鉅什，宜古選不宜歌行，宜五言律不宜七言律。歷考前人遺集，靡不然者。中唯右丞才高，時能旁及，至於本調，反劣諸子。餘雖深造自得，然皆株守一隅，才之所趨，力故難强。又曰：備諸體於建安者，陳王也。集大成於開元者，工部也。青蓮才之逸並駕陳王，氣之雄齊驅工部，可謂撮勝二家。第古風既乏温淳，律體微乖整栗，故令評者不無軒輊。

王世貞曰：盧、駱、王、楊，號稱四傑，詞旨華靡，固沿陳隋之遺，而骨氣翩翩，意象老境，則超然勝之。陳正字陶洗六朝，鉛華都盡，寄託大阮，微加斷裁，而天韻不及。李杜光燄千古，人人知之。滄浪並極推尊，而不能致辯。元微之獨重子美，宋人以爲談柄。楊用修爲李左袒，輕俊之士往往耳傳。大約五言選體，太白以氣爲主，以自然爲宗，以俊逸高暢爲貴；子美以意爲主，以獨造爲宗，以奇拔沈雄爲貴。然太白多露語率語，子美多稚語累語，置之陶謝間，便覺不倫，乃欲使之奪曹氏父子耶。

# 杜詩詳注卷之二

## 飲中八仙歌

黄鶴注：蔡興宗《年譜》云天寶五載，而梁權道編在天寶十三載。按史：汝陽王天寶九載已薨，賀知章天寶三載、李適之天寶五載、蘇晉開元二十二年，並已殁。此詩當是天寶間追憶舊事而賦之，未詳何年。　錢箋：《新書》云：白與賀知章、李適之、汝陽王璡、崔宗之、蘇晉、張旭、焦遂，爲酒中八仙人，此因杜詩附會耳。且既云天寶初供奉，又云與蘇晉同遊，何自相矛盾也。　蔡夢弼曰：按范傳正《李白新墓碑》：在長安時，時人以公及賀監、汝陽王、崔宗之、裴周南等八人爲酒中八仙。公此篇無裴，豈范别有稽耶？

**知章騎馬似乘船㊀，眼花落井水底眠㊁。**此極摹賀公狂態。騎馬若船，言醉中自得。眼花落井，言醉後忘軀。　吴人善乘舟，故以比乘馬。

㊀《舊唐書》：賀知章，會稽永興人，自號四明狂客，又稱秘書外監。醉後屬辭，動成卷軸，文不加點，咸有可觀。天寶三載，上疏請度爲道士，還鄉里。　《越絶書》：夫越水行而山處，以船爲車，

以楫爲馬。

㈡錢箋：眼花落井，如安眠於井底，乃極狀其醉態。胡夏客謂落井水眠，當是賀監實事，或偶然失足所致。　吴均《雜句》：夢中難言見，終成亂眼花。張華詩：三雅來何遲，耳熱眼中花。《抱朴子》：余從祖仙公，每大醉，輒入深淵之底，一日許乃出。　此條僞蘇注所引阮咸、王祥事，俱係妄撰，今削去。

**汝陽三斗始朝**音潮**天**㈠，**道逢**一作見**麯車口流涎**㈡，**恨不移封向酒泉**㈢。三斗朝天，醉後入朝也。見麯流涎、欲向酒泉，甚言汝陽之好酒。

㈠《舊書》：讓皇帝長子璡封汝陽郡王，與賀知章、褚庭誨爲詩酒之交。　《抱朴子》：管輅傾酒三斗，而清辯綺粲。

㈡漢樂府《婦病行》：道逢親交。　魏文帝《與吴質書》：葡萄釀以爲酒，甘於麯蘖，道之已流㳄咽唾。㳄，同涎。陸機詩：目苦濁鏡口流涎。

㈢《三秦記》：酒泉郡城下有金泉，泉味如酒，故名酒泉。《拾遺記》：羌人姚馥嗜酒，群輩呼爲渴羌，晉武帝擢爲朝歌宰。辭曰：「請辭朝歌之縣，長充養馬之役，時賜美酒以樂餘年。」帝曰：「朝歌，紂之舊都，地有酒池，使老羌不復呼渴。」對曰：「老羌漸染王化，若歡酒池之役，更爲殷紂之民。」帝大悦，即遷酒泉太守。　此條僞蘇注所引北齊王詢及漢郭弘事，亦係妄撰。師氏又造爲舊史拾遺之説，並無根據。

**左相**去聲**日興費萬錢**㊀，**飲如長鯨吸百川**㊁，**銜杯樂**音洛**聖稱避**舊本作世。《邵氏聞見録》作避**賢**㊂。費萬錢，言其豪侈。吸百川，狀其縱飲。樂聖避賢，即述適之詩中語。

㊀《舊書》：李適之雅好賓友，飲酒一斗不亂，夜則燕賞，晝決公務。天寶元年，代牛仙客爲左丞相，與李林甫争權不叶。五載，罷知政事，守太子少保。與親知歡會，賦詩曰：「避賢初罷相，樂聖且銜杯。爲問門前客，今朝幾個來？」七月，貶宜春太守，仰藥而卒。黄希曰：日費萬錢，餉客之用皆出於此是也。師氏謂：唐時酒價每斗三百錢，以萬錢計之，當飲三石三斗有餘，誤矣。據本傳，但云一斗不亂耳。《晉書》：何曾日食萬錢，猶言無下箸處。

㊁左思《吴都賦》：長鯨吞航，修鯢吐浪。木華《海賦》：魚則横海之鯨，突兀孤游，噏波則洪漣踧蹜，吹潦則百川倒流。

㊂劉伶《酒德頌》：銜杯漱醪。《魏志》：醉客謂酒清者爲聖人，濁者爲賢人。《世説》：簡文曰：「請避賢路。」

**宗之蕭灑美少**去聲**年**㊀，**舉觴白眼望青天**㊁，**皎如玉樹臨風前**㊂。宗之蕭灑，丰姿超逸。白眼望天，席前傲岸之狀。玉樹臨風，醉後摇曳之態。

㊀《舊書》：崔宗之，日用之子，襲封齊國公。《李白傳》：侍御史崔宗之，謫官金陵，與白詩酒倡和。《北山移文》：蕭灑出塵之想。阮籍詩：朝爲美少年。

㊁《列子》：景公舉觴自罰。《晉書》：阮籍任情不羈，見禮俗之士，以白眼對之。《列子》：至人

者上闚青天。

㊂《甘泉賦》：翠玉樹之青葱。《世説》：毛曾與夏侯玄共坐，時人謂蒹葭倚玉樹。

**蘇晉長齋繡佛前**㊀，**醉中往往愛逃禪**。持齋而仍好飲，晉非真禪，直逃禪耳。逃禪，猶云逃墨、逃楊，是逃而出，非逃而入。《杜臆》云：醉酒而悖其教，故曰逃禪。後人以學佛者爲逃禪，誤矣。

㊀《新唐書》：蘇晉，珦之子。數歲知爲文，房潁叔、王紹宗歎曰：「後來之王粲也。」舉進士，先天中爲中書舍人。玄宗監國，所下制命多晉及賈曾稾定。屢獻讜言，天子嘉允。歷户、吏二部侍郎，終太子庶子。《續晉陽秋》：謝敷崇信釋氏，以長齋供養爲業。徐陵《雙林寺碑》：絶粒長齋。《廣弘明集》：宋劉義隆時，靈鷲寺有群燕共銜繡像委之堂内。據此則繡佛之製久矣。

此條師氏謂晉得胡僧所繡彌勒佛事，亦屬僞撰。

**李白一斗詩百篇**㊀，**長安市上酒家眠**㊁。**天子呼來不上**上聲**船**㊂，**自稱臣是酒中仙**㊃。斗酒百篇，言白之興豪而才敏。吴論：當時沉香亭之召，正眠酒家，白蓮池之召，扶以登舟，此兩述其事。酒中仙，兼述其語。

㊀《新唐書》：李白，興聖皇帝九世孫。天寶初，至長安，往見賀知章。知章見其文曰：「子謫仙人也。」言於玄宗，召見金鑾殿，奏頌一篇。帝賜食，親爲調羹，有詔供奉翰林。白猶與飲徒醉於市，帝坐沉香亭子，欲得白爲樂章。召入，而白已醉，左右以水頮面，稍解，援筆成文，婉麗精切，帝愛其才，數宴見。范傳正《李白新墓碑》：玄宗泛白蓮池，公不在宴。皇懽既洽，召公作序。時公

已被酒翰苑中，命高將軍扶以登舟。《史記·淳于髡傳》：臣飲一斗亦醉。《墨子》：周公朝讀百篇。

㊁《晉書》：顏延之爲始安郡，與淵明二萬錢，悉送酒家。

㊂錢箋：被酒不能上船，故須扶掖登舟，非竟不上船也。舊注以船爲衣領，不上船是披襟見帝，大謬。王濬表：先臣一日上其船。

㊃王績《醉鄉記》：中國以爲酒仙。

**張旭三杯草聖傳㊀，脱帽露頂王公前㊁，揮毫落紙如雲烟㊂。**旭書爲人傳頌，故以草聖比之。脱帽露頂，醉時豪放之狀。落紙雲烟，得意疾書之興。

㊀《舊書》：吴郡張旭善草書，好酒，每醉後，號呼狂走，索筆揮灑，變化無窮，若有神助。《國史補》：旭飲酒輒草書，揮筆而大叫，以頭揾水墨中而書之，醒後自視，以爲神異。《金壺記》：旭官右率府長史。《漢書》：朱博案上不過三杯。王愔《文章志》：後漢張芝好草書，學崔杜之法，韋仲將謂之草聖。

㊁《古樂府》：少年見羅敷，脱帽着帩頭。《後漢·西域傳》：莫不露頂肘行。李頎贈旭詩：露頂據胡牀，長叫三五聲。

㊂高允《徵士頌》：揮毫頌德。宗欽《贈高允》詩：彈毫珠零，落紙錦粲。潘岳《楊荆州誄》：翰動若飛，落紙如雲。高彪詩：抗志凌雲烟。

**焦遂五斗方卓然㈠，高談雄辯驚四筵㈡。** 談論驚筵，得於醉後，見遂之卓然特異，非沉湎於醉鄉者。　此詩參差多寡，句數不齊，但首尾中腰，各用兩句，前後或三或四，間錯成文，極變化而仍有條理。

㈠袁郊《甘澤謡》：陶峴，開元中，家於崑山，自製三舟，客有前進士孟彦深、進士孟雲卿、布衣焦遂，各置僕妾，共載遊山水。　《滑稽傳》：淳于髡曰：「朋友交遊，私情相語，飲不過五六斗，竟醉矣。」　《漢・元帝紀》：卓然可觀。　此條師氏所引口吃之説，亦屬妄撰。

㈡庾信詩：高譚變白馬，雄辯塞飛狐。　謝瞻詩：四筵霑芳醴。

蔡絛《西清詩話》：此歌眠字、天字再押，前字三押，古未見其體。　叔父叔度云：歌分八篇，人人各異，雖重押韻無害，亦周詩分章之意也。

唐汝詢曰：柏梁詩，人各説一句，八仙歌，人各記一章，特變其體耳，重韻何害。

王嗣奭《杜臆》曰：此係創格，前古無所因，後人不能學。　描寫八公，各極生平醉趣，而都帶仙氣。或兩句，或三句、四句，如雲在晴空，卷舒自如，亦詩中之仙也。

吴見思曰：此詩一人一段，或短或長，似銘似贊，合之共爲一篇，分之各成一章，誠創格也。

舊刻《分類千家注》多載僞蘇注，大概以杜句爲主，添設首尾，假託古人，初無其事。　蔡傅卿編年千家本削去，最快。　前輩如邵二泉、焦弱侯，多爲僞注所惑。　後來《五車韻瑞》遂引作實事。　張邇可《會粹》又本《韻瑞》，且於附會古人處妄添某史，可謂巧于緣飾矣。近日吳門所刻《庾開府文集》亦誤引僞注，沿訛不覺，亟當正之。此篇所引僞蘇注數條，概從芟却，不使惑人。

《容齋隨筆》曰：此詩樂聖避賢，乃引李適之詩語。別本誤以「避賢」爲「世賢」，絶無意義。「世」字又犯太宗御諱。《秦州雨晴》詩云：「天永秋雲薄，從西萬里風。」謂秋天遼永，風從萬里而來，可謂廣大。而集中作「天水」，此乃秦州郡名。若用入此篇，其思致淺矣。《和李表丈早春作》云：「力疾坐清曉，來詩悲早春。」正答其意，而集中作來時，殊失所謂和篇本旨。

# 高都護驄馬行

按：高仙芝平少勃律，在天寶六載。是年，大食諸部七十二國皆降附。八載，入朝，詩云「飄飄遠自流沙至」，又云「長安健兒不敢騎」，正其時也。九載，仙芝討石國，俘其王以獻，則知次年又往邊疆矣。此詩當是天寶八載所作。黄云七載，梁云十一載，皆非。《漢書·鄭吉傳》：吉威震西域，遂并護車師以西北道，故號都護。都護之置，自古始焉。注：並護南北二道，故謂之都。

**安西都護胡青驄**㊀，**聲價欻**許勿切**然來向東**㊁。**此馬臨陣久無敵**㊂，**與人一心成大功**㊃。

此言驄馬在邊，而有功行陣。

㊀《舊唐書》：貞觀十七年，置安西都護府於西州。顯慶三年，移治龜茲國城。于闐以西，波斯以

東，十六都護府隸焉。《隋書》：西域吐谷渾有青海，中有小山，至冬冰合，嘗得波斯馬放入海，因生驄馬，日行千里，故時稱青海驄馬。　胡青驄，猶《淮南子》所云胡駿馬。古詩：躑躅青驄馬。《廣韻》：驄，馬青白色。

㈡《赭白馬賦》：聲價隆振。又：欻聳擢以驚。注：欻，忽也。　漢《天馬歌》：天馬來，歷無草，徑千里，循東道。

㈢戴暠詩：刀環臨陣鳴。　《史記》：項王謂亭長曰：「吾騎此馬五歲，所向無敵。」

㈣《國語》：戮力一心。《大戴禮》：均馬力，齊馬心。應德璉《慜驥賦》：展心力於知己兮。　《史記》：廉頗曰：「我爲趙將，有攻城野戰之大功。」

**功成惠養隨所致**㈠，**飄飄**一作飖**遠自流沙至**㈡。**雄姿未受伏櫪恩**㈢，**猛氣猶思戰場利**㈣。

此言驄馬在廄，而不忘戰伐。

㈠《赭白馬賦》：願終惠養，蔭本枝兮。

㈡曹植詩：飄飄隨長風。　《元和郡縣志》：居延澤，在張掖縣東北一千六百里，即古流沙。《天馬歌》：天馬徠，從西極，涉流沙。

㈢《赭白馬賦》：弭雄姿以奉引。　《漢書·李尋傳》：馬不伏櫪，不可以趨道。注：伏櫪，謂伏槽櫪而秣之。

㈣《西征賦》：何猛氣之咆勃。　《戰國策》：張儀曰：「魏之地勢，固戰場也。」

腕一作踠促蹄高如踣音匐鐵㈠，交河幾蹴曾同層冰裂㈡。五花散作雲滿身㈢，萬里方看平聲汗流血㈣。此言其形相、精力之出群。上云流沙，此云交河，正見來自遠地也。

㈠《南都賦》：馬踠餘足。《相馬經》：馬腕欲促，促則健，蹄欲高，高耐險峻。《齊民要術》：馬腕欲促而大，其間纔容靬，蹄欲得厚二三寸，硬如石。踣，踏也。邵注：踣鐵，言馬蹄之堅。

㈡《元和郡縣志》：貞觀四年，於漢車師前王地置交河縣，取界内交河爲名。交河源出縣北天山，分流城下。《一統志》：今爲西番火州地。王洙注：唐安西去交河七十里。顧野王詩：交河冰未堅。趙曰：東方朔《神異記》曰：北方有層冰萬里，厚百丈。詩言交河有層積之冰，馬幾度蹴踏之而破裂也。舊引顔賦「經玄蹄而雹散，歷素皮而冰裂」，非是。蓋賦謂騎射耳。玄蹄、素皮，皆射帖名，而雹散、冰裂，皆射帖聲，與馬踏冰裂之義無涉。

㈢《名畫録》：開元内廄，有飛黄、照夜、浮雲、五花之乘。丹元子《步天歌》：五箇花文王良星。《李白集注》：五花，馬毛色也。又郭若虚云：五花者，剪鬃爲瓣，或三花，或五花。白樂天詩「馬鬣剪三花」，此另一説。

㈣《天馬歌》：經萬里兮歸有德。《漢書》：李廣利獲汁血馬來。注：大宛舊有天馬種，蹋石汗血，汗從前肩髆小孔中出，如血。趙曰：汗血之姿，非萬里無以見。

長安壯兒不敢騎㈠，走過掣電傾城知㈡。青絲絡頭爲去聲君老㈢，何由却出横孟康音光門道㈣。末用感慨作結，即老驥伏櫪，志在千里之意。此章四段，各四句。

㈠鄭氏曰：長安，古雍州地，漢始都此。

㈡崔豹《古今注》：秦始皇有七馬，一曰追電。《隋書》：長孫晟爲總管，突厥畏之，見其赤馬稱爲閃電。趙注：此言馬行如電，舉國皆知耳。舊引傅玄詩「童女掣電策，童男挽雷車」，非其義。孫楚詩：傾城遠追送。注：傾，猶盡也。

㈢古樂府：青絲纏馬尾，黄金絡馬頭。

㈣《漢·西域傳》：百官送至横門外。《三輔黄圖》：長安城北，出西頭第一門，曰横門，其外有橋，曰横橋。程大昌《雍録》：自横門渡渭而西，即是趨西域之路。遠注：出横門道，言欲馳驅於戰場。

張綖曰：凡詩人題咏，必胸次高超，下筆方能卓絶。此詩「雄姿未受伏櫪恩，猛氣猶思戰場利」，「青絲絡頭爲君老，何由却出横門道」，如此狀物，不唯格韻特高，亦見少陵人品。若曹唐《病馬》詩：「一朝千里心猶在，曾敢潛忘秣飼恩。」乃乞兒語也。

王嗣奭曰：「與人一心成大功」，此盛贊馬德，即所謂「真堪託死生」也。下文猛氣思戰場，萬里看流血，壯兒不敢騎，却出横門道，節節俱蒙此意，寫得雄駿絶倫，「語不驚人死不休」，洵足空前絶後矣。

胡應麟曰：七言古詩，概曰歌行。余漫考之，歌之名義，由來遠矣。《南風》、《擊壤》興於三代之前，《易水》、《越人》作於七雄之世，而篇什之盛，無如《騷》之《九歌》，皆七古所始也。漢則《安世》、《房中》、《郊祀》、《鼓吹》，咸係歌名，並登樂府。或四言，上規風雅，或雜調，下倣《離騷》，名義雖同，體裁則異。

孝武以還，樂府大演，《隴西》、《豫章》、《長安》、《京洛》、《東西門行》等，不可勝數，而行之名，於是著焉。較之歌曲，名雖小異，體實大同。至長、短、燕、鞠諸篇，合而一之，不復分別，又總而目之曰相和等歌。則知歌者，曲調之總名，原於上古。行者，歌中之一體，創自漢人，明矣。　又曰：今人例以七言長短句爲歌行，漢魏殊不爾也。諸歌行，有三言者，《郊祀歌》、《董逃行》之類；四言者，《安世歌》、《善哉行》之類；五言者，《長歌行》之類；六言者，《上留田》、《妾薄命》之類。純用七字而無雜言，全取平聲而無仄韻，則《柏梁》始之，《燕歌》、《白紵》皆此體。自唐人以七言長短爲歌行，餘皆别類樂府矣。　又曰：歌行，兆自《大風》、《垓下》，《四愁》、《燕歌》而後，六代寥寥，至唐大暢。王、楊四子，婉轉流麗，李、杜二家，逸宕縱横。　又曰：闔闢縱横，變幻超忽，疾雷震電，凄風急雨，歌也。位置森嚴，筋脈聯絡，走月流雲，輕車熟路，行也。太白多近歌，少陵多近行。　又曰：李、杜歌行，擴漢魏而大之，而古質不及。盧駱歌行衍齊梁而暢之，而富麗有餘。

# 冬日洛城北謁玄元皇帝廟

鶴注：天寶二年三月壬子，親祀玄元廟，改西京玄元廟爲太清宫，東京廟爲太微宫，天下爲紫微宫。據舊史改廟爲宫，已在二年，題曰玄元皇帝廟，仍舊稱也。五聖聯龍衮，是天寶八載閏六月事，題云《冬日》，當是其冬作。蓋天寶九載，公歸長安，進《三大禮賦》，不在洛陽矣。朱注：

此詩所詠，即太微宫也。作於加謚五聖之後，當在八載之冬。封演《見聞記》：高祖武德三年，晉州人吉善行，於羊角山見白衣老父，呼謂曰：「爲吾語唐天子，吾是老君，即汝祖也，今年無賊，天下太平。」高祖即遣使致祭，立廟其地。《唐書》：高宗乾封元年，幸亳州，詣老君廟，追尊爲玄元皇帝。開元二十九年，制兩京諸州，各置玄元皇帝廟。天寶元年，陳王府參軍田同秀上書：玄元皇帝降於丹鳳門之通衢，告錫靈符在尹喜故宅。上遣使就函谷關尹喜臺西，發得之，乃置玄元廟於大寧坊，東都於積善坊臨淄舊邸，親享新廟。

**配極玄都閟**㈠，**憑高**一作虚**禁籞**一作禦，《正異》作籞**長**㈡。**守祧嚴具禮**㈢，**掌節鎮非常**㈣。**碧瓦初寒外**㈤，**金莖一氣旁**㈥。**山河扶繡户**㈦，**日月近雕梁**㈧。首段，記廟制之尊嚴。趙曰：廟在洛城北，故云配極。洙曰：廟在北邙山，故云憑高。趙曰：尊老君爲聖祖，故謂守祧。符驗以備非常，故得掌節。碧瓦外覆，寒氣先侵矣。金莖旁列，一氣上通矣。山河拱户，形其雄壯。日月近梁，狀其高華。

㈠《史記》：始皇爲極廟，象天極。《索隱》曰：爲宫廟象天極，故曰極廟。李嶠詩：配極光輝遠。康駢《劇談録》：東都北邙山，有玄元觀，南有老君廟，臺殿高敞，下瞰伊洛。《道藏》：道君處大玄都，坐高蓋天。《雲笈七籤·三洞經》：玄都上有九曲崚嶒鳳臺瓊房玉室，處於九天之上，玉京之陽。張正見詩：玄都府内駕青牛。《詩》：閟宫有侐。注：閟，深閉也。

㈡王僧孺詩：憑高且一望。《羽獵賦》：禁禦所營。《漢紀注》：籞者，禁苑之遮衛也。《後漢紀注》：

折竹以繩懸連之，使人不得往來。今作籞。

㊂《周禮》：守祧，掌守先王先公之廟祧。注：遷主所藏曰祧。《唐書》：老君廟置令丞各一員。

《史記》：蕭何曰：「王若欲拜大將，具禮乃可。」此借用字。

㊃《周禮》：掌節，掌守邦節而辯其用。注：節，猶信也，行者所執之信。《史記》：「備他盜之出入，與非常也。」亦借用字。

㊄劉騊駼詩：縹碧以爲瓦。　碧瓦，琉璃瓦也。　謝靈運《燕歌行》：孟冬初寒節氣成。

㊅《西都賦》：抗仙掌以承露，擢雙立之金莖。注：金莖，銅柱也。《郊祀志》：漢武作柏梁、銅柱、承露、仙人掌之屬。朱注：《曹子建集》：明帝詔有司鑄銅，建承露盤於芳林園，莖長十二丈，大十圍，使植作頌銘，則洛城金莖固有之矣。　《莊子》：通天下一氣耳。《西征賦》：化一氣而甄三才。

㊆陳後主詩：日月光天德，山河壯帝居。　《舞影賦》：耀金波兮繡户。

㊇檀約《陽春歌》：白日映雕梁。

**仙李蟠根大**㊀**，猗蘭奕葉光**㊁**。世家遺**一作貽**舊史**㊂**，道德付今王**㊃**。**此推言廟祀之由。

唐奉老君爲聖祖，故言根大而葉盛。《史記》不載於世家，故云「遺舊史」。明皇嘗注《道德經》，故云「付今王」。

㊀《神仙傳》：老子生而能言，指李樹曰：「以此爲我姓。」《老子内傳》：太上老君，姓李名耳，字伯陽，

其母見日精下落如流星，飛入口中，因有娠。七十二歲，於陳渦水李樹下，剖左掖而生。《述異記》：中山有縹李大如拳者，呼爲仙李。又云：瀨鄉老子祠有紅縹李，一李二色。唐太宗《探得李》詩云：盤根植瀛渚，交榦倚天舒。庾信《老子廟》詩：盤根古樹底。

㈡《漢武故事》：帝以乙酉年七月七日旦，生於猗蘭殿。先是景帝坐崇芳閣，見赤氣如林，來蔽户牖，乃改閣爲猗蘭殿。錢箋：以「猗蘭」對「仙李」，亦以漢武比玄宗也。曹植《王仲宣誄》：伊昔顯考，奕葉佐時。注：奕，不絶之稱。

㈢《唐會要》：開元二十三年，敕升老子、莊子爲列傳首，居伯夷之上。《西京賦》：雅好博古，學乎舊史氏。

㈣《史記》：老子著書上下篇，言道德之意，五千餘言。封演《聞見記》：開元二十一年，明皇親注《道德經》，令學者習之。《書》：今王嗣有令緒。

**畫手看**平聲**前輩，吴生遠擅場**㈠。**森羅移地軸**㈡，**妙絶動宫牆**㈢。**五聖聯**晉作連**龍衮**㈣，**千官列**一作引**雁行**音杭㈤。**冕旒俱秀發**㈥，**旌旆盡飛揚**㈦。此記繪畫之精工。移地軸，言山水逼真。動宫牆，言殿宇生色。冕旒承龍衮，從衣及冠也。旌旆承千官，由扈從及儀仗也。

㈠原注：廟有吴道子畫《五聖圖》。朱景玄《名畫録》：吴道玄，字道子，東京陽翟人。明皇知其名，召入内供奉。吴生凡畫人物、佛像、神鬼、禽獸、山水、臺殿、草木，皆冠絶於世，國朝第一。《歷代名畫録》：吴道子學書不成，因工畫。張懷瓘每云：「吴生之畫，下筆有神，是張僧繇後身。」

官至寧王友。　孔融《與曹操書》：今之少年，喜謗前輩。《東京賦》：秦政利觜長距，終得擅場。曹植詩：常得擅此場。　黄山谷云：能於前輩中擅場，不獨争長時輩也。

㊁《肇論》：萬象森羅。　《海賦》：地軸挺拔而争迴。《春秋元命苞》：地有三千六百軸，互相牽制。

㊂《續晉陽秋》：顧愷之尤好丹青，妙絶於時。　應璩詩：侈靡在宫牆。

㊃《通鑑》：天寶八載六月，上以符瑞相繼，皆祖宗休烈，上高祖謚曰神堯大聖皇帝，太宗謚曰文武大聖皇帝，高宗謚曰天皇大聖皇帝，中宗謚曰孝和大聖皇帝，睿宗謚曰玄貞大聖皇帝。　康駢《劇談録》：玄元觀壁上有吴道子畫五聖真容及《老子化胡經》事，丹青絶妙，古今無比。　《淮南子》：此五聖者，天下之盛王。

㊄《荀子》：天子千官。　《記》：兄之齒鴈行。　《禮器》：天子龍衮。

㊅又：天子之冕，朱緑藻，十有二旒。　沈佺期詩：朝光映冕旒。　《蜀都賦》：王褒韡曄而秀發。

㊆孔德璋詩：風交旌旆揚。　漢高帝歌：大風起兮雲飛揚。

**翠柏深留景**與影同㊀，**紅梨迥得霜**㊁。**風筝吹玉柱**㊂，**露井凍**《英華》作動**銀牀**㊃。此兼叙冬日之景。柏耐寒而色留，梨得霜而葉落。吹玉柱，風冽簷前。凍銀牀，冰凝井榦也。

㊀《水經注》：翠柏蔭峰。　謝脁《松賦》：懷風音而送聲，當月路而留景。

㊁庾肩吾詩：梨紅大谷晚。

㊂郭知達注：風筝，謂掛筝於風際，風至則鳴也。　楊慎《丹鉛録》：古人殿閣簷稜間，有風琴、風筝，

皆因風動成音，自叶宫商。或曰風箏，簷鈴也，俗謂呼風馬兒。朱注：唐人有風箏詩，前説是。李白詩：兩廊振法鼓，四角吟風箏。柳惲詩：秋風吹玉柱。袁淑《正情賦》：陳玉柱之鳴箏。

㈣趙曰：露井，露地之井。古樂府：桃生露井上。樂府《淮南王篇》：後園鑿井銀作牀，金瓶素綆汲寒漿。庾肩吾詩：銀牀落井桐。朱注：舊以銀牀爲井欄。《名義考》：銀牀乃轆轤架，非井欄也。

**身退卑周室**㈠，**經傳拱漢皇**㈡。**谷神如不死**㈢，**養拙更何鄉**一作方㈣。末乃追論老子，以見瀆祀之不經。身退二句，言人往而道存。谷神二句，言神藏而迹隱。結含諷意。此章起首、中間各八句，前後三段各四句。

㈠《老子道德經》：功成、名遂、身退，天之道。《列仙傳》：老子生於殷時，爲周柱下史，轉爲守藏史。積八百餘年，後周德衰，乃乘青牛車而去，入大秦。《孔叢子》：今周室卑微。

㈡《高士傳》：經傳世國。《老氏聖紀圖》：河上公授漢文帝道德二經旨奥，帝齋戒受之。《神仙傳》：漢孝景讀《老子經》，有所不解，以問河上公，公乃授素書二卷。拱漢皇，謂端拱，而受此書。

㈢《老子》：谷神不死，是謂玄牝。按：谷神，謂身中空竅處有元神也，即丹田之説。故庾信詩云：「虚無養谷神。」舊解谷爲養，則谷神上不當更加養字矣。

㈣潘岳《閒居賦》：仰衆妙而絶思，終優游以養拙。《莊子》：何不樹之於無何有之鄉。

錢謙益箋曰：唐自追祖老子，見像降符，告者不一。玄宗篤信而崇事之，公作此詩以諷諫也。配極四句，言玄元廟用宗廟之禮，爲誣其祖也。碧瓦四句，言宫殿壯麗踰制，爲非禮也。仙李蟠根、猗蘭奕葉，言神堯以下，聖子神孫，仙源積慶，何取乎玄元而追之爲祖乎。「世家遺舊史」，言太史公已不列世家，其在唐世，何譜牒之可據耶。「道德付今王」，言明皇雖尊信其教，然未能深知道德之意。皆微詞也。畫手八句，言畫圖近於兒戲。翠柏四句，叙冬日廟中景象。末四句，總括一篇大旨。老子見周德之衰，則引身去之，今安肯非時而出耶。且言漢文恭儉醇厚，深得五千言之旨，故經傳致垂拱之治，今之崇尚，則異是矣，亦申明「道德付今王」之意也。老子之學，歸本於谷神不死，爲天地根，假令長生駐世，亦當藏名養拙於無何有之鄉，豈其憑人降形，炫耀光景，以博後人之崇奉乎。此詩雖極意諷諫，而鋪張盛麗，語意渾然，所謂「言之無罪，聞之足戒」者也。

張表臣《珊瑚鈎詩話》：陳無己先生語余曰：「今人愛少陵詩，一句之内，至竊取數字以髣像之，非善學者。學詩之要，在乎立格、命意、用字而已。」予曰：「如何等是？」曰：「《冬日謁玄元皇帝廟》詩，叙述功德，反覆伸意，事核而理長。《閬中歌》，辭致峭麗，語脈新奇，句清而體好。兹非立格之妙乎。《江漢》詩言乾坤之大，腐儒無所寄其身。《縛雞行》言雞蟲得失，不如兩忘而寓於道。兹非命意之深乎。《贈希魯》云「輕身一鳥過」，力在一過字。《徐步》詩云「花蕊上蜂鬚」，力在一上字。兹非用字之精乎。學者體其格，高其意，練其字，則自然有合矣，何必規規然髣像之乎。」

汪道昆曰：唐尊老子爲聖祖，故曰盤根，曰奕葉，曰祧，曰節，皆以祖廟事言。詩句清麗奇偉，勢欲飛動，可與吴生畫手，並絶古今。

毛先舒曰：此篇錢氏以爲皆屬諷刺，不知詩人忠厚爲心，况於子美耶。即如明皇失德致亂，子美於

《洞房》、《宿昔》諸作，及《千秋節有感》二首，何等含蓄温和。況玄元致祭立廟，起於唐高祖，歷世沿祀，不始明皇，在洛城廟中，又五聖並列，臣子入謁，宜何如肅將者。且子美後來獻《三大禮賦》，其《朝獻太清宫》，即老子廟也。賦中竭力鋪揚，若先刺後頌，則自相矛盾亦甚矣，子美必不出此也。

## 故武衛將軍挽詞三首

此詩梁氏編在天寶十四載，是年十一月安禄山已反，而詩中並無傷亂之詞，知其非此時矣。黄氏據《通鑑》「八載冬，冰合」，遂以此證「黄河十月冰」。按：詩意本謂塞外河冰，引證未合。大抵屬未亂以前之詩，其年數已不可考矣。又按：開元天寶間，府兵罷，折衝停，民間挾兵器者有禁。「王者今無戰」，正指其時。蓋天寶六七載，時在京師作也。自此以後，邊將多尚戰功矣。鶴注：武衛將軍之名，起於魏許褚。《唐書》：左右武衛大將軍各一員，將軍各一員，掌統領宫禁警衛之法。譙周《法訓》：挽歌出於田横之門人，挽柩而行，因謂之挽歌。

**嚴警當寒夜**㊀，**前軍落大星**㊁。**壯夫思敢**陳作敢，一作感**決**㊂，**哀詔惜精靈**㊃。**王者今無戰**㊄，**書生已勒銘**㊅。**封侯意疏闊**㊆，**編簡爲**去聲**誰青**㊇。首章，記初喪情事。上四，言身殁可哀。下四，言功存足述。夜落將星，見其有關氣運。敢決，念生前。精靈，傷死後。無戰，世際承平。勒銘，立碑墓道。意疏闊，褒封絶望。爲誰青，史簡足傳也。《杜臆》：封侯句，無限感慨，與漢文帝惜李廣不遇時者同意。

㈠武衛主警衛宫禁，故云嚴警。《魏志》：太后令曰：「馳語大將軍，得先嚴警。」梁武帝詩：調梭輟寒夜。

㈡諸葛武侯《與步騭書》：僕前軍在五丈原。《晉陽秋》：有星赤而芒角，自東北往西南，投於諸葛亮營，俄而亮卒。

㈢《揚子》：壯夫不爲。

㈣《吴都賦》：舜禹精靈，留其山河。

㈤盧注：是時罷府兵，停折衝，禁民間挾兵器，故云「今無戰」。淮南王安書：王者之師，有征無戰。

㈥《晉書·蘇峻傳》：少爲書生，有才學。蔡邕《張伯雅祠堂碑》：假石勒銘。此謂墓銘也。舊引班固作《燕然山銘》，勒石紀功，未合。

㈦《後漢·梁竦傳》：大丈夫生當封侯，死當廟食。賈誼《鵩賦》：制度疏闊。王右軍《書論》：疏闊相間。

㈧劉歆《責太常書》：或脱簡，或脱編。劉孝標書：青簡尚新。

其二

舞劍過平聲人絶㈠，鳴弓射音石獸能㈡。銛音纖鋒行愜順㈢，猛噬失蹻丘妖切騰㈣。赤羽一作雨千夫膳㈤，黄河十月冰㈥。橫去聲行沙漠外㈦，神速至今稱㈧。次章，憶生前忠勇，承上思敢決。鋒利而師行皆順，此劒之雄。中箭而猛獸失威，此弓之捷。操此絶技，率衆渡河，直能橫行沙漠矣。《杜臆》：行愜順，謂所向如意。失蹻騰，謂應弦倒獸。赤羽旗下，千夫會膳，言孤軍深入，塞外黄河，十月冰凍，見不避苦寒，此正形容其橫行神速。

㈠《漢書》：項莊請以劒舞。《前漢·鼂錯傳》：皇太子材智高奇，馭射伎藝，過人絶遠。

㈡陰鏗詩：戰士夜鳴弓。

㈢《西京賦》：胸突銛鋒。

㈣《西都賦》：挎僄狡，扼猛噬。夢弼云：猛噬，猛虎之齧噬者。盧注謂即飲羽意，猶曹景宗云「放箭如餓鴟叫澤中」，此欲配合銛鋒耳，失之纖巧。蹻騰，壯躍之貌。

㈤《家語》：子路曰：「願得白羽若月，赤羽若日。」注：羽，旗也。按：劉會孟以赤羽爲塞雁，不知十月時雁已南翔矣。錢謙益以赤羽爲箭羽，豈軍行絶漠，能射禽充食乎。千夫，指軍士。《牧誓》：千夫長，百夫長。

㈥虞世南詩：冰壯黄河絶。按：錢箋引《左傳》：公徒釋甲，執冰而飲。注云：冰，櫝丸蓋也。此説晦曲。

㈦《前漢·樊噲傳》：臣願得十萬衆，橫行匈奴中。

㈧《晉書》：張賓謂石勒曰：「用兵貴神速，勿後時也。」

後人崇尚杜詩，於鍊字、鍊句、鍊格莫不取法焉。如杜：「銛鋒行愜順，猛噬失蹻騰。」上二字用《漢書》作對。王介甫云：「一水護田將緑遶，兩山排闥送青來。」借用《漢書》字，而語尤工巧。杜：「洛城一別四千里，胡騎長驅五六年。」將地里年數作對。柳子厚云：「一身去國六千里，萬死投荒十二年。」蘇子瞻云：「故山西望三千里，往事回思十二年。」亦本杜句，但杜以兩語領全詩，柳、蘇只中間叙述耳。杜《鄭駙馬宅宴》詩，上尾用薄、麓、谷，乃同韻字。唐末章碣詩：「東南路盡吴江畔，正是窮愁暮雨天。鷗鷺不嫌斜雪岸，波濤欺得逆風船。偶逢島寺停帆看，深羡漁翁下釣眠。今古若論英達算，鴟夷高興固無邊。」七律中，隔句用韻，並爲奇格。但杜出之無心，而章却摹倣有意也。

## 其三

**哀挽青門去㈠，新阡絳水遥㈡。路人紛雨泣㈢，天意颯風飇㈣。部曲精仍鋭㈤，匈奴氣不驕。無由覩雄略㈥，大樹日蕭蕭㈦。**三章，想死後餘威，承上惜精靈。上四，言歸櫬堪傷。下四，言邊功猶在。

㈠哀挽，挽喪車而哀慟也。《三輔黄圖》：長安城東出，南頭第一門曰霸城門，民見其青色，因名青城門。

㈡崔融詩：京兆新阡闢，扶陽甲第開。《原涉傳》：京兆尹曹氏葬茂陵，謂京兆阡。涉慕之，起父冢，表曰原氏阡。阡，墓表也。《水經注》：絳水，出絳山西北，流注於澮。應劭曰：絳水，出絳縣西南。邵注：絳州去長安六百里。

㈢阮瑀詩：悲聲感路人。　趙曰：諸葛亮亡，人皆野哭。　曹植誄：延首嘆息，雨泣交頤。

㈣尚德緩刑書，以應天意。　庾仲初《弔賈誼文》：飂風獨喪。《爾雅》：風從下上曰飂。

㈤《光武紀注》：大將軍營有五部、三校尉，部下有曲，曲有軍候一人。　《晉書・劉牢之傳》：領精銳爲前鋒。　精仍銳，精力仍然勇銳也。

㈥《通鑑》：燕梁琛謂苻堅曰：「吴王垂雄略冠世，折衝禦侮。」

㈦大樹，暗用馮異事，見首卷。

此詩次章云「横行沙漠外」，將軍蓋能立功邊外者。首章則云「封侯意疏闊」，末章又云「大樹日蕭蕭」，是能有功而不伐者，異於邊將之邀功生事矣。公特表而出之，以致深惜焉。

張希良曰：詩題不紀姓名，按唐喬潭《裴將軍舞劍賦序》：「後元年秋九月，羽林裴公獻戎捷於京師，上御花萼樓，大置酒。酒酣，詔將軍舞劍，爲天下壯觀。」賦云：「將軍以幽燕勁卒，耀武窮髪。俘海夷，虜山羯，振旅闐闐，獻功魏闕。」後元年，當是明皇之天寶初載，花萼樓亦其明驗，少陵詩中「横行沙漠外」，「匈奴氣不驕」等語合。將軍，意即裴羽林也。裴名旻，善射，一日斃十一虎，見《唐書・李白傳》、《太平廣記》虎部。又與詩之「舞劍過人絶，鳴弓射獸能」者合，存以俟考。　王維亦有《贈裴將軍》詩云：「腰間寶劍七星文，臂上琱弓百戰勳。見説雲中擒黠虜，始知天上右將軍。」亦與舞劍鳴弓合。又，唐之裴氏，多籍山西，篇中「新阡絳水遥」似亦指裴旻。但《唐書・宰相表》裴旻官金吾將軍，與武衛將軍不合，未知是否也。

# 贈翰林張四學士垍音既

鶴注：天寶十三載，垍貶盧溪郡司馬，旋召還，遷太常卿。題云贈翰林張學士，則在未貶司馬前。詩云「此生任春草，垂老獨漂萍」，意是天寶九載自河南歸時作。是時未獻賦，故詩不及之。梁權道編在十四載，非。《舊唐書·張説傳》：二子均、垍，皆能文。《唐會要》：玄宗始選朝官有詞藝學識者，入居翰林供奉，別旨制詔書敕，猶或分在集賢。開元二十六年，始以翰林供奉改稱學士，別建學士院，俾專内命。太常少卿張垍、起居舍人劉光謙等，首居之，而集賢所掌，由是罷息。

**翰林逼華蓋㊀，鯨力破滄溟㊁。天上張公子㊂，宫中漢客星㊃。**首叙翰林張垍。逼華蓋，其位高。破滄溟，其勢大。宰相之子，故云公子。垍，尚公主，故比客星。

㊀《唐會要》：翰林院在銀臺門内，麟德殿西廂重廊之後，學士院在翰林院之南，別户東向。《晉·天文志》：大帝上九星曰華蓋，所以蔽覆大帝之座也，蓋下九星曰杠，蓋之柄也。《蔡邕傳》：擁華蓋而奉皇極。　洙曰：逼，言密邇帝座。

㊁《海賦》：魚則横海之鯨，突兀孤游。《吴都賦》：徽鯨背中於群犗。　注：徽鯨，魚之有力者。趙曰：破，如宗慤所云「乘風破浪」之破。　謝朓牋：滄溟未運，波臣自蕩。

㊂《漢書》：成帝時童謡曰：「燕燕尾涎涎，張公子，時相見。」帝每微行出，常與張放俱，稱富平侯家，故曰張公子。

㊃《蜀志》：《出師表》：宫中府中，皆爲一體。　《後漢書》：光武與嚴光共卧，太史奏：客星犯帝座，甚急。　宗懔《荆楚歲時記》：漢武帝令張騫使大夏，尋河源，乘槎經月，而至一處，見一女織，一丈夫牽牛飲河，織女取支機石與騫而還。庾肩吾《江州》詩「漢使俱爲客，星槎共逐流」，虞茂《賦昆明池織女石》詩「船疑海槎渡，珠似客星來」，徐陵詩「張星舊在天河上，山來張姓本連天」，俱用此事。張遠注：此乃切張姓而用，舊引嚴光，與此不切。今按：公《贈太常卿張垍》詩「能事聞重譯，嘉謨及遠黎」，蓋嘗奉使於外，故有「宫中漢客星」句耳。　《舊唐書》：垍尚寧親公主，玄宗特加恩寵，許於禁中置内宅，侍爲文章。

**賦詩拾翠殿**㊀，**佐酒望雲亭**㊁。**紫誥仍兼綰**㊂，**黄麻似六經**㊃。**内頒**魯作頒，一作分**金帶赤**㊄，**恩與荔枝青**㊅。　次叙才華寵遇。　賦詩二句，居禁地也。紫誥二句，優文翰也。内分二句，多恩眷也。

㊀魏文帝詩：賦詩以寫懷。　《兩京新記》：大福殿，在麟德殿北。拾翠殿，在大福殿東南。

㊁《漢·高帝本紀》：上置酒沛宫，召故人、父老、子弟佐酒。應劭曰：助行酒。　《長安志》：大福殿、拾翠殿、西内延嘉殿西北有景福臺，臺西有望雲亭。

㊂王洙注：紫誥，謂以紫泥封誥。黄麻，謂寫誥詞於黄麻紙上。　《隴右記》：武都紫水有泥，其色

紫而粘，用貢封璽書，故詔誥有紫泥之美。《西京雜記》：漢以武都紫泥爲璽室，加緑綈其上。

㊃《唐會要》：中書以黄、白二麻爲綸命重、輕之辯。開元三年十月，始用黄麻紙寫詔。上元三年二月，制敕並用黄麻紙。李肇《翰林志》：故事，中書舍人專掌詔誥。開元間，始置學士，大事直出中禁，不由兩省。凡制用白麻紙，詔用白籐紙，書用黄麻紙。《東都賦》：按六經而校德。鶴注：制誥本集賢學士領之，今翰林學士得分掌，故云兼綰。寫誥詞於黄麻，訓詞謹嚴如六經。薛蒼舒曰：自别置學士院以專掌内命，其後選用益重，而禮遇益親，至號爲内相，凡充其職者無定員，自諸曹尚書，下至校書郎，皆得與選。入院一歲，則遷知制誥班矣。内宴則居宰相之下、一品之上。

㊄《唐書》：緋爲四品服，淺緋爲五品服，並金帶，但銙數别。

㊅朱注：《唐書》：貴妃嗜生荔枝，明皇置驛傳送。垍尚主，宅在禁中，得與此賜，所謂「恩與荔枝青」也。《海録碎事》載，戎州出緑荔枝，肉熟而皮猶緑。曾子固《荔枝狀》云：江家緑，出福州。又色紅而有青斑者，名虎皮，亦出福州。荔枝青殆即此類乎。舊注引《楊文公談苑》「荔枝金帶」乃是宋制，且與上句複出。李肇《國史補》：張均兄弟俱在翰林，垍以尚主，獨賜珍玩，以誇於均。均曰：「此乃婦翁與女婿，固非天子賜學士也。」

**無復**扶又切**隨高鳳**㊀**，空餘泣聚螢**㊁**。此生任**讀平聲**春**讀上聲，《周禮·梓人》：春以功**草**㊂**，垂老獨漂萍**㊃**。儻憶山陽會**㊄**，悲歌在一聽**平聲㊅**。**　末乃自叙，結出贈詩意。　不能隨鳳高騫，依然聚螢勵志耳。春草，歎卑微。漂萍，傷流落。山陽會，望其念舊。聽悲歌，諷其汲引。　此章四句起，下二段各六句。

㈠《詩》：鳳凰鳴矣，於彼高岡。顔延之《秋胡》詩：梧梧傾高鳳。

㈡《晉書》：車胤，家貧不常得油，夏月，以練囊盛數十螢火，照書讀。《顔氏家訓》：古人勤學，照雪聚螢。

㈢梁元帝詩：既看春草歇。

㈣蔡邕《房楨碑》：享年垂老。　鮑令暉詩：流漂萍無根。

㈤《魏氏春秋》：嵇康寓居河内山陽，與王戎、向秀同遊。秀後經康山陽舊居，作《思舊賦》。

㈥《史記·項羽紀》：悲歌慷慨。　《韓非子》：一聽而公會。

## 樂音洛遊園歌

《英華》題作《晦日賀蘭楊長史筵醉歌》。　張綖曰：天寶十載，公獻賦，詔試集賢院，爲宰相所忌，得參列選序，詳詩中「聖朝已知賤士醜」，似當在此歲作。　鶴注：唐以正月晦日、三月三日、九月九日爲三令節。德宗時，李泌請廢正月晦日，以二月朔爲中和節。　《漢書》：神爵三年，起樂遊苑。注：《三輔黄圖》云：在杜陵西北。《長安志》：樂遊苑，在京兆萬年縣南八里，亦曰樂遊原。洙曰：《西京記》：樂遊園，漢宣帝所立。唐長安中，太平公主於原上置亭遊賞。其地四望寬敞，每三月上巳、九月重陽，士女戲就此祓禊登高，幄幕雲布，車馬填塞，虹彩映日，馨香滿路，朝士詞人賦詩，翌日傳於京師。

**樂遊古園崒**昨律切，一作萃**森爽**㊀，**烟綿碧草萋萋長**丁丈切㊁。**公子華筵勢最高**㊂，**秦川對酒平如掌**㊃。首從宴園叙起。木森、草碧，言近景。秦川如掌，言遠景。惟地勢高，故一望皆見。

㊀崒，山危峻貌。《子虛賦》：隆崇崒崒。森爽，森疏而爽豁也。

㊁鮑照詩：岫遠雲烟綿，谷屈泉靡迤。江淹《别賦》：春草碧色。《楚辭》：芳草生兮萋萋。

㊂公子，指楊長史。《楚辭》：思公子兮不敢言。

㊃《三秦記》：長安正南秦嶺，嶺根水流爲秦川，一名樊川。周王褒詩：遥遥秦川水。曹孟德詩：對酒當歌。《長安志》：樂遊原，居京城之最高，四望寬敞，京城之内，俯視如掌。沈佺期詩：秦地平如掌。

**長生木瓢示**《英華》作樂**真率**㊀，**更調鞍馬狂**一作雄**歡賞**㊁。**青春波浪芙蓉園**㊂，**白日雷霆夾**一作甲**城仗**㊃。**閶闔晴開詄**大結切。舊作昳，趙定作詄，《英華》同**蕩蕩**㊄，**曲江翠幙排銀牓**㊅。**拂水低回舞袖翻**㊆，**緣雲清切歌聲上**上聲㊇。次記園中景事。酌瓢之後，調馬而行，得以盡覽諸勝。芙蓉苑、夾城道、曲江池，此明皇遊幸之處。仗過門開，翠幕銀牓，舞袖歌聲，皆園前所聞見者。

㈠《杜臆》:《西京雜記》載:上林苑有長生木,蓋以木爲瓢也。晉嵇含有《長生木賦》。《鄴中記》:金華殿後,種雙長生樹,八九月乃生花,花白,子黑,大如橡子,世人謂之長生樹。《世説》:王懷祖直以真率,少許便足對人多多許。

㈡《抱朴子》:馬不調造父,不能超千里之迹。謝靈運歌行:心歡賞兮歲易淪。

㈢曹植詩:白日曜青春。張禮《游城南記》:芙蓉園,在曲江西南,與杏園皆秦宜春下苑地。園内有池,謂之芙蓉池,唐之南苑也。《兩京新記》:開元二十年,築夾城入芙蓉園,自大明宫夾亘羅城複道,經通化門觀,以達興慶宫,次經春明、延喜門,至曲江芙蓉園。

㈣《易》:鼓之以雷霆。

㈤《楚辭》:倚閶闔而望予。《漢·禮樂志》:天門開,詄蕩蕩。《漢書注》:詄,讀如迭。又舊注:詄,緩也。於義不切。如淳云:詄蕩蕩,天體清堅之狀。亦於詄字無涉。一本作泆,猶云蕩泆也。

㈥潘岳《籍田賦》:翠幙默以雲布。《北史》:姚萇張翠幙繡簾,掛金篆銀牓。張正見詩:銀牓映仙宫。

㈦潘尼詩:倉卒低迴。張正見詩:舞袖飄金谷,歌聲繞鳳臺。

㈧《魯靈光殿賦》:緣雲上征。《飛燕外傳》:音詞舒閑清切。《西京雜記》:高帝令戚夫人作出塞望歸之曲,後宫齊唱,聲入雲霄。

**却憶年年人醉時，只今未醉已先悲。數莖白髮那抛得，百罰**一作刻**深杯辭**從《英華》，一作亦**不辭**㈠。**聖朝**音潮**亦**一作已，一作但**知賤士醜**㈡，**一物但**從《英華》，一作自**荷**去聲**皇天慈**一作**私**㈢。**此身飲罷無歸處，獨立蒼茫自咏詩**㈣。末乃借酒遣懷。上四歎年衰，下四慨不遇也。朝已見棄，而天猶見憐，假以一飲之緣，其無聊亦甚矣。此章四句起，下兩段各八句。

㈠《列子》：景公舉杯自罰。陳後主詩：杯深猶恨稀。

㈡後漢馮衍《説鄧禹書》：聖朝享堯舜之榮。揚子曰：秦之士也賤。陸機云：玄冕無醜士。

㈢一物，指酒，猶陶公云杯中物。江淹詩：一物之微，有足悲者。《楚辭》：皇天無私阿兮。

㈣庾信詩：蒼茫落餘暉。朱異詩：值塞野之蒼茫。趙注以蒼茫爲荒寂貌。《杜臆》謂蒼茫詠詩，乃勃然得意處，引公詩「蒼茫興有神」爲證。今按：上文語涉悲涼，末作發興語，方見後勁。

# 同諸公登慈恩寺塔

鶴注：梁氏編在天寶十三載，不知何據，應在禄山陷京師之前，十載奏賦之後。原注：「時高適、薛據先有作。」《兩京新記》：京城東第一街進昌坊慈恩寺，隋無漏寺故地。西院浮屠六級，高三百尺，永徽三年，沙門玄奘所立。《長安志》：慈恩寺在萬年縣東南八里。

**高標跨蒼穹**一作天㊀，**烈風無時休**㊁。**自非曠**一作壯**士懷**㊂，**登兹翻百憂**㊃。首言塔不易登，領起全意。　塔高，故凌風。百憂，憫世亂也。

㊀《蜀都賦》：陽烏迴翼乎高標。《爾雅》：穹蒼蒼，天也。郭璞曰：天形穹窿，其色蒼蒼。丹元子《步天歌》：昭昭列象布蒼穹。

㊁古樂府：暮秋烈風起。

㊂鮑照詩：安知曠士懷。

㊃王粲《登樓賦》：登兹樓以四望兮，聊暇日以銷憂。此云翻百憂，蓋翻其語也。《詩》：逢此百憂。

**方知象教力**㊀，**足**一作立**可追冥搜**㊁。**仰穿龍蛇窟**，**始**音試**出**《英華》作驚**枝撐幽**㊂。此叙登塔之事。　象教，建塔者。冥搜，登塔者。穿窟出穴，所謂冥搜也。　盧注：磴道屈曲，如穿龍蛇之窟。歷盡盤錯，始出枝撐之幽。

㊀王屮《頭陀寺碑》：正法既没，象教凌夷。注：象教，言爲形象以教人也。

㊁孫綽《天台山賦序》：夫非遠寄冥搜，何肯遥想而存之。　謂此塔真可追攀而冥搜也。

㊂王延壽《魯靈光殿賦》：枝撐杈枒而斜據。注：枝撐，交木也。黄山谷曰：塔下數級皆枝撐洞黑，出上級乃明。

**七星在北户**一作户北㊀，**河漢聲西流**㊁。**羲和鞭白日**㊂，**少**去聲**昊行清秋**㊃。**秦**一作泰，非**山忽破碎**㊄，**涇渭不可求**㊅。**俯視但一氣**㊆，**焉**於虔切**能辨皇州**㊇。此記登塔之景。　上四，仰觀於天，見象緯之偪近。下四，俯視於地，見山川之微渺。總是極摹其高。星河夜景，西流，秋候之象。羲和晝景，鞭日，秋光短促也。忽破碎，謂大小錯雜。不可求，謂清濁難分。皇州莫辨，薄暮陰翳矣。

㊀《史記·天官書》：北斗七星，所謂璇璣玉衡以齊七政。《春秋運斗樞》：斗，第一天樞，第二璇，第三璣，第四權，第五衡，第六開陽，第七瑶光。《吴都賦》：開北户以向日。

㊁古詩：河漢清且淺。《廣雅》：天河謂之天漢，亦曰河漢。魏文帝詩：天漢回西流。

㊂《楚辭》：吾令羲和弭節。王逸注：羲和，日馭也。又：白日昭只。

㊃《月令》：孟秋之月，其帝少昊。潘尼詩：朱明送夏，少昊迎秋。殷仲文詩：獨有清秋日。

㊄朱注：秦山，指終南諸山。《廣輿記》：藍田有秦嶺，乃南山之脊。若隴西秦山，與此相去甚遠。賈誼《旱雲賦》：正雲布而雷動兮，相擊衝而破碎。

㊅《詩》：涇以渭濁。鮑照詩：涇渭不可雜。鶴注：涇渭乃關西大川，韋朝宗引渭水入金光門，置漕於西市。

㊆魏文帝詩：俯視清水波。《西征賦》：化一氣而甄三才。

㊇鮑照詩：表裏望皇州。皇州，帝都也。

**迴首叫虞舜**㊀**，蒼梧雲正愁**㊁**。惜哉瑶池飲**一作燕**，日晏**一作宴**，非崑崙丘**㊂**。黄鵠去不息，哀鳴何所投**㊃**。君看隨陽雁**㊄**，各有稻粱謀。**末乃登塔有感，所謂百憂也。迴首二句，思古，以虞舜蒼梧比太宗昭陵也。惜哉二句，傷今，以王母瑶池比太真温泉也。朱注：末以黄鵠哀鳴自比，而歎謀生之不若陽雁，此蓋憂亂之詞。　此章前二段各四句，後二段各八句。

㈠王粲詩：回首望長安。　《杜詩博議》：高祖號神堯皇帝，太宗受内禪，故以虞舜方之。朱注：《西京新記》載，慈恩寺浮屠前階，立太宗《三藏聖教序》碑。迴首叫舜，寓意在太宗。舊謂泛思古聖君者，非也。

㈡《記》：舜葬於蒼梧之野。《山海經》：南方蒼梧之丘、蒼梧之淵，中有九疑山，舜所葬，在長沙零陵界中。《文選注》：《歸藏啟筮》：有白雲出自蒼梧，入於太梁。謝朓詩：雲去蒼梧野。江總詩：雲愁數處黑。

㈢程嘉燧曰：明皇遊宴驪山，皆貴妃從幸，故以日晏崑崙諷之。　魏文帝詩：惜哉時不遇。《列子》：穆王升崑崙之丘，以觀黄帝之宫，遂賓於西王母，觴於瑶池之上，乃觀日之所入，日行萬里。鮑照詩：夕飲乎瑶池。　《史記·張湯傳》：日晏，天子忘食。

㈣《韓詩外傳》：田饒謂魯哀公曰：「夫黄鵠一舉千里，止君園池，啄君稻粱，君猶貴之，以其從來遠也。故臣將去君，黄鵠舉矣。」晉《黄鵠曲》：黄鵠參天飛，半道還哀鳴。　沈約詩：驚麏去不息。

㈤《禹貢》：陽鳥攸居。　注：隨陽之鳥，鴻雁之屬。

三山老人胡氏曰：此詩譏切天寶時事也。秦山忽破碎，喻人君失道也。涇渭不可求，言清濁不分也。焉能辨皇州，傷天下無綱紀文章，而上都亦然也。虞舜蒼梧，思古聖君而不可得也。瑶池日晏，謂明皇方耽於淫樂而未已也。賢人君子，多去朝廷，故以黄鵠哀鳴比之。小人貪禄戀位，故以陽雁稻粱刺之。

錢謙益曰：高標烈風，登兹百憂，岌岌乎有漂摇析崩之懼，正起興也。焉能辨皇州，恐長安不可知，所以迴首而叫虞舜。蒼梧雲正愁，猶太白云「長安不見使人愁」也。唐人多以王母喻貴妃。瑶池日晏，言天下將亂，而宴樂不可以爲常也。

同時諸公登塔，各有題詠。薛據詩已失傳；岑、儲兩作，風秀熨貼，不愧名家；高達夫出之簡净，品格亦自清堅。少陵則格法嚴整，氣象峥嶸，音節悲壯，而俯仰高深之景，盱衡今古之識，感慨身世之懷，莫不曲盡篇中，真足壓倒群賢，雄視千古矣。三家結語，未免拘束，致鮮後勁。杜於末幅，另開眼界，獨闢思議，力量百倍於人。

岑參詩云：塔勢如湧出，孤高聳天宫。登臨出世界，磴道盤虚空。突兀壓神州，峥嶸如鬼工。四角礙白日，七層摩蒼穹。下窺指高鳥，俯聽聞驚風。連山若波濤，奔走似朝東。青松夾馳道，宫觀何玲瓏。秋色從西來，蒼然滿關中。五陵北原上，萬古青濛濛。净理了可悟，勝因夙所宗。誓將掛冠去，覺道資無窮。

儲光羲詩云：金祠起真宇，直上青雲垂。地静我亦閒，登之秋清時。蒼蕪宜春苑，片碧昆明池。誰道天漢高，逍遥方在兹。虚形賓大極，攜手行翠微。雷雨傍杳冥，鬼神中躨跜。靈變在倏忽，莫能窮天涯。冠上閶闔開，履下鴻雁飛。宫室低邐迤，群山小參差。俯仰宇宙空，庶幾了義歸。崱屴非大廈，久居亦以危。

高適詩云：香界泯群有，浮圖豈諸相。登臨駭孤高，披拂欣大壯。言是羽翼生，迥出虚空上。頓疑身世别，乃覺形神王。宫闕皆户前，山河盡簷向。秋風昨夜至，秦塞多清曠。千里何蒼蒼，五陵鬱相望。盛時慚阮步，末宦知周防。輸效獨無因，斯焉可遊放。

## 投簡咸一作成，非華去聲兩縣諸子

鶴云：梁氏編在上元二年成都作，蓋以「成」爲「成都」，「華」爲「華陽」。《唐志》：成都、華陽兩縣爲附郭，乃次赤。按：詩云長安苦寒，又言南山之豆，東門之瓜，皆長安京兆事。其云「故舊禮數絶」，又云「棄擲與時異」，當是天寶十年，召試後，送隸有司參選時作。成華當作咸華，蓋咸陽、華原二縣也。

**赤縣官曹擁才傑**㊀**，軟裘快馬當冰雪。長安**一作夜，非**苦寒誰獨悲，杜陵野老骨欲折**㊁。首段，有慨身世。　惟少年得志，故老成落魄。自稱杜陵野老，詩作於長安，明矣。赤縣官曹，本謂長安貴人，不指兩縣諸子。蓋投簡諸子者，另有其人也。朱注誤認兩縣爲赤縣，故有畿縣之疑。《正異》不知長安即赤縣，故欲改爲長夜。總錯在詩題「成」、「華」二字耳。

㊀《元和郡縣志》：大唐縣有赤、畿、望、緊上、中、下六等之差，京都所治爲赤縣，京之旁邑爲畿

縣。　曹植賦：在官曹之典列。　沈約詩：吏部信才傑。

㊁《前漢·地理志》：杜陵屬長安，古杜伯國，宣帝葬此，因曰杜陵。《長安志》：杜陵，今在奉先城東南二十五里。　《後漢·李固傳》：霍光憂愧發憤，悔之骨折。

**南山豆苗早荒穢**㊀，**青門瓜地新凍裂**㊁。**鄉里兒童項領成**㊂，**朝**音潮**廷故舊禮數絶**㊃。**自然棄擲與時異，況乃疏頑臨事拙**㊄。**饑卧動即向一句**㊅，**敝**一作弊**衣何啻聯百結**㊆。**君不見空牆日色晚**㊇，**此老無聲淚垂血**㊈。　此自述饑寒之狀。《杜臆》：鄉里後輩，挾勢驕人，固不足責；乃故舊在朝，而禮數亦絶，尚何望乎？　疏懶在性，公之致貧在此，公之立品亦在此。　又曰：闒冗尊顯，賢哲棄遺，則時事可知。　無聲泣血，傷己而并憂世矣。　此章上四句，下八句。

㊀《漢書·楊惲傳》：田彼南山，蕪穢不治，種一頃豆，落而爲萁。

㊁青門瓜，注别見。　傅玄詩：冬寒地爲裂。

㊂鄉里小兒，出陶潛傳。　《詩》：四牡項領。　注：項，人也。　四牡者，人所駕。　今但養大其領，不肯爲用。　《後漢·吕强傳》：群邪項領，膏唇拭舌。　注：自恣也。

㊃任昉《哭范僕射》詩：生平禮數絶。

㊄嵇康書：匪降自天，實由疏頑。

㊅饑卧，暗用袁安卧雪事。

㊆王隱《晉書》：董威輦，拾殘繒結爲衣，號曰百結。

㈧張協詩：青苔依空牆。

㈨蔡琰《胡笳》：哭無聲兮氣將咽。又曰：十拍悲深兮淚成血。

盧世㴶曰：投簡中，入鄉里兒童數語，意覺不平。然是一片真氣激出，不能隱忍，不宜隱忍者也。豈許曖曖昧昧假敦厚輩所敢望其邊際，故曰「詩可以怨」。

# 杜位宅守歲

鶴注：詩云「四十明朝過」，則是天寶十載爲四十歲。《唐書·世系表》：杜位出襄陽房，爲考功郎中、湖州刺史。《困學紀聞》：位，李林甫諸壻也。《年譜》：天寶十載，林甫方在相位，盍簪、列炬，其炙手之徒與。　公集有《寄杜位》詩，題下原注：「位京中宅，近西曲江。」

**守歲阿戎**一作咸**家**㈠，**椒盤已頌花**㈡。**盍簪喧櫪馬**㈢，**列炬散林鴉**㈣。**四十明朝過**㈤，**飛騰暮景斜**㈥。**誰能更拘束**㈦，**爛醉是生涯**㈧。上四，守歲之事。下四，歲終有感。　趙汸云：椒盤頌花，位宅設宴。喧馬、散鴉，言會同者騎從之盛。　又云：公年四十，進《三大禮賦》，明皇命待制集賢院，而未嘗授官。此詩除夕所賦。後四句，感慨豪縱，讀之可想公之爲人。　顧注：公目擊附勢之徒，見位而傴僂俯仰，不勝拘束，故言不能效此拘束之態，惟有爛醉是吾生涯而已。

㈠唐太宗有《守歲》詩：「冬盡今宵促，年開明日長。」孟浩然詩：守歲接清筵。則知除夜守歲，唐時風俗然也。　《通鑑注》：晉宋間，人多呼弟爲阿戎。《宋書》：謝惠連初不爲父所知，族兄靈運曰：「阿戎才悟如此，而何作常兒遇之？」朱注：《南史》：齊王思遠，小字阿戎，王晏從弟也，明帝廢立，嘗規切晏。及晏拜驃騎，謂思遠兄思微曰：「隆昌之際，阿戎勸吾自裁，若如其言，豈得有今日。」思遠曰：「如阿戎所見，尚未晚也。」詩用阿戎，蓋出此耳。胡儼曰：阿戎，注家改爲阿咸，不知阿咸乃叔侄事，與兄弟不相當。東坡與子由詩「欲喚阿咸來守歲，林烏櫪馬正諠譁」，亦一時誤用耳，不必據以爲證。

㈡崔寔《四民月令》：過臘一日，謂之小歲，拜賀君親，進椒酒，從小起。後世率於正月一日，以盤進椒，飲酒則撮置酒中，號椒盤焉。《晉書》：劉臻妻陳氏，元旦獻椒花頌曰：標美靈葩，爰采爰獻。

㈢《易·豫》四爻：勿疑朋盍簪。王弼解盍爲合，解簪爲速，蓋因古冠有笄，不謂之簪耳。程傳則解簪爲聚，所以聚髮也。此詩盍簪對列炬，取朋友聚合之義，直作冠簪説矣。　陰鏗詩：亭嘶背櫪馬。

㈣沈佺期詩：歲炬常燃桂。炬，燭火也。

㈤《記》：四十曰强仕。顧注：言四十自明朝而過，則是年正四十也。

㈥夏侯湛《抵疑》：今吾子攀其飛騰之勢，掛其羽翼之末。　李尤詩：年歲晚暮日已斜。

㈦任昉詩：拘束名教裹。

㈧《莊子》：吾生也有涯。

# 敬贈鄭諫議十韻

鶴注：此當是天寶十載奏賦後作，故有求顏闔、厭禰衡之句。梁氏編在十一載爲是。　諫議大夫，起於後漢。韋彪疏曰：諫議之職，應用公直之士。是也。《續通典》：武后龍朔二年改爲正諫大夫，開元以來仍復，凡四人，屬門下省。

**諫官非不達**㈠，**詩義早知名**㈡。**破的由來事**㈢，**先鋒孰敢争**㈣。**思飄雲物外**一作動㈤，**律中**去聲**鬼神驚**㈥。**毫髮無遺憾，波瀾獨老成**㈦。　此贊鄭詩才。　詩義知名，乃通節之綱。破的，如射之中。先鋒，如戰之勇。雲物外，言思窮高遠。鬼神驚，言巧奪化工。洙曰：曲盡物理，故無遺憾，才氣浩瀚，故有波瀾。

㈠首言諫官雖達，其知名實以詩重耳。　諫官二字，見蕭望之疏。唐太宗詔：每宰相入内，平章大計，必使諫官隨入，與聞政事。

㈡《詩序》：詩有六義。　庾信《枯樹賦》：海内知名。

㊂《世説》：王長史曰：「我往輒破的勝我。」庾翼謂謝尚曰：「卿若破的，當以鼓吹相賞。」《易傳》：其所由來者漸矣。謝靈運詩：由來事不同。

㊃《蜀志》：曹公使關羽爲先鋒。《史記·張良傳》：慎毋與楚争鋒。

㊄《左傳》：必書雲物。

㊅王褒《四子講德論》：轉運中律。《詩序》：動天地，感鬼神，莫近於詩。

㊆鮑照詩：毫髮一爲瑕。《文賦》：恒遺恨以終篇。《爾雅》：大波爲瀾，小波爲淪。鶴曰：陸機《文賦》：或沿波而討源，或龍見而鳥瀾。波瀾二字本此。又詩：翻覆若波瀾。曹植《魏武帝誄》：謀過老成。毫髮無憾，謂字句斟酌；波瀾老成，謂通篇結搆，包大小而言。

**野人寧得所**㊀**，天意薄浮生**㊁**。多病休儒服**㊂**，冥搜信客旌**㊃**。築居仙縹緲**㊄**，旅食歲崢嶸**㊅**。使**去聲**者求顔闔**㊆**，諸公厭禰**乃里切**衡**㊇**。**此自叙淪落。野人失所，因浮生命薄也。下六，皆失所之狀。不修儒服，而但任客旌，則行踪難定矣。卜居無地，而旅食多年，則謀生不給矣。求賢有詔，而當事忌才，則抱志莫伸矣。鶴注：使者二句，指召試不遇言。

㊀《説苑》：苟可而行，謂之野人。《漢·主父偃傳》：彼人人喜得所。

㊁《息夫躬傳》：民心悦而天意得矣。《莊子》：其生也若浮。

㊂庾信詩：茂陵忽多病。《莊子》：魯少儒，哀公曰：「舉國儒服。」

㊃冥搜，謂搜尋幽勝。

㈤謝靈運詩：躡險築幽居。《海賦》：群仙縹緲，餐玉清涯。

㈥峥嶸，謂年齒日高。《舞鶴賦》：峥嶸而愁暮。

㈦《莊子》：魯君聞顔闔，得道之士也，使人以幣先焉。闔對曰：「恐聽誤，而遺使者罪，不若審之。」使者還反審之，復求之，則不得已。

㈧《後漢書》：禰衡氣剛傲，好矯時慢物。曹操懷忿，以才名不欲殺之，送劉表。表不能容，以江夏太守黄祖性卞急，送衡與之，爲所殺。《史記·主父偃傳》：上不召，留久，諸公賓客多厭之。

**將期一諸**或作語，非重㈠，**欻許勿切使寸心傾**㈡。**君見途窮哭，宜憂阮步兵**㈢。末望諫議之汲引也。期諸於人，而此心先傾，求援急也。途窮之哭，公蓋大聲疾呼矣。此章前二段各八句，後段四句收。

㈠一諸，注見首卷。

㈡鄭氏曰：欻，暴起也。吴邁遠詩：寸心從此殫。沈約《齊太尉王儉碑銘》：傾方寸以奉國。

㈢《阮籍傳》：籍率意命駕，不由徑路，車跡所窮，輒慟哭而返。聞步兵厨人善釀，有貯酒三百斛，乃求爲步兵校尉。

王嗣奭曰：他人贈諫議，必用伏蒲、廷諍等語，公則止贊其詩詞，蓋自李林甫爲相，諫諍路絶，故不作虚辭以諛人，此其立言有法也。

葛常之《韻語陽秋》曰：詩人讚美同志詩篇，多比珠璣璧玉、錦繡花草之類，至杜公，豈肯作此陳腐語耶。如《寄岑參》詩云「意愜關飛動，篇終接混茫」，《夜聽許十誦詩》云「精微穿溟涬，飛動摧霹靂」，《贈盧琚》詩云「藻翰唯牽率，湖山合動摇」，《贈諫議》詩云「毫髮無遺恨，波瀾獨老成」，《寄李白》詩云「筆落驚風雨，詩成泣鬼神」，《贈高適》詩云「美名人不及，佳句法如何」，皆驚人語也。視餘子，其神芝之與腐菌哉。

# 兵車行

《杜臆》：舊注謂明皇用兵吐蕃，民苦行役而作，是也。此當作於天寶中年。《周禮》有兵車之會。

**車轔轔，馬蕭蕭，行人弓箭各在腰**㊀。**耶孃妻子走相送**㊁，**塵埃不見咸陽橋**㊂。**牽衣頓足攔**一作橋**道哭**㊃，**哭聲直上**上聲**干雲霄**㊄。首段，叙送别悲楚之狀，乃紀事；下二段，述征夫苦役之情，乃紀言。轔轔，衆車之聲。蕭蕭，鳴不喧嘩。行人，行役之人。

㊀《詩》：有車轔轔。又：蕭蕭馬鳴。又：行人彭彭。《搜神記》：李楚賓帶弓箭遊獵。

㊁古樂府：不聞耶孃哭子聲，但聞黄河流水鳴濺濺。魏文帝詩：妻子牽衣袂。

㊂《楚辭》：蒙世俗之塵埃。錢箋：塵埃不見，言出師之盛。《元和郡縣志》：便橋，在咸陽縣西南

十里，以與便門相對，因名，漢武帝造。中渭橋，在咸陽縣東南二十里，本名横橋，秦始皇造。皆架渭水。《一統志》：便橋，唐時名咸陽橋。

㊃何遜詩：兒女牽衣泣。《國策》：張儀説秦，頓足徒裼。《酷吏傳》：路温舒頓足而嘆。

㊄《北山移文》：干雲霄而直上。

道旁過者問行人㊀，行人但云點行頻㊁。或從十五北防河㊂，便至四十西營田㊃。去時里正與裹頭，歸來頭白還《英華》作猶戍邊㊄。邊庭《英華》作庭，一作亭流血成海水㊅，武一作我皇開邊意未已㊆。君不聞，漢家山東二百州㊇，千村萬落生荆杞㊈。縱有健婦把鋤犁㊉，禾生隴畝無東西㊀，況復扶又切秦兵耐苦戰，被去聲驅不異犬與雞㊁。次提過者行人，設爲問答，而以「君不聞」數語作收應。曰防河、曰營田、曰戍邊，所謂點行頻也。開邊未已，譏當日之窮兵。至於村落蕭條，夫征婦耕，則民不聊生可知。本言秦兵，而兼及山東，見無地不行役矣。

㊀古樂府詞：觀者盈道旁。

㊁師氏曰：點行，漢史謂之更行，以丁籍點照上下，更换差役。

㊂錢箋：《舊唐書》：開元十五年十二月，制以吐蕃爲邊害，令隴右道及諸軍團兵五萬六千人，河西及諸軍團兵四萬人，又徵關中兵萬人，集臨洮，朔方兵萬人集會州，防秋，至冬初無寇而罷。是時，吐蕃侵擾河右，故曰防河也。

㊃《唐・食貨志》：開軍府以捍要衝，因隙地以置營田，有警則以軍若夫千人助役。《杜臆》：營田，

乃戍卒備吐蕃者。

㈤《韓非子》：里正與伍老。《海録碎事》：唐制，凡百户爲一里，里置正一人。《二儀實録》：古以皁羅三尺裹頭，曰頭巾，周武帝裁爲襆頭。鮑氏曰：時老幼俱戰亡，又括鄉里之少小者，故里正爲之裹頭擐甲也。韓駒曰：歸來頭已白，又屯戍邊疆，言役使無已時也。《史記》：中國擾亂，諸秦所徙戍邊者皆復去。

㈥《後漢書》：卧鼓邊庭。《史記·蔡澤傳》：流血成川。《杜臆》：《唐鑑》：天寶六載，帝欲使王忠嗣攻吐蕃石堡城，忠嗣上言：石堡險固，非殺數萬人不能克。帝不快。董延光自請取石堡，帝命忠嗣分兵助之，不克。八載，帝使哥舒翰攻拔之，士卒死者數萬，故有「邊城流血」等語。

㈦錢箋：唐人詩稱明皇多云武皇，王昌齡「白馬金鞍從武皇」，韋應物「少事武皇帝」，公亦云「武帝旌旗在眼中」也。班固曰：武帝廣開三邊。謝靈運詩：辭殫意未已。

㈧《漢書》：漢家自有制度。黄希曰：古所謂山東，即今之河北晉地是也。今所謂山東，古之齊地，青齊是也。閻璩曰：此謂華山以東，不指泰山之東，亦不指太行之東。秦時，河山以東，强國六，皆山東地。《十道四蕃志》：關以東七道，凡二百一十七州。《杜臆》云：隋得天下，改郡爲州，唐又改州爲郡，凡一百九十二郡。曰州，仍舊名也，曰二百州，已盡天下矣。閻若璩曰：舊注云：山東者，太行山之東，非也。《通鑑》：秦孝公時，河山以東，强國六。胡三省注云：河自龍門上口，南抵華陰而東流，秦國在河之西。山自鳥鼠同穴，連延爲長安南山，至於太華，秦國在山之西。韓、魏、趙、齊、楚、燕六國，皆在河山以東。又考：賈誼所謂建武關、函谷、臨晉關者，大抵爲備山東諸侯。可見自秦之外，皆謂之山東矣。

㊈《世説》：陸士衡入洛，次河南偃師逆旅。嫗曰：「此東數十里無村落。」阮籍詩：堂上生荆杞。邵注：兵亂地荒，盡生荆棘枸杞。

㊉王彦輔曰：健婦耕，則夫遠征可知。古樂府：健婦持門户，亦勝一丈夫。王粲詩：不能效沮溺，相隨把鋤犁。

㈡《史記》：項羽起隴畝之中。師氏曰：疆埸不修，故東西莫辨。《史記正義》：南北爲阡，東西爲陌。

㈢《杜臆》：秦兵，即關中之兵，正此時點行者。因堅勁耐戰，故驅之尤迫。今驅負耒者爲兵，直棄之耳，與犬鷄何異。《孔叢子》：秦兵將至。駱賓王詩：龍庭但苦戰。《左傳》：行出犬雞。

長丁丈切者雖有問㊀，役夫敢伸恨㊁？且如今年冬，未休關一作隴西卒㊂。一云：役夫心益憤。如今縱得休，還爲隴西卒。縣官急索先側切租㊃，《草堂》本作縣官云急索。租税從何出㊄？信知生男惡，反是生女好㊅。生女猶得嫁比頻脂切鄰㊆，生男一作兒埋没隨百草㊇。君不見，青海頭㊈，古來白骨無人收㊉。新鬼煩冤舊鬼哭，天陰雨濕聲一作悲啾啾㊁。再提長者役夫，申明問答，而以「君不見」數語作總結。未休戍卒，應上開邊未已。租税何出，應上村落荆杞。此章是一生男四語，因前爺娘妻子送别，而爲此永訣之詞，青海鬼哭，則驅民鋒鏑之禍，至此極矣。

頭兩脚體，下面兩扇各有起結，各换四韻，各十四句，條理秩然，而善於曲折變化，故從來讀者不覺耳。

㈠《曲禮》：長者問，不辭讓而對，非禮也。

㈡《左傳》：呼役夫。

㈢戴暠詩：召募取關西。　鶴注：《通鑑》：天寶九載冬十二月，關西遊奕使王難得擊吐蕃，克五城，拔樹敦城。

㈣《漢·食貨志》：縣官當衣租食税而已。《史記索隱》：謂國家爲縣官者，畿内縣即國都，王者官天下，故曰官也。

㈤《嚴助傳》：租税之收，足以給乘輿之御。　朱注：名隸征伐，則當免其租税矣。　今以遠戍之身，復督其家之輸賦，豈可得哉。　與健婦鉏犁二語相應。

㈥陳琳詩：生男慎莫舉，生女哺用脯。　漢衛皇后歌：生男無喜，生女無怒。

㈦孔融書：州里比鄰，知之最早。《周禮·族師》：五家爲比。　又：《遂人》：五家爲鄰。

㈧庾信《哀江南賦》：身名埋没。　江淹詩：零落被百草。

㈨《哥舒翰傳》：築神威軍於青海上，吐蕃至，攻破之。　又築城於龍駒島，以人二千戍之，由是吐蕃不敢近青海。《水經注》：金城郡南有湟水，出塞外，又東南經卑禾羌海，世謂之青海。《舊唐書》：吐谷渾有青海，周回八九百里。　高宗龍朔三年，爲吐蕃所併。　儀鳳中，李敬玄與吐蕃戰，敗於青海。　開元中，王君㚟、張景順、張忠亮、崔希逸、皇甫維明、王忠嗣，先後破吐蕃，皆在青海西。

⑩梁横吹曲：尸喪狹谷中，白骨無人收。

⑪《左傳》：夏父弗忌曰：「吾見新鬼大，故鬼小。」　鮑照詩：煩冤荒隴側。　後漢陳寵爲太守，洛陽城每陰雨，常有哭聲。　晉歌曲：天陰不作雨。　漢樂府：嗚聲何啾啾。　周注：啾啾，猶言唧唧，嗚咽聲也。

單復曰：此爲明皇用兵吐蕃而作，故託漢武以諷，其辭可哀也。先言人哭，後言鬼哭，中言内郡凋弊，民不聊生，此安史之亂所由起也。吁！爲人君而有窮兵黷武之心者，亦當爲之惻然興憫，惕然知戒矣。

王道俊《杜詩博議》：王深父云：時方用兵吐蕃，故託漢武事爲刺，此説是也。黄鶴謂天寶十載，鮮于仲通喪師瀘南，制大募兵擊南詔，人莫肯應，楊國忠遣御史分道捕人，連枷送詣軍前，故有「牽衣頓足」等語。按：明皇季年，窮兵吐蕃，徵戍驛騷，内郡幾徧，當時點行愁怨者不獨征南一役，故公託爲征夫自愬之詞，以譏切之。若云懼楊國忠貴盛而詭其詞於關西，則尤不然。太白《古風》云：「渡瀘及五月，將赴雲南征。怯卒非壯士，南方難遠行。長號别嚴親，日月慘光晶。泣盡繼以血，心摧兩無聲。」已明刺之矣，太白胡獨不畏國忠耶。

蔡寬夫曰：齊梁以來，文士喜爲樂府詞，往往失其命題本意。《烏生八九子》但詠烏，《雉朝飛》但詠雉，《雞鳴高樹顛》但詠雞，大抵類此。甚有并其題而失之者，如《相府蓮》訛爲《想夫憐》，《楊婆兒》訛爲《楊叛兒》之類是也。雖李太白亦不免此。唯老杜《兵車行》、《悲青坂》、《無家别》等篇，皆因時事，自出己意立題，略不更蹈前人陳迹，真豪傑也。

海寧周甸曰：少陵值唐運中衰，其音響節奏，駸駸乎變風、變雅，與騷同功。唐非無詩，求能仰窺聖作，裨益世教，如少陵者，鮮矣。

胡應麟曰：六朝七言古詩，通章尚用平韻轉聲，七字成句，讀未大暢。至於唐人，韻則平仄互換，句則三五錯綜，而又加以開闔，傳以神情，宏以風藻，七言之體，至是大備矣。又曰：少陵不效四言，不倣《離騷》，不用樂府舊題，是此老胸中壁立處。然風騷、樂府遺意，杜往往得之。太白以《百憂》等篇擬風雅，《鳴皋》等作擬《離騷》，俱相去懸遠。樂府奇偉，高出六朝，古質不如兩漢，較輸杜一籌也。又云：樂府則太白擅奇古今，少陵嗣迹風雅。《蜀道難》、《遠别離》等篇，出鬼入神，惝恍莫測；《兵車行》、《新婚别》等作，述情陳事，懇惻如見。張王欲以拙勝，所謂差之釐毫；温李欲以巧勝，所謂謬以千里。

# 前出塞九首

《杜臆》：《前出塞》云赴交河，《後出塞》云赴薊門，明是兩路出兵。考唐之交河，在伊川西七百里。當是天寶間，哥舒翰征吐蕃時事。詩亦當作於此時，非追作也。張綖注：單復編在開元二十八年，黄鶴以爲乾元時，思天寶間事而作，今依范編在天寶年間。《晉・樂志》：出塞、入塞曲，李延年造。胡夏客曰：前後出塞詩題，不言出師而言出塞，師出無名，爲國諱也，可爲詩家命題之法。　當時初作九首，單名出塞，及後來再作五首，故加前後字以分别之。　舊注見題中前後字，遂疑同時之作，誤矣。

**戚戚去故里**㊀**，悠悠赴交河**㊁**。公家有程期**㊂**，亡命嬰禍羅**㊃**。君已富土境**㊄**，開邊一何多**㊅**。棄絶父母恩**㊆**，吞聲行負戈**㊇**。**首章，敘初發時辭别室家之情。　張綖注：前四敘事，見在下者之卒義。後四敘情，見在上者之不仁。　蓋富土開邊，事之可已，棄絶親恩，人之大情，爲人上者亦獨何心哉。　《杜臆》：已富而又開邊，乃諷刺語，亦國家安危所係。　此下諸章，皆代爲從軍者之言。

㊀《楚辭》：居戚戚而不可解。　顏延之詩：去國還故里。

㊁《詩》：悠悠南行。　鶴注：西川交河郡，在唐隴右道，郡亦有交河縣。　自縣二百七十里至北庭都護府城，備吐蕃之處也。

㊂《司馬遷傳》：赴公家之難。　陳琳詩：官作自有程。　洙曰：程限，期會也。

㊃《史記·張耳傳》：張耳常亡命遊外黄。《漢書》：竇榮亡命山林。　顏師古注：命，名也，謂脱其名籍而逃亡也。　盧注：開元中，折衝未停，兵有定籍，不似召募無稽可以逃脱，故曰「亡命嬰禍羅」。　嵇康詩：坎壈趣世務，常恐嬰禍羅。

㊄陸機《五等諸侯論》：境土踰溢。

㊅《漢書·嚴助傳》：是時武帝好征伐，四夷開置邊郡。　王融《策秀才文》：選將開邊。

㊆《説苑》：喪制三年，所以報父母之恩。

㈧鮑照詩：吞聲躑躅不敢言。　陸機《從軍行》：朝食不免胄，夕息常負戈。

盧元昌曰：此拈開邊，爲諸章眼目。自開元十五年王君㚟敗覆，後張忠亮破吐蕃於渴谷，拔其大莫門城。杜賓客破吐蕃於祁連城下。十七年，張守素破西南蠻，拔昆明及鹽城，王禕破吐蕃於石堡城。十八年，烏承玼破奚契丹於捺禄山。二十年以後，雖吐蕃乂款，至赤嶺之碑仆，釁端又開，與奚契丹交搆不已，此皆開邊之禍也。

## 其二

**出門日已遠**㈠，**不受徒旅欺**㈡。**骨肉恩豈斷**㈢，**男兒死無時**㈣。**走馬脱轡頭**㈤，**手中挑青絲**㈥。**捷下**去聲**萬仞**一作丈**岡**㈦，**俯身試搴旗**㈧。

二章，叙在道時，輕生自奮之語。　上四意决，下截氣猛。軍伍習熟，不受欺於徒侶矣。生死無時，不暇計及骨肉矣。脱轡而挑起青絲，下岡而學試搴旗，言時時蹈危地也。　《杜臆》：前言棄絶父母恩，此云骨肉恩豈斷，乃徘徊輾轉之意。

㈠左思詩：出門無通路。　古詩：相去日已遠。

㈡顔延之詩：改服飭徒旅。

㈢《記》：骨肉之親，無絶也。

㈣陳琳詩：男兒寧當格鬬死。　死無時，時時可死也。

㈤曹植詩：走馬長楸間。　樂府《木蘭詩》：南市買轡頭。

㈥梁簡文帝詩：宛轉青絲鞚。　注：青絲，馬鞚也。

㈦左思詩：振衣千仞岡。何承天詩：深谷萬仞。

㈧曹植詩：俯身散馬蹄。李陵書：斬將搴旗。瓚云：拔取曰搴。

## 其三

磨刀嗚咽於吉切水㈠，水赤刃傷手㈡。欲輕腸斷聲㈢，心緒亂已久㈣。丈夫誓許國㈤，憤惋復扶又切何有㈥。功名圖麒麟㈦，戰骨當速朽㈧。三章，中道傷心，而爲自解之詞。水聲觸耳，不覺心亂而手傷，二句乃申上語。後作意外之想以自寬也。《杜臆》：前四，化用《隴頭歌》，極鑪錘之妙。

㈠《韓詩外傳》：晏子左手持頭，右手磨刀。蔡琰《胡笳曲》：夜聞隴水兮聲嗚咽。《辛氏三秦記》：隴山頂有泉，清水四注，東望秦川如四五里。俗歌：隴頭流水，嗚聲幽咽。遥望秦川，肝腸欲絶。

㈡《博物志》：江河水赤，名曰泣血。《老子》：夫代大匠斲者，鮮有不傷手矣。

㈢鮑照詩：行子心腸斷。

㈣孫萬壽詩：心緒亂如絲。

㈤戴暠詩：丈夫意氣本自然。孔稚圭詩：本持許國志，況復武功彰。

㈥《吴越春秋》：越王夫人歌：情憤惋兮誰譏。

㈦《後漢・鄧禹傳》：垂功名於竹帛。《漢書・蘇武傳》：甘露三年，上思股肱之美，圖畫大將軍霍光等一十八人於麒麟閣。張宴曰：武帝獲麒麟時作。

⑧《記》：死欲速朽。

## 其四

**送徒既有長**子兩切①，**遠戍亦有身**②。**生死向前去，不勞吏怒嗔**七真切③。**路逢相識人**④，**附書與六親**⑤。**哀哉兩決絶**⑥，**不復**扶又切**同**一作問**苦辛**⑦。四章，在途驅迫而歎也。上四，傷一身之見陵。下四，痛六親之不見。遠戍亦有身，此被徒長呵斥，而作自憐語。《杜臆》：初出門則父母難割，在途久則偏想六親，此人情也。哀哉兩語，即書中之意。孤身遠戍，欲同苦辛而不可得，語更慘慼。

①《史記》：高祖以亭長爲縣送徒驪山。

②陰鏗詩：遠戍唯聞鼓，寒山但見松。

③吏，即送徒之長。鮑照詩：呵辱吏見侵。《顔氏家訓》：房文烈未嘗怒嗔。

④古詩：道逢鄉里人。

⑤賈誼策：以奉六親。注：六親，父母兄弟妻子。《前漢·禮樂志》：六親和睦。注：父子、兄弟、姑姊、甥舅、婚媾、姻婭。

⑥陶潛詩：哀哉亦可傷。《莊子》：流遁之志，決絶之行。卓文君《白頭吟》：聞君有兩意，故來相決絶。

⑦曹植詩：倉卒骨肉情，能不懷苦辛。

## 其五

迢迢萬里餘㊀，領我赴三軍㊁。軍中異苦樂音洛㊂，主將去聲寧盡聞㊃。隔河見胡騎去聲，倏忽數百群㊄。我始爲奴僕㊅，幾時樹功勳㊆。五章，初到軍中而歎也。上四傷主將之寡恩，下四慨立功之無日。曰幾時樹勳，則麒麟之願難必矣。

㊀謝靈運詩：迢迢萬里帆。古詩：相去萬餘里。

㊁《左傳》：作三軍。

㊂王粲詩：從軍有苦樂。

㊃《六韜》後漢注：主將龍韜。

㊄庾信詩：嘶馬隔河聞。《史記》：李敢直貫胡騎。吴均詩：胡騎欲成群。左思詩：倏忽數百敵。

㊅《公孫弘傳・贊》：衛青奮於奴僕。胡夏客曰：封常清始爲高仙芝傔，後代仙芝爲節度使，同開邊拓境。此亦起於奴僕者。

㊆謝靈運詩：我行詎幾時。《揚子法言》：人道交，功勳成。楊炯詩：丈夫皆有志，會見立功勳。《後出塞》云「重高勳」，即樹功勳意也。錢引《通鑑》「百姓有勳者，免征役」，不合。

## 其六

挽弓當挽强㊀，用箭當用長。射音石，下同人先射馬㊁，擒賊《英華》作寇先擒王。殺人亦有限，立一作列國自有疆㊂。苟能制侵陵㊃，豈在多殺傷㊄。六章，爲當時黷武而歎也。張綖注：章意只在擒王一句，上三句皆引興語，下四句申明不必濫殺之故。上半疊用成語，擒王則衆自降，即所謂「殲厥渠魁，脅從罔治」者。《杜臆》：他人有前四句，必無後四句，兼此八句，方是仁者無敵之師，三代而下，誰復領此。論兵邁古風，此老蓋自道也。

㊀《周國策》：長兵在前，强弩在後。《蘇秦傳》：天下强弓勁弩，皆從韓出。《周勃傳》：材官引彊。孟注：如今挽彊司馬。

㊁《左傳》：樂伯左射馬而右射人。

㊂《書》「不愆於六伐七伐，乃止齊焉」，所謂殺人有限也。馬援立銅柱爲界，所謂列國有疆也。

㊃《史記》：炎帝欲侵陵諸侯。

㊄又：李陵殺傷萬餘人。

黄生曰：前四語，似謡似諺，最是樂府妙境。又曰：戰陣多殺傷，始自秦人，蓋以首級論功，前代無是也。至出塞之舉，則始于漢武帝，當時衛、霍雖屢勝，然士卒大半物故矣。明皇不恤其民，而遠慕秦皇、漢武，此詩託諷良深。

## 其七

驅馬天雨去聲雪，軍行入高山㊀。逕危抱寒石㊁，指落曾同層冰間㊂。已去漢月遠㊃，何時築城還㊄？浮雲暮南征㊅，可望不可攀㊆。七章，爲戍邊築城而歎也。上四，述嚴寒之苦。下四，敘思歸之情。唐注：哥舒翰嘗築城青海，疑於冬月行師，故爲軍士苦寒之吟。

㈠《詩》：驅馬悠悠。　又：雨雪霏霏。　又：高山仰止。

㈡梁簡文帝賦：既浪激而沙游，亦苔生而逕危。

㈢《前漢・蒯通傳》：會大寒，士卒墮指者什二三。　王逸《楚辭注》：北方常寒，其冰重累。

㈣張正見《昭君詞》：霜樓明漢月。

㈤《史記・蒙恬傳》：秦已并天下，使蒙恬將三十萬衆築長城。天寶中，哥舒翰屢築軍城，備吐蕃。

㈥樂府《古八變歌》：浮雲多暮色。　《楚辭》：汩吾南征。

㈦孫擢詩：可望不可尋。

## 其八

**單**呈延切**于寇我壘**㈠，**百里風塵昏**㈡。**雄劍四五動**㈢，**彼軍爲**去聲**我奔**。**虜其名王歸**㈣，**繫**音計**頸授轅門**㈤。**潛身備行**音杭**列**㈥，**一勝何足論**平聲㈦。　八章，見其有敵愾之勇。上四言臨敵制勝，下欲掃凈邊氛，即擒王意也。　劍動寇奔，此軍士之獲勝，乃其意必欲盡空幕南之庭而後快，一勝又何足論乎。　此寫猛氣雄心，躍躍欲動。　盧注：潛身備行列，如獨坐樹下之馮異。一勝何足論，如八戰八克之吴漢。

㈠《杜臆》：單于，借用漢事。自外侵内曰寇。　《説文》：壘，軍壁也。

㈡庾信詩：風塵千里昏。

㊂《烈士傳》：楚王夫人，常納涼而抱鐵柱，心有所感，遂懷孕，後産一鐵。楚王命鏌鋣鑄此爲雙劍，三年乃成劍，一雌一雄。《越絶書》：楚王作鐵劍三枚，晉鄭聞而求之不得，興師圍楚，三年不解。楚引太阿之劍，登城而麾之，三軍破敗，士卒迷惑，流血千里。張綖注：開元中，河西將宋青春，每戰運劍大呼，執馘而旋，未嘗中鋒鏑。後獲吐蕃主帥，問之，曰：「常見青龍突陣而來，兵刃所及，如及銅鐵，以爲神助也。」始知劍之異。公「雄劍」二句，兼用此事。魏文帝詩：一發連四五。

㊃錢箋：開元二十二年，契丹及奚連年爲邊患，張守珪使人誘殺其王屈剌，及其大臣可突干，傳首東都。梟於天津橋之南。所謂虜其名王也。《漢書》：衛青、霍去病，虜名王貴人以百數。注：名王，謂有大名以别於諸小王也。

㊄《史·高帝紀》：秦王子嬰，繫頸以組。《周禮》：設車宫轅門。《史記》：項羽召見諸侯，將入轅門。張晏曰：軍行以車爲陣，轅必相向爲門。

㊅《説苑》：楚莊王伐陳，吴救之，左史倚相曰：「吴兵夜至，何不行列鼓出待之？」

㊆《吕氏春秋》：武王一勝而王天下。

其九

從軍十年餘㊀，能無分寸功㊁。衆人貴苟得㊂，欲語羞雷同㊃。中原有鬬争㊄，况在狄與戎㊅。丈夫四方志㊆，安可辭固一作困窮㊇。九章，爲冒功邀賞者發。上云貴苟得，見邊將營私之弊，下云志四方，見軍士報國之忠。十載從戎，何啻一勝？乃有功不伐，窮且益堅，此軍伍而有純臣之節矣。盧注：冒功苟得，凡濫殺無辜，掩敗爲捷及攘奪人功，皆是。當時如高仙芝、崔嘉逸之徒，往往蹈此。若争功而鬭，則中原且不自安，況能遠征戎狄乎，見志在天下者，不爲一身計也。昔廉頗欲辱藺相如，相如避之，曰：「吾所以爲此者，先國家之急而後私讐也。」意正相同。舊説：中原而有鬭争，則與外夷無異，況能責及戎狄乎。

㈠曹植詩：從軍度函谷。又：君行踰十年。

㈡《蘇秦傳》：無有分寸之功。

㈢《荀子》：名不貴苟得。《淮南子》：計功而受賞，不爲苟得。

㈣《記》：毋雷同。注：雷之發聲，物無不同時應者。

㈤《左傳》：戰於中原。《吕氏春秋》：喜怒鬭争，反爲用矣。

㈥《記》：西方曰戎，北方曰狄。

㈦《左傳》：姜氏謂公子曰：「子有四方之志。」

㈧張協詩：君子守固窮，在約不爽貞。

張綖曰：李杜二公齊名，李集中多古樂府之作，而杜公絶無樂府，惟此前後《出塞》數首耳。然又别出一格，用古體寫今事，大家機軸，不主故常，昔人稱「詩史」者以此。

黄生曰：六朝好擬古，類無其事，而假設其詞。杜詩詞不虚發，必因事而設。此即修辭立誠之旨，非詩人所及。

周珽曰：前後《出塞》諸作，奴隸黄初諸子而出，如將百萬軍，實之，惜之，而又能風雨使之，真射潮之力，没羽之技。

王嗣奭曰：《出塞》九首，是公借以自抒所藴，讀其詩，而思親之孝，敵愾之勇，恤士之仁，制勝之略，不尚武，不矜功，不諱窮，豪傑聖賢，兼而有之，詩人乎哉。

# 送高三十五書記十五韻

按《舊書》：高適，字達夫，渤海人，解褐授汴州封丘尉，非其好也，乃去位客遊河右。河西節度使哥舒翰，見而異之，表爲左驍衛兵曹，充翰府掌書記，從翰入朝，盛稱之於上前。據此，則適爲書記，在翰未入朝之前，其入朝稱適，亦必在十一載時。蓋適同至京，而公作詩以送之也。若十四載，翰以風疾還京，闔門不與朝請，豈暇薦士君前乎。《通鑑》謂：十三載五月，翰奏前封丘尉高適爲掌書記。此特遥奏授官，恐適未必至京，何緣送贈詩章耶？明與《舊書》、杜詩不合。

**崆峒小麥熟**㈠，**且**一作吾**願休王師**㈡。**請公問主將**去聲，**焉**於虔切**用窮荒爲**㈢。首戒邊將窮兵。

天寶之亂，由當時黷武所致，公已先見其兆矣。高爲書記，軍事皆得參謀，故以休兵息民告之。

贈哥舒翰詩，先從朝廷發端，寄高書記詩，先從主將發端，起局正大。

㊀黄希曰：《寰宇記》：禹迹之内，山名崆峒者三：一在臨洮，一在安定，一在汝州。黄帝問道之所，專指汝州，此當是指臨洮。蓋河西節度治涼州，而洮、涼在唐並隸隴右。古詩：高田種小麥。桓帝初童謡：小麥青青大麥枯。《通鑑》：積石軍每歲麥熟，吐蕃輒穫之，邊人呼爲吐蕃麥莊。天寶六載，哥舒翰先伏兵於其側，寇至，斷其後，夾擊之，無一人得返者。自是不敢復來。此詩正指其事。《唐志》：崆峒山在岷州，積石軍在廓州，廓去岷不遠。

㊁《詩》：王師之所。

㊂《江賦》：竭南極，窮東荒。詩言不必窮兵於荒外也。

**饑鷹未飽肉，側翅隨人飛**㊀。**高生跨鞍馬**㊁，**有似幽并**平聲**兒**一作并州兒㊂。**脱身簿尉中，始與捶楚辭**㊃。此原其遠行之故。窮而依人，有似饑鷹，且素負鞍馬之才，豈肯羈身一尉。飽欽止曰：捶楚，謂鞭扑有罪者。

㊀朱注：《魏志》：陳登喻吕布曰：「登見曹公，言待將軍，譬如養虎，當飽其肉，否則噬人。公曰：『不如卿言，譬如養鷹，饑則爲用，飽則颺去。』」又《晉・載記》：慕容垂，猶鷹也，饑則附人，飽則高飛。

㊁吴質《答東阿王書》：情踊躍於鞍馬。

㊂梁簡文帝詩：少解孫吴法，家本幽并兒。師氏曰：幽并二州，其俗習騎射也。《史記・張耳

傳》：耳是時脱身遊。

㊃司馬遷《報任少卿書》：被箠楚受辱。《後漢·陳寵傳》：宜滌蕩煩苛之法，輕薄箠楚，以濟群生。《説文》：捶，以杖擊也。箠與捶同，皆木名。

借問今何官，觸熱向武威㊀。答云一作言一書記㊁，所愧國士知㊂。人實不易去聲知㊃，更一作尤須慎其儀㊄。此誌其初爲書記。設爲問答，本於古詩。不易知，見事人之難，慎其儀，見行己之難，此朋友規箴之義也。

㊀程曉詩：今世褦襶子，觸熱到人家。《舊唐書》：凉州，屬河西道。武德二年置總管府，天寶元年改武威郡，督凉、甘、肅三州，乾元元年復爲凉州。洙曰：前漢武威郡，故匈奴休屠王地，武帝太初四年開。

㊁《魏志》：太祖以陳琳、阮瑀爲司空軍謀祭酒，掌書記室。

㊂《國策》：豫讓曰：「智伯以國士遇我。」庾信詩：疇昔國士遇，生平知己恩。

㊃《范雎傳》：侯嬴曰：「人固未易知，知人亦未易。」

㊄《詩》：敬慎威儀。黄庭堅注：《陶侃傳》：諸參佐當止其衣冠，攝其威儀，何可亂頭養望，自謂曠達耶。

十年出幕府㊀，自可持旌麾一作旗㊁。此行既特達㊂，足以慰所思㊃。一云亦足慰遠思。男兒功名遂㊄，亦在老大唐佐切時㊅。此冀其將來建樹。高遇哥舒，已在暮年，故有功名老大之語。

㊀蔡邕《薦邊文韶表》：幕府初開，博選清英。師古曰：幕府者，以軍幕爲義，軍旅無常居止，故以帳幕言之。廉頗、李牧市租皆入幕府，非因衛青始有其號。

㊁曹植《離思賦》：欲畢力於旌麾。師氏曰：唐制，從軍歲久者，得爲大郡，故云十年持旌麾。

㊂蕭琛詩：之子兩特達。

㊃古詩：褰裳望所思。

㊄陸機詩：男兒多遠志。《荀子》：功名綦大。

㊅古詩：老大徒傷悲。

**常恨結歡淺**㊀，**各在天一涯**叶音宜㊁。**又如參與商**㊂，**慘慘中腸悲**㊃。**驚風吹**一作飄**鴻鵠**㊄，**不得相追隨**㊅。**黄塵翳沙漠**㊆，**念子何當**一作時**歸**古韻支微通用㊇。**邊城有餘力**㊈，**早寄從軍詩**㊉。末結送別之意。方聚而散，故恨結歡之淺。別難復聚，又有參商之感。驚風二句，已不得往，黄塵二句，高不能來，故囑其寄詩以相慰。從軍詩，仍應記室。此章四句起，十句結，中三段各六句。

㊀《左傳》：願結歡於二三君。任昉詩：結歡三十載，生死一交情。

㊁古詩：相去萬餘里，各在天一涯。

㊂《左傳》：子産以辰爲商星，參爲晉星。蘇武詩：昔爲鴛與鴦，今爲參與辰。此本左氏也。鄭司農

説星土引《春秋傳》曰：參爲晉星，商爲大火。始改左氏本文，而參商並稱。蔡琰《胡笳》：同天隔越兮如商參。此又本於鄭氏也。

㈣《詩》：或慘慘畏咎。陸倕詩：沉思結中腸。

㈤曹植詩：驚風飄白日。《張良傳》：鴻鵠高飛，一舉千里。

㈥曹植詩：飛蓋相追隨。

㈦又賦：揚黄塵之冥冥。《前漢書》：隔以山谷，維以沙漠。

㈧蘇武詩：念子不得歸。

㈨《商君傳》：盡遷之於邊城。諸葛穎詩：玄覽屬睿詞，風雲有餘力。

㈩王仲宣有《從軍詩》。

錢謙益曰：《唐書》：明皇方有事石堡城，詔問王忠嗣以攻取之略。忠嗣奏云：石堡險固，吐蕃舉國而守之，臣恐所得不如所失。帝因不快。六載，董延光獻策，請下石堡城。詔分兵接應，忠嗣僶勉而從。延光過期不克，訴忠嗣緩師，徵入貶官。八載，哥舒翰大舉兵，伐石堡城，拔之，士卒死者數萬，果如忠嗣之言。《通鑑》：翰又遣兵於赤嶺西開屯田，以謫卒二千戍龍駒島。冬，冰合，吐蕃大集，戍者盡没。明皇有事於西戎，垂二十年，用哥舒翰於隴右，始克石堡城，而靡敝中國多矣。此詩以窮荒爲戒，亦以見哥舒翰之謀國不如忠嗣也。

按：捶楚有兩説，一云尉楚罪人，一云尉自受楚。《邵氏聞見録》引杜牧之詩云：「參軍與簿尉，塵土鶩劻勷。一語不中治，鞭笞身滿瘡。」此指尉被捶楚也。張綖引韓昌黎詩云：「棲棲法曹掾，何處事卑陬。何況親犴獄，敲榜發奸偷。」則尉固以捶楚爲職矣。友人萬斯同曰：與人贈别，而舉其戮辱賤事，恐不近情。考高適爲封丘尉時，作詩云：「衹言小邑無所爲，公門百事皆有期。拜迎官長心欲碎，鞭撻黎庶令人悲。」故杜公送達夫云「脱身簿尉中，始與捶楚辭」，即用高詩意也，還作捶楚他人爲是。

# 奉留贈集賢院崔國輔于休烈二學士

鶴注：此當是天寶十一載作。公獻三賦，明皇奇之，召試文章。崔于二學士，當是試文之官。公詩云：「集賢學士如堵牆，觀我落筆中書堂。」《唐詩紀事》：崔國輔，吴郡人，初授許昌令，累遷集賢直學士、禮部員外郎。《唐書》：于休烈，開元初第進士，自秘書省正字，累遷集賢殿學士，轉比部員外郎。《唐六典》：開元十三年，召學士張説等，宴於集仙殿，改名集賢殿，修書所爲集賢殿書院。五品以上爲學士，六品以下爲直學士。

**昭代將垂白**㈠，**途窮乃叫閽**㈡。**氣衝星象表**㈢，**詞感帝王尊**㈣。首叙獻賦之事。上二説得悲憫，下二説得豪邁。

㈠洙曰：昭代猶言明時，指本朝也。《搜神記》：將辭昭代。《前漢·杜業傳》注：垂白老，言白髮下垂也。鮑照詩：垂白對講書。

㊁阮籍哭窮途。《甘泉賦》：選巫咸兮叫帝閽。

㊂宋之問詩：氣衝落日紅。王融策文：上叶星象，下符川嶽。

㊃洙曰：公嘗有詩云「往年文彩動人主」，即所謂「詞感帝王尊」也。錢箋：《唐六典》：延恩匭，凡懷才抱器希於聞達者投之。公獻《三大禮賦》，進《鵰賦》、《封西嶽賦》，皆投延恩匭，故曰叫閽、曰詞感帝王也。

**天老書題目**㊀，**春官驗討論**平聲㊁。**倚風遺鶂**音逸。鷁同**路**㊂，**隨水到龍門**㊃。**竟與蛟螭雜**㊄，**空聞**一作寧無**燕雀喧**㊅。**青冥**一作雲，非**猶契闊**一作連澒洞㊆，**凌**舊作陵**厲不**一作小，非**飛翻**㊇。次言召試不遇。上四集賢應試，下四送隸有司。天老，謂宰相。春官，謂禮部。遺鷁路，期免退飛。到龍門，意在騰躍。蛟螭雜，龍門難上矣。燕雀喧，鷁路却回矣。契闊不飛，無復飛騰之志也。

㊀《帝王世紀》：黄帝以風后配上台，天老配中台，五聖配下台，謂之三公。張衡詩：天老教軒皇。《晉書・山濤傳》：甄拔人才，各爲題目。《南史・杜之偉傳》：與學士劉陟等抄撰群書，各爲題目。

㊁《周禮》：大宗伯爲春官。《杜臆》：驗討論，謂考驗其文詞所自出，故赴試者語必典雅，唐詩可爲後世羽儀者以此。孔安國《書序》：討論墳典。隋煬帝《賜劉炫書》：名理窮研覈，英華恣討論。

㊂《左傳》：六鶂退飛過宋都，風也。昭明太子啟：鷁路頹風。

㊃《三秦記》：龍門，在河東界，每暮春，有黄黑鯉魚自海及諸州争來赴之，得上者便化爲龍，否則曝腮點額而退。

㊄《南都賦》：憚虬龍兮怖蛟螭。

㊅《史記》：陳涉曰：「燕雀安知鴻鵠之志哉。」何胥詩：空餘燕雀喧。

㊆青冥，注見首卷。《詩》：死生契闊。注以爲勞苦之意。今云青冥契闊，乃闊絶之義。

㊇陳琳書：陵厲清浮，顧盼千里。《抱朴子》：徒聞振翅竦身，不能凌厲九霄。　王粲詩：苟非鴻鵰，孰能飛翻。　朱注：公以詞賦爲人主所知，再降恩澤，止送隸有司，參列選序，故有青冥契闊之嘆。

**儒術誠難起㊀，家聲庶已存㊁。故山多藥物㊂，勝概憶桃源㊃。欲整還鄉旆，長懷禁掖垣㊄。謬稱三賦在㊅，難述二公恩㊆。**原注：甫獻《三大禮賦》出身，二公嘗謬稱述。　末欲東還，而叙留贈之意。　上四失意思歸，下四感别知己。　此章四句起，下二段各八句。

㊀《公孫弘傳》：弘習文法吏事，而又緣飾以儒術。　《抱朴子》：起家作臺郎。　難起，謂不能奮起在位。　家聲，謂詩名猶足紹祖也。

㊁《任昉傳》：四子並無術業，墮其家聲。　公系出襄陽，曾祖依藝始知洛之鞏縣，遂居於此，杜陵乃其宗族所在。　夢弼泥鹿門採藥、武陵桃源，遂以故鄉爲襄陽。但移鞏已經四世，襄陽無復田廬可依矣。當從朱注作洛陽故居。其曰：憶桃源，欲如秦人之避世耳，不必親至桃源也。

㊂應瑒詩：日暮歸故山。《抱朴子》：仙人以藥物養身。

㊃陶淵明《桃花源記》：晉太元中，武陵人，捕魚爲業。緣溪行，忘路之遠近。忽逢桃花林夾岸，林盡水源，便得一山。捨舟從山口入，豁然開朗，屋舍儼然，阡陌交通，鷄犬相聞，黄髮垂髫，並怡然自樂。見漁人，乃大驚，自云：先世避秦時亂，率妻子邑人來此絶境，不復出焉。《方輿勝覽》：桃源，在鼎州縣南二十里，旁有秦人洞。唐朗州，即宋鼎州，今爲常德府桃源縣。

㊄《鸚鵡賦》：眷西顧而長懷。劉楨詩：誰謂相去遠，隔此西掖垣。師氏曰：禁中有東西兩掖垣，乃禁牆也。

㊅江總詩：下筆成三賦。

㊆范弘之牋：仰尊二公。

# 貧交行

鶴注：此必公獻賦後，久寓京華，故人莫有念之者，故有此作，梁氏編在天寶十一載，是也。

**翻手作雲覆**音福**手雨**㊀**，紛紛輕薄何須數**所主切㊁。**君不見管鮑貧時交**㊂**，此道今人棄如土**㊃。

公見交道之薄，而傷今思古也。《杜臆》：作行止此四句，語短而恨長，亦唐人所絶少者。

㊀《史記》：陸賈説尉陀曰：「越殺王降漢，如反覆手耳。」　鮑照詩：暫交金石心，須臾雲雨隔。

㊁《史記》：漢王曰：「天下紛紛。」　張華詩：末世多輕薄。

㊂《史記》：管夷吾者，潁上人也，常與鮑叔牙游。叔知其賢。仲貧困，嘗欺鮑叔，叔終善遇之。已而，鮑叔事齊公子小白，遂進管仲。仲既任政於齊，桓公以霸。仲曰：「生我者父母，知我者鮑叔也。」　《後漢書》：宋弘曰：「貧賤之交不可忘。」

㊃范雲詩：思舊昔言有，此道今已微。　《莊子》：視喪其足，猶遺土也。

# 送韋書記赴安西

鶴注：安西都護府治所，在龜茲國城内，節度使撫寧西域。考天寶十一載，封常清爲安西副大都護，攝御史中丞，持節充安西四鎮節度、經略、度支、營田副大使，知節度事，韋必爲其書記也。公以天寶十載獻三賦，召試文章，待制集賢。詩云「公車留二年」，當是十一年作。　《唐書》：元帥節度府有掌書記一人，關預軍中機密。

**夫子歘**許勿切**通貴，雲泥相望懸**㊀。**白頭無藉**申氏疑作籍**在**㊁，**朱紱有哀憐**㊂。**書記赴三捷**一作接㊃，**公車留二年**㊄。**欲浮江海去**㊅，**此別意茫然**㊆。雲泥包下四句。白頭無藉，而朱紱見憐，此叙目前。韋赴書記，而己留公車，此叙别後。皆一雲一泥，相去懸絶處。末二，結出惜别意。《杜臆》：書記未是顯官，而作雲泥之歎，其窮可知。如《投贈哥舒翰》，語極贊頌，望一書記尚不可得也。

㊀晉丁彬書：雲泥異途，邈矣懸隔。

㊁《千金翼論》：老人之性，必恃其老，無有藉在。趙曰：無藉在，謂無所倚藉，故用對哀憐。申涵光曰：舊解作通籍及無聊意，俱杜撰。蓋言無着籍所在，如今籍貫之籍，身老無家，幸爲朱紱所哀憐耳。

㊂唐制：御史賜金印朱紱。韋書記必兼官御史，故云。　班固牋：將軍哀憐，賜固手迹。

㊃書記，見前。　《詩》：豈敢定居，一月三捷。

㊄《東方朔傳》注：公車令，屬衛尉，上書者所詣。

㊅曹冏《六代論》：浮舟江海。

㊆謝靈運詩：此别久無適。　鮑照詩：茫然荒野中。

# 玄都壇歌寄元逸人

鶴注：道書有玄都，所謂禹封五符，秘以金英之函，檢以玄都之印是也。詩蓋作於天寶十一載。　蔡夢弼曰：玄都壇，漢武帝所築，在長安南山子午谷中。《十洲記》：玄都在北海，去岸三十六萬里，上有太玄都，仙伯真公所治。　師氏注：元逸人，隱道士也。　盧注：李白與元丹丘遊，疑即此人。

故人昔隱東蒙峰㊀，已佩含景音影蒼精龍㊁。故人今居子午谷㊂，獨並步浪切，一作在陰崖白一作結茅屋㊃。　首叙逸人之居。　元蓋自山東而遷居秦嶺者，開首叙明。

㊀朱注：公《同太白訪范隱居》詩「余亦東蒙客，憐君如弟兄」，此在魯郡作也。《昔遊》詩「東蒙赴舊隱，尚憶同志樂」，正指元逸人言。陸放翁謂東蒙乃終南山峰名，引种明逸詩「登遍終南峰，東蒙最孤秀」爲證，乃喜新之説，未足信也。

㊁潘鴻曰：《抱朴子》：道術諸經，可以却惡防身者有數千法，如含景、藏形等，不可勝計。又云：諸大符出於老君，其中有青龍符等術，用之可以得仙。此詩「已佩含景蒼精龍」，即所謂青龍符耳。《初學記》：後漢公孫瑞《劍銘》：從革庚新，含景吐商。《史記索隱》：《文耀鉤》云：東宮蒼帝，其精爲龍。《神仙傳》：壺公云：「吾嘗佩含景，駕蒼精。」注：東方蒼龍。《春秋繁露》：劍之在左，蒼龍象也。

㊂《漢書》：子午道，從杜陵直絶南山，逕漢中。注：子，北方也，午，南方也，言通南北道相當。《秦記》：長安正南，山名秦嶺，谷名子午。

㊃《西征賦》：眺華嶽之陰崖。顔師古《漢書注》：白屋，茅屋也。

屋前太古玄都壇㊀，青石漠漠松從《文粹》，一作常風寒㊁。子規夜啼山竹裂㊂，王母晝下去

**聲雲旗翻**一作蟠㈣。　中記玄都壇景。　青石松風，地幽僻矣。子規夜啼，幾於裂竹，聲悲慘也。王母晝下，有似翻旗，尾動摇也。

㈠《列子》：太古至於今，年數固不可勝紀。　朱注：《十洲記》：玄洲，在北海，去岸三十六萬里，上有太玄都，仙伯真公所治。　《唐六典》：煬帝改佛寺爲道場，道觀爲玄壇。

㈡《神仙傳》：王烈之太行山中，見山破石裂數百丈，兩畔皆是青石。《述異記》：利州葭萌縣玉女房，是大石穴，前有數竹莖，下有青石壇，每因風自掃。　梁簡文帝詩：淇水漠漠青苔浮。　劉繪詩：松風循路急。　張華詩：巢居知風寒。

㈢《禽經》：鸐，嶲周，子規也。江介曰子規，蜀右曰杜宇。注：甌越間曰怨鳥，夜啼達旦，血漬草木，凡啼必北向。　山竹裂，别有三説。劉云：燒竹爆裂以驚去子規。謝注云：子規啼聲如竹裂。僞蘇注引竇誼居蜀之津源，子規啼而庭竹裂，出於妄撰。黄希謂子規夜啼，而山竹爲之欲裂，得之。　補注：僞蘇注引竇誼遊成都，聞子規聲一事，本屬妄撰。余闕《峩山記》亦載此事。僞注起於南宋，闕乃元人，恐係誤引。後來《萬姓通譜》亦援爲實事，皆訛以仍訛。

㈣杜修可曰：王母，鳥名，故對子規。《酉陽雜俎》云：齊郡函山有鳥，足青，嘴赤黄，素翼，絳顙，名王母使者。又，王椿齡云：其尾五色，長二三丈許，飛則翩翻，正如旗狀。　《列仙傳》：穆王與王母會瑶池，雲旗霓裳擁簇，自天而下。　《九歌》：乘回風兮載雲旗。張希良曰：《墨莊漫録》云：宋宣和間，中官陳彦和言嘗掌禽苑，四方所貢珍禽，不可殫舉。蜀中貢二鳥，狀如燕，色紺翠，尾甚多而長，飛則尾開，裊裊如兩旗，名曰王母。

**知君此計成**一作誠**長往**㊀，**芝草琅玕日應**平聲**長**丁丈切㊁。**鐵鎖高垂不可攀**㊂，**致身福地何蕭爽**㊃。末稱其抱道高棲，超於塵俗。芝草琅玕，仙家之食。鐵鎖高垂，仙人之居。福地蕭爽，逍遥自得也。此章三段，各四句。

㊀《史記·留侯傳》：誰爲此計者乎？《北山移文》：或歎幽人長往。

㊁《漢武内傳》：王母曰：「太上之藥，有黄庭芝草、碧海琅玕。」邵注：仙人能種玉，故云日應長。

㊂舊注：《道藏經》：晉時有戍卒屯於子午谷，入谷之西，澗水窮處，忽見鐵鎖下垂，約有百餘丈，戍卒欲挽引而上，有虎蹲踞焉。《法苑珠林》：終南山大秦嶺竹林寺，貞觀初，採蜜人山行聞鐘聲，尋而往至焉，寺旁大竹林，可二頃，其人斷二竹節以盛蜜，尋路至大秦戍，具告防人。戍主利其大竹，遣人覓取，過小竹谷，達於崖下，有鐵鎖長三丈許，防人曳鎖掣之大牢，將上，有二虎踞崖頭，向下大呼，其人怖，急返。

㊃《洞天福地記》：終南山太乙峰，在長安西南五十里左右，四十里内皆福地。阮籍《首陽山賦》：初蕭爽而揚音。

盧元昌曰：是時道教盛行，山人王元翼紛紛撰妙寶真符。元逸人修真子午谷中，不求人知，自高人一等矣。

申涵光曰：「子規夜啼山竹裂，王母晝下雲旗翻」二語，大類長吉，見此老無所不有也。

# 曲江三章章五句

此詩三章，舊注皆云至德二載公陷賊中時作。按：詩旨乃自嘆失意，初無憂亂之詞，當是天寶十一載獻賦不遇後，有感而作。　李肇《國史補》：進士既捷，大燕於曲江亭子，謂之曲江會。曲江大會在關試後，亦謂之開宴。據此，則知公之對景興慨，意固有所爲矣。　鶴注：《寰宇記》：曲江池，漢武帝所造，名爲宜春苑，其水曲折有似廣陵之江，故名。朱注：曲江，在杜陵西北五里。　康駢《劇談録》云：曲江池，本秦隑州，開元中疏鑿爲勝境。其南有紫雲樓、芙蓉苑，其西有杏園、慈恩寺。花卉環列，烟水明媚，都人遊賞，盛於中和、上巳二節。

**曲江蕭條秋氣高㈠，菱荷枯折隨風濤㈡，遊子空嗟垂二毛㈢。白石素沙亦相蕩㈣，哀鴻獨叫求其曹㈤。**　首章自傷不遇，其情悲。　在第三句點意，上二屬興，下二屬比。　菱荷枯折，引起二毛。　沙石相蕩，自比飄流。　哀鴻求曹，念及同氣也。

㈠宋玉《風賦》：蕭條衆芳。　《月令》：以達秋氣。《楚辭》：天高而氣清。

㈡《洛陽伽藍記》：葭芙被岸，菱荷覆水。　謝靈運詩：江闊壯風濤。

㈢蘇武詩：請爲遊子吟。　《左傳》：不禽二毛。注：頭白有二色。

㈣《詩》：白石鑿鑿。　江淹詩：素沙匝廣岸。

㈤禰衡賦：哀鴻感類。　劉安《招隱士》：禽獸駭兮亡其曹。

## 其二

**即事非今亦非古**㈠，**長歌激越捎**所交切**林莽**莫補切㈡，**比**毗至切**屋豪華固難數**所主切㈢。**吾人甘作心似灰**㈣，**弟姪何傷淚如雨**㈤。　次章放歌自遣，其語曠。　歌聲激林，足以一抒胸臆，在第二句作截。　江上豪華，久已灰心置之，弟姪何必爲我傷心乎。　蓋勸之達觀也。　《杜臆》：即事吟詩，體雜古今。　其五句成章，有似古體，七言成句，又似今體。　曰長歌者，連章疊歌也。

㈠《列子》：周之尹氏，有老役夫，晝則呻吟即事。　陶潛詩：即事多所欣。　謝靈運詩：即事怨睽攜。

㈡蘇武詩：長歌正激烈。　《西都賦》：震聲激越。　宋玉《風賦》：蹷石伐木，捎殺林莽。　捎，動摇也。

木曰林，草曰莽。

㈢《尚書大傳》：周民可比屋而封。　庾信詩：金穴盛豪華。　《前漢·息夫躬傳》：僕遬不足數。

㈣《西征賦》：陋吾人之拘攣。　《莊子》：心固可使如死灰乎。

㈤王績詩：哀宗多弟姪。　古樂府：孤兒淚下如雨。

## 其三

**自斷**丁亂切**此生休問天**㈠，**杜曲幸有桑麻田**㈡，**故將移住南山邊**。**短衣匹馬隨李廣，看射裳炙切猛虎終殘年㊂。三章志在歸隱，其辭激。窮達休問於天，首句陡然截住。因杜曲，故及南山，因南山，故及李廣射虎。一時感慨之情，豪縱之氣，殆有不能自掩者矣。

㊀陶潛詩：聊復得此生。　杜修可曰：《楚辭·天問篇序》：天問者，屈子之所作也。何不言問天？天尊不可問。

㊁杜曲，在長安，俗云：城南韋杜，去天尺五。《雍録》：樊川韋曲東十里，有南杜、北杜。杜固謂之南杜，杜曲謂之北杜。二曲，名勝之地。　東方朔《諫起上林苑疏》：其地有桑麻竹箭之饒。《西都賦》：桑麻鋪棻。

㊂甯戚《飯牛歌》：短布單衣適至骭。《越絶書》：匹馬啼噭。《文心雕龍》：車兩馬疋，以並耦爲用，蓋車貳佐乘，馬儷驂服，服乘不隻，故名號必雙，名號一定，則雖單爲疋矣。匹夫、匹婦，亦取配義也。　《漢·李廣傳》：廣屏居藍田南山中。射獵，見草中石，以爲虎而射之，中石没羽，視之，石也。廣所居郡，聞有虎，常自射之。詩中「故將」二字，乃乘上之詞。或因《李廣傳》有「故將軍」語，遂指當時武將謝官者，恐不合詩意。

王嗣奭曰：先言鴻求曹，以起次章弟姪之傷。次言心似灰，以起末章南山之隱。三章氣脈相屬，總以九迴之苦心，發清商之怨調。此公學三百篇，遺貌而傳神者也，觀命題可見。而自謂非今非古，意可知矣。嘗謂公此詩學三百，《七歌》學《離騷》，《新安史》諸作學古樂府，俱自開堂奥，不肯優孟古人。

盧世㴶曰：《曲江》三章，塌翼驚呼，忽遨天際。國風之後，又續國風。

# 奉贈鮮于京兆二十韻

鶴注：《通鑑》：天寶十二載正月，京兆尹鮮于仲通諷選人，請爲國忠刻頌，立於省門，制仲通撰其詞。則仲通爲京兆尹在十一年十一月國忠爲相後也。詩云：「獻納紆皇眷，中間謁紫宸。」當是公獻賦待詔集賢院後，十一年十二月作也。錢箋：顔魯公《仲通墓碑》及《離堆記》：天寶九載，充劍南節度副大使，十一載，拜京兆尹。仲通拜京兆，自劍南入。《舊書》云爲京兆尹、劍南節度使，誤也。《唐書·李叔明傳》：叔明，本姓鮮于氏。兄仲通，字向，天寶末爲京兆尹。《楊國忠傳》：國忠素德仲通，使討雲南，舉軍没，以白衣領職。未幾，國忠引爲京兆尹。鄭曰：鮮于，複姓。

**王國稱多士**㈠，**賢良復**扶又切**幾人**㈡？**異才應**平聲**間**去聲**出**一作世㈢，**爽氣必殊倫**㈣。**始見張京兆**㈤，**宜居漢近臣**㈥。**驊騮開道路**㈦，**鵰鶚離**去聲**風塵**㈧。前三段稱鮮于，後三段公自叙。首從多士形起，稱其才氣傑出。驊騮，喻異才。鵰鶚，喻爽氣。上下四句，自相呼應。

㈠《詩》：思皇多士，生此王國。

㈡漢文帝詔：將何以來遠方之賢良。

㊂孔融表：近日路粹嚴象，亦用異才。《公孫弘贊》：異人間出。

㊃《世説》：桓宣武素有雄情爽氣。左思詩：與世亦殊倫。

㊄《漢書》：膠東相張敞治京兆，略循趙廣漢之迹。元帝即位，待詔鄭明薦敞先帝名臣，宜傅輔皇太子。

㊅《國語》：近臣盡規。

㊆《穆天子傳》：左服驊騮而右騄耳。郭璞注：驊騮，色如華而赤。《吴志》：孫權書：自道路開通。

㊇《高唐賦》：鵰鶚鷹鷂，飛揚伏竄。邵注：鵰、鶚，皆鷙鳥之大者，而鶚又大於鵰。《王文憲集序》：脱落風塵。

**侯伯知何算**一作等㊀，**文章實致身**㊁。**奮飛超等級**㊂，**容易**去聲**失沉淪**㊃。**脱略磻溪釣**㊄，**操持郢匠斤**㊅。**雲霄今已逼**㊆，**台衮更誰親**㊇？次從侯伯形起，稱其位望特優。當今侯伯雖多，鮮于獨以文章進身，一旦奮飛而起，則向之沉淪頓失矣。磻溪，言遇合之遲，郢匠，言鋒鋩之利，二句承「失沉淪」。雲霄，言得近天子，台衮，言得交宰相，二句承「超等級」。亦上下四句，自爲開闔。顔魯公《墓碑》：仲通年近四十，舉鄉貢進士，五十始擢一第。從官十年而後超登四岳，可見其晚年始遇。

㊀陸機《五等諸侯論》：侯伯無可亂之符。何足算，見《論語》。

㊁《典論》：文章經國之大業。晉王導帖：足下所欲致身處，尚在轂中。

㊂何遜詩：相顧無羽翮，何由總奮飛。《記》：貴賤之等級。

㊃《東方朔傳》：談何容易。《抱朴子》：運屯則沉淪於勿用。

㊄《恨賦》：脱略公卿。《水經注》：渭水之右，磻溪水注之，溪中有泉，謂兹泉東南隅石室，太公所居，水次平石，即太公垂釣之所。

㊅《莊子》：何其無操持與？又：郢人堊墁其鼻端若蟬翼，使匠石斲之。匠石運斤成風，盡堊而鼻不傷。

㊆張昶《華山堂闕銘》：必雲霄之路，可升而起。

㊇王褒《尉遲公碑》：任隆台衮。趙注：上公應天上三台。三公一命衮。

**鳳穴雛皆好**㊀，**龍門客又新**㊁。**義聲紛感激**㊂，**敗績自逡巡**㊃。中四，結上以起下。墓碑謂其有子六人，皆有令聞。又謂輕財尚義，果於然諾，此即鳳雛龍門之説也。敗績逡巡，自歎蹇於遭際。

㊀《山海經》：丹穴之山有鳥焉，其狀如雞，五采而文，名曰鳳凰。《北史·文苑傳》：飾羽儀於鳳穴。《晉書》：陸雲幼時，吴尚書閔鴻見而奇之，曰：「此兒若非龍駒，定是鳳雛。」

㊁《李膺傳》：膺性簡亢，被容接者，名爲登龍門。

㊂傅玄詩：義聲馳雍涼。趙岐《孟子章旨》：千載聞之，猶有感激。

㊃《左傳》以敵大崩曰敗績。《過秦論》：逡巡而不敢進。

**途遠**一作永**欲何向**㊀，**天高難重陳**㊁。**學詩猶孺子**一云子夏㊂，**鄉賦忝**一作念**嘉賓**㊃。**不得**

**同晁錯**㊄**，吁嗟後郤**音隙**詵**㊅**。計疏疑翰墨**㊆**，時過憶松筠**㊇**。**此追叙應舉下第事，在開元二十三年。　途遠天高，進身無階也。猶孺子，公年尚少。忝嘉賓，時登鄉薦。引晁、郤二公，言知遇弗如古人。計疏，不善干謁。時過，欲收晚節也。

㊀《主父偃傳》：日暮途遠。

㊁曹植云：天高聽遠。　劉琨詩：棄置勿重陳。

㊂《論語》：學詩乎。　《史記》：孺子可教矣。

㊃鄉賦，謂鄉舉。　《詩》：我有嘉賓。《小序》：《鹿鳴》，宴群臣嘉賓也。

㊄《晁錯傳》：文帝詔有司舉賢良文學，錯在選中。時對策者百餘人，惟錯爲高第，由是選中大夫。

㊅《詩》：吁嗟麟兮。　《晉書》：泰始中，舉賢良直言之士，郤詵以對策上第，拜議郎。

㊆《史記·范睢傳》：其於計疏矣。　曹植書：豈徒以翰墨爲勳績。

㊇《學記》：時過然後學。　任昉《求立館啟》：竟松筠於歲晚。

**獻納紆皇眷**㊀**，中間謁紫宸**㊁**。且隨諸彦集**㊂**，方覬薄才伸**㊃**。破膽遭前政**㊄**，陰謀獨秉鈞**㊅**。微生霑忌刻**㊆**，萬事益酸辛**㊇**。**此叙獻賦召試事，在天寶十載。　紆皇眷，曲荷主知。謁紫宸，應試殿中。　破膽以下，恨李林甫之忌才，只「陰謀」「忌刻」四字，極盡姦邪情狀。　按《李林甫傳》：天寶六載，帝詔天下通一藝以上者皆詣京師。林甫恐對策者斥言其奸，乃委尚書省覆試，遂無一人及第。公初應詔而見黜，後以召試而仍棄，皆林甫爲之，今林甫已去，故云前政。

㈠《兩都賦序》：言語侍從之臣，朝夕論思，日月獻納。　沈約《齊安陸昭王碑》：皇情眷眷。
㈡阮瑀書：中間尚淺也。　《唐六典》：紫宸殿，即内朝正殿。
㈢錢箋：公獻《三大禮賦》，命待詔於集賢院，所謂「諸彦集」也。　江淹《别賦》：金閨諸彦。
㈣《嚴助傳》：越人綿力薄才。
㈤《谷永傳》：臣所以破膽寒心。　《孔叢子》：文咨曰：「不害前政而有成。」
㈥孫綽《喻道論》：陰謀之人，子孫不昌。　《詩》：秉國之鈞。
㈦牛弘詩：微生逢大造。　庾信賦：既言多於忌刻。
㈧謝靈運詩：萬事俱零落。　阮籍詩：悽愴懷酸辛。

**交合丹青地**㈠，**恩傾雨露辰**㈡。**有儒愁餓死**㈢，**早晚報平津**㈣。　末望汲引，乃贈詩本意。　仲通與國忠交合，則施恩正易爲力，故託以窮愁之狀，報於平津。　此章前後四段各八句，中腰、結尾各四句。

㈠《鹽鐵論》：公卿者神化之丹青。
㈡賀凱詩：恩榮雨露濡。
㈢《朱買臣傳》：終餓死於溝中耳。
㈣《韓非子》：無早晚之失。　《漢·公孫弘傳》：元朔中，代薛澤爲丞相，封平津侯，開閣延士。　平津，比國忠，舊指京兆。　朱注力辯其誤。

錢謙益曰：公《投贈鮮于京兆》詩，與顔魯公《神道碑》，叙次略同。顔碑記節度劍南，拔吐蕃摩彌城，而不載南詔之役，公詩美其文章義激，而不及其武略。古人不輕諛人若此。

少陵之投詩京兆，鄰於餓死，昌黎之上書宰相，迫於饑寒，當時不得已而姑爲權宜之計，後世宜諒其苦心，不可以宋儒出處深責唐人也。

# 白絲行

此詩當是天寶十一二載間，客居京師而作，故末有忍羈旅之説，當依梁氏編次。師氏謂此詩乃譏竇懷貞。鶴云：懷貞亡於開元元年，公時纔兩歲，於年月不合。

**繅絲須長不須白**㈠，**越羅蜀錦金粟尺**㈡。**象**一作牙**牀玉手亂殷**烏間切**紅**㈢，**萬草千花動凝碧**㈣。**已悲素質隨時染**一作改㈤，**裂下**去聲**鳴機色相射**食亦切㈥。**美人細意熨貼平**㈦，**裁縫滅盡針線跡**㈧。

此見繅絲而託興，正意在篇末。上段，有踵事增華之意。欲成羅錦，用尺量絲，故須長；所織花草，色兼紅碧，故不須白。熨貼裁縫，製爲舞衣也。象牀，指機牀。玉手，指織女。亂殷紅，謂經緯錯綜。動凝碧，謂光彩閃鑠。

㈠《記》：夫人繅三盆手。朱注：《廣韻》：繅，繹繭爲絲也，繰同。鮑照詩：繅絲復鳴機。

㈡《唐書》：越州土貢花文寶花等羅。　魏文帝詔：每得蜀錦，殊不相似。　何遜詩：金粟裹搔頭。尺以金粟飾之，富貴家之物。

㈢《國策》：孟嘗君至楚，獻象牀，直千金。　江淹賦：惜玉手之空佇。　《廣韻》：殷，赤黑色。《左傳》：左輪朱殷。

㈣王子安《青苔賦》云：縈修樹而凝碧。

㈤王彪之詩：絲染墨悲歎，路岐楊感悼。　庾信《連珠》：白羽素絲，隨其所染。

㈥謝朓詩。　望望下鳴機。　朱注：色相射，五色射人也。

㈦《班彪傳》：細意委曲。　《南史》：何敬容，衣裳不整，伏床熨之。　楊慎曰：《王莽傳》有威斗，即尉斗也。　威與尉音相近，本音畏，轉音鬱。《隋書》：李穆奉尉斗於楊堅曰：「願公執威柄，以尉安天下。」史炤《通鑑釋文》：尉斗，火斗，持火以申繒也，俗加火作熨。《説文》尉與熾本一字，從上按下也。　又，持火申繒也。　今俗言平曰尉帖。　杜詩「美人細意熨帖平」是也。　又，白樂天詩：「金斗熨波刀剪文。」

㈧曹植樂府：裁縫紈與素。

**春天衣**去聲**著**陟略切**爲**去聲**君舞**㈠，**蛺蝶飛來黃鸝語**㈡。**落絮遊絲亦有情**㈢，**隨風照日宜**《英華》同，一作疑**輕舉**㈣。**香汗清**一作輕**塵汙**去聲**顏色**《英華》作似微污，一作污不著㈤，**開新合故置何許**㈥。**君不見才**《英華》作志**士汲引難**㈦，**恐懼棄捐忍羈旅**㈧。下段，有厭故喜新之感。

蝶趁舞容，鸝應歌聲，落絮遊絲乘風日而綴衣前，比人情趨附者多。一經塵汙汙顔，棄置何所，見繁華忽然零落矣。士故有鑒於此，不輕受汲引而甘忍羈旅，誠恐一旦棄捐，等於敝衣耳。玩末二語，公之不屑隨時俯仰可知。　此章兩段，各八句。

㈠徐君倩詩：衣著一時新。　鮑照詩：催絃急管爲君舞。

㈡何遜詩：黄鸝隱葉飛，蛺蝶縈空戲。

㈢庾信詩：落絮鵝毛下。　徐陵詩：柳絮飛還聚，遊絲斷復結。

㈣庾肩吾詩：桃紅柳絮白，照日復隨風。　照日宜輕舉，謂絲絮飄颺，與衣之輕舉相宜。《楚辭》：願輕舉以遠遊。

㈤六朝詩：朱顔潤紅粉，香汗沾玉色。　古詩：空牀委清塵。　邢劭詩：桃李無顔色。

㈥衣裳在笥，故有開合。　漢艷歌：乍開乍合。　《世説》：桓冲妻曰：「衣不經新，何由而故。」　阮籍詩：君子在何許。

㈦嵇康《琴賦》：歷世才士，並爲之賦。　《劉向傳》：禹稷與皋陶，傳相汲引，不爲比周。　汲引難，難就薦引也，即記難進易退之難。

㈧魏甄后《塘上行》：莫以豪賢故，棄捐素所愛。　《左傳》：羈旅之臣。　《漢書》張晏注：羈，寄也。旅，客也。

錢謙益曰：《傅咸集》載郭泰機詩云：「皦皦白素絲，織爲寒女衣。寒女雖妙巧，不得秉機杼。天寒知運速，況復雁南飛。衣工秉刀尺，棄我忽若遺。人不取諸身，世事焉所希。況復已朝餐，曷由知我飢。」此詩用泰機之詩而反之。泰機以白絲寒女自喻，而致憾於衣工之棄我，以冀咸之相薦。公詩謂白絲素質，隨時染裂，有香汗清塵之污，有開新合故之置，所以深思汲引之難，恐懼棄捐而忍於羈旅也。

鰲按：詩詠白絲，即墨子悲素絲意也。已悲素質隨時染，當其渲染之初，便是沾污之漸，及其見置時，欲保素質得乎？唯士守貞白，則不隨人榮辱矣。此風人有取於素絲歟。

# 陪鄭廣文遊何將軍山林十首

鶴注：鄭虔膺博士之命，在天寶九載。以詩中第五首考之，是公未定官時遊此，當在十一二載間。《東方朔傳》：竇太主曰：「回輿枉路，臨妄山林。」注：園中有山，故言山林。《通志》：少陵原，乃樊川北原，自司馬村起，至何將軍山林而盡，其高三百尺，在杜城之東，韋曲之西，俗呼爲塔陂。

**不識南塘**一作唐**路**㈠，**今知第五橋**㈡。**名園依緑水**㈢，**野竹上**上聲**青霄**㈣。**谷口舊相得**㈤，**濠梁同見招**㈥。**平生爲**去聲**幽興**去聲㈦，**未惜馬蹄遥**㈧。首章領起，乃未至而遥望之詞。上四，何氏山林。下四，陪鄭同遊。自塘至橋，橋畔有園，園中有竹，層次如畫。谷口，指鄭。濠梁，指何。　趙汸曰：何於鄭爲舊交，因而并招及己，但以素有山林幽意，故作此遊，非輕赴人招也，説得曲折微婉。　《杜臆》：末拈幽興，爲十首之綱。

㊀《世説》：祖逖曰：「昨夜復南塘一遊。」此借其字。　朱注：許渾詩云：背嶺枕南塘。　意亦在韋曲左右。

㊁《通志》：韋曲之西有華巖寺，寺西北有雁鶩坡，坡西北有第五橋。　張禮《遊城南記》：第五橋，在韋曲西，以姓得名。

㊂《世説》：王子敬自會稽經吴。　顧辟疆有名園，先不識主人，徑往其家。　魏文帝詩：菱芡覆緑水。

㊃庾肩吾詩：野竹交臨浦。　梁王訓詩：石橋通小澗，竹路上青霄。

㊄谷口，用鄭子真事，注見首卷。

㊅《莊子》：莊子與惠子，同遊濠梁之上。　吴論：園以水勝，故稱濠梁。　陶潛詩：山澤久見招。

㊆陳子昂詩：山深興轉幽。

㊇《盤中詩》：何惜馬蹄歸不數。

趙汸曰：凡一題而賦數首者，須首尾布置，有起有結，每章各有主意，無繁複不倫之失，乃是家數。觀此十章，及後五章，可見。

王嗣奭曰：山林與園亭異。　依山臨水，連村落，包原隰，涵樵漁，王右丞輞川似之，非止一丘一壑之勝而已。合觀十首，分明一篇遊記，有首有尾，中間或賦景，或寫情，經緯錯綜，曲折變化，用正出奇，不可方物。

吴門顧氏曰：首章言馬蹄，四章言没馬，八章言走馬，蓋此遊有馬無舟，故舵樓疑越，刺船思郢，乃虚擬舟楫之趣，非實事也。

黄生曰：首章叙入何鄭，他人不免費手，此能引古爲喻，語不繁而意已明，何等簡净。

## 其二

**百頃風潭上**㊀，**千章**草堂本作重**夏木清**㊁。**卑枝低結子**㊂，**接葉暗巢鶯**㊃。**鮮鯽銀絲鱠**㊄，**香芹碧澗羹**㊅。**翻疑舵**徒可切**樓底**㊆，**晚飯越中行**㊇。二章，誌林中景物之勝。首二爲綱，三四承夏木，五六承風潭。末乃觸景而念昔遊。風潭覆以夏木，見其蕭森可愛。朱注：卑枝接葉二句，古人所謂疊韻詩。食有芹鯽，乃初到而留飲，末云晚飯，蓋至暮而留宿矣。

㊀庾信詩：交柯乍百頃，擢木或千尋。黄希曰：潭，當是廣濟潭，在萬年縣。祖孫登詩：風潭如拂鏡，山溜似調琴。

㊁《漢書·貨殖傳》：山居千章之萩。注：大樹曰章。陶潛詩：夏木獨森疏。

㊂方氏疑「卑」、「低」二字犯重，然古人亦所不避。太白詩云「玉窗青青下落花」，「下」、「落」兩字不免犯重，但「下」就窗前言，「落」就花片言，亦自有别。《列子》：鴻鵠高飛，不集卑枝。孫擢詩：晚花猶結子。

㊃周景式《孝子傳》：三荆同株，接葉連陰。

㊄銀絲，鮮鱠之色。碧澗，芹草所生。《洛陽伽藍記》：王肅至魏，飯鯽魚羹。《酉陽雜俎》：南孝廉善斫膾絲，縷輕可飛。

㊅《呂氏春秋》：菜之美者，雲夢之芹。《説文》：楚葵，水芹也，今水中芹菜。一名水英。謝靈運詩：銅陵映碧澗。

㊆庾信詩：翻疑承毒水。南方大船，尾有舵樓。仲長統詩：微風爲舵。

㊇公年二十時，曾遊吴越。

其三

萬里戎王子㊀，何年别月支㊁。異花來舊作開，犯重。《杜臆》作來，蓋音近而訛耳絶域㊂，滋蔓匝清池㊃。漢使去聲徒許作慚空到㊄，神農竟不知。露翻兼雨打，開拆漸荆作漸，一作日離披㊅。

三章，記林間花卉之奇。首記花名，次記花種。五六承異花，見其可貴。七八承滋蔓，憐其易謝。張騫不攜此種，故曰空到。《本草》弗載其名，故曰不知。《杜臆》：開拆，頂露翻。離披，頂雨打。

㊀《本草》：日華子云：獨活，一名戎王使者。戎王子，當是其類。《朱子語類》：未知何種。鶴曰：加一「戎」字，言其來自戎中，猶云戎菽、戎葵。《杜臆》：人競珍之，故猶稱「戎王子」。胡夏客曰：外國王子入居内地，攜有其土異花，何將軍得其種也。此説「戎王子」是借人稱花。

㈡《漢書注》：月支，西域外國也。《舊唐書》：肅州酒泉郡，漢月氏國地。氏，音支。

㈢《水經注》：水側生異花。　李陵書：出征絶域。

㈣《左傳》：無使滋蔓。　王儉詩：蘭生已匝苑。　《子虚賦》：游於清池。

㈤《史記》：漢使至。

㈥宋玉《九辯》：奄離披此梧楸。

初疑第五句「空」字上不應用「徒」字，後見《許彦周詩話》作「漢使慚空到」，但「慚」字又下得太實。楊升菴云：古人用字，有不嫌重者，《左傳》：十年尚猶有餘臭。「猶」即「尚」也。《書經》：弗遑暇食。「遑」即「暇」也。據此，則「徒」「空」不妨連用矣。若實字便不當疊用，太白《懷張子房》詩「我來圯橋上」，却是言橋橋，可乎？

## 其四

**旁舍連高竹**㈠，**疏籬帶晚花**㈡。**碾渦深没馬**㈢，**藤蔓曲藏**一作垂**蛇**。**詞賦工無**一作何**益**㈣，**山林跡未賒**㈤。**盡捻**捻，《正異》作拈，奴兼切**書籍賣**㈥，**來問爾東家**㈦。　四章，羨林傍幽僻之致。　上四寫景，下四叙情，上四以整鍊爲工，下四以蕭疏見致，俱有章法。　没馬是實事，藏蛇是想像。　《杜臆》：公獻賦不售，故欲賣書買宅，乃憤激之詞。　此云晚花，七章言清晨白日，見其次第。

㈠《漢書》：高祖適從旁舍來。

㈡梁簡文帝詩：晚花欄下照，疏螢簟上飛。

㊂《莊子》：輪碾地。《西京賦》：當足見碾，值轂被轢。此言碾轍底陷處，水漩成渦，偶舉所見以入詩，如「壞道哀湍瀉」亦然。《杜臆》謂園木周圍曲繞，狀如碾槽之渦。

㊃蕭琛詩：奕奕工辭賦。　古詩：虚名復何益。

㊄未賒，言不遠。　《魏志》：蔡邕見王粲曰：「此王公孫也，有異才，吾家書籍文章當盡與之。」

㊅捻，指取物也。

㊆《邴原傳》：原遊學詣孫崧，崧曰：「君鄉里鄭君，學者之範模也，君乃舍之，所謂以鄭君爲東家丘也。」原曰：「以鄭君爲東家丘，以僕爲西家愚夫耶。」王筠詩：微步出東家。東家，指何氏。

## 其五

**剩**郭作賸，趙云：賸，俗作剩**水滄江破**㊀，**殘山碣石開**㊁。**緑垂風折笋，紅綻雨肥梅**㊂。**銀甲彈箏用**邵本作卸㊃，**金魚**一作盤，非**换酒來**㊄。**興**去聲**移無灑**去聲**掃**去聲㊅，**隨意坐莓苔**㊆。

五章，見山林景物，而喜逢豪飲，在四句分截。　言此間穿池壘石，特大地中剩水殘山耳，其勢之雄闊，足以破滄江而開碣石。　烹笋摘梅，園中佳品。　彈箏换酒，將軍豪興。　故復移席苔前，以享其用意之殷勤。　申涵光曰：起語近纖，五六太板。

㊀《唐書》有殘膏賸馥之句。　隋煬帝詩：日落滄江静。

㊁庾信《謝滕王啟》：蒲桃繞館，始開碣石之池。

㊂本是風折笋而緑垂，雨肥梅而紅綻，乃用倒裝句法耳。　沈佺期詩：園槿綻紅艷。

㊃古詩：十五學彈箏，銀甲不曾卸。以銀甲作指甲，取其有聲。

㊄《晉書》：阮孚爲散騎常侍，常以金貂换酒。　《唐·車服志》：佩魚始高宗朝，武后改佩魚爲龜。中宗初，罷龜袋，復給魚。楊慎曰：高宗初，用佩魚，以鯉爲李也。武后改用龜，龜屬玄武也。杜詩「金魚换酒來」，此時仍用魚矣。李白《贈賀知章》云「金龜换酒處」，蓋係往時舊物耳。盧照鄰詩：金貂有時須换酒。

㊅《後漢·陳蕃傳》：薛勤謂蕃曰：「孺子何不灑掃以待賓客？」

㊆庾信賦：細草横階隨意坐。《天台山賦》：踐莓苔之滑石。

王嗣奭曰：通首散漫寫去，無起束呼應，另是一格。亦緣十首自有大起結，此首如中聯也。又曰：銀甲二句，見其好客而貧。何本武人，而風致不減賀季真，尤爲難得。

後人霑丐杜詩，皆成佳句。杜有「春色醉仙桃」句，陳簡齋云：「暖日薰楊柳，濃陰醉海棠。」杜有「紅綻雨肥梅」句，范石湖云：「梅肥朝雨細，茶老暮烟寒。」各見脱化之妙。

## 其六

**風磴**丁鄭切**吹陰**一作梅，非雪㊀，**雲門吼瀑**蒲木切**泉**㊁。**酒醒思卧簟，衣冷欲**一作得**裝綿。野老來看**平聲**客**㊂，**河魚不取錢**㊃。**秪**一作只**疑淳樸處**㊄，**自有一山川**㊅。六章，狀山林高寒，而美其淳樸，亦四句分截。　風磴而吹陰雪者，乃雲門之吼瀑泉也，以下句解上句。蓋夏本無雪，飛瀑遥濺，乍疑是雪耳。　酒醒方思卧簟，而衣冷反欲裝綿，言夏日陰森也。野老看客，饋以河魚，即此見風土淳樸，與他處不同。　洪注：「另有一山川」，暗用桃花源事。

㈠鮑照詩：既類風門磴。

㈡孔融詩：高明耀雲門。　《山海經》：廬山有瀑布泉。

㈢應劭《藝文志注》：年老居田野，相民耕種，故稱野老。　丘遲詩：野老時一望。

㈣《淮南子》：河魚不得明目。　晉樂曲：酤酒不取錢。

㈤《亢倉子》：政省則人淳樸。

㈥陶潛詩：山川一何曠。

## 其七

**棟**音色，一作棟**樹寒雲色**㈠，**茵蔯春藕香**㈡。**脆添生菜美，陰益**一作蓋**食單**一作簞，非**涼**㈢。**野鶴清晨出**一作至㈣，**山精白日藏**㈤。**石林蟠水府**㈥，**百里獨蒼蒼**㈦。

七章，記山林物産，而歎其景幽，亦四句分截。　茵蔯之脆，得生菜而加美。　棟樹之陰，展食單而倍涼。　次聯分頂，野鶴晨出，言其超曠，山精晝藏，言其深邃。　百里之内，獨見蒼蒼，甚言石林之高聳，非謂何林有百里也。　此云晨日，下二章言晚、言夜，次第又相聯絡。

㈠棟乃小棗，棟下鋪單，頗無佳致，當是棟樹。　《詩正義》：白色爲棟，赤棟爲楝。　郭璞曰：赤棟葉細而岐鋭，白棟葉員而岐大，木也。　陶潛詩：寒雲没西山。

㈡《本草》：茵蔯，蒿類，經冬不死，更因舊苗而生，故名。

㈢趙氏以單爲鋪地之單，乃布單也。邵氏以單爲盛器之箪，乃竹筐也。謂方曰笥，圓曰箪。朱氏從前説。鄭望《膳夫録》：韋僕射巨源，有燒尾宴食單。

㈣《世説》：昂昂如野鶴之在雞群。秦嘉詩：清晨當引邁。

㈤《玄中記》：山精，如人，一足，長三四尺，食山蟹，夜出晝藏。庾信詩：山精鏤寶刀。

㈥石林，叢石如林也。《楚辭》：焉有石林。《述異記》：漢沔會流處，岸上有石，銘云：「下至水府三十一里。」皆傳李斯刻此石。

㈦江淹詩：山氣亘百里。梁蕭統詩：漸見岫蒼蒼。

王嗣奭曰：公恣意冥搜，觸目成趣，粗亦成精，近不遺遠，隨意命筆，變幻生動如此。

## 其八

**憶過**平聲**楊柳渚，走馬定**丁令切**昆池**㈠。**醉把青荷葉**㈡，**狂遺白接䍦**㈢。**刺**郎達切**船思郢客**㈣，**解**下戒切**水乞**欺吉切。王原叔本作丘既切，非**吴兒**㈤。**坐對秦山晚**㈥，**江湖興**去聲**頗隨**。

八章，因水府而旁記遊迹。上四實景，下四虛摹。山林勝遊，留連累日，故柳渚昆池，亦皆經過。折荷脱巾，醉時狂態。刺船解水，走馬而思泛舟也。

㈠曹植詩：走馬長楸道。《唐書·安樂公主傳》：嘗請昆明池爲私沼，不得，乃自鑿定昆池。張禮《游城南記》：池在韋曲之北。定昆池，既在韋曲之北，楊柳渚亦當在其傍。

㈡《酉陽雜俎》：魏鄭公慤，取大荷葉置硯格上，盛酒三升，以簪刺葉，令與柄通，傳吸之，名碧筒杯。

按：池有荷葉，醉中把此爲戲，顧氏以爲飲器之名，非是。漢《招商歌》：青荷晝偃葉夜舒。

㊂《晉·山簡傳》：時人歌曰：「時時能騎馬，倒著白接䍦。」白接䍦，白巾也。《爾雅注》：白鷺翅上有長翰，江東取爲接䍦。

㊃王洙曰：郢客善操舟，吴兒善泅水。《莊子》：刺船而去。山濤詩：刺船蓮花浦，郢客思遨遊。郢，乃楚之都。

㊄解水，識水性也。謝朓詩：吴兒未習水，歌笑輕波瀾。

㊅梁高爽詩：坐對空寂宇。秦山，即終南山。

諸家以上六句爲追叙舊遊，非也。此遊本在夏時，而把荷解水亦正言夏日事，豈指平時遊歷耶。諸章言鮮鯽香芹，言緑笋紅梅，言生菜食單，言醉把荷葉，知園中留飲非一日矣。此章所憶經過興會，蓋同屬遊園事也。

## 其九

**牀上書連屋㊀，階前樹拂雲㊁。將軍不好**去聲**武㊂，稚子總能文㊃。醒酒微風入㊄，聽**平聲**詩静夜分㊅。絺衣掛蘿薜㊆，涼月白紛紛㊇。**九章，宿何園而記其韻事。上四見主人儒雅，下四言夜景清幽。首句屬賦，起不好武。次句屬比，起總能文。顧注：五六乃倒裝，本言風入而酒醒，夜分猶聽詩也。誦詩者，必何氏子弟。趙汸注：微風涼月，不作對耦，轉換開闔，意態無窮，此所謂大家數也。

㈠《南史·蕭恭傳》：仰眠牀上，看屋梁而著書。

㈡《世説》：謝太傅問諸子姪，子弟亦何預人事，而正欲使其佳。謝車騎曰：「譬如芝蘭玉樹，欲使其生於階庭耳。」

㈢《顔氏家訓》：漢郎顔駟，自稱好武，更無事跡。《歸去來辭》：稚子候門。

㈣《前漢·賈誼傳》：諸生於是以爲能文。

㈤《風賦》：清清泠泠，愈病析酲。嵇康詩：微風動袿。

㈥静夜分，夜中分，出更漏也。魏文帝詩：静夜不能寐。《周禮》：以星分夜。《韓非子》：夜分而聞鼓新聲者。

㈦薜荔女蘿，見《楚辭》。岑文本詩：雕樓網蘿薜。

㈧王融詩：壁門涼月舉。言月穿蘿薜，影著絺衣者紛紛零落也。張正見詩：紛紛白雪綺窗前。

劉會孟謂將軍好文，亦見世變，《杜臆》謂此治終亂始之機，皆非也。明皇好大喜功，致將帥開邊啟釁，黷武而殃民。公詩「健兒寧鬬死，壯士恥爲儒」，蓋傷之也。何將軍不好武，正與邀功生事者有別，少陵豈肯譏之耶。宋、明之世，以將不知兵而亡，天寶之時，以將好用兵而亂，事勢不同，未可概論。劉之謬於説詩，往往如此。

## 其十

幽意忽不愜㈠，歸期無奈何㈡。出門流水住一作注㈢，回首白雲一作雜花，非多㈣。自笑燈

**前舞，誰憐醉後歌**㊄？**祇應**平聲**與朋好**㊅，**風雨亦來過**平聲㊆。十章總結，乃出門以後情事。首二惜别之情，三四别後之景，五六回憶前事，七八豫訂重遊。幽意不愜，爲迫於歸期耳，兩句起勢突兀。舞曰自笑，歌曰誰憐，無復林中豪興矣，故須再過以慰寂寥。朋好，指鄭廣文。錢謙益曰：八句之内，勢變多端，尺寸之間，移形换步，正所謂「波瀾獨老成」也，杜老不容易放筆如此。

㊀江淹詩：寂寞幽意長。《世説》：左太冲作《三都賦》，初意思甚不愜。

㊁宋之問詩：歸期多年歲。《莊子》：爲之奈何。

㊂《易》：出門同人。庾信詩：畫水流全住，圖雲色半輕。

㊃劉顯詩：回首望歸途。左思詩：白雲停陰岡。

㊄劉攽曰：古人多歌舞飲酒。張燕公詩云：「醉後歡更好，全勝未醉時。動容皆是舞，出話總成詩。」李白云：「要須回舞袖，拂盡五松山。醉後涼風起，吹人舞袖環。」今時舞者，必欲曲盡奇妙，又恥効樂工藝，益不復如古人常舞矣。古人重歌詩，自隋以前，南北舊曲頗似古，如《公莫舞》、《丁督護》，亦自簡淡。唐來，是等曲又不復入聽矣。近世樂府爲繁聲，加重疊，謂之纏聲，促數尤甚，固不容一唱三歎也。

㊅沈約詩：心從朋好盡。

㊆《杜臆》：風雨，用《谷風》詩語。

盧元昌曰：公自留贈崔于後，還鄉整旆，故山興濃。貧交之歎，白絲之悲，既有慨乎言之。何將軍於裘馬困頓時，獨有濠梁見招之舉，得非城東種瓜之客，灞陵射虎之人歟。宜公於遊覽之下，記叙特詳也。

## 麗人行

鶴注：天寶十二載，楊國忠與虢國夫人鄰居第，往來無期，或並轡入朝，不施障幕，道路爲之掩目。冬，夫人從車駕幸華清宫，會於國忠第，於是作《麗人行》。此當是十二年春作，蓋國忠於十一年十一月爲右丞相也。

三月三日天氣新㊀，長安水邊多麗人㊁。態濃意遠淑且真㊂，肌理細膩骨肉勻㊃。繡一作畫羅衣裳照《英華》作朝莫同暮春㊄，蹙金孔雀銀麒麟㊅。頭上何所有㊆？翠微《英華》作爲匐音罨，烏合切。《英華》作匌，音洽葉垂鬢脣㊇。背一作身後何所見㊈？珠壓腰衱其輒切。一作襻。《英華》作枝穩稱去聲身㊉。此詩刺諸楊遊宴曲江之事。首叙遊女之佳麗也。三言丰神之麗，四言體貌之麗，五六言服色之麗，頭背四句，舉上下前後，而通身之華麗俱見。本寫秦、虢冶容，乃概言麗人以隱括之，此詩家含蓄得體處。

㊀《周禮》：女巫，掌歲時祓除釁浴。注：如今三月三日上巳往水上之類。《晉書·禮樂志》：魏以

後，但用三日，不復用巳。劉尊詩：三月三日咄泉水。趙曰：晉送諸人侍宴曲水，皆以三月三日爲題。唐開元中，都人遊賞於曲江，莫盛於中和、上巳節。王右軍《蘭亭曲水序》：天朗氣清，惠風和暢。

㈡曹植《洛神賦》：覩一麗人，於巖之畔。王績《三月三日賦》：聚三都之麗人。

㈢劉緩詩：日日態還新。庾信《答趙王啟》：飄飄意遠。王粲《神女賦》：何産氣之淑真。濃如紅桃裛露，遠如翠竹籠烟，淑如瑞日祥雲，真如澄川朗月，一句中寫出絶世丰神。

㈣《東京賦》：擘肌分理。《楚辭・招魂》：靡顔膩理。又《大招》：豐肉微骨。周甸注：肌膚腠理，細嫩而膩滑，骨肉匀，肥瘠相宜也。《神女賦》「穠不短，纖不長」，即骨肉匀也。

㈤古詩：被服羅衣裳。《南都賦》：暮春之氣，元巳之辰。

㈥盧肇《柘枝舞賦》：靴瑞錦以雲匝，袍蹙金而雁欹。趙曰：杜牧自謂其詩「蹙金結綉」，知「蹙金」乃唐人常語。周注：孔雀，奇禽，麒麟，瑞獸，衣上所繡物色。胡夏客曰：唐宣宗嘗語大臣曰：「玄宗時内府錦襖二，飾以金雀，一自御，一與貴妃。今則卿等家家有之矣。」此詩所云，蓋楊氏服擬於宫禁也。

㈦辛延年詩：頭上藍田玉。

㈧趙曰：翠微匎葉，言翡翠微布於匎綵之葉，若作翠爲匎葉，則以翠爲匎匝之葉也。杜曰：《廣韻》匎綵，婦人髻飾花也。　鬢脣，鬢邊也。

㊈《晉書·阮孚傳》：以著背後。

㊉趙曰：腰衱，即今之裙帶，綴珠其上，壓而下垂也。吴注：《爾雅》：衱謂之裾。郭璞云：衣後裾也。　穩稱身，不徒以其服美矣。劉緩詩：襛小稱腰身。　趙曰：此四句即曹植「頭上金雀釵，腰佩紫琅玕」之勢。　楊慎謂松江陸深見古本尚有二句：「足下何所著？紅蕖羅韈穿鐙銀。」今按：兩段各十句爲界限，添此反贅。錢云：考宋刻並無，必楊氏僞託耳。

**就中雲幕椒房親**㊀，**賜名大國虢與秦**㊁。**紫駝之峰**一作珍**出翠釜**㊂，**水精之盤行素鱗**㊃。**犀筯厭飫久未下**去聲㊄，**鸞刀縷切空**一作坐**紛綸**㊅。**黄門飛鞚不動塵**㊆，**御厨絡繹**《英華》作絲絡**送八珍**㊇。**簫管**一作鼓**哀吟感鬼神**㊈，**賓從**去聲**雜**一作合遝音沓**實要津**㊉。次誌秦、虢之華侈也。　駝峰二句，言味窮水陸。犀筯二句，言飲食暴殄。黄門二句，言寵賜優渥。簫管，言聲樂之盛。賓從，言趨附者多。　《杜臆》：態濃八句，極狀姿容服飾之盛，而後接以「就中雲幕」二句，「紫駝」四句，極言肴饌品物之美，而後接以「黄門飛鞚」二句，皆倒插法，唯杜善用之。

㊀庾信詩：就中言不醉。《西京雜記》：成帝設雲幄、雲帳、雲幕於甘泉紫殿，世謂三雲殿。周注：雲幕，謂鋪設幕帳如雲霧也。《三輔黄圖》：椒房殿，在未央宫，以椒和泥塗壁。班固《西都賦》：後宫則掖庭椒房，后妃之室。《漢官儀》曰：皇后稱椒房，取其蕃實之義也。《詩》云：椒聊之實，蕃衍盈升。又，以椒塗宫室，亦取其温暖，辟除惡氣。

㊁《舊唐書》：太真姊三人，皆有才貌，並封國夫人，大姊封韓國，三姨封虢國，八姨封秦國。《通鑑》：適

崔氏者爲韓國，適裴氏者爲虢國，適柳氏者爲秦國。鶴注：《明皇雜録》：上幸華清宫，貴妃姊妹競飾衣服，共會於國忠第，同入禁中，炳焕照燭，觀者如堵。度上巳修禊，亦必爾也。

㊂洙曰：《漢書》：大月氏，本西域國，出一封橐駝。注云：脊上有一封，高也，如封土然。今俗呼爲犎。《酉陽雜俎》：衣冠家名食，有將軍曲良翰作駝峰炙，味甚美。王績《遊北山賦》：拭丹爐而調石髓，裛翠釜而出金精。

㊃周注：《三輔黄圖》：董偃以水精爲盤貯冰，同色。《太平御覽》：《交州雜事》：太康四年，刺史陶璜表送林邑王所獻縹紺水精盤各一枚。王廙《笙賦》：舞靈蛟之素鱗。

㊄《酉陽雜俎》：明皇賜禄山有金平脱、犀頭匙筯。《楚辭》：時厭飫而不用兮。《晉書》：何曾日食萬錢，猶曰無下筯處。

㊅《詩》：執其鸞刀。傳云：鸞刀，刀環有鈴，割中節也。《西征賦》：饔人縷切，鸞刀若飛。嵇康詩：隨波紛綸客。

㊆《漢·百官表》注：禁中黄門，謂閹人居禁中，在黄門之内給事者。錢箋：《明皇雜録》：虢國夫人出入禁中，常乘紫驄，使小黄門爲御。紫驄之駿健，黄門之端秀，皆冠絶一時。此所謂「黄門飛鞚」也。鮑照詩：飛鞚越平陸。《通俗文》：制馬口曰鞚。

㊇《王莽傳》：絡繹道路。錢箋：《新書》：帝所得奇珍及貢獻，分賜之，使者相銜於道，五家如一。此所謂「御厨絡繹」也。《周禮·膳夫》：珍用八物。注：珍用淳熬、淳母、炮豚、炮牂、擣珍、漬熬、

肝、膂也。

㊈漢武帝《秋風詞》：簫鼓鳴兮發棹歌。曹植《七啟》：簫管齊鳴。又詩：過庭長哀吟。《詩序》：動天地，感鬼神，莫近於詩。

㊉魏文帝《與吴質書》：輿輪徐動，賓從無聲。《劉向傳》：雜遝衆賢。古詩：先據要路津。

**後來鞍馬何逡巡**㊀，**當軒**一作道**下**去聲**馬入**一作立**錦茵**㊁。**楊花雪落覆**敷救切**白蘋**㊂，**青鳥飛去銜紅巾**㊃。**炙手可熱勢**一作世**絶倫**㊄，**慎莫近**《英華》作向**前丞相**去聲**嗔**㊅。末乃指言國忠，形容其烜赫聲勢也。秦、虢前行，國忠殿後，鞍馬逡巡，見擁護填街，按轡徐行之象。當軒下馬，見意氣洋洋，旁若無人之狀。楊花青鳥，點暮春景物。見唯花鳥相親，遊人不敢仰視也，一時氣燄可畏如此。末句仍用倒插作收。朱注：國忠與虢國爲從兄妹，不避雄狐之刺，故有近前丞相嗔之語，蓋微詞也。

此章前二段各十句，後段六句收。

㊀曹植詩：遊馬後來。鮑照詩：賓御紛颯沓，鞍馬光照地。《莊子》：逡巡而却告之。

㊁王融詩：當軒卷羅縠。《古詩爲焦仲卿妻》：下馬入車中。錦茵，謂地鋪錦褥。丘遲詩：舒心謝錦茵。

㊂錢箋：樂府《楊白花歌》曰：楊花飄蕩落南家。又曰：願銜楊花入窠裏。此句亦寓諷於楊氏。《七命》：素膚雪落。《廣雅》：楊花入水化爲萍。《爾雅翼》：萍之大者曰蘋，五月有花，白色謂之白蘋。張華詩：白蘋開素葉。隋煬帝《江南曲》：絮飛晴雪暖風時。此即「楊花落雪」之意。

㊃趙曰：青鳥應如鸚鵡之類，豢養馴熟，飛銜紅巾，此借用西王母青鳥也。薛道衡詩：願作王母三青鳥，飛來飛去傳消息。《漢武故事》：七月七日，上於承華殿齋坐中，忽有青鳥從西方來集殿前，有頃，王母至，有二青鳥如烏，夾侍王母旁。梁元帝《咏柳》：枝邊通粉色，葉裏映紅巾。趙注：紅巾，蓋婦人之飾。黄注：巾，蓋樹間所掛之綵。

㊄崔灝詩：莫言炙手手可熱。《兩京新記》：安樂公主，上之季妹也，附會韋氏，熱可炙手，道路懼焉。趙曰：炙手可熱，言勢焰薰灼。錢箋：《唐語林》：會昌中，語曰「鄭楊段薛，炙手可熱」，蓋唐時長安語如此。桓驎詩：超等絶倫。

㊅晉樂府詞：當年近前面發紅。《通鑑》：天寶十一載十一月，以楊國忠爲右相，兼文部尚書。《玉臺新詠》引漢桓帝時童謡曰：撫梁之下有懸鼓，我欲擊之丞相怒。瞋怒之瞋，從目，音稱人切。《陳餘傳》嗔目張膽。嗔字從口，音田，盛氣貌。《詩》：振旅嗔嗔。二字音義本異，杜却通用。錢箋：樂史《外傳》：十一載，李林甫死，以國忠爲右相。十二載，加國忠司空。扈從之時，每家爲一隊，隊著一色衣。五家合隊相映，如百花煥發。遺鈿墜舄，珠翠燦於路岐可掬。曾有人俯身一窺其車，香氣數日不絶。駝馬千餘頭匹，以劍南旌節器仗前驅。及秦國先死，獨虢國、韓國、國忠轉盛。虢國又與國忠亂，每入朝謁，國忠與韓、虢聯轡，揮鞭驟馬，以爲諧謔。此詩語極鋪揚，而意含諷刺，故富麗中特有清剛之氣。

周敬曰：鋪叙得體，氣脈條暢，的從古樂府摹出，另成少陵樂府。

盧元昌曰：中云「賜名大國虢與秦」，後云「慎莫近前丞相嗔」，玩此二語，則當時上下驕淫，瀆倫亂禮，已顯然言下矣。

陸時雍曰：詩，言窮則盡，意褻則醜，韻軟則庳。杜少陵《麗人行》，李太白《楊叛兒》，一以雅道行之，故君子言有則也。又曰：色古而厚，點染處不免墨氣太重。

《隨筆》云：《詩》三百篇中，其譽婦人者至多，如叙宗姻之貴者，若「齊侯之子，平王之孫」，「汾王之甥，蹶父之子」，「齊侯之子，衛侯之妻，東宫之妹，邢侯之姨，譚公維私」。誇服色之盛者，若「副笄六珈」，「如山如河」，「玉之瑱也，象之揥也」。贊容色之美者，若「唐棣之華」，「華如桃李」，「鬒髮如雲」，「手如柔荑，膚如凝脂，領如蝤蠐，齒如瓠犀，螓首蛾眉，巧笑倩兮，美目盼兮」，「顔如舜華」，「洵美且都」。語嫁聘之侈者，若「百兩彭彭，八鸞鏘鏘，不顯其光，諸娣從之，祁祁如雲，爛其盈門」。其詞可謂盡善矣。魏晉六朝，流連光景，不可勝述。唐人播之歌詩，固亦極摯，若「態濃意遠淑且真，肌理細膩骨肉匀。繡羅衣裳照暮春，蹙金孔雀銀麒麟。翠微㔩葉垂鬢脣，珠壓腰衱穩稱身」，「深宫高樓入紫清，金作蛟龍盤繡楹」，「佳人當窗弄白日，絃將手語調鳴箏」，「回眸一笑百媚生，六宫粉黛無顔色」，「後宫佳麗三千人，三千寵愛在一身。金屋妝成嬌侍夜，玉樓宴罷醉和春」，「樓上樓前盡珠翠，眩轉熒煌照天地」，此皆李、杜、元、白之麗句也。予獨愛朱餘慶《閨意》一絶：「洞房昨夜停紅燭，待曉堂前拜舅姑。妝罷低聲問夫壻，畫眉深淺入時無。」細味此章，元不談量女之容貌，而其華艷韶好，體態温柔，風流藴藉，非第一人不足當也。歐陽公所謂「狀難寫之景，如在目前，含不盡之意，見於言外，然後爲工」，斯之謂也。張籍酬其篇云：「越女新妝出鏡心，自知明艷更沉吟。齊紈未是人間貴，一曲菱歌直萬金。」其愛之重之可見矣，然比之餘慶殊爲不及。

## 虢國夫人

詩云：承恩入朝，乃虢國得寵時作。依類編入，當附《麗人行》之後，但未定何年耳。朱注：此詩見草堂逸詩。據《張祜集》，作《集靈臺》二首。又，《萬首唐人絶句》作張祜。《三體詩》、《唐詩品彙》亦作張祜。集靈臺與紫微殿相近。今按：祜乃中唐人，去天寶已久，若作追憶虢國之詞，亦當微帶亂後事，詩意全不及之，還是譏諷現在，應屬少陵作也。《唐·后妃傳》：楊貴妃三姊：長韓國，三虢國，八秦國，並承恩入宫掖。《通鑑》：至德二載，貴妃縊死於佛堂，虢國夫人及其子裴徽，走至陳倉，縣令薛景仙帥吏士追捕，誅之。

**虢國夫人承主恩**㊀，**平明上**上聲**馬入金門**㊁。**却嫌脂粉涴**烏卧切**顔色**㊂，**淡掃蛾眉朝**音潮**至尊**㊃。

乍讀此詩，語似稱揚，及細玩其旨，却諷刺微婉。曰虢國，濫封號也。曰承恩，寵女謁也。曰平明上馬，不避人目也。曰淡掃蛾眉，妖姿取媚也。曰入門朝尊，出入無度也。當時濁亂宫闈如此，已兆陳倉之禍矣。一旦紅顔委地，白骨誰憐，徒足貽臭千古焉耳。

㈠王褒《講德論》：主恩滿溢。

㈡《史記·張良傳》：平明與我會此。《搜神記》：上馬赴前程。《前漢書》：歷金門，上玉堂。

㈢《後漢·陳蕃傳》：脂油粉黛。《廣韻》：涴，泥着物也。《楚國策》：顔色變作。
㈣《楊妃外傳》：妃有姊三人，皆豐碩脩整，工於謔浪，每入宫中，移晷方出。虢國不施妝粉，自衒美艷，常素面朝天。掃，畫眉也。《詩》：螓首蛾眉。蛾之眉曲而細，美人之眉似之。《過秦論》：履至尊而制六合。

## 九日曲江

當是天寶十二載作。蓋十三年九日有寄岑參詩，十四年九日有楊奉先詩，此詩蓋在前也。時公年四十有二，故云百年已半。

**綴席茱萸好**㈠，**浮舟菡**户敢切**萏**徒感切**衰**所追切㈡。**百年秋已半**一作季秋時欲半㈢，**九日意兼悲**。**江水清源曲**㈣，**荆門此路疑**㈤。**晚來**一作年，非**高興**去聲**盡**㈥，**摇蕩菊花期**㈦。《杜臆》：此章即老去悲秋之意。上四，拈九日，所感在身老，故有兼悲之歎。下四，拈曲江，所傷在落魄，故有摇蕩之嗟。通首將一景一情，兩截重叙，虚實相間格，杜集頻用之。此詩乍看似乎直致，須抑揚説來，方見曲折生動，言茱萸雖好，而菡萏已衰，不覺悲秋悲老，兼集意中也。且江上此遊，彷彿荆門勝會，而摇蕩花期者，猶是去秋故吾，浮沉身世，又可悲已。

㈠《荆楚歲時記》：茱萸，一名藙，九月九日熟，味辛色赤，拆其房插頭，可辟惡氣。曹植詩：茱萸自有芳。

㈡《爾雅》：荷，芙蕖，其華菡萏。洙曰：蓮，莖爲茄，葉爲荷，花爲菡萏，蓮根爲藕。劉楨詩：菡萏溢金塘。

㈢張正見詩：百齡倏忽半。

㈣屈原《遠遊》：軼迅風於清源兮。

㈤《九域志》：江陵府龍山上有孟嘉落帽臺，其地在荆門東。宋之問詩：邪溪此路通。

㈥李百藥詩：晚來風景麗。殷仲文詩：獨有清秋日，能使高興盡。

㈦《上林賦》：與波摇蕩。《荆楚歲時記》：九日爲菊花會，故云菊花期。《續齊諧記》：費長房謂桓景曰：「九月九日汝家有厄，急去，令家人各作絳囊，盛茱萸以繫臂，登高飲菊花酒，則此禍可除。」

# 杜詩詳注卷之三

## 奉陪鄭駙馬韋曲二首

《杜臆》：韋曲，在京城三十里，貴家園亭、侯王别墅，多在於此，乃行樂之勝地。然此遊必在天寶之季，禄山未亂之先，故花蕃盛如此，編者誤置在乾元初耳。錢箋：《雍録》：吕圖，韋曲在明德門外，韋后家在此，蓋皇子陂之西也。杜曲，在啟夏門外，西向即少陵原，所謂「城南韋杜，去天尺五」者。《通志》：韋曲在樊川，唐韋安石之别業。

**韋曲花無賴**㈠，**家家惱殺人**。**緑**與醁同**樽須**一作雖**盡日**㈡，**白髮好禁**平聲，一作傷**春**㈢。**石角鉤衣破**㈣，**藤梢**一作枝**刺**七亦切**眼新**。**何時占叢竹**㈤，**頭戴小烏巾**㈥。首章，對韋曲春景而動歸隱之懷。上四，惜花之情反言以誌勝。下四，尋幽之意託言以寄慨。時蓋獻賦不遇，有感而發歎。

趙汸注：起用俗語，豪縱跌宕。《杜臆》：此詩全是反言以形容其佳勝。曰無賴，正見其有趣；曰惱殺人，正見其愛殺人；曰好禁春，正是無奈春何；曰鉤衣刺眼，本可憎而轉覺可喜。説得抑揚頓挫，極生動之致。

㊀《漢・高帝紀》：始大人常以臣亡賴。注：江淮之間，謂小兒多詐狡獪爲亡賴。

㊁沈約詩：憂來命緑樽。　揚雄《河東賦》：盡日盛酒。

㊂趙注謂白髮禁春，老不流蕩也。然禁春須用樽酒，意中實不能禁矣。朱注云：禁，是禁當之禁。

㊃《仇池記》：石角外向。

㊄占，據也。　齊顧則心詩：蕭蕭叢竹映。

㊅《南史》：劉巖隱逸不仕，常著緇衣小烏巾。

陸時雍曰：起處數語，意經幾折，花本可愛，而反若惱人者，以少年之意氣猶存，而老去之愁懷莫展，不覺對酒傷情耳。　按此詩所云，若以二語括之，即「劍南春色渾無賴，觸忤愁人到酒邊」。再以一語該之，即是「勝絶警身老」。大旨只在「白髮禁春」四字。

## 其二

**野寺垂楊裏**㊀，**春畦亂水間**㊁。**美花多映竹**，**好鳥不歸山**㊂。**城郭終何事**，**風塵豈駐顔**㊃。**誰能與公子**，**薄暮欲俱還**㊄。　次章，記韋曲諸勝，有超然世外之意。上四寫景，羨村居幽事。下四叙情，慨城市塵緣。　公久住長安而未得一官，故曰：「城郭終何事，風塵豈駐顔。」趙氏以爲拾遺時所作，誤矣。　公子，指駙馬輩。　俱還，反照陪遊。

㊀《三輔黄圖》：長楊宫中有垂楊數畝。

㈡鮑照詩：春畦及耘藝。又詩：懸裝亂水區。

㈢謝朓詩：好鳥葉間鳴。曹植詩：朝雲不歸山。《杜臆》：「好鳥不歸山」，言鳥猶知戀，引起下截意。

㈣陸機詩：京洛多風塵。《神仙傳》：淮南王初見八公曰：「先生年老，似無駐顔之術。」

㈤《淮南子》：薄暮而求之。注：薄，迫也。

王嗣奭曰：大抵高人貴介，所好不無濃淡喧寂之殊，如陶學士以取雪烹茶爲清事，而党太尉以銷金帳下淺斟低唱爲樂事，然不知其爲伐性之斧斤也。「風塵豈駐顔」，所以箴之者至矣。

## 重過俱平聲何氏五首

鶴曰：前云「千章夏木清」，初遊在夏，此云「春風啜茗時」，重遊在春矣。前屬天寶十二載，則此當是天寶十三載。詩又云「何日沾微禄」，乃是未授官時也，若十四載，則已授河西尉，又改率府胄曹矣。

**問訊東橋竹**㈠，**將軍有報書**㈡。**倒衣還命駕**㈢，**高枕乃吾廬**㈣。**花妥**吴氏音墮**鶯捎**所交切**蝶**㈤，**溪喧獺趁魚**㈥。**重**平聲**來休沐地**㈦，**真作野人居**㈧。此章爲重過而作，又是總起。上四，重過之由。下四，重過之景。洪仲注：去夏之笋，隔年成竹，故云問竹。倒衣命駕，望公朝至。高枕吾廬，要公夜宿。《杜臆》將二句作報書中語，是也。舊云公視何園爲吾廬，幾於冒認己有矣。花妥溪喧，林中見聞，二句倒裝，本言鶯捎蝶而花墮，獺趁魚而溪喧耳。黄生曰：野人居，承休沐地，皆就將軍言。與長孫正隱詩「歌鍾雖戚里，林藪是山家」同意。舊以野人居屬公自言者，非。按：後章有「耽野趣」之句，知黄説不易矣。曰還、曰重，俱點重遊。

㊀《古詩爲焦仲卿妻》：幸可廣問訊。顧注：東橋，即第五橋。問訊云竹，此暗翻「看竹何須問主人」事。

㊁陳琳樂府：報書往邊地。

㊂《詩》：東方未明，顛倒衣裳。司馬相如《美人賦》：命駕而東。《晉書》：吕安與嵇康友，每一相思，千里命駕。

㊃《國策》：未得高枕而卧也。陶潛詩：吾亦愛吾廬。

㊄黄希曰：《曲禮正義》云：妥，下也。蘇氏云：關中人謂落爲妥。三山老人曰：花妥，即花墮也。捎，取也，掠也。

㊅《月令》：獺祭魚。

㊆《漢書・張安世傳》：休沐未嘗出。漢制：内臣，五日一出休沐。注：言休息沐浴也。

㊇庾信《小園賦》：名爲野人之家。

盧元昌曰：天寶間，五家競開第舍，一堂之費，動踰千萬。至且撤韋氏宅爲虢國居，又於親仁坊起禄山第，莫不窮極壯麗。公於將軍，特表曰野人居，取其儉樸以風世也。

其二

**山雨樽仍在**㈠**，沙沉榻未移。犬迎曾**音層**宿客**，顧陶本作犬憎閑宿客。**鴉護落巢兒。雲薄翠微寺**㈡**，天清**《雍録》作寒**皇**舊作黄，趙定作皇**子陂**㈢**。向來幽興**去聲**極，步屧**一作屣，一作屐**向東籬**舊作到，邵作過**東籬**㈣。次章，備寫重來景事。樽榻依然，言主人能置酒而留賓。犬迎客，去從吴本，舊作到，邵作過東籬。鴉護兒，今春乳子也，四句皆重遊意。寺前雲薄，陂上天清，方喜雨後初晴，故幽興勃然，遂向東籬而覽勝。末句起下平臺之遊。雨中對酒，故言樽在。塵封榻上，故云沙沉。落巢，謂新雛生落巢中。或云鴉兒落地，或云新巢落成，俱非。此章幽興，與前遊首章相應。

㈠王融詩：潺湲石溜瀉，綿蠻山雨聞。

㈡尹式詩：雲薄鱗逾細。朱注：《唐書》：長安縣南五十里太和谷有太和宫，武德八年置，貞觀十年廢，二十一年復置，曰翠微宫，籠山爲苑，元和中以爲寺。《長安志》：翠微宫，在萬年縣外終南山之上。公詩已云翠微寺，恐非元和間所改也。

㈢晉曹毗詩：天清月暉澄。《水經注》：潏水，上承皇子陂於樊川，其地即杜之樊鄉也。《十道志》：秦葬皇子，起冢陂北原上，故名皇子陂，隋改承安，唐復舊。《杜臆》：《名勝志》：杜曲在西安府之東，子美舊居。韋曲在城南，韋曲之東，有鄭莊，即鄭虔所居，西有塔坡，何將軍之山林也。皇子陂，在韋曲之西。以皇對翠，乃借對法，岑參《早朝》詩「紫陌」「皇州」作對，亦此法也。

㈣《宋書》：袁粲爲丹陽尹，嘗步屧白楊郊野間。《説文》：屧，履中薦也。陶潛詩：采菊東籬下。

此章後四句，顧宸謂翠寺、皇陂，公幽興所注，故過東籬而往遊於此。其説非也。若果遊其地，不應輕點陂寺，況翠寺在南，皇陂在西，又不當向東籬而迂道。周篆謂翠寺、皇陂，前遊之幽興已極，故過東籬而別尋佳勝。此説亦非。若果屬前遊，何不於前十章叙入，且昆池、柳渚，俱經旁記，何獨遺此勝地耶。原來翠寺、皇陂，只言遥望之景，詩意主在雲薄天清，晴光可愛，以逗起末句耳。按顧注：此章云「向來幽興極」，是追憶從前，下章云「自今幽興熟」，是預期後日，兩章緊相照應。《杜臆》疑「幽」「興」疊見，欲改作「遊興極」，反失作者之旨。

其三

**落日平臺上**㈠**，春風啜茗時**㈡。**石欄斜點**一作照，非**筆，桐葉坐題詩**㈢。**翡翠鳴衣桁**下浪切㈣，**蜻蜓立釣絲**㈤。**自今幽興**去聲**熟**㈥，一云自逢今日興。**來往亦無期**㈦。三章，叙平臺之遊。平臺記地，春風記時。點筆題詩，平臺之趣寫得蕭散。翡翠蜻蜓，春時之景寫得工細。六句皆今日幽興。來往無期，欲常覽此勝也。曰極，曰熟，又點重遊。

㈠張率詩：平臺寒月色，池水愴風威。

㈡趙汸疑後遊在夏，因改「春風」作「薰風」，今依鶴注，直是春遊。

㈢趙云：置硯於石欄，而題詩於桐葉。《杜臆》：硯在石欄而身坐臺上，故須斜點筆。點筆，以筆濡墨也。

㊃《説文》：翡，赤羽雀。翠，青羽雀。張正見詩：竹竿嗚翡翠。《韻會》：桁，竹竿也。顧云：曬衣之桁。古樂府：還視桁上無懸衣。

㊄《楚國策》：蜻蜓六足、四翼，飛翔乎天地之間。《詩》：其釣維何，維絲伊緡。

㊅陳子昂詩：山深興轉幽。

㊆陶潛詩：披草共來往。

始而雨，既而晴，漸至日落，盡一日之興矣，故下章不復言遊，而惟稱美將軍。布置次第俱秩然有條。

## 其四

**頗怪朝**平聲**參懶**㊀，**應**平聲**耽野趣長**㊁。**雨抛金鎖甲**㊂，**苔卧緑沉槍**㊃。**手自移蒲柳**㊄，**家纔足稻粱**。**看**平聲**君用幽意，白日到羲皇**㊅。四章，美將軍逸興。將軍懶於朝參者，因躭野趣之長也。抛甲卧槍，見朝參之懶。移柳足粱，見野趣之長。末引淵明事，以方其高致。抛甲於雨，卧槍於苔，即前遊「不好武」意。《杜臆》：自移，見不耽驕貴。纔足，見甘於淡泊。白日羲皇，言可神遊千古，不須高卧也，乃翻用陶語。此章幽意，與前遊末章相應。

㊀王右軍帖：吾怪足下朝參少晚。

㊁謝惠連詩：蕭疏野趣生。

㊂薛蒼舒曰：車頻《秦書》：苻堅使熊邈造金銀細鎧，金爲綫以縲之。今謂甲之精細者爲鎖子甲，言

相銜之密也。《唐六典》：甲之制十有三，今明光、光要、細鱗、山文、烏鎚、鎖子，皆鐵甲也。崔顥詩：錯落金鎖甲。

㊃《武庫賦》：緑沉之槍。《西溪叢話》：緑沉，以調緑漆之，其色深沉，如漆調雌黄之類。楊慎《丹鉛録》：《鄴中記》：石虎造象牙桃枝扇，或緑沉色，或紫紺色。王羲之《筆經》云：有人以緑沉漆管見遺。虞世南詩：緑沉明月絃。劉劭《趙都賦》：弩有黄間緑沉。梁簡文詩：吴戈夏服箭，驥馬緑沉弓。楊巨源詩：吟詩白羽扇，校獵緑沉槍。皆謂以緑沉色爲漆，飾鎗柄耳。朱注：吴曾《漫録》：古樂府「緑沉明月絃」，此弓亦號緑沉也。《宋元嘉起居注》：廣州刺史韋朗作緑沉屏風。《六典》：鼓吹工人之服，亦有緑沉。此以緑沉飾器服也。《南史》：任彦升卒，武帝方食西苑緑沉瓜。皮日休《新竹》詩：一架三百本，緑沉森冥冥。皆言其色也。

㊄《爾雅疏》：楊，一名蒲柳，生澤中，可爲箭笴。

㊅《陶潛傳》：夏日虚閒，高卧北窗之下，清風颯至，自謂羲皇上人。

## 其五

**到此應**平聲**常**邵作常，舊作嘗**宿，相留可判年**㊀。**蹉跎暮容色**一作鬢㊁，**悵望好林泉**㊂。**何日霑微禄**㊃，**歸山買薄田**㊄。**斯遊恐不遂，把酒意茫然**㊅。此首叙臨别之意，又是總結。上四深羡林泉之勝，下則欲謀歸老於此地也。考是年公方四十，而云「暮容色」者，蹉跎不遇，因有慨於暮景耳。盧注：時雖參列選序，而尚未定官，故嘆微禄難霑。

㊀舊注：《禮記注》云：判，半也。朱注：古音多四聲互用，唐人猶知此法，如「判」字本去聲，亦讀平聲。《吴越春秋》「一士判死兮而當百夫」，王筠《行路難》「含情蓄怨判不死」，是也。音義與「拚」同。杜詩「拚」字多作「判」。此詩「可判年」，猶云可拚却一年耳。又孫勔《唐韻》，拚字收入二十三阮；《玉篇》，拚一音伴。則拚字正可從仄聲叶，非半年之解。

㊁《世説》：周處曰：「年已蹉跎，終無所成。」《顔氏家訓》：憔悴容色。

㊂謝朓詩：悵望一途阻。《北史》：韋夐淡於榮利，所居之宅，枕帶林泉，時對琴書，蕭然自遠。

㊃《後漢·獨行傳》：趙苞謂母曰：「爲子無狀，欲以微禄奉養。」

㊄《世説》：深公答支遁曰：「未聞巢由買山而隱。」《隋書》：王通教授河汾間，曰：「通有先人之敝廬，足以蔽風雨，薄田足以具饘粥。」

㊅初云樽在，末云把酒，見始終好客。周弘讓詩：把酒念浮生。

# 陪諸貴公子丈八溝攜妓納涼晚際遇雨二首

此詩年月難考，大抵在天寶間未亂時作。鶴注：丈八溝，天寶元年，韋堅所通漕渠。《舊史》：大曆元年九月，京兆尹奏開漕渠入苑，闊八尺，深一丈。渠成，上御安福門以觀之。豈素有是渠，其後又開歟。《通志》：下杜城西，有第五橋、丈八溝。

落日放船好，輕風生浪遲㊀。竹深留客處，荷浄納涼時㊁。公子調冰水㊂，佳人雪藕絲㊃。片雲頭上黑㊄，應平聲是雨催詩㊅。此章爲同遊記勝也。首聯泛舟入溝，次聯納涼之景，三聯公子攜妓，結聯晚際遇雨。輕遲深浄四字，詩眼甚工。胡夏客曰：公子作詩，催之亦未必速就，「應是雨催詩」，調笑中却有含蓄。

㊀何承天《鼓吹曲》：輕風起紅塵。

㊁梁簡文帝詩：荷浄月應來。徐陵詩：納涼高樹下。

㊂應瑒詩：公子愛賓客。庾信詩：開冰帶井水。

㊃曹植詩：南國有佳人。《家語》：黍以雪桃。注：雪，拭也。朱超道詩：摘除蓮上葉，拖出藕中絲。

㊄梁簡文帝詩：可憐片雲生，暫重還復輕。

㊅趙曰：東坡詩「颯颯催詩白雨來」，句本於杜。

## 其二

雨來霑席上㊀，風急一作惡打船頭㊁。越女紅裙濕㊂，燕平聲姬翠黛愁㊃。纜侵堤柳繫㊄，幔卷一作宛浪花浮㊅。歸路翻蕭颯㊆，陂塘五月秋㊇。承上章，傷風雨驟至也。雨來風急，領起全意。三四就席上言，五六就船頭言。陂塘蕭颯，五月成秋，以見樂不可極，萬事皆然。《杜臆》：妓兼南北，見諸公子各尚豪華。趙汸注：北人不慣乘舟，故遇風雨而愁。

㈠朱超詩：浮梁帶雨來。《記》：儒有席上之珍。

㈡沈君攸詩：風急細流翻。《風俗通》：船頭謂之舳，尾謂之艫。庾信詩：五兩開船頭。

㈢《吴越春秋》：右抱越女。陳後主詩：轉態結紅裙。

㈣武陵王紀詩：燕姬奏妙舞。《後漢書》：明帝宫人，拂青黛蛾眉。庾信詩：眉心濃黛直點。

㈤纜以維舟，幔以蔽日。侵，迫近也。庾信詩：幰拂緣堤柳。

㈥梁元帝詩：朝浮兮浪華。柳䛒詩：浹疊浪花生。

㈦陶潛詩：行行循歸路。《楚辭》：風颯颯兮木蕭蕭。陳後主詩：寒氣尚蕭颯。

㈧應璩《與從弟書》：逍遥陂塘之上。《記》：仲夏行秋令，是即五月秋也。黄生注：結應納涼意，五字亦警。

王嗣奭曰：二首相爲首尾，以雲雨爲過脈，而歸路蕭颯，與放船好相照，故下「翻」字。杜公賦詩，有二首、三首，以至數首，其氣脈大都聯絡照應。偶發於此。

## 醉時歌 原注：贈廣文館博士鄭虔。

《舊唐書》：天寶九載，國子監置廣文館。《唐語林》：天寶中，國學增置廣文館，以領詞藻之士。

鄭虔久被貶謫，是歲始還京師參選，除廣文館博士。　鶴注：《舊書》：天寶十二載秋，令出太倉米。詩言「日糴太倉五升米」，正其時也，當是十三載春作。　《杜臆》：此詩多自道苦情，故以醉歌命題。

**諸公衮衮登臺**一作華**省**㊀，**廣文先生官獨冷**㊁。**甲第紛紛厭粱肉**㊂，**廣文先生飯不足**㊃。**先生有道出羲皇，先生有才**一作文**過**平聲**屈**九勿切**宋**㊄。**德尊一代常坎軻**一作壈㊅，**名垂萬古知何用**㊆。　首歎鄭公抱負不遇。

㊀《前漢·韓安國傳》：諸公莫不稱。　《晉書》：王濟云：「張華説漢史，衮衮可聽。」　師氏曰：唐制，御史臺其屬有三院：一曰臺院，二曰殿院，三曰察院，掌糾正百官之罪惡。　省有三：一曰中書省，二曰尚書省，三曰門下省。　臺省，清要之職。　謝混詩：總轡出臺省。

㊁《舊書》：天寶九載七月，國子監置廣文館。《新書·鄭虔傳》：明皇愛虔才，欲置左右，以不事事，更置廣文館，以虔爲博士。　在官貧約，甚淡如也。　王彦輔曰：《北齊書》：王晞曰：「非不愛作熱官，但處之爛熟耳。」黄希曰：世以宗正卿爲冷卿，是亦冷官之意。

㊂漢高祖詔：列侯居邑，皆賜大第室。　注：有甲乙次第，故曰第。　張衡《西京賦》：北闕甲第，當道直啟。　《孟嘗君傳》：今君僕妾餘粱肉，而士不厭糟糠。

㊃後漢鄭太有田四百頃，而食常不足。

㊄《文心雕龍》：屈宋逸步，莫之能追。

㈥桓玄書：一代大事。《楚辭·七諫》：年既過半百兮，愁轗軻而留滯。王逸云：坎軻，不遇也。古詩：坎軻長苦辛。張綖注：轗軻，車失利貌。坎，一作轗，車不平也。軻，車折軸也。

㈦《史記·伍子胥贊》：名垂後世。李密詩：萬古傳名謚。

**杜陵野客人更**一作見**嗤**㈠，**被**去聲**褐短窄**一作穴**鬢如絲**㈡。**日糴太倉五升米**㈢，**時赴鄭老同襟**《英華》同，一作衾**期**㈣。**得錢即相覓，沽酒不復**扶又切**疑**㈤。**忘形到爾汝**㈥，**痛飲真**一作直**吾師**㈦。此叙同飲情事。時赴，公過鄭也。相覓，公要鄭也。痛飲吾師，正見襟懷相契。

㈠《漢書》：元康元年，以杜東原上爲初陵，更名杜縣爲杜陵。

㈡《老子》：被褐懷玉。盧照鄰詩：安知倦遊客，兩鬢漸如絲。

㈢《舊唐書》：天寶十二載八月，京城霖雨，米貴，出太倉米十萬石，減價糶與貧人。《顏氏家訓》：齊吏部侍郎房文烈，霖雨絶糧，遣婢糴米。

㈣北齊高澄書：繾綣襟期，綢繆素分。

㈤《滑稽傳》：王先生懷錢沽酒。《括異志》：道士張酒酒，得錢即沽酒。陶詩：逝將不復疑。

㈥郭象《莊子序》：有忘形自得之懷。《文士傳》：禰衡有逸才，與孔融爲爾汝交，時衡年二十，融年已四十。

㈦《世説》：王孝伯云：「但常得無事，痛飲讀《離騷》，可稱名士。」《齊書》：李元忠曰：「阮步兵吾師也，孔少府豈欺我哉！」

清夜沉沉動春酌㊀，燈一作簷前細雨簷一作燈花落㊁。但覺高歌有一作感鬼神㊂，焉於虔切知餓死填溝壑㊃。相如逸才親滌器㊄，子雲識字終投閣㊅。此痛飲以盡歡，承上杜陵一段。　春夜燈前，飲之候。高歌動神，飲之興。相如子雲，借古人以解慰也。

㊀曹植詩：清夜遊西園。　何遜詩：沉沉夜看流。　應璩書：酌彼春酒。

㊁燈前，承夜；簷花，承春。　庾信《燭賦》：燈前桁衣疑不亮。　梁簡文詩：細雨階前入。　江淹詩「共取落簷花」，劉邈詩「簷花初照月」，公詩「白花簷外朵」，皆實指簷前之花。《杜臆》云：簷水落，而燈光映之，如落銀花。　此另一説。

㊂石崇《思歸引》：高歌凌雲兮樂餘年。　《列子》：動天地，感鬼神。　師氏曰：言歌聲幽怨也。

㊃《前漢・朱買臣傳》：妻恚怒曰：「如公等，終餓死溝中耳。」左思詩：當其未遇時，憂在填溝壑。

㊄《漢書》：司馬相如令文君當壚，身着犢鼻褌，滌器於市中。　《魏志》：曹丕八歲能屬文，有逸才。

㊅《揚雄傳》：雄校書天禄閣上，治獄使者來收雄。　雄從閣上自投下，幾死。　莽問其故，乃劉棻嘗從雄學作奇字，雄不知情，詔勿問。　京師爲之語曰：「惟寂寞，自投閣。」

先生早賦歸去來㊀，石田茅屋荒蒼苔㊁。儒術於我何有哉㊂，孔丘當作尼父盜跖俱塵埃㊃。不須聞此意慘愴㊄，生前相遇且銜杯㊅。此痛飲以遣意，應上廣文一段。　鄭欲歸去，以轗軻之故。　孔跖塵埃，見名垂無用。　相遇銜杯，欲其及時行樂也。　此章，前二段各八句，後二段各六句，劃然四段，賓主配講到底，格律整齊。

㈠《陶潛傳》：爲彭澤宰，解印綬去職，賦《歸去來辭》。

㈡《史記》：子胥曰：「譬猶石田，無所用之。」　《韓非子》：不食於茅屋之下。　《淮南子》：窮谷之污，生以蒼苔。

㈢《漢書·蕭望之傳》：宣帝不甚從儒術。　《莊子》：帝力於我何有哉。

㈣孔、跖對舉，見《莊子》。　俞文豹曰：孔子，萬世之師，敢名呼而儕之盜跖，有傷名教。　李白、韓愈詩，皆直書聖諱，均失言也。《左傳》：哀公誄孔子，稱曰尼父。　庾信《傷心賦》：一朝風燭，萬古塵埃。

㈤聞此指上塵埃句。　陸機詩：慘愴恒鮮歡。

㈥《晉書》：張翰曰：「使我有身後名，不如生前一杯酒。」　《劉伶傳》：銜杯漱醪。　此詩次聯失粘。

王嗣奭曰：此篇總屬不平之鳴，無可奈何之詞，非真謂垂名無用，非真謂儒術可廢，亦非真欲孔、跖齊觀，又非真欲同尋醉鄉也。公詠懷詩云「沉醉聊自遣，放歌破愁絶」，即可移作此詩之解。

盧世㴶曰：《醉時歌》純是天縱，不知其然而然，允矣高歌有鬼神也。　按聖人至誠無息，與天合德，其浩然之正氣，必不隨死俱泯，豈可云聖狂同盡乎？　詩云「孔跖俱塵埃」，此襲蒙莊之放言，以洩醉後之牢騷耳，其詞未可以爲訓也。　歐陽公作《顏跖》詩，説生前死後，胸懷品格，懸隔霄壤，方是有功名教之文。

# 城西陂泛舟

此與後章，當是同時先後之作。

**青蛾**一作娥，非皓**齒在樓船**㈠，**横笛短簫悲遠天**㈡。**春風自信牙檣動**㈢，**遲日徐看**平聲**錦纜牽**㈣。**魚吹細浪摇歌扇**㈤，**燕蹴飛花落舞筵**㈥。**不有小舟能蕩槳**㈦，**百壺那送酒如泉**㈧。

此泛陂而誌聲妓之盛也。三四承樓船，五六承青蛾，歌舞奏而酒興酣，故須百壺迭進，下四自相聯絡。　朱瀚曰：樓船鼓吹，響傳空際，故曰悲遠天。　牙檣錦纜，舟極華矣，春風遲日，又若助以韶光。歌扇舞筵，宴胥樂矣，吹浪蹴花，又倍增其景色。　中二聯寫得工麗絶倫。　張性《演義》：動曰自信，牽曰徐看，見中流容與之象。

㈠宋南平王《白紵曲》：佳人舞袖曜青蛾。　宋玉《笛賦》：擒朱唇，耀皓齒。　《秋風辭》：泛樓船兮濟汾河。

㈡江總詩：横笛短簫吹復咽。　《朱鷺曲》：度曲清且悲。　宋樂府《戰城南》：東鄰歌管入青天。　謝朓詩：巉巖帶遠天。

㈢信，任也，任其自動也，如「冥搜信客旌」，「鞍馬信清秋」，皆如是解。　《哀江南賦》：鐵軸牙檣。

檣，帆柱也。

㊃《詩》：春日遲遲。　庾信詩：錦纜迴砂磧。　又，張正見詩：金堤分錦纜。　顏廷榘《意箋》：象牙作帆檣，此樂府之侈詞，錦綵爲舟纜，此甘寧之侈事，皆屬借形語。

㊄瓠巴鼓琴，而鳥舞魚躍，出於《列子》。　魚吹、燕蹴，暗用其意。　唐太宗詩：船移分細浪。　陰鏗詩：鶯呼歌扇後，花落舞衫前。　歌扇，歌者以扇障面也。　摇，指水中扇影。

㊅梁簡文帝《箏賦》：玩飛花之度窗。　陳後主詩：上舞復依筵。

㊆樓船容與，故須小舟送酒。　晉歌詞：一船使兩槳。

㊇《詩》：清酒百壺。　《前漢·地理志》有酒泉郡。　注：俗傳城内有金泉之味如酒。　裴秀詩：有肉如丘，有酒如泉。

張性曰：中間摹情寫景，豔而不淫，所謂麗以則者也。

顧宸曰：天寶間，景物盛麗，士女遊觀，極盡飲燕歌舞之樂。　此咏泛舟實事，不是譏刺明皇，亦非空爲艷曲。

盛唐七律，尚有寬而未嚴處。　此詩「横笛短簫悲遠天」，次聯宜用仄承，下云「春風自信牙檣動」，仍用平接矣。　如太白《登鳳凰臺》詩，上四句亦平仄未諧，此才人之不縛於律者。　在中晚則聲調謹嚴，無此疏放處，但氣體稍平，却不能如此雄壯典麗耳。

# 渼陂行

鶴注：此天寶十三載，未授官時作。渼陂，因水味美，故配水以爲名。朱注：《長安志》：渼陂，在鄠縣西五里，出終南山諸谷，合胡公泉爲陂。《説文》：渼陂，在京兆鄠縣，其周一十四里，北流入滎水。《杜臆》：胡松《遊記》云渼陂上爲紫閣峰，峰下陂水澄湛，環抱山麓，方廣可數里，中有芙蕖、鳧雁之屬。錢箋：《通志》：元末，遊兵決水取魚，陂涸爲田。邵注：澤障曰陂。

**岑參兄弟皆好**去聲**奇**㊀，**攜我遠來遊渼陂**㊁。**天地黤**乙減切**慘忽異色**㊂，**波濤萬頃堆琉璃**㊃。此遥望渼陂，在未開舟時。邵注：黤慘，天色昏黑。琉璃，湧波清徹也。

㊀繁欽《與魏文帝牋》：竊惟聖體，兼愛好奇。

㊁陸機詩：友朋自遠來。

㊂王粲《登樓賦》：天慘慘而無色。

㊃江總詩：丹水波濤汎。《世説》：郭林宗曰：「叔度汪汪若萬頃之波。」梁簡文帝詩：雲開瑪瑙葉，水净琉璃波。

**琉璃汗漫泛舟入**㊀，**事殊興**去聲**極憂思集**㊁。**鼉作鯨吞不復**扶又切**知**㊂，**惡風白浪何嗟**

**及**㊃。此放舟入陂，陡遇風波險阻也。

㊀《淮南子》：徙倚於汗漫之宇。張衡賦：布濩汗漫。《國語》：秦汎舟於河。

㊁王粲詩：憂思壯難任。

㊂《説文》：鼉，水蟲，似蜥蜴而長大。《吴都賦》：長鯨吞航。

㊃《西京雜記》：昔人有遊東海者，既而風惡。何遜詩：江暗雨欲來，浪白風初起。《詩》：何嗟及矣。

**主人錦帆相爲開**㊀，**舟子喜甚無氛埃**㊁。**鳧鷖散亂棹謳發**㊂，**絲管啁**陟交切，通作嘲**啾空翠來**㊃。此泛舟佳景，時已風恬浪静矣。棹謳齊發，故鳧鷖驚飛，此倒裝句也。絲管方鳴，值雲净天空，言晴霽景象。

㊀陰鏗詩：平湖錦帆張。

㊁《詩》：招招舟子。《楚辭》：氛埃辟而清涼。

㊂《詩》：鳧鷖在涇。《詩注》：毛萇曰：鳧，水鳥。鷖，鳧屬。《蒼頡解詁》：鷖，鷗也。《列子》：始驚駭散亂矣。何遜詩：中川聞棹謳。

㊃《前漢·志》：絲曰絃，竹曰管。鮑照詩：絲管感暮情。《記》：小者至於燕雀，猶有啁噍之頃焉。

注：噍與啾同。陳後主詩：歇霧含空翠。

**沉竿續縵**一作蔓**深莫測**㊀，**菱**山谷作芡**葉荷花净**一作静**如拭**㊁。**宛在中流渤澥**胡解切**清**㊂，

**下歸無極**一云下臨無地**終南黑**㊃。此從水邊泛入中央。瀰渤清，言水色空曠。下無極，言山峰倒映。

㊀縵，絲絃也。王粲《游海賦》：其深不測。

㊁古樂府《採蓮曲》：汎舟採菱葉。《詩》：隰有荷華。謝朓詩：澄江浄如練。山谷注：《雜記》：雍人拭羊。注：拭，浄也。

㊂《詩》：宛在水中央。漢武帝曲：橫中流兮揚素波。相如《子虛賦》：浮渤瀰。應劭注：渤瀰，海之别枝也。

㊃謝朓詩：漢廣流無極。《詩》：終南何有。毛萇曰：終南，周之名山。《雍録》：渼陂源出終南山。

**半陂以南純浸山，動影裊窕冲融間**㊀。**船舷暝戛**古恒切**雲際寺**㊁，**水面月出藍田關**㊂。此從中流移近南岸。裊窕，山影動摇。冲融，水波平定。日色將暝，船歷寺前。藍田月出，光照水中。此記黄昏之景也。

㊀《海賦》：冲融滉瀁。

㊁郭璞《江賦》：詠採菱以扣舷。《廣韻》：舷，船邊也。謝靈運詩：暝還雲際宿。《長安志》：雲際山大定寺，在鄠縣東南六十里。《正韻》：戛，轢也。此謂船舷經過之聲。

㊂《詩》：月出皎兮。藍田關，在藍田縣東南六十八里，即秦嶢關也。《雍録》：嶢關，在渼陂東南。

此時驪龍亦吐珠㊀，馮音平夷擊鼓群龍趨㊁。湘妃漢女出歌舞㊂，金支翠旗光有無㊃。此寫月下見聞之狀。燈火遥映，如驪龍吐珠。音樂遠聞，如馮夷擊鼓。晚舟移棹，如群龍爭趨。美人在舟，依稀湘妃漢女。服飾鮮麗，彷彿金支翠旗。張綖謂「月出而樂作，恍若神遊異境」，是也。

㊀《莊子》：千金之珠，必在九重之淵，驪龍頷下。能得珠者，必遭其睡。

㊁《海賦》：冰夷倚浪以傲睨。注：冰夷，水仙人也。郭璞云：冰夷，馮夷也。《楚辭》：令海若，舞馮夷。《洛神賦》：馮夷擊鼓，女媧清歌。《搜神記》：馮夷，潼鄉隄首人，以八月上庚日渡河死，上帝署爲河伯。《易》：見群龍無首。張衡《西京賦》：萬騎龍趨。

㊂《列女傳》：舜崩蒼梧，二妃死於江湘之間，俗謂之湘君。《列仙傳》：鄭交甫遊漢江，見二女解佩與之。《洛神賦》：從南湘之二妃，攜漢濱之遊女。《後漢·劉盆子傳》：共擊鼓歌舞。

㊃《前漢·志》：《房中歌》：金支秀華。注：樂上衆飾，有流翅羽葆，以黄爲支，其首敷散，若草木之秀華也。夏侯湛《禊賦》：擢翠旗，垂繁纓。《子虚賦》：覽於有無。

咫尺但愁雷雨至㊀，蒼茫不曉神靈意㊁。少去聲壯幾時奈老何，向來哀樂音洛何其多㊂。

末乃觸景生情，有哀樂無常之感。見雷雨變幻，因知自少至老，俱當如是觀，此推開作結。吴論：哀，頂鯨鼉雷雨等句。樂，頂錦帆絲管等句。此章七段，各四句分截。

㊀《左傳》：天威不違顔咫尺。《易》：雷雨之動滿盈。

㊁沈約詩：出漲海之蒼茫。《九歌》：東風飄兮神靈雨。

㈢漢武帝《秋風辭》：歡樂極兮哀情多，少壯幾時奈老何。《列子》：哀樂不能移。

張綖曰：好奇二句，乃全篇之眼。岑生人奇，渼陂景奇，故詩語亦奇，驪龍四句，設想更奇。初學若以實理泥之，幾於難解，熟讀《楚辭》，方知寓言佳處。

朱鶴齡曰：始而天地變色，風浪堪憂，既而開霽放舟，冲融㠕窕，終而仙靈冥接，雷雨蒼茫，只一遊陂時，情景迭變已如此。況自少壯至老，哀樂之感，何可勝窮，此孔子所以歎逝水，莊生所以悲藏舟也。

盧世㴶曰：此歌變眩百怪，乍陰乍陽，讀至收卷數語，肅肅恍恍，蕭蕭悠悠，屈大夫《九歌》耶，漢武皇《秋風》耶。

此篇第六段，託假象以寫真景，本於漢《艷歌》，其辭云：「今日樂上樂，相從步雲衢。天公出美酒，河伯出鯉魚。青龍前鋪席，白虎持榼壺。南斗工鼓瑟，北斗吹笙竽。姮娥垂明璫，織女奉瑛琚。蒼霞揚東謳，清風流西歈。垂露成帷幄，奔星扶輪輿。」少陵蓋善於摹古矣。

## 渼陂西南臺

此臺，前遊所未至者，故重遊而記其勝。

高臺面蒼陂㈠，六月風日冷㈡。蒹葭離披去㈢，天水相與永㈣。懷新目似擊㈤，接要心已領㈥。仿像識鮫人㈦，空濛黃作蒙辨魚艇㈧。錯磨終南翠㈨，顛倒白閣影㈩。崷慈由切崒昨

**律切增光輝**一作陰㈡，**乘陵惜俄頃**㈢。首叙登臺望陂之景。臺高水闊，故覺風日生涼。臺曠無翳，故見天水相連。《杜臆》：冷者，風也，而兼言日；永者，水也，而兼言天。下語之妙，真筆端有畫。目擊心領，束上起下。鮫人意擬，故曰仿像。魚艇遥瞻，故曰空濛。水漾山光，故曰錯磨。山影水面，故曰顛倒。似此山水交輝，但惜俄頃登臨耳。

㈠謝惠連詩：高臺驟登踐。

㈡《西京雜記》：每好風日，幡旄光彩。

㈢《詩》：蒹葭蒼蒼。鶴曰：萑之未秀者曰蒹，葦之未秀者曰葭，至秋成，謂之萑葦。離披，見二卷。

㈣張遠注：天水相永，即秋水共長天一色意。王粲《海賦》：天與水際。

㈤《莊子》：仲尼曰：「夫人者目擊而道存矣。」

㈥《魏志》：武帝纂兵書，曰《接要》。

㈦《海賦》：仿像其色。《搜神記》：南海有鮫人，水居如魚，不廢績紡，時從水中出，寄人家賣綃。

㈧謝朓詩：空濛如薄霧。趙曰：言若無而空，若有而濛濛也。唐趙冬曦詩：漁艇散灣曲。邵注：小而長曰艇。

㈨束晳《補亡詩》：粲粲門子，如磨如錯。潘岳《關中記》：其山一名中南，言在天之中都之南。

㈩《詩》：顛之倒之。《通志》：紫閣、白閣、黄閣三峰，具在圭峰東。紫閣，旭日射之，爛然而紫。

白閣陰森，積雪不融。黄閣不知所謂。三峰不甚遠。

㊂《西京賦》：嵓峻崷崒。鄭曰：崷崒，山峻貌。　曹植《登臺賦》：齊日月之光輝。

㊂《風賦》：乘陵高城，入於深宫。　《江賦》：倏忽數百，千里俄頃。

**勞生愧嚴鄭**㊀，**外物慕張邴**㊁。**世復**扶又切**輕驊騮**㊂，**吾甘雜鼃**蛙同**黽**㊃。**知歸俗所忌**一作可忽㊄，**取適**一作足**事莫並**。**身退豈待官**㊅，**老來苦便**平聲**静**㊆。**況資菱芡**巨險切**足**㊇，**庶結茅茨迥**㊈。**從此具扁舟**㊉，**彌年逐清景**㊁。此有棲身物外之思。「身退豈待官」，結上勞生六句。「老來苦便静」，起下菱芡四句。杜詩每段各有關鍵如此。末句清景，包括上段所云。此章兩段，各十二句，上段蕭疏，下段沉鬱。

㊀《莊子》：大塊勞我以生。　嵇康《幽憤》詩：仰慕嚴鄭，樂道閑居。《漢書》：谷口有鄭子真，蜀有嚴君平，皆脩身自保。《三輔决録》：子真，名樸；君平，名遵。

㊁《莊子》：吾又守之七日，而後能外物。　傅亮詩：張邴結晨軌。邵注：張、邴，俱漢人。張仲蔚，所居蓬蒿没人。邴曼容，免官養志自修。

㊂驊騮不遇知己，甘與蛙黽雜居。　蛙黽，即水邊所聞者。　驊騮，良馬，周穆王八駿之一。傳云：驊騮、騄耳，日馳三萬。

㊃《周禮》：蟈氏，掌去鼃黽。《國語》：鼃黽之與同渚。《説文》：鼃，即蛙。黽，大於鼃者，即青蛙也。

㊄任昉《爲王儉集序》：窮崖而返，盈量知歸。　《史·秦紀》：秦俗多忌。

㈥《老子》：功成，名遂，身退，天之道也。

㈦便静二字，本謝詩，而反用之。謝以便静爲安閒，此以便静爲闃寂，故覺其苦，而欲行樂陂間也。

㈧《周禮》：加籩之實，菱芡栗脯。《説文》：蔆，楚謂之芰，秦謂之薢茩。《武陵記》：三角四角曰芰，兩角曰菱。芡，雞頭也。《方言》：南楚謂之雞頭。

㈨《羅含别傳》：廨宇喧擾，乃立茅茨之室。

㈩朱超道詩：扁舟已入浪。

⑪蔡邕《王子喬碑》：歷載彌年，莫之能紀。曹植詩：明月澄清景。

朱鶴齡曰：此詩俱本謝康樂。「懷新目似擊」，即謝詩「懷新道轉迴」也。「乘陵惜俄頃」，即謝詩「恒克俄頃用」也。「外物慕張邴」，即謝詩「外物徒龍蠖」，又詩「偶與張邴合，久欲還東山」也。「知歸俗可忽」，即謝詩「適已物可忽」也。「取適事莫並」，即謝《山居賦》「隨時取適」，又詩「萬事難並歡」也。「身退豈待官」，即謝詩「辭滿豈多秩，謝病不待年」也。「老來苦便静」，即謝詩「拙疾相倚薄，還得静者便」也。公云「熟精《文選》理」，真不誣耳。

## 與鄠縣源大少去聲府宴渼陂

得寒字。　梁氏編在天寶十四載，此亦無據。今依類入西陂詩内。　鶴注：鄠縣，即夏之有扈國。《唐書》：鄠縣，屬京兆府。　錢箋：時岑參同遊，得「人」字，云：「載酒入天色，水凉難醉人。」公蓋與參頻遊渼陂也。

**應**平聲**爲**去聲**西陂好**㊀**，金錢罄一餐**㊁**。飯抄雲子白**㊂**，瓜嚼水精寒**㊃**。無計迴船下**去聲㊄**，空愁避酒難。主人情爛熳**㊅**，持答翠琅玕**㊆**。**上四叙宴陂品物，下則感少府而答之以詩也。

《杜臆》：罄錢設桑，酒肴必盛，獨言飯瓜，稱其尤異者耳。　方回云：無計迴船，有投轄意。

㊀西陂，即渼陂。

㊁《前漢·淮南王安傳》：多予金錢。　又《梁孝王傳》：爲帝一餐。

㊂北人稱匕爲抄，乃抄轉也。　錢箋：《漢武内傳》：太上之藥，有風實、雲子、玉津、金漿。　葛洪《丹經》：雲子，碎雲母也。　朱注：雲子，以擬飯之白耳。　升菴《韻藻》引山稻名雲子，直以雲子爲稻名，不知何本。　次公指爲菰米，則前人已駁其謬矣。　公詩「嘗稻雪翻匙」，可以互證。　陸放翁云：「雲子翻匙新稻飯，天吴拆繡舊衣襦。」此本引杜，而兼能注杜。

㊃《廣雅》：水晶，石英也。　《山海經》：水玉，即水晶。　《本草》：信州武昌有水晶。

㊄梁簡文帝詩：那得久迴船。

㊅班彪《海賦》：焕爛熳以成章。　《上林賦》：爛熳遠遷。

㊆張衡《四愁詩》：美人贈我青琅玕，何以報之雙玉盤。　曹植詩：腰佩翠琅玕。　翠琅玕，比主人之情重，故持詩以答之。　邵云：以詩比美玉，非也。

# 贈田九判官梁丘

澤州陳冢宰廷敬曰：考《王思禮傳》，天寶十三載，吐谷渾蘇毗王款塞，明皇詔翰應接。舊注以此當降王款朝，是也。其謂翰報命而入朝，此意料之詞，不見確據。考帝紀及翰傳，天寶十三年，無翰入朝事。是年，翰遘風疾，因入京，廢疾於家。田蓋以使事入奏，當在翰未疾之先，非隨翰入朝也。公所投翰詩，當是一時作，或即因田而投贈於翰也。《舊唐書》：哥舒翰討禄山，以田梁丘爲御史中丞，充行軍司馬。　于邵《田司馬梁丘傳》：司馬，京兆茂陵人，哥舒翰兼統五原，雅知其才，得之甚喜，表清勝府别將，改永平府果毅，長松府折衝。潼關失守，詔御史中丞郭英乂，專制隴右，未及下車，表渭州隴西縣令。

**崆峒使**去聲**節上**上聲**青霄**㈠，**河隴降**平聲**王款聖朝**音潮㈡。**宛**于爰切**馬總肥秦**一作春**苜蓿**㈢，**將軍只數**色主切**漢**一作霍**嫖姚**音飄飖㈣。**陳留阮瑀誰争長**丁丈切㈤，**京兆田郎早見招**㈥。**麾下賴君才並美**他本並作入㈦，**獨能無意向漁樵**㈧。

上四，叙哥舒受降之事。下四，美田九薦賢之功。　使節西往，而降王入款，見翰能威名遠服也。馬肥苜蓿，承降王。將數嫖姚，承使節。阮瑀，指高適，適本封丘尉，與陳留相近，他章云「好在阮元瑜」可證。高之入幕，必由田君所薦，故云

「早見招」，而幕下賴之。留意漁樵，公仍望其汲引也。

㊀《周禮》：地官，掌邦國之使節。《蜀都賦》：干青霄而秀出。陳注：上青霄，謂崆峒地高，非指朝宁之地。

㊁河隴，謂河西隴右。《西征賦》：作降王於路左。《漢·宣帝紀》：款塞來享。應劭注：款，叩也，皆叩塞門來服從也。《唐書·哥舒翰傳》：天寶十二載秋，翰領河西節度，擊吐蕃，悉收九曲部落。《王思禮傳》：十三載，有吐谷渾蘇毗王款塞，詔翰至磨環川應接之。吴注：梁武帝《凈業賦》：郢州尅定，江州降款。

㊂朱瀚曰：苜蓿從草頭，嫖姚從女傍，又皆疊韻，亦屬對法。《漢書》：大宛馬嗜苜蓿，上遣使者持千金請宛馬，采苜蓿種之離宫。陳注：《新書·百官志》：駕部郎中、員外郎，各一人，掌傳驛、厩牧之事。凡驛馬，給地四頃，蒔以苜蓿。降王款朝，驛傳騷然，故云「宛馬總肥春苜蓿」。

㊃《漢書》：霍去病再從大將出塞，爲嫖姚校尉。荀悦《漢記》：嫖姚作票鷂，鳥名，因以名官，取其輕捷也。《杜臆》：嫖姚，讀平聲，有服虔可據。六朝人嘗用之，不始於杜。

㊄《魏志》：陳留阮瑀，字元瑜，太祖辟爲軍謀祭酒，管記室。《左傳》：滕侯與薛侯來朝，争長。

㊅《三輔決録》：田鳳爲郎，容儀端正，入奏事，靈帝目送之，因題柱曰：堂堂乎張，京兆田郎。左思詩：馮公豈不偉，白首不見招。

㊆《漢·高帝紀》：攻破函谷關，遂至戲下。顔注：戲，大將之旗。戲與麾同。

(八)何孫《贈范雲》詩："高門盛遊侶，誰肯進漁樵。"

# 投贈哥舒開府翰二十韻

按《唐書》：翰三入朝，一在天寶六載，一在十一載，後以廢疾還京，當在十三載之末。據本傳，於還京之後再提十四載禄山反，則知歸京在去年冬矣。其加河西節度使，封西平郡王，乃十三載事。詩言茅土山河，即是年所作以寄贈者。《舊唐書》：翰，突騎施首領哥舒部落之後，因以爲氏。《新書》：翰加開府儀同三司，在天寶十一載。

**今代麒麟**諸本多作騏驎，誤**閣**(一)**，何人第一功**(二)**？君王自神武**(三)**，駕馭必英雄**(四)**。**首從朝廷任將説起，立言有體。

(一)漢武帝獲麟，作麒麟閣以畫功臣。漢宣帝甘露三年，上思股肱之美，乃圖畫大將軍霍光等十二人於麒麟閣。

(二)《史記》：漢王定天下，論功行封，群臣争功，歲餘不決。關内侯鄂君進曰："蕭何常全關中以待陛下，此萬世之功也。蕭何第一，曹參次之。"

(三)《漢·刑法志》：高祖躬神武之才，總攬英雄。

(四)《吴志·張昭傳》：夫人君者，謂能駕馭英雄，驅使群賢。

**開府當朝**音潮**傑**㊀，**論**平聲**兵邁古風**㊁。**先鋒百戰**一作勝**在**㊂，**略地**一作妙**略兩隅空**㊃。**青海無**《英華》作飛**傳箭**㊄，**天山早掛弓**㊅。**廉頗仍走**音奏**敵**㊆，**魏絳已和戎**㊇。此記隴右戰功。　先鋒百戰，初在王倕部下，又爲王忠嗣將校也。略地兩隅，起下天山青海。兼引廉、魏者，言戰與和俱善也。

㊀唐制：開府儀同三司，從一品官。　《通典》：漢文帝元年，用宋昌爲衛將軍，位亞三司。《東觀漢記》：章帝建初三年，使車騎將軍馬防班同三司。　《晉書・庾亮傳》：陳準曰：「君若當朝，則社稷之臣。」《舊唐書》：翰好讀《左氏春秋傳》及《漢書》，通大義。

㊁《吴越春秋》：子胥與吴王論兵，七薦孫子。《馬援傳》：帝常言：「伏波論兵，與我意合。」　干寶《晉紀》：皇太子有醇古之風。　《世説》：阮裕曰：「志大宇宙，勇邁終古。」

㊂《魏志》：太祖使張遼爲先鋒。　《孫子》：百戰百勝。

㊃《左傳》：吾將略地焉。《漢書・蒯通傳》：毋戰而略地。　舊注指突厥、吐蕃爲兩隅，固非。錢箋以河西、隴右當之，亦非。河西事自在下段。

㊄錢箋：《舊唐書》云：翰初事河西節度使王倕，倕攻新城，使翰經略，三軍無不震懾。後節度使王忠嗣補爲衙將，爲大斗軍副使，討吐蕃於新城，遷右衛郎將。吐蕃寇邊，翰拒之於苦拔海，其衆三行，從山差池而下。翰持半段鎗，當其鋒，擊之，三行皆敗，無不摧靡，由是知名。《舊書》：天寶六載，翰代王忠嗣爲隴右節度使，築神威軍於青海上，吐蕃至，攻破之。又築城於青海中龍駒

島，吐蕃屏跡。　趙曰：外寇起兵，則傳箭爲號，無傳箭，息兵也。或曰：守城之法，更夜傳箭，以守其睡。今按：公《贈張珀》詩「靈虬傳夕箭」，則箭即更籌也。

㈥錢箋：《寰宇記》：天山，在交河縣北一百二十里，一名祁連山，又名白山。又名天山軍，唐開元中置，在伊州城内。《唐·地理志》並隸河西道。《吐蕃傳》：吐蕃陷石堡城，爲神武軍。本傳：以朔方、河東群牧十萬衆，委翰總統，攻石堡城。翰使麾下將高秀巖、張守瑜進攻，不旬日而拔之。　阮籍詩：彎弓掛扶桑。

㈦《史記》：廉頗，趙良將，破齊攻魏，封爲信平君。

㈧《左傳》：晉魏絳説悼公，和戎有五利。公悦，使絳盟諸戎，賜之女樂二八，歌鐘一肆。　錢箋：翰年已老，素有風疾，故以廉頗爲比。《新書》：十二載，賜翰音樂田園。與魏絳賜樂事相類。

**每惜河湟棄**㈠，**新兼節制通**㈡。**智謀垂睿**《英華》作眷**想**㈢，**出入冠**去聲**諸公**㈣。**日月低秦樹**㈤，**乾坤繞漢宫**㈥。**胡人愁逐北**㈦，**宛**平聲**馬又從東**㈧。　此記河西恢復事。　新兼節制，進封涼國公，加河西節度使也。　趙曰：翰收復河西，故爲帝所繫想。　出建節而入歸朝，獨冠於諸公。

日月句，喻帝業之光昌。乾坤句，比皇輿之廣大。逐北從東，言其威名遠服。

㈠朱注：《舊書·吐蕃傳》：湟水出蒙谷，抵龍泉，與河合，河之上流由洪濟梁西南行二千里，世舉謂西戎地曰河湟。《郡國志》：湟水，出青海東亂山中，東南流至蘭州，西南入黄河。《新書》：睿宗時，楊矩爲鄯州都督，奏請九曲地爲公主湯沐。九曲，水甘草良，宜畜牧，近與唐接，自是易入寇。　朱注：十二載，翰進封涼國公，加河西節度使，攻破吐蕃洪濟、大漠門等城，悉收九曲地，以其地置洮陽郡，築神策、宛秀二軍。

㊁《荀子》：桓文之節制，不足當湯武之仁義。

㊂趙注：舊解「睿想」句，引王忠嗣被罪，詔翰入朝，帝虛心待之爲證。此在復河湟以前，不合。《史記》：藺相如，勇士，有智謀。　隋徐儀詩：夜深留睿想。

㊃丘遲《讓光禄大夫表》：飛翠鳴玉，出入禁闈。

㊄曹植《七啟》：同量乾坤，等曜日月。

㊅陳後主詩：圖形漢宫裏。

㊆《南部新書》：哥舒翰爲安西節度使，控地數千里，甚著威令。西鄙人歌曰：「北斗七星高，哥舒夜帶刀。吐蕃總殺盡，更築兩重壕。」　《田單傳》：齊人追亡逐北。

㊇漢伐大宛，得天馬，乃作歌曰：「天馬來，歷無草，經千里，循東道。」

**受命邊沙**一作軍麾**遠**㊀，**歸來御席同**㊁。**軒墀曾**音層**寵鶴**㊂，**畋獵舊非熊**㊃。**茅土加名數**㊄，**山河誓始終**㊅。**策行遺**《英華》作宜**戰伐**㊆，**契合動昭融**㊇。**勳業青冥上**㊈，**交親氣概中**㊉。　此記入朝封王事。　邊沙，言遠鎮。御席，謂賜宴。寵鶴，指禄山思順。非熊，專稱哥舒也。茅土河山，謂封王食邑。擾邊策行，無事於戰伐。君臣契合，獨見其昭明。勳業承上，交親起下。

㊀《儀禮》：使者受命於朝。　錢箋：《舊書》：翰與安禄山、安思順，並爲節度使。禄山在范陽，思

順、翰分控隴朔，故曰「受命邊沙遠」。翰素與二人不協，上命結爲兄弟。十一載冬，並來朝。使高力士於京城東駙馬崔惠童山池宴會，賜熱洛河以和解之，故曰「歸來御席同」也。寵鶴、非熊，即御席之人分別言之，言禄山、思順，軒墀之鶴耳，豈如翰爲田獵之非熊乎。以衛懿公託諷玄宗，譏其不能屏禄山、思順而專任翰也。

㊁沈佺期詩：御席瑶觥落。

㊂《左傳》：衛懿公好鶴，鶴有乘軒者。庾信《新樂表》：軒墀弘敞。《邵氏聞見録》：鶴乘軒，指軒車言，非軒墀之軒。或以爲疑。朱注云：《韻會》：篬字之末曰軒，取車象也。借用無害。張表臣《珊瑚鉤詩話》：若改墀字爲車，則無弊矣。墀，乃傳寫之訛。

㊃《史記・齊世家》：文王將獵，卜曰：「所獲非龍、非彲、非虎、非羆，乃霸王之輔。」果遇太公於渭陽，載與俱歸。朱注：《爾雅翼》：熊之雌者爲羆。則熊、羆可互用。

㊄《書傳》：王者建諸侯，各割其方色土與之，使立社，燾以黄土，苴以白茅，茅取其潔，黄土取王者覆四方。李陵書：當茅土之薦。《漢書・高帝紀》：民前或相保聚山澤，不書名數。顔師古注：名數，謂户籍。

㊅又，高祖封功臣，誓曰：「使黄河如帶，泰山若礪，國以永存，爰及苗裔。」《舊書》：天寶十二載九月，隴右節度使涼國公哥舒翰，進封西平郡王，食實封五百户。

㊆《孔叢子》：處戰伐之世。

⑧沈佺期詩：風雲神契合。《詩》：昭明有融。注：融，長也。天既光大汝成王以昭明之道，甚有長也。或以昭融指君，與上睿想犯重。或以昭融指天，與下青冥犯重。詩意言翰以戰功得君，自覺駿偉光明，無他詭道也。動，乃發動之動。

⑨杜篤《吴漢誄》：勳業既崇。

⑩鮑照詩：交親篤離愛。錢箋：翰家富於財，倜儻任俠，好然諾，縱蒱好酒，其氣概可知。

**末爲珠履客**㊀，**已見**音現，一作是**白頭翁**㊁。**壯節初題柱**㊂，**生涯獨轉蓬**㊃。**幾年春草歇**㊄，**今日暮途窮**㊅。**軍事留孫楚**㊆，**行**户郎切**間識吕蒙**㊇。一作鄉曲輕周處，將軍拔吕蒙。**防身一**一作腰間有**長劍**㊈，**將**一作聊**欲倚崆峒**㊉。末段自叙，結出投贈之意。末爲二句，歎身老不遇。題柱，憶初志。轉蓬以下，傷暮景。孫楚、吕蒙，謂幕府英才。倚劍崆峒，欲參翰軍謀也。此章四句起，前二段各八句，後二段各十句。

㊀《史記》：春申君客三千餘人，其上客皆躡珠履。

㊁《田千秋傳》：千秋訟太子冤曰：「臣夢白頭翁教臣言。」

㊂《後漢·戴就傳》：薛安奇其壯節。《成都記》：司馬相如初西去，題昇仙橋柱曰：「不乘駟馬車，不復過此橋。」後果乘傳至其處。

㊃曹操詩：田中有轉蓬，隨風遠飄揚。

㊄梁元帝詩：既看春草歇，還見雁南飛。

〔六〕主父偃曰：日暮途遠。嵇康書曰：若道盡途窮則已耳。

〔七〕錢箋：翰奏嚴挺之子武爲節度判官，河東吕諲爲度支判官，前封丘尉高適爲掌書記。又，蕭昕亦爲翰掌書記，皆委之軍事。翰爲其部將論功，隴右十將皆加封，若王思禮爲翰押衙，魯炅爲别將，郭英乂亦策名河隴間。又是年奏安邑曲環爲别將，皆拔之行間。《晉書》：孫楚爲石苞參軍，楚負其才氣，頗侮易苞。初至，長揖曰：「天子命我參卿軍事。」

〔八〕《吴志》：吴使都尉趙咨使魏，對曰：「納魯肅於凡品，是其聰也。拔吕蒙於行陣，是其明也。」《前漢・吴王濞傳》：周丘曰：「臣以無能，不得待罪行間。」

〔九〕《抱朴子》：却惡防身者有數千法，如含景、藏形等，不可勝計。含景，劍也。宋玉《大言賦》：長劍耿耿倚天外。

〔一〇〕《舊書》：隴右道岷州溢樂縣有崆峒山，山在縣西二十里。

王嗣奭曰：是時李林甫、陳希烈當國，忌才斥士，無路可通，翰獨能甄用才俊，不得已而欲依以進身耳。但稱頌之詞，不無過當。其攻伐吐蕃，明是殺人邀功，逢君之惡，乃王忠嗣所不肯爲者，《兵車行》所以作也。此極稱之，豈衷語哉。

顧宸曰：公投贈排律，推崇如此，後來潼關一戰，竟至喪師失地，不幾昧於知人乎？然觀翰固守潼關，不輕出戰，賊勢窮蹙，已幾敗亡。當崔乾祐羸兵誘戰時，翰上奏曰：「禄山久習用兵，今始爲逆，是必羸師以誘我，若往，正墮計中。況殘虐失衆，兵勢日蹙，將有内變，因而乘之，可一戰擒也。」此與李郭北取范陽，覆其巢穴，潼關大兵，惟應固守之計，正相脗合。惜國忠懼禍，遣使趣戰，其慟哭而出，已預知必敗矣。厥後，慶緒推刃，竟如内變之説，則翰固能知兵料敵者。假使固守之策得行，與張、許、李、郭相爲犄角，賊指日可滅。此即周亞夫堅壁以困吴楚之勝算也。此詩稱美，未爲太過矣。

胡應麟曰：排律，沈、宋二氏，藻贍精工，太白、右丞，明秀高爽，然皆不過十韻，且體在繩墨之中，調非畦逕之外。惟杜陵大篇鉅什，雄偉神奇，如《謁先主廟》、《贈哥舒》等作，闔闢馳驟，如飛龍行雲，鱗鬣爪甲，自中矩度。又如淮陰用兵，百萬掌握，變化無方，雖時有險樸，無害大家。近選者僅取「沱水臨中坐」，以爲他皆不及，塗聽耳食，哀哉！

# 寄高三十五書記

此詩，黄鶴以爲十三載所寄，姑從之。適既爲書記，而又被朱紱，應在十二載之後也。

**歎息高生老**㊀，**新詩日又多**㊁。**美名人不及**㊂，**佳句法如何**㊃。**主將**去聲**收才子**㊄，**崆峒足凱歌**㊅。**聞君已朱紱**㊆，**且得慰蹉跎**㊇。上四，稱適詩才，下喜其爲書記也。才子凱歌，仍應能詩，老年知遇，差慰蹉跎耳。

㊀虞炎詩：思君一歎息。《舊唐書》：適年過五十，始留意篇什，數年之間，體格漸變，以氣質自

高，每吟一篇，爲好事者傳誦。

㈡張華詩：良朋始新詩。《檀弓》：又多乎哉。

㈢《荀子》：知好士之爲美名也。

㈣《世説》：孫興公作《天台賦》，成，以示范榮期，每至佳句，皆輒云：「應是我輩語。」

㈤《六韜》後漢注：主將龍韜，偏裨虎韜。趙曰：主將指哥舒翰。虞通之詩：才子傾洛陽。

㈥《周禮》：樂師，凡軍大捷，教凱歌。《司馬法》曰：得意則愷樂，所以示喜也。

㈦陸機詩：聞君在京城。《易》：朱紱方來。《韋賢傳》：黼衣朱紱。師古曰：朱裳畫爲亞文也。亞，古弗字，故因謂之紱。鶴曰：明皇嘉適陳潼關敗亡之勢，至成都，賜緋，除諫議大夫。此在至德二載。詩云「聞君已朱紱」，豈前此已服緋耶？

㈧阮籍詩：白日忽蹉跎。

高達夫五十始作詩，爲少陵所推；蘇老泉三十始讀書，爲廬陵所許。羅景綸謂「功深力到，學無早晚」，是也。然杜、歐二公，負當世盛名，而能虚懷樂善，獎勵人才如此，真足爲千古則矣。

詩有六義，三百篇爲詩法之祖，嗣後作者繼起，文以代新，而諸體各出，莫不有法存焉。徐楨卿曰：刺美風化，緩而不迫，謂之風；采摭事物，摛華布體，謂之賦；推明政治，莊語得失，謂之雅；形容盛德，揚厲休功，謂之頌；幽憂憤悱，寓之比興，謂之騷；感觸事物，託於文章，謂之辭；程事較功，考實定名，謂之銘；援古刺今，箴戒得失，謂之箴；猗迂抑揚，永言謂之歌；非鼓非鐘，徒歌謂之謡；步驟馳騁，斐然成章，謂之行；品秩先後，敘而推之，謂之引；聲音雜比，高下短長，謂之曲；吁嗟慨嘆，悲憂深思，謂之吟；吟詠情性，總而言志，謂之詩；蘇、李而上，高簡古澹，謂之古；沈、宋而下，法律精切，謂之律。此詩之衆體也。今按：各體中皆有法度，長篇則有段落勾稱之法，連章則有次第分明之法，首尾有照應之法，全局有開闔之法，逐層有承頂之法。且章有章法，句有句法，字有字法。謹嚴於法，而又能神明變化於法，方稱宗工巨匠。此云「佳句法如何」，蓋欲與之互證心得耳。

# 送張十二參軍赴蜀州因呈楊五侍御

鶴注：楊侍御使蜀，而張參軍往依之，故作此詩。以舊次考之，恐在十三載作。《唐書》：都督諸州，俱有參軍事，掌出使贊導。蜀州唐安郡屬劍南道，垂拱二年，析益州置。

**好去張公子**㊀，**通家別恨添**㊁。**兩行**音杭**秦樹直**㊂，**萬點蜀山尖**㊃。**御史新驄馬**㊄，**參軍舊紫髯**㊅。**皇華吾善處**㊆，**于汝定無嫌**㊇。上四送張赴蜀，下四呈楊侍御，乃兩截還題格。黄生注：楊必爲蜀中諸道使，而張參其軍，此四十字薦書也。五六用事頗熟，以新舊二字點化之。「好去」作慰詞，與「無嫌」相照。《杜臆》：秦樹，言所經之途。蜀山，言所至之境。

㊀呂祖謙曰：凡詩人於張姓者，稱爲張公子，蓋因漢成帝時童謡曰：「張公子，時相見。」故公贈張垍

曰「天上張公子」，杜牧贈張祜亦曰「誰人得似張公子」。

㊁《世説》：孔融十歲見李膺，門下不爲通，融曰：「我是公通家子弟。」膺問何親，曰：「先君孔子，與老君有師資之道。」

㊂《唐會要》：開元二十八年正月，令兩京道路並種果樹。　庾信碑文：寒關樹直。

㊃陳子昂《送友序》：蜀山有雲，巴水可涉。　江淹《江上之山賦》：嶤嶷河尖出。

㊄《後漢書》：桓典拜侍御史，常乘驄馬，語曰：「行行且止，避驄馬御史。」

㊅《晉書》：郗超爲桓温參軍，超有髯，府中號曰「髯參軍」。《獻帝春秋》：張遼問吴降人：「有紫髯將軍是誰？」曰：「是孫會稽。」

㊆皇華，指楊。《詩序》：皇華，勞使臣之詩。　《陳平傳》：金多者得善處，金少者得惡處。

㊇《詩》：于汝信宿。

# 贈陳二補闕

鶴注：此當是天寶十三載，長安作。　朱注：《唐六典》：垂拱中，置左右補闕各一員，天授初，左右各加三員。

**世儒多汩没㊀，夫子獨聲名㊁。獻納開東觀**去聲**㊂，君王問長**丁丈切**卿㊃。皂鵰寒始**音試

**急**㊄，**天馬老能行**㊅。**自到青冥裏**㊆，**休看**平聲**白髮生**㊇。上四頌語，下四勉辭。　獻納之官，君王顧問，正其聲名顯赫處。皂鵰，喻搏擊不避；天馬，喻老健不衰。蓋既置身青冥，不當以頭白自嫌也。

顧注：陳必老儒宿學，故以夫子稱之，末言白髮可見。　單復注：此詩首尾俱對，律度整嚴。

㊀揚雄曰：世儒懷庸庸之知。　董京《答孫楚》詩：周道斁兮頌聲没，夏政衰兮五常汨。

㊁曹植詩：追舉逐聲名。

㊂《兩都賦序》：侍從之臣，朝夕論思，日月獻納。　謝朓詩：獻納雲臺表。　《後漢書》：永光十三年，帝幸東觀，覽書林，閱篇籍，博選藝術之士，以充其官。　華嶠《謝秘書監表》：馬融博通，三入東觀。

㊃《齊國策》：君王無羞亟問。　《漢書》：上讀《子虛賦》而善之，曰：「朕獨不得與此人同時哉！」狗監楊得意侍上，曰：「臣邑人司馬相如，自言爲此賦。」上驚，召問相如。

㊄《埤雅》：鷹，似鵰而大，黑色，俗呼皂鵰。　《唐書》：王志愔。除左臺御史，時人呼爲「皂鵰」，言其顧瞻人吏，如皂鵰之視燕雀也。　劉貢父曰：杜詩「皂鵰寒始急」，白樂天詩「千呼萬喚始出來」，皆讀去聲。　事之始終，音上聲。　有所宿留今始然者，音去聲。

㊅天馬，大宛善馬也，漢有《天馬歌》。　《管子》：老馬之智可用也。

㊆《楚辭》：據青冥而攄虹兮。　言青雲杳冥也。

㊇左思《白髮賦》：星星白髮，生於鬢垂。

# 病後過一作遇王倚飲贈歌

鶴注：梁氏編在至德二年，觀詩云「但使殘年飽喫飯」，略不及喪亂之意。據公《秋述》云：「秋，杜子卧病長安，旅況多雨，當時車馬之客，今雨不來。」又云：「四十無位。」當是天寶十三年，與「素知賤子甘貧賤，酷見凍綏不足恥」之句合耳。朱注：詩有長安金城語，必京師作也。

**麟角鳳觜世莫辨**一作識，**煎膠續弦奇自見**形甸切㈠。**尚看王生抱此懷**㈡，**在於甫也何由羨**㈢。從王倚交情，冒起全意。王生爲人，如麟角鳳觜，世莫能知，於其敦篤交情，乃見特異，如煎膠續弦，始驗其奇也。何由羨，言不能及其高懷。

㈠盧注：此以煎膠喻交情，即所謂膠漆雖堅，不如雷與陳也。《十洲記》：鳳麟洲，在西海中央，洲上專多鳳麟，數百合群。仙家煑鳳喙及麟角，合煎作膠，名爲集弦膠，或云連金泥。此膠能屬連弓弩斷弦，折劍亦以膠連之。

㈡潘岳詩：王生和鼎實。

㈢《詩》：無然歆羨。

**且過**盧作過，諸本作遇**王生慰疇昔**㈠，**素知賤子甘貧賤。酷見凍餒不足恥**㈡，**多病沉年苦無**

**健㊂。王生怪我顔色惡㊃，答云伏枕艱難遍㊄。瘧癘三秋孰可忍㊅，寒熱百日相交戰㊆。頭白眼暗坐有胝**音支㊇，**肉黄皮皺命如線**㊈。此病後過王，而叙問答之詞。上四，於初過時，自揣貧病之態。下六，於相見時，備述多病之狀。

㊀慰疇昔，慰己宿願也。《記·檀弓》：疇昔之夜。注：疇，發語辭。

㊁酷見，猶云慘逢。《世説》：陶侃家酷貧。《左傳》：三老凍餒。

㊂庾信詩：茂陵忽多病。沉年，終年也。

㊃顔色惡，謂病容枯槁。《世説》：郭璞意色甚惡。

㊄魏文帝《燕歌行》：耿耿伏枕不能眠。《詩》：遇人之艱難矣。

㊅《周禮》：疾醫皆有癘疾。又云：秋時有瘧寒疾。《内經注》：時疫忽行，受其虐厲，故瘧從虐，癘從厲。《詩》：如三秋兮。

㊆《内經》：陽維爲病苦寒熱。又云：陰陽上下交争。王獻之書：端坐將百日。王粲《神女賦》：心交戰而貞勝。

㊇《廣韻》：胝，皮厚也。

㊈經又云：三陽爲病，發寒熱，其傳爲索澤，即張仲景所謂皮膚甲錯也。命如線，言性命幾絶。《越絶書》：中國不絶如線。

**惟生哀我未平復**㊀，**爲**去聲**我力致美肴膳**㊁。**遣人向市賒香粳**一作秔㊂，**唤婦出房親自**

饌㈣。長安冬菹酸且緑㈤，金城土酥净如練㈥。兼求畜一作富豪一作豕且割鮮㈦，密沽斗酒諧終宴㈧。故人情義一作味晚誰似㈨，令平聲我手足輕欲旋直戀切，一作漩㈩。此王生留飲而記款待之情。乍見而怪，久視而哀，見疾痛相關。手足輕旋，享美膳而沉疴頓去也。

㈠《韋玄成傳》：嘉氣日興，疾病平復。

㈡漢古歌：東厨具肴膳，椎牛烹豬羊。

㈢《南都賦》：滍皋香秔。

㈣《顔氏家訓》：婦主中饋。

㈤《周禮》：七菹。注：全物若牒爲菹，細切爲虀。崔寔《四民月令》：九月作葵菹，其歲温，即待十月。邵注：菹，醃菜也。

㈥《唐書》：金城縣，屬京兆府。至德二載，改名興平。《長安志》：京兆府歲貢興平酥、咸陽梨，不列方物。趙曰：土酥者，土産之酥。夢弼曰：酥，牛羊乳所爲，色白如練也。謝朓詩：澄江净如練。

㈦《山海經》：豪彘，狀如豚而白毛。畜豪，即豪豬。《西京賦》：割鮮野食。

㈧楊惲書：斗酒自勞。曹植詩：終宴不知疲。

㈨任昉詩：猶我故人情。《世説》：情義隨篤。

㈩朱注：旋，謂手足旋轉。《唐書》：安禄山作胡旋舞，其捷如風。

老馬爲駒信一作聰不虚㈠，當去聲時得意況深眷㈡。但使殘年飽喫飯㈢，只願無事長相見㊃。末感王生交誼，應前煎膠續弦。老馬二句，申上情義誰似，言衆皆輕己，況能深眷乎。但使二句，申上手脚輕旋，言此後健飯，庶得常見也。此章起結各四句，中二段各十句。

㊀《詩》：老馬反爲駒，不顧其後。按：老馬爲駒，兩說不同。《詩箋》云：此喻幽王見老成之人，反侮慢之，視如幼稚，不自顧念年老人之遇己，亦將然也。《朱子集傳》云：但知讒害人以取爵位，而不知其不勝任，如老馬憊矣，而反自以爲駒，不顧其後將有不勝任之患也。此詩若主前說，乃時輩輕侮之喻，正與情義誰似相關。若主後說，乃老年力疾之喻，又與手足輕旋相合。前說，錢謙益用之；後說，劉會孟用之。朱注則主前說，而駁後說。

㊁《杜臆》：近世人情，當時得意，過則忘之，況肯如王生之深眷乎。一說：平時意氣相得，況今日又深加眷注，此王生情義之過人也。前說，「當」字讀去聲；後說，「當」字讀平聲。謝安《與支遁書》：得意之事，殆爲都盡。

㊂《南史》：陳暄書：寂寥當世，朽病殘年。

㊃《左傳》：張趯曰：「子其無事矣。」

杜詩長篇起局，或比或賦，多是攝起全篇。此章麟角二句，舊注謂比王生抱負奇才，必用世乃見，於篇中不相關涉。唯盧元昌之說，獨得其旨。蓋公過王倚時，本尪羸病軀，及與之談情愫，留歡宴，不覺手足輕旋，沉疴爲之頓起，真有似乎煎膠續弦者。通篇脈絡照應，確不可移。此章贈王倚，後有《贈姜七少府》詩，皆用方言諺語，蓋王、姜二子，本非詩流，故就世俗常談，發出懇至真情，令其曉然易見。文章淺深，隨人而施，此其所以有益也。

## 送裴二虬尉永嘉

鶴注：天寶十一載，公獻《三大禮賦》，委官試文，但送有司參選。其《贈集賢學士》詩云「故山多藥物，勝概憶桃源」，蓋有南遊之志矣，與此詩扁舟之説相合。梁氏編在十三載，或相近。又曰：裴虬，大曆四年爲道州刺史。公有《暮秋枉裴道州手札》詩：「憶子初尉永嘉去。」考《世系表》，虬終於諫議大夫，乃洗馬裴之後。蔡曰：虬，字深原。韓愈《裴復墓誌》：父虬，有氣略，敢諫諍，官諫議大夫，有寵代宗朝，屢辭不拜。卒，贈工部尚書。《唐書》：永嘉縣，屬温州。

**孤嶼亭何處**㊀**，天涯水氣中**㊁。**故人官就此，絶境興**一作與**誰同**㊂。**隱吏逢梅福**㊃**，遊山憶謝公**㊄。**扁舟吾已僦**即又切。舊作就，王作具，一作買㊅**，把釣**一作只是**待秋風**。尉本微員，無事功可見，故就永嘉山水寫出登臨韻事。隱吏承官，切縣尉。遊山承興，切永嘉。末乃不忘故交，兼有失志遠遊之意。

㊀《寰宇記》：孤嶼，在温州南四里永嘉江中，嶼有二峰。謝靈運《登江中孤嶼》詩云：孤嶼媚中川。後人建亭其上。

㈡梁簡文帝詩：荻陰連水氣。

㈢陶潛《桃花源記序》：來此絶境，不復出焉。

㈣《漢書》：梅福，九江人，補南昌尉。王莽專政，一朝棄妻子去，隱於會稽，至今傳以爲仙。《汝南先賢傳》稱鄭欽爲吏隱。

㈤《宋書》：謝靈運出爲永嘉太守，郡有名山水，肆意遨遊。

㈥僦，雇舟也。《前漢·食貨志》：天下職輸，或不償其僦費。《淮南子》：有僦車。

黄生曰：上半送裴，下半自叙。東道有知交，遊踪有前哲，故起扁舟之興，與第四相應。風把釣，句法倒裝耳。杜詩傳刻，有音近而訛者，如「異花來絶域」，誤作「開絶域」，遂與開拆犯重。有形近而訛者，如「扁舟吾已僦」，誤作「吾已就」，遂與就此犯重。又如「巫硯綴蛛絲」，誤「綴」爲「醉」，亦音近而訛。「況復傳宗匠」，誤「匠」爲「近」，亦形近而訛也。

# 贈獻納使去聲，一本無「使」字起居田舍人澄

鶴注：蔡興宗謂獻《封西岳賦》在天寶十三載冬。玩詩末二句，當是其年未進賦時所投贈。《演義》：獻納使，掌封匭，起居舍人，掌起居注，田必起居而兼獻納也。朱注：田以起居舍人知匭事，獻納使其兼官耳。舊注謂中書舍人知匭，此制始於寶應元年，誤矣。《唐書》：垂拱二年，

置匭，以受四方之書，以諫議大夫補闕拾遺一人，充使知匭事。天寶九載，以匭聲近鬼，改爲獻納使。《唐志》：每仗下議政事，起居郎一人執事記録於前，史官隨之。後復置起居舍人，分侍左右，秉筆隨丞相後。

**獻納司存雨露邊**一作偏㊀，**地分清切任才賢**㊁。**舍人退食收封事**㊂，**宫女開函捧**一作近**御筵**㊃。**曉漏追趨**一作飛**青瑣闥**㊄，**晴窗點檢白雲篇**㊅。**揚雄更有《河東賦》**㊆，**唯待吹嘘送上上聲天**㊇。獻納舍人，上四並提，下四分頂。獻納本在外，而曰「司存雨露邊」，以獻納屬於舍人也，「清切」承「雨露」。舍人本在内，而曰「退食收封事」，以舍人兼管獻納也，「開函」承「封事」。追趨禁闥，點檢雲篇，申明舍人之事。《河東》有賦，吹嘘上呈，申明獻納之職。雙提分頂，局法整齊。玩結語，知公久懷獻賦之意矣。朱注以白雲篇屬獻納，頗混。

㊀沈約《恩倖論》：階闥之任，各有司存。《詩注》：雨露者，天所潤萬物，喻王者恩澤也。

㊁韓王嘉詩：地分丹鶩嶺。劉楨詩：拘限清切禁。地分，分處其地也。清切，清要切近也。

袁淑詩：八方凑才賢。

㊂《詩》：退食自公。《後漢書》：冬夏至，八能士書版言事，封以皂囊。《唐書》：内官有掌書三人，掌傳宣啟奏。

㊃唐制：便殿奏事，宫女開匭函，以所投封事奏御。杜審言詩：帝子王臣捧御筵。

㊄又詩：風清曉漏聞。范雲詩：攝官青瑣闥。《漢書注》：青瑣，刻爲連瑣文，以青塗之。《宫闕

簿》：青瑣門，在南宫。

㊅漢武帝《秋風詞》：秋風起兮白雲飛。薛夢符引此，以證白雲篇。周穆王《白雲謡》：乘彼白雲，至於帝鄉。張綖引此，以比清切地。據《新史》，舍人，本紀言之職，惟編詔書。「檢點白雲篇」，指所編詔書是也。《演義》以檢點屬獻納司，所謂白雲篇者，草茅之言，必檢點而後收之，此以在下詩文爲白雲篇。朱注引陶淵明《和郭主簿》詩：「遥遥望白雲，懷古意何深。」故郎士元《馮翊西樓》詩有「陶令好文常對酒，相招一和白雲篇」，言在野文章，舍人皆得上達，故下接以賦待吹噓。張希良曰：舊指白雲篇爲隱逸之書，非也。宋之問《登總持莊嚴二字》詩：「帝歌雲梢白，御酒菊花黄。」張説《扈從》詩：「獻納紆天札，飄飄飛白雲。」白雲本漢武《秋風辭》，謂御制也。舍人職王言，故有點檢白雲之贈。《初學記》梁沈約、張正見，隋孔範，皆有詠白雲詩。沈是《和王中書益》，與杜之《贈舍人》者合，或引《王母歌》、陶弘景《送司馬承禎》，皆誤。

㊆《揚雄傳》：上陟西嶽，以望八荒，迹殷周之墟，思唐虞之風。雄上《河東賦》以獻。公詩「賦料揚雄敵」，蓋素以子雲自方也。

㊇姜宸英曰：《後漢·鄭泰傳》：孔公緒，清談高論，嘘枯吹生。注：枯者嘘之使生，生者吹之使枯。又《淮南子》：嘔之而生，吹之而死，二字義正相反。今竿牘家動云吹嘘，其誤已久。《抱朴子》：二至之氣，吹嘘不能增。《北史》：盧思道剪拂吹嘘，長其光價。庾信詩：疇昔濫吹嘘。則諸公並沿襲之矣。漢樂歌：飛龍秋遊上天。朱瀚曰：末句似巫覡燒紙錢狀，殊堪捧腹。黄鶴曰：天

寶九載正月庚戌，群臣請封西嶽，從之。三月，西嶽廟災。時久旱，制：停封西嶽。故十三載公又奏賦以請。未幾，兵戈四起，卒不果行。

# 崔駙馬山亭宴集

鶴注：梁氏編在天寶十四載。是年禄山反狀已明，七月，遣蕃將獻馬，此時上下皆憂，公豈容「終日困香醪」？或是十三年秋作。玄宗女晉國公主下嫁崔惠童，咸宜公主下嫁崔嵩。此駙馬乃惠童。惠童京城東有山池。

**蕭史幽棲地㊀，林間踏鳳毛㊁。洑流何處入㊂，亂石閉門高㊃。客醉揮金碗㊄，詩成得繡袍㊅。清秋多宴會**一云賞樂㊆，**終日困香醪**㊇。

上四山亭之景，下四宴集之事。蕭史，比崔駙馬。鳳毛，謂林間遺迹。時公主蓋已逝世矣。流泉洄曲，石勢嶔岑，此正寫其幽勝。賓主豪興，則於下截寫出。

㊀鮑照詩：蕭史愛長年。詳見首卷。江總詩：獨於幽棲地。張希良曰：楊誠齋《雜記》：蕭史，宣王之史官，弄玉之壻。按：自宣王至秦穆公，當襄王之世，更幽、平、桓、莊、僖、惠六王，年且一百七十六，襄王嗣立。蕭史非有延年之術，何以壻弄玉耶？誠齋之説甚怪。附識於此。今

按：蕭史，乃史官，非人名也。所謂弄玉壻者，恐是蕭氏後人，世爲史官者。若指宣王時之蕭史，豈有年長三甲之人，可爲穆公壻乎？誠齋之説，亦當存疑。

㈡鳳毛，見首卷。

㈢何遜詩：洑流自洄糾。洑，洄流也。

㈣諸葛武侯《黄陵廟記》：亂石排空，驚濤拍岸。

㈤宋之問詩：客醉山月静。《禮記》：執玉爵者勿揮。注：不可振去餘瀝，恐失墜也。《孔氏志怪》：漢盧充家西有崔少府墓，充與崔女爲幽婚，生子，臨别贈以金碗并詩，云：「何以贈余親，金碗可頤兒。」此切崔而用之，并見公主已故。

㈥《唐會要》：天授二年，内出繡袍，賜新除都督刺史，比刺繡作山形，繞山勒回文。又廷載元年，内出繡袍，賜文武從官三品以上，宰相飾以鳳池，尚書飾以對雁，舒襟皆各爲回文。《舊唐書》：則天幸洛陽龍門，令從官賦詩，先成者以錦袍賜之。

㈦《晉書·山簡傳》：燕會之日。

㈧庾信詩：香醪酌美酒，枯蚌藉蘭肴。《易》：困於酒食。

## 示從去聲孫濟

鶴注：詩言「權門多噂沓，且復尋諸孫」，則濟所居在長安矣，當是天寶十三載作。朱注：《唐書·宰相世系表》，公爲征南十三代，濟爲征南十四代。今詩云「諸孫」，則公與濟當隔二代，非姪行矣。恐表未可據。又錢箋引顏真卿《神道碑》：濟爲征南十四代孫，東川節度使，兼京兆尹，亦與表合。當以公詩爲正。濟，字應物。

**平明跨驢出**㈠，**未知**一作委**適誰門。權門多噂**尊上聲**沓**㈡，**且復**扶又切**尋諸孫。**從訪濟叙起，潦倒中仍存氣骨。陶詩：「飢來驅我去，不知竟何之。行行至斯里，叩門拙言辭。」此詩起語本之。

㈠《楚辭》：平明發兮蒼梧。

㈡《前漢·息夫躬傳》：交遊貴戚，趨走權門。《詩》：噂沓背憎。箋：噂噂沓沓，相對語，背則相憎逐。

**諸孫貧無事**㈠，**宅**一作客**舍如荒村**㈡。**堂前自生竹**㈢，**堂後自生萱**㈣。**萱草秋已死，竹枝霜不蕃**吴作繁，郭作翻㈤。此見宅舍之景，而傷本支零落，賦而比也。

㈠《何氏語林》：王泰，年數歲時，祖母集諸孫姪，散棗栗於牀。

㈡隋李密詩：荒村葵藿深。

㈢劉峻詩：修竹堂陰植。

㈣《詩》：焉得萱草，言樹之背。注：萱草，令人忘憂。背，北堂也。疏：房堂所居之地，總謂之堂。

㈤《左傳》：其生不蕃。

**淘米少汲水**㈠，**汲多井水渾。刈葵莫放手**㈡，**放手傷葵根**㈢。此見朝饔之事，諷其加意根源，比而興也。　趙次公云：族之有宗，猶水之有源，葵之有根也。水有源，勿渾之而已；葵有根，勿傷之而已；族有宗，則勿疏遠之而已。

㈠《易正義》：汲水以至井上。

㈡鮑照詩：腰鐮刈葵藿。　《後漢》：永平詔：殘吏放手。

㈢《吴越春秋》：食其實者，不傷其枝；飲其水者，不濁其流。古詩：採葵莫傷根，傷根葵不生；結交莫羞貧，羞貧交不成。

**阿翁懶惰久**㈠，**覺兒行步奔**㈡。**所來**一作求**爲**去聲，下同**宗族**㈢，**亦不爲盤飧**音孫㈣。**小人利口實**一云實利口㈤，**薄俗難具論**平聲㈥。**勿受外嫌猜**㈦，**同姓古所敦**㈧。　末述過訪之意，勗其敦厚同姓。　詳玩詩詞，似爲濟有嫌疑而發。　行步奔，承上淘米汲水。利口實，起下外人猜嫌。文氣在四句分截。　此章起首、中間，各四句，前段六句，末段八句。

㈠《世説》：張憑對其祖曰：「阿翁詎宜以子戲父？」　陶潛詩：懶惰故無匹。

㈡《世説》：王右軍曰：「恒恐兒輩覺，損欣樂之趣。」　盧注：謂公欲警覺兒輩，故奔走而來。此説未合。公本跨驢而出，非步行而至者。行步，當就濟言。　《神仙傳》：王烈行步如飛。

㈢《坊記》：聚其宗族，以教民睦也。

㈣《左傳》：乃饋盤飧，置璧焉。　邵注：盤，盛飯器。飧，水澆飯也。

㈤按：口實有二義，若承上盤飧，是口腹貪饕，當以《頤卦》「自求口實」爲證。若照下外嫌，是口舌讒間，當據《尚書》「以台爲口實」作證。宜從後説爲確。

㈥徐衆《三國評》：情義足以勵薄俗。

㈦邵注：外嫌猜，外人嫌疑而生猜忌。鮑照詩：不受外嫌猜。

㈧《孔叢子》：同姓爲宗，合族爲屬。曹植《求通親親表》：骨肉之恩，爽而不離，親親之義，實在敦固。此「敦」字所本。

盧元昌曰：大曆七年，元載黨徐浩，屬杜濟以知驛奏優，貶杭州刺史。據此，濟交必多比匪，宜此詩有權門噂沓，小人利口等語，蓋公之先見也。

《隨筆》云：杜詩每用「受」、「覺」二字。其用受字云：「修竹不受暑」、「勿受外嫌猜」、「莫受二毛侵」、「背面受和風」、「監河受貸粟」、「輕燕受風斜」、「能事不受相促迫」、「野航恰受兩三人」、「一雙白魚不受釣」、「雄姿未受伏櫪恩」。其用覺字云：「已覺糟床注」、「更覺松竹幽」、「日覺死生忙」、「最覺潤龍鱗」、「喜覺都城動」、「更覺老隨人」、「覺兒行步奔」、「尚覺王孫貴」、「含悽覺汝賢」、「詩成覺有神」、「已覺披衣慣」、「城池未覺喧」、「無人覺來往」、「直覺巫山暮」、「重覺在天邊」、「深覺負平生」、「秋覺追隨盡」、「追隨不覺晚」、「已覺良宵永」、「已覺氣與嵩華敵」、「未覺千金滿高價」、「梅花欲開不自覺」、「自得隋珠覺夜明」、「更覺良工心獨苦」、「始覺屏障生光輝」、「吏情更覺滄州遠」、「習池未覺流風盡」，用之雖多，然每字命意不同，又雜千五百篇中，讀之唯見其新工也。

# 九日寄岑參

此當是天寶十三載九月作。《通考》：岑參，南陽人，天寶三載進士，解褐爲衛率府兵曹參軍。

**出門復入門，雨**一作兩**脚但如**一作仍**舊**㊀。**所向泥活活**音括，一作浩浩㊁，**思君令**平聲**人瘦**㊂。**沉吟坐西**一作秋**軒**㊃，一作吟卧軒窗下。**飲**一作飯**食錯昏晝**。**寸步曲江頭**㊄，**難爲一相就**㊅。首叙沮雨思岑。出門，欲訪岑也。坐軒，不能往矣。錯昏晝，陰雨晦蒙。曲江頭，岑參所在。

㊀《齊民要術》：種麻，截雨脚即種者，地濕麻生瘦。

㊁《詩》：北流活活。謝靈運詩：活活夕流駛。趙曰：活活，泥水深多，行有聲也。

㊂古詩：思君令人老，軒車來何遲。

㊃謝靈運詩：沉吟爲爾感。晉劉妙容歌：西軒琴復清。

㊄盧照鄰詩：寸步千里兮不相聞。

㊅鮑照《行路難》：且願得志數相就。

**吁嗟乎**一作呼，非**蒼生**㊀，**稼穡不可救**㊁。**安得誅雲師**㊂，**疇能補天漏**㊃。**大明韜日月**㊄，**曠野號**平聲**禽獸**㊅。**君子强**區兩切**逶迤**㊆，**小人困馳驟**㊇。次寫淫雨之害。呼蒼生，憂天漏，極悲天憫人之詞。　趙曰：晝夜常雨，故日月韜晦。飛走路窮，故禽獸哀號。君子有車馬，亦强逶迤而已。小人徒步，故困於馳騾也。

㈠《詩》：吁嗟乎騶虞。　《尚書》：海隅蒼生。

㈡又：稼穡作甘。

㈢張衡《思玄賦》：雲師䨴以交雜兮。　洙曰：雲師，名屏翳。《廣雅》：雲師謂之豐隆。

㈣《列子》：女媧氏鍊五色石補天。　《梁益州記》：雅州西北有大漏天、小漏天。

㈤《禮器》：大明生於東。《廣雅》：日曰大明。

㈥《詩》：匪兕匪虎，率彼曠野。　《楚辭》：鳥獸鳴以號群兮。

㈦江淹詩：君子未獲宴，小人亦自營。　《登樓賦》：路逶迤而修迥兮。

㈧《莊子》：馳之騾之。《韓非子》：馳騾周旋。

**維南有崇山**㈠，**恐**一作漭**與川浸溜**㈡。**是節**一作時**東籬菊**㈢，**紛披爲**去聲**誰秀**㈣。**岑生多新詩**一作語，**性亦嗜醇酎**直又切㈤。**采采黄金花**㈥，**何由滿**一作灑**衣袖**㈦。末傷九日時景。　高山幾没，故籬菊空披。岑生興在詩酒，不能一采黄花，此又代爲悵怏，正應上思君意。　此章三段，各八句。

㈠惟南二句，當連下籬菊，蓋用陶詩也。　《西都賦》：崇山隱天。《一統志》：崇山，屬澧州。

㈡《周禮注》：水流而趨海者曰川，深積而成淵者曰浸。　《前漢·枚乘傳》：泰山之溜穿石。　今按：

溜，水流漂急也。

㊂梁簡文帝《九日》詩：是節協陽數。　陶潛《九日》詩：采菊東籬下，悠然見南山。

㊃中山王《文木賦》：華葉分披。　庾信賦：紛披草樹。

㊄《西京雜記》：正月旦造酒，八月成，名曰九醞，一名醇酎。　張載《酒賦》：中山夏啟，醇酎秋發。　酈陽《酒賦》：凝醳醇酎，千日一醒。

㊅《詩》：采采卷耳。　左貴嬪《菊頌》：春茂翠葉，秋耀金花。　張翰《雜詩》：黄花似散金。

㊆江淹詩：風至衣袖冷。

張綖曰：此詩憂國家危亂將至，而氣象愁慘，《邶》之「北風其涼，雨雪其雱。惠而好我，攜手同行」，意正相似。

今按《通鑑》：天寶十三載，秋八月，關中大饑，上憂雨傷稼，國忠取禾之善者獻之，曰：「雨雖多，不害稼也。」扶風太守房琯言所部水災，國忠使御史推之。是歲，天下無敢言災者。高力士侍側，上曰：「淫雨不已，卿可盡言。」對曰：「自陛下以權假宰相，賞罰無章，陰陽失度，臣何敢言？」詩中蒼生稼穡一段，確有所指。雲師，惡宰相之失職。天漏，譏人君之闕德。韜日月，國忠蒙蔽也。號禽獸，禄山恣横也。君子小人，貴賤俱不得所也。

# 嘆庭前甘菊花

鶴注：此當是天寶十三載，在長安時作，蓋獻《西岳賦》之後。

庭一作階，一作簷前甘菊移時晚㈠，青蕊重平聲陽不堪摘㈡。明日蕭條醉盡醒一作盡醉醒㈢，殘花爛熳開何益㈣？籬邊野外多衆芳㈤，采擷細瑣升中堂㈥。念茲空長丁丈切大枝葉㈦，結根失所纏一作埋風霜㈧。

《杜臆》：菊有甘苦二種，甘者可入藥，苦者似菊而非，其名曰薏。所云衆芳細瑣者，薏雜進在位也。此詩借庭菊以寄慨，甘菊喻君子，衆芳喻小人，傷君子晚猶不遇，而小人之屬也。移時晚，言移植後時。根失所，謂失其故處。

㈠鮑令輝詩：庭前華紫蘭。晉《清商曲》：甘菊吐黄花。《枯樹賦》：九畹移根。

㈡魏文帝書：九爲陽數，日月並應，名曰重陽。梁元帝詩：時蔽摘花人。

㈢陶潛詩：風聲自蕭條。《楚辭》：衆人皆醉我獨醒。

㈣庾信詩：殘花爛熳舒。

㈤《世説》：顔延之於籬邊，聞張演與客語。《爾雅》：野外謂之林。《楚辭》：哀衆芳之蕪穢。

㈥謝朓詩：遇君時採擷。《抱朴子》：臭鼠之細瑣。劉楨詩：萬舞在中堂。

㈦《書》：念茲在茲。　古詩：枝葉日夜寒。

㈧陸機詩：結根奥且堅。　繁欽詩：蕙草生山北，托身失所依。　《南史》：劉俁詩：城上草，植根非不高，所恨風霜早。

# 承沈八丈東美除膳部員外郎阻雨未遂馳賀奉寄此詩

鶴注：此是天寶十三載作。　蓋是年九月，淫雨不止，詩云清秋霖潦，正其時也。　題首承字，乃謙己尊人之詞，後承聞故相房公詩題，亦然。　《唐書》：膳部，屬禮部，郎中、員外各一人。《太平廣記》：《紀聞》：唐沈東美爲員外郎，太子詹事佺期之子。　朱注：《唐書》：佺期以起居郎兼修文館直學士，與公祖審言同事武后，故詩中有「舊史」、「通家」等語，而比東美爲諸父。　又律體盛於佺期，故云「詩律群公問」也。　舊説沈丈俱作沈既濟之胄，大謬。　既濟，德宗時人，《唐書》可考。

**今日西京掾**㈠，**多除南省郎**㈡。　原注：府掾四人，同日拜郎。　**通家惟沈氏**㈢，**謁帝似馮唐**㈣。**詩律群公問**㈤，**儒門舊史長**㈥。　**清秋便**平聲**寓直**㈦，**列宿頓輝光**㈧。　首叙沈除員外。　掾多除郎，四人同拜也。　沈爲世交，故云通家。　晚得郎官，故比馮唐。　詩律二句，稱其家學。　清秋二句，新授員外也。

㈠黄希曰：掾，謂京兆府掾，如司録、功曹、倉曹、户曹、兵曹、法曹、士曹之類。《唐志》並正七品。府掾拜郎，蓋自七品而升六品也。又曰：西京掾，明掾起於漢西京也。兩漢有決曹掾、賊曹掾，又張湯以兒寬爲奏讞掾。

㈡錢箋：《國史補》：舊説吏部爲省眼，禮部爲南省。杜氏《通典》：時謂尚書省爲南省，門下中書爲北省。

㈢通家，見本卷。

㈣曹植詩：謁帝承明廬。《漢書》：馮唐年九十餘爲郎。

㈤《後漢·鍾皓傳》：以詩律教授同郡陳寔。本謂詩與律法，此詩則指詩之律體。希曰：《宋之問傳》：魏建安後迄江左，詩律屢變。至沈約、庾信，以音韻相婉附，屬對精密。及之問、佺期，又加靡麗。又，沈約亦修宋史。

㈥顔延之詩：國尚師位，家崇儒門。張衡《西京賦》：雅好博古，學乎舊史氏。

㈦殷仲文詩：獨有清秋日。潘岳《秋興賦序》：余以太尉掾，兼虎賁中郎將，寓直於散騎之省。寓，寄也。

㈧《後漢書》：郎官上應列宿，出宰百里。《史記正義》：郎位十五星，在太微中，帝座東北。杜佑曰：近代皆以郎官上應列宿，爲尚書郎故事。按：天文有武賁、郎位等星，皆在太微帝座後，爲翊衛之象，應劭、楊秉所言三署郎是也。世人謂之尚書郎，則誤矣。其失蓋自梁陶藻《職官要録》，以漢三署郎故事，通爲尚書郎，循名失實，疑誤後代。曹植詩：列宿正參差。焦竑曰：星宿之宿，《韻略》音秀，誤也。宿是日月五星之次舍，以止宿爲義。《陰符經》：天發殺機，移星易宿。地發殺機，龍蛇起陸。又古語：「知星宿，衣不覆。」亦作入聲讀。曹植《登臺賦》：齊日月之輝光。

**未暇申安**吴作宴**慰**㊀，**含情空激揚**㊁。**司存何所比，膳部默悽傷**。原注：甫大父昔任此官。**貧賤人事**讀平聲**略**㊂，**經過**平聲**霖潦妨**㊃。**禮同諸父長**丁丈切㊄，**恩豈布衣忘**㊅。次言阻雨失賀。安慰，謂往賀之詞。司存二句，承前南省，自念其祖也。霖潦，爲淫雨所阻。禮同二句，應前通家，自述交情也。

㊀《續漢書》：趙岐爲太僕，持節安慰天下。《古詩焦仲卿妻》：時時爲安慰。

㊁王粲詩：含情欲待誰。　激揚，喜躍之意。江淹《恨賦》：神氣激揚。

㊂蔡中郎碑：帝曰休哉，命公三事，乃耀柔嘉，式是百司。　事字叶讀時。　陶潛詩：野外罕人事。

㊃蕭賁詩：經過狹斜里。　曹攄詩：霖潦淹庭除。

㊄《詩》：以速諸父。

㊅《漢書·盧綰傳》：待客如布衣交。　諸父，謂沈。布衣，自謂。

**天路牽騏驥**㊀，**雲臺引棟梁**㊁。**徒懷貢公喜**㊂，**颯颯鬢毛蒼**㊃。末乃頌沈而自慨。天路雲臺，沈仕於朝。騏驥棟梁，言能致遠而任重。此章前二段各八句，後段四句收。

㊀《枚乘傳》：天路隔無期。　曹植表：騏驥長鳴，伯樂昭其能。

㊁《淮南子》：雲臺之高高。注：臺高際於雲，故曰雲臺。《南史》：袁粲見王儉曰：「栝柏豫章雖小，已有棟梁器矣。」

㊂貢公喜，見首卷。

㊃柳惲詩：颯颯似霜葉。謝朓詩：寧傷蓬鬢颯。

## 苦雨奉寄隴西公兼呈王徵士

鶴注：此亦天寶十三載秋作。原注：隴西公，即漢中王瑀。徵士，瑯琊王徹。《舊唐書》：瑀，讓皇帝第六子，早有才望，偉儀表，初封隴西郡公。天寶十五載，從玄宗幸蜀，至漢中，因封漢中王。《左傳》：秋無苦雨。

今秋乃淫雨㊀，仲月來寒風㊁。群木水光下㊂，萬家一作象，非雲氣中㊃。所思礙行潦㊄，九里信不通㊅。悄悄素滻音産路㊆，迢迢天漢東㊇。願騰六尺馬一作駒㊈，背若孤征鴻㊉。劃忽默切見公一作君子面㊀，超然歡笑同㊁。此秋苦淫雨而思隴西公也。群木二句，雨中遠景。悄悄二句，阻水難行。曰騰馬，欲陸行以見隴西也。

㈠《爾雅》：久雨謂之淫雨。

㈡陶潛詩：寒風拂枯樹。

㈢《南史·齊武帝紀》：青翠扶疏，有殊群木。　鮑照詩：水光溢兮松霧動。

㈣《秦國策》：効萬家之都。　《高唐賦》：其上獨有雲氣。　水漲，故映木。積雨，故雲多。

㈤阮籍詩：登高眺所思。　《詩》：洞酌彼行潦。疏云：行，道也。潦，雨水也。

㈥趙曰：九里，指隴西所居。　謝惠連詩：九里樂同潤。

㈦《詩》：憂心悄悄。悄悄，憂貌。　《長安志》：滻水，在萬年縣東北，流四十里入渭。　潘岳《西征賦》：玄灞素滻。

㈧陸機詩：迢迢造天庭。迢迢，遠貌。　趙曰：天漢，乃中渭橋之所。《三輔黃圖》：渭水貫都，以象天漢；横橋南渡，以法牽牛。是也。《西征賦》：儀景星於天漢。

㈨《周禮》：馬八尺以上爲龍，七尺以上爲騋，六尺爲馬。

㈩劉孝綽詩：持此連樹枝，暫作背飛鴻。　曹植詩：孤鴻飛南遊。　此言身跨馬背，若飛鴻孤征也。　趙曰：鴻群飛，猶詳緩。孤飛，則逐伴而急疾。

⑪《隋書》：文帝謂李德林曰：「昨宵恨夜長，不得早見公面。」　曹植詩：翩翩我公子。　李宗室，故稱公子。

⑫王筠詩：超然獨長往。　曹植詩：歡笑盡娱。

奮飛既胡越㈠，局促傷樊籠㈡。一飯四五起㈢，憑軒心力窮㈣。嘉蔬没溷濁㈤，時菊碎榛叢㈥。鷹隼亦屈猛㈦，烏鳶何所蒙㈧。式瞻北鄰居㈨，取適南巷翁㈩。挂席釣川漲⑪，焉於虔切知清興去聲終⑫。此不見隴西而思王徵士也。奮飛四句，承上起下。嘉蔬四句，雨中近景。曰挂席，欲水行以見徵士也。此章上下二段，各十二句。

㈠《詩》：不能奮飛。趙曰：相隔如胡越，猶王粲所云「胡越異區」也。

㈡仲長統《述志》詩：人事可遺，何爲局促。《莊子》：澤雉不蘄，畜乎樊中。注：樊，所以籠雉也。齊高帝賦：傷樊籠之或累。

㈢古史：周公一飯三吐哺。劉楨詩：起坐失次第，一日三四遷。《吴志》：潘濬謂孫權曰：「樊伷昔嘗爲州人設饌，比至日中，十餘自起。」

㈣江淹詩：憑軒詠堯老。《胡廣傳》：心力克壯。

㈤朱注：《記》：稻曰嘉蔬。郭璞《江賦》：挺自然之嘉蔬。又，公《園官送菜詩并序》，皆以嘉蔬爲菜，義可兼用耳。溷濁，泥水也。郭璞《風賦》：駭溷濁，揚腐餘。

㈥潘岳詩：時菊耀巖阿。

㈦《春秋感精符》：季秋霜始降，鷹隼擊。張華《鷦鷯賦》：蒼鷹鷙而受緤，屈猛志以服養。

㈧《吴越春秋》歌：仰飛鳥兮烏鳶。晉劉頌疏：不識所蒙更生之恩。

㈨《世説》：不如式瞻儀型。式，用也。潘尼詩：爪牙司北鄰。

〔一〇〕謝靈運《山居賦》：隨時取適。　瞻北鄰，則南翁爲之適意。盧注：《偪側行》云「我居巷南子巷北」，故知公爲南巷翁也。

〔一一〕《海賦》：揚徵綃，掛帆席。　謝靈運詩：掛席拾海月。

〔一二〕王勃詩：清興殊未闌。　末謂同遊漲水，則興無終盡。

# 秋雨歎三首

盧注：《唐書》：天寶十三載秋，霖雨害稼，六旬不止，帝憂之。楊國忠取禾之善者以獻，曰：「雨雖多，不害稼。」公有感而作是詩。

**雨中百草秋爛死**〔一〕**，階下決明顔色鮮**〔二〕**。著**陟略切**葉滿枝翠羽蓋**〔三〕**，開花無數黄金錢**〔四〕**。涼風蕭蕭吹汝急**〔五〕**，恐汝後時難獨立。堂上書生空白頭**〔六〕**，臨風三嗅馨香泣**〔七〕**。**首章，歎久雨害物。上四喜決明耐雨，下則憂其孤立而摧風也，賦中有比。　申涵光曰：涼風吹汝二句，説君子處亂世甚危。

〔一〕庾信詩：爛草變初螢。

〔二〕《本草圖經》：決明子，夏初生苗，葉似苜蓿而大，七月開黄花結角，其子作穗，似青菉豆而鋭。杜定功曰：《神農本草》：決明子，生龍門川澤間，與石決明同，皆主明目，故有決明之號。宋人史鑄《百菊集譜》云：注杜者，以爲《本草》決明子。此物乃七月作花，形如白扁豆，葉極稀疏，焉得有翠羽蓋與黄金錢耶？彼蓋不知甘菊一名石決，爲其明目去翳，與石決明同功，故吴楚間呼爲石決，子美所歎，正指此花。注家乃認爲決明子，疏矣。

㊂《説苑》：鄂君乘青翰之舟，張翠羽之蓋。

㊃楊方詩：黄花如沓金，白花如散銀。

㊄《月令》：孟秋之月，涼風至。荆卿歌：風蕭蕭兮易水寒。《詩》：籜兮籜兮，風其吹汝。

㊅《南史》：宋江湛之謂沈慶之曰：「與白面書生輩謀之，事何由濟。」

㊆《論語》：三嗅而作。宋子侯詩：安得久馨香。

## 其二

**闌**一作蘭**風伏**《英華》作長，去聲，荆公作仗**雨**一作東風細雨**秋紛紛**㊀，**四海**一云萬里**八荒同一雲**㊁。**去馬來牛不復**扶又切**辨**㊂，**濁涇清渭何當分**㊃。**禾**一作木，《漫叟詩話》定作禾**頭生耳黍穗黑**㊄，**農夫田父**一作婦**無消息**㊅。**城中斗**一作㪷**米换**一作抱，非**衾**音欽**裯**音儔㊆，**相許寧論**平聲**兩相直**㊇。次章，歎久雨害人。上四皆積雨之象，下慨傷稼而阻饑也。吴論：闌風伏雨，無日不雨，四海八荒，無處不雨，田野城中，則又無人不受其患矣。盧注：换米不計直，療飢急，救寒緩也。

㈠趙子櫟曰：闌珊之風，沉伏之雨，言其風雨之不已也。闌，如謝靈運「闌暑」之闌；伏，如《左傳》「夏無伏陰」之伏。舊引《楚辭》「光風泛崇蘭」，以「伏」爲三伏，非是。朱注：謝靈運詩「述職期闌暑」，又張協《苦雨》詩「階下伏泉湧」，用字皆出《文選》。闌風、伏雨，大抵是風過雨來之狀，秋深時，往往有之。胡仔謂「長雨」如「長物」之長，亦未安。荆公本作「仗雨」，當即伏字之訛耳。

㈡《淮南子》：八埏之外曰八荒。《詩》：上天同雲。

㈢《左傳》：風馬牛不相及。疏云：馬逐上風而去，牛逐下風而來。《莊子》：秋雨時至，百川灌河，兩涘渚涯之間，不辨牛馬。

㈣《西征賦》：其北則有清渭濁涇。《關中記》：涇水入渭，合流三百里，清濁不相雜。

㈤《朝野僉載》：俚諺曰：「春雨甲子，赤地千里。夏雨甲子，乘船入市。秋雨甲子，禾頭生耳。」朱注：禾生耳，謂牙蘖𤖣卷，如耳之形。

㈥潘岳《秋興賦》：談話不過農夫田父之客。蔡琰詩：迎問其消息。

㈦《詩》：抱衾與禂。禂，單被也。

㈧盧注：是秋，帝令出太倉粟，減價糶與貧人。但上雖減價，而下不論直，蓋霑實惠者少矣。

其三

長安布衣誰比數所主切㈠，反鎖衡門守環堵㈡。老夫不出長丁丈切蓬蒿㈢，稚子無憂走讀作奏風雨㈣。雨聲颼颼疏鳩切催早寒㈤，胡雁翅濕高飛難㈥。秋來未曾陳浩然本作省見白

**日**㊆，**泥污**去聲**后**一作厚**土何時乾**音干㊇。末章，自歎久雨之困。上四言雨中寥落，下則觸景而增愁也。農夫田父，概指長安之人。老夫稚子，自述旅居情事。日者君象，土者臣象，日暗土污，君臣俱失其道矣。

㊀《前漢·鄒陽傳》：布衣窮居之士。司馬遷《答任安書》：刑餘之人，無所比數。

㊁杜篤《論都賦》：懼關門之反拒。庾信詩：驚妻倒閉門。即所謂反鎖也。《詩》：衡門之下，可以棲遲。注：横木爲門。《記》：儒有環堵之室。注：環，周圍也，方丈爲堵。

㊂《詩》：老夫灌灌。《莊子·庚桑》篇：鑿垣牆而植蓬蒿。趙岐《三輔決録注》：張仲蔚隱身不仕，所居蓬蒿没人。

㊃《歸去來詞》：稚子候門。

㊄盧僎詩：風雨暗颼颼。顔延之詩：秋至恒早寒。

㊅鮑照詩：胡雁已矯翼。庾信詩：雁濕斷行來。古詩：奮翅起高飛。

㊆魏文帝《秋霖賦》：悲白日之不暘。

㊇《九辯》：皇天淫溢而秋霖兮，后土何時而得乾。

此感秋雨而賦詩，三章各有諷刺。房琯上言水災，國忠使御史按之，故曰「恐汝後時難獨立」。國忠惡言災異，而四方匿不以聞，故曰「農夫田父無消息」。帝以國事付宰相，而國忠每事務爲蒙蔽，故曰「秋來未嘗見白日」。語雖微婉，而寓意深切，非泛然作也。

# 奉贈太常張卿垍舊作均，黄鶴定作垍二十韻

張垍爲太常卿，在天寶十三載。當是其年作。朱注：《舊書》天寶十三載三月，張均由憲部尚書貶建安太守，還爲大理卿。不言均嘗爲太常卿也。此詩乃是與垍。考《舊書·均傳》云：九載，遷刑部尚書，自以才名當爲宰輔。楊國忠用事，罷陳希烈，引韋見素代之，仍以均爲大理卿，均大失望。《垍傳》云：十三載，盡逐張垍兄弟，出均爲建安太守，垍爲盧溪司馬，歲中召還，再遷爲太常卿。《新書》：均還，授大理卿，垍授太常卿。與《舊書》合。《通鑑》亦云：至德元載五月，太常卿張垍，薦號王巨有勇略。此詩是贈垍甚明。舊本作均，乃刀筆之訛耳。《前漢·百官表》：奉常，秦官，掌宗廟禮儀，有丞。景帝中六年，更名太常。

**方丈三韓外**㊀，**崑崙萬國西**㊁。**建標天地闊**㊂，**詣絶古今迷**。**氣得神仙迥**㊃，**恩承雨露低**㊄。**相**去聲**門清議衆**㊅，**儒術大名齊**㊆。先引古託諷。言方丈崑崙，其東西異標，在天地遼闊之鄉，欲往詣絶域，乃古今共迷之處。張垍於竇仙洞中，求得真符，其感神仙而膺主眷，豈若前世之渺茫乎。又繼之曰：宰相之門，實清議所屬，儒術相繼，宜父子齊名，豈可求仙以結主知乎。言外隱含譏刺。

㊀張遠注：《通鑑》：天寶九載十月，太白山人王元翼，言見玄元皇帝，云寶仙洞有妙寶真符。命刑部尚書張均等往求，得之。此必與垍同行也。《史記·秦紀》：齊人徐市等上書，言海中有三神山，名曰蓬萊、方丈、瀛洲，仙人居之。於是遣徐市入海求仙人。《十洲記》：方丈洲，在東海中央，東西南北岸，相去正等。方丈，方五千里。《魏志》：韓在帶方之南，東西以海爲限，南與倭接，方可四千里。有三種，一曰馬韓，二曰辰韓，三曰弁韓。辰韓者，古之辰國也。馬韓在西。

㊁周穆王升崑崙，出《列子》。《水經》：崑崙墟，在西北，去嵩五萬里。《易》：先王以建萬國。

㊂《天台山賦》：赤城霞起而建標。

㊃《晉書·嵇康傳》：神仙稟之自然。

㊄《詩·蓼蕭》注：雨露者，天所潤萬物，喻王者恩澤。

㊅相門，見《贈韋左丞》詩。垍，乃説之子，故曰相門。晉傅玄《士風論》：先王之御天下，教化隆於上，清議行於下。清議，即月旦評意。

㊆《史記》：招致儒術之士。《孔叢子》：莫不服先生之大名也。

軒冕羅天一作高闕㊀，琳瑯識介珪㊁。伶官詩必誦㊂，夔樂典猶稽㊃。健筆凌鸚鵡㊄，銛音纖鋒瑩縈定切鸊音匹鵜音題㊅。友于皆挺拔㊆，公望各端倪㊇。通籍踰青瑣㊈，亨衢照紫泥(一〇)。靈虬傳夕箭(一一)，歸馬散霜蹄(一二)。能事聞重平聲譯(一三)，嘉謨及遠黎(一四)。弼諧方一展(一五)，班序更何躋(一六)。　此稱美張卿。軒冕多人，而介圭特重，言清卿之貴。伶官誦詩，而樂律待稽，言太常之職。筆能作賦，而詞鋒如劍，兄弟挺出，而公卿可期，此言文章品望。身居青瑣，而文映紫泥，漏深傳箭，而騎馬出朝，此言出入恩寵。制作遥傳，而謀猷及遠，弼諧得展，而班次莫加，此言勳名爵位。

㊀《七命》：軒冕蕩蕩。《左傳》：服冕乘軒。袁豸詩：連吹入天闕。

㊁《楚辭》：璆鏘鳴兮琳瑯。《世説》：有人見王太尉諸公還，諸人曰：「今日之行，觸目見琳瑯珠玉。」琳瑯，佩玉之飾，言於琳瑯中識介圭也。《詩》：錫爾介圭。箋：介圭，長尺有二寸。

㊂洙曰：邶詩《簡兮・序》：仕於伶官。注：伶氏，世掌樂官，故後世號樂官爲伶官。《漢・禮樂志》：誦六詩，習六舞。

㊃《書》：夔，命女典樂，教胄子。

㊄庾信《宇文順集序》：章表健筆，一付陳琳。《後漢書》：禰衡在黄祖座，作《鸚鵡賦》，筆不停綴，文不加點。

㊅《西京賦》：胸突銛鋒。《爾雅注》：鷺鷀，似鳧而小。膏中瑩刀劍。載嵩詩：劍瑩鷺鷀膏。

㊆黄徹《碧溪詩話》：《書》言：「惟孝友于兄弟。」《後漢・史弼傳》：「陛下信於友于，不忍恩絶。」而淵明詩遂云：「再喜見友于。」《詩》言：「貽厥孫謀。」《南史》：到溉之孫藎，從宋武帝登北固樓，賦詩，帝稱爲才子。後溉和上詩，上輒手詔戲之曰：「得無貽厥之力乎？」而王儉碑文又云：「貽厥之寄，允屬時望。」杜詩「友于皆挺拔」，昌黎詩「誰謂貽厥無基址」，二事正可作對。《文心雕龍》：景純《仙篇》，挺拔而爲俊矣。

㈧《晉·虞騤傳》：孔愉，有公才而無公望；丁潭，有公望而無公才。《南史·謝舉傳》：人倫儀表，久著公望。 《莊子》：終始反覆，不知端倪。端，緒也。倪，畔也。

㈨《漢文帝紀》：令從官給事官司馬中者，得爲大父母父母兄弟通籍。應劭曰：籍者，爲二尺竹牒，記其年紀、名字、物色，懸之宫門，按驗相應，乃得入也。 應劭曰：黄門侍郎，每日暮向青瑣門拜，謂之夕郎。 錢箋：均、垍供奉翰林院，故曰踰青瑣。

㈩《易》：何天之衢亨。 紫泥，注見二卷，此言掌綸翰之事也。

⑪陸倕《新漏刻銘》：靈虬承注，陰蟲吐噏。 銅史司刻，金徒抱箭。

⑫《莊子》：馬蹄可以踐霜雪。 曹植詩：俯身散馬蹄。 蘇伯玉妻詩：何惜馬蹄歸不數。

⑬袁淑詩：畢能事之效。 《漢·西域傳》：越裳重譯，獻白雉。 師古曰：譯，謂傳言也。 道路絶遠，風俗殆隔，故累譯而後乃通。 朱注：時垍自貶所召還，故有「重譯」「遠黎」之句。

⑭《揚子法言》：忠言嘉謨。 沈佺期詩：宸慈恤遠黎。

⑮《書》：謨明弼諧。

⑯朱注：班序，謂班爵之序。 更何躋，言莫有躋其上者。 《左傳》：朝以正班爵之義，帥長幼之序。

適越空顛躓㈠，遊梁竟慘悽㈡。 謬知終畫虎㈢，微分音問是醯雞㈣。 萍泛一作跡無休日㈤，桃陰想舊蹊㈥。 吹噓人所羨㈦，騰躍事仍睽㈧。 碧海真難涉㈨，青雲不可梯㈩。 顧深慚一作忘鍛鍊⑪，才小辱提攜⑫。 檻束哀猿叫一作巧⑬，枝驚夜鵲棲⑭。 幾時陪羽獵⑮，應平聲

**指釣璜溪**㈥。末乃自叙淪落也。　適越遊梁，浪遊之迹。知同畫虎，謂召試不遇，分等醯雞，謂抱道不行。萍踪無託，而回想舊居，以張公吹噓之後，騰躍終沮也。從此碧海無涯，青雲難上矣，雖蒙顧遇提攜，亦自愧才疏未鍊耳。哀猿驚鵲，困窮莫訴，陪獵釣溪，終望張之見引也。　此章八句起，下兩段各十六句。

㈠趙注：公初落魄時，嘗適越矣，傳所謂客吴越是也。公又嘗遊梁矣，《贈李白》詩所謂「亦有梁宋遊」是也。　《莊子》：宋人章甫而適越，越人斷髮文身，無所用之。　《抱朴子》：闇於自量者，忘中道之顛躓。

㈡《史記》：相如因病免，客遊梁。　《楚辭》：心閔憐之慘悽兮。

㈢《馬援傳》：畫虎不成，反類狗也。

㈣《莊子》：孔子見老聃，出，語顔回曰：「丘之道，其猶醯雞乎？」注：甕中蠛蠓也。

㈤謝靈運詩：蘋萍泛沉深。　古詩：泛泛江漢萍，漂蕩水無根。

㈥《李廣傳贊》：桃李不言，下自成蹊。

㈦吹噓，見前。

㈧《莊子》：我騰躍而上，不過數仞而下。　暌，乖離也。

㈨《十洲記》：東海之東，復有碧海，水不鹽苦，正作碧色。

㈩謝靈運詩：共登青雲梯。注：仙者因雲而升，謂之雲梯。

〔一一〕顧，眷顧也。　張協《七命》：楚之陽劍，歐冶所營，乃鍛乃鍊，萬辟千灌。注：鍛鍊，刻苦成材之義。

〔一二〕《曲禮》：長者與之提攜。　朱注：洎必嘗薦公而不達，故有吹嘘、提攜等句。

〔一三〕《淮南子》：置猿檻中，非不巧捷，無所肆其能。

〔一四〕魏武樂府：月明星稀，烏鵲南飛，繞樹三匝，無枝可依。

〔一五〕《揚雄傳》：雄上《河東賦》。其年十二月羽獵，雄從，因作《羽獵賦》以諷。

〔一六〕《尚書大傳》：文王至磻溪，見吕望，拜之，答曰：「望釣得玉璜，刻曰：姬受命，吕佐檢。」

# 上韋左相去聲二十韻

見素初入相，在天寶十三載之秋，詩云「四十春」，蓋天寶十四載初春作。且壽域、洪鈞、廟堂、風俗等句，絶不及憂亂之詞。後爲左相，在至德二載，題中「左相」二字，黄鶴謂是後來追書，是也。《舊書·職官志》：開元元年十二月，改尚書左右僕射爲左右丞相。天寶元年二月，侍中改爲左相，中書令改爲右相，至德三載復舊。《玄宗紀》：天寶十三載秋八月，文部侍郎韋見素爲武部尚書，同中書門下平章事，代陳希烈。

**鳳曆軒轅紀〔一〕，龍飛四十春〔二〕。八荒開壽域〔三〕，一氣轉洪鈞〔四〕。**從朝宁昇平叙起。　歲正紀曆，已四十餘春。御世久，故八荒同壽。春和至，故一氣鈞陶。張綖謂歲初所作，是也。

㈠《左傳》：郯子曰：「我高祖少皞摯之立也，鳳鳥適至，故紀於鳥，爲鳥師而鳥名。鳳皇氏，曆正也。」注：少皞，黄帝子，鳳鳥知天時，故以名曆正之官。《史記注》：黄帝居軒轅之丘，因以爲號。北齊《享廟歌》：龍圖革命，鳳曆歸昌。

㈡後漢李固疏：陛下撥亂龍飛，初登大位。　時玄宗在位四十二年，曰四十春，舉成數也。

㈢八荒，注見前。　《前漢·王吉傳》：驅一世之民，躋之仁壽之域。

㈣一氣，見二卷。　張華詩：洪鈞陶萬類。

**霖雨思賢佐**㈠，**丹青憶舊**樊作舊，一作老，一作直**臣**㈡。**應圖求駿馬**㈢，**驚代**今當作世**得騏驎**一作麒麟㈣。**沙汰江河**《英華》作湖**濁**㈤，**調和鼎鼐新**㈥。**韋賢初相**去聲**漢**㈦，**范叔已歸秦**㈧。**盛業今如此**㈨，**傳經固絶倫**㈩。**豫樟深出地**㈠，**滄海闊無津**㈡。此叙其入相之事。帝思良佐，而韋以舊臣登用，駿馬騏驎，比其充勝大任也。沙汰，舊相已罷。調和，新参初拜。盛業，承范。傳經，承韋。深出地，謂學有根柢。闊無津，謂度之汪洋。

㈠《唐書》：時雨潦六旬，上嫌宰相非人。楊國忠舉見素入白，帝以相王府屬，有舊恩，遂用之。所謂思賢佐、憶舊臣也。原注：以老臣爲相公之先人，誤矣。　《書·説命》：若大旱，用汝作霖雨。　《黄瓊傳》：賢佐爲力。

㈡《鹽鐵論》：公卿者神，化之丹青。　《前漢·張安世傳》：朝無舊臣，白用安世。《疏廣傳》：聖主所以惠養老臣。

㈢曹植《獻文帝馬表》：臣於先帝世，得大宛紫騂馬一匹，形法應圖。《秦國策》：吕不韋説陽泉君曰：「君之駿馬盈外厩。」

㈣《梅福傳》：欲以三代之法，取當世之士，猶以伯樂之圖，求騏驎於市。

㈤《蜀志》：周毖爲吏部尚書，與許靖共議進退天下之士，沙汰穢濁，顯拔幽滯。《法言》：江河以滌之。時左相陳希烈以太子太師罷政事，故曰「沙汰江河濁」。

㈥《莊子》：陰陽調和。《漢官儀》：三公助鼎和味。《楚國策》：夕調乎鼎鼐。

㈦《漢・韋賢傳》：本始三年，代蔡義爲丞相，封扶陽侯。

㈧《史記》：范雎，字叔，王稽載入秦，昭王拜爲客卿，封應侯。姜宸英曰：豕韋與范同出，故用范叔作對。錢箋：謂望見素去楊國忠，一如范叔之去穰侯，此曲説也。

㈨盧僎詩：盛業繼前修。

㈩韋賢兼通禮、尚書，少子玄成復以明經仕至丞相，故鄒魯諺曰：「遺子黄金滿籯，不如一經。」《匡衡傳》：材智有餘，經學絶倫。

⑪《高士傳》：豫章之木，生於高山。《史記注》：豫章，二木名，生七年乃可分别。

⑫《抱朴子》：滄海之滉瀁。

**北斗司喉舌**㈠，**東方領搢**一作縉**紳**㈡。**持衡留藻鑒**㈢，**聽履上**上聲**星辰**㈣。**獨步才超古**㈤，

**餘波德照鄰**㊅。一云餘陰照北鄰。**聰明過**平聲**管輅**㊆，**尺牘倒陳遵**㊇。**豈是池中物**㊈，**由來席上珍**㊉。**廟堂知至理**㊁，**風俗盡還淳**㊂。此記其平時品望。向爲尚書，故云北斗。又兼兵部，故云東方。持衡，吏部典選也。聽履，尚書登殿也。獨步，謂才藝出人。照鄰，謂韋杜世交。過管，謂精於天文。倒陳，謂工於書翰。下言乘時居位，能正君而善俗。

㊀《後漢・李固傳》：北斗爲天之喉舌，尚書亦爲陛下喉舌。

㊁《書・康王之誥》：畢公率東方諸侯，入應門右。《顧命》注：司馬第四，畢公領之。《郊祀志》：搢紳者弗道。顏注：縉，本作搢，插笏於大帶與革之間耳，非插於大帶也。或作薦縉者，亦謂薦笏於紳帶之間耳。時見素以兵部尚書爲相，率百官，故曰「東方領搢紳」也。

㊂《晉書》：太康四年，制曰藻鏡銓衡。《唐書》：天寶五載，見素爲吏部侍郎，銓叙平允，人士稱之。

㊃《漢・鄭崇傳》：哀帝時，爲尚書僕射，每見曳革履。上笑曰：「我識鄭尚書履聲。」天子像帝座，故云上星辰。

㊄魏文帝《與吴質書》：王仲宣獨步於漢南。

㊅《書》：餘波入於流沙。《左傳》：波及晉國者，君之餘也。《論語》：德必有鄰。傅亮《修張良廟教》：道亞黄中，照鄰庶幾。

㊆《魏志》：管輅喜仰視星辰，能明天文地理變化之數，人號神童。又自言天與我才明。錢箋：《唐書》：肅宗改元至德，十月，有星犯昴，見素言於肅宗曰：「禄山將死矣。」帝曰：「日月可知

乎？」見素曰：「福應在德，禍應在刑，昴金忌火，行當火位，昴之昏中，乃其時也。明年正月丙寅，禄山其殪乎。」帝曰：「賊何等死？」見素曰：「五行，子者視妻所生，昴死以丙申。金，木之妃也。木，火之母也。丙火爲金，子申亦金也，二金本同末異，還以相尅。賊殆爲子與首亂者更相屠戮乎。」已而皆驗。

㈧《前漢·陳遵傳》：善書，與人尺牘，主者藏弆以爲榮。　倒，壓倒也。

㈨《吴·周瑜傳》、《晉·劉元海傳》並云：蛟龍得雲雨，終非池中物。

㈩《記·儒行》：儒有席上之珍以待聘。

⑪《前漢書贊》：議事於廟堂之上。　《列子》：均天下之至理。

⑫東方朔論：美風俗。《何氏語林》：阮孝緒歎明賓山曰：「此言足使還淳返樸，激薄停澆矣。」

**才傑俱登用**㈠，**愚蒙但隱淪**㈡。**長**丁丈切**卿多病久**㈢，**子夏索居頻**黄作貧㈣。**回首驅流俗**㈤，**生涯似衆人**。**巫咸不可問**㈥，**鄒魯莫容身**㈦。**感激時將晚**，**蒼茫興**去聲**有神**㈧。**爲**去聲**公**《英華》作君**歌此曲**㈨，**涕淚在衣巾**㈩。　末乃自叙困窮，而有望於韋相也。　登用承上，隱淪起下。多病索居，寥落已甚，且驅逐生涯，資身無策，至此則天意難問，而吾道莫容矣，故不禁感懷賦詩，而聲淚交流。此條一步敲緊一步，乃陳情之最悲切者。　張綖曰：公雖時邁，急於求進，然必吾道契合者，然後望其汲引，故獨與韋公歌此曲。此章四句起，下三段各十二句。

㈠沈約詩：吏部信才傑。　《書》：疇咨若時登庸。注：庸，用也。

〔二〕《楊惲傳》：足下哀其愚蒙。

〔三〕《西京雜記》：相如素有消渴疾。

〔四〕《檀弓》：子夏曰：「吾離群而索居，久矣。」

〔五〕王粲詩：回首望長安。　《晉書》：謝尚脱略細故，不爲流俗之事。

〔六〕《列子》：鄭有神巫自齊來，曰季咸，知人生死、存亡、禍福、壽夭，期以歲月。

〔七〕《莊子》：孔子再逐於魯，削跡於衛，窮於齊，厄於陳蔡，不容身於天下。

〔八〕《杜臆》：「蒼茫興有神」，起下「歌此曲」，而此曲即所上韋相詩。蒼茫，意興勃發之貌。

〔九〕庾信詩：君能歌此曲。

〔一〇〕曹植詩：歔欷涕霑巾。巾，以拭淚者。

## 沙苑行

盧注：唐有四十八監以牧馬，設苑總監。天寶十三載，以安禄山知總事，公作《沙苑行》以諷之。　《水經注》：洛水東經沙阜北，俗名沙苑。《元和郡縣志》：沙苑，在同州馮翊縣南十二里，東西八十里，南北三十里，其處宜六畜，置沙苑監。《寰宇記》：沙苑，古城在朝邑縣南十七里。

君不見，左輔白沙如白水一作白如水〔一〕，繚以周牆百餘里〔二〕。龍媒昔是渥洼生〔三〕，汗血今稱

**獻於此**㈣。**苑中騋牝**三千**匹**㈤，**豐草青青寒不死**㈥。**食**音嗣**之豪健西域**無一云勝西域，每**歲攻**一作收，一作牧**駒冠**去聲**邊鄙**㈦。首叙苑中水草，見良馬所由産。

㈠夢弼曰：《漢書》：京兆尹、左馮翊、右扶風，謂之三輔。同州，漢屬馮翊郡，故曰左輔。又曰：白沙，即沙苑也。同州西北有白水縣，以水白故名，其境東南，谷多白土，自沙苑至白水，有百餘里。鶴曰：西魏文帝大統三年，周太祖爲相國，與高歡戰於沙苑，以其戰處宜六畜，因置沙苑。

㈡《西都賦》：西郊則有上囿禁苑，繚以周牆，四百餘里。

㈢《漢·禮樂志》：天馬徠，龍之媒。　《武帝紀》：元鼎四年秋，馬生渥洼水中，作《寶鼎》、《天馬》之歌。

㈣《神異經》：西域大宛馬，日行千里，至日中汗血。

㈤《詩》：騋牝三千。《説文》：馬七尺爲騋。　馬匹，見前短衣匹馬注。又據《風俗通》，或云馬夜行，目明，照前四丈，故曰一匹。或云《春秋》左氏説，諸侯相贈，乘馬束帛，帛爲匹，與馬相匹耳。又布帛四丈爲匹。《六書正譌》云：馬影四丈，亦借用爲匹。三説紛紛，不如《文心雕龍》爲當。

㈥《詩》：芃芃豐草。　古詩：青青河畔草。

㈦攻駒，注别見。　《左傳》：邊鄙不聳。

**王有虎臣司苑門**㈠，**入門天厩皆雲屯**徒昆切㈡。**驌驦一骨獨當御**㈢，**春秋二時歸**一作朝**至尊**㈣。**内外馬數將盈億**㈤，一作至尊内外馬盈億。**伏櫪在坰空大存**㈥。**逸群絶足信殊傑**㈦，

**倜**它歷切**儻**它朗切**權奇難具論**平聲㈧。　次從廄中多馬，形驌驦之特異。

㈠《詩》：矯矯虎臣。　《西都賦》：控飛廉，入苑門。

㈡《劉表傳》：雲屯冀馬。

㈢《左傳》：唐成公如楚，有兩驌驦焉。　馬融疏：驌霜，雁也，其羽如練，高首修頸，馬似之，故名。江淹詩序：楚謡、漢風，既非一骨。《相馬經》：良馬可以筋骨相也。　《西京賦》：奉命當御。

㈣趙曰：虎臣所掌之馬雖多，其中唯驌驦一種，骨相堪充御用，故每年春秋兩次進之。　蔡邕《獨斷》：天子至尊。

㈤朱注：《唐書》：尚乘局，掌内外閑廄之馬，總十二閑，凡外牧歲進良馬，印以三花飛鳳之字。　鶴曰：王毛仲，初監馬二十四萬，後至四十三萬。　此云「盈億」，概舉大數也。

㈥魏武詩：老驥伏櫪，志在千里。　《詩》：駉駉牡馬，在坰之野。　趙曰：空大存，言櫪中坰外，其數空存，不如苑馬之神駿也。

㈦曹毗《馳馬射賦》：何逸群之奇駿。　魏文帝《與孫權馬書》：中國雖饒馬，其知名絶足，亦時有之耳。

㈧《漢·禮樂志》：志倜儻，精權奇。　倜儻，卓異也。

**纍纍塠**都回切**阜藏奔突**㈠，**往往坡陀縱超越**㈡。**角壯翻騰**《英華》作騰，一作同**麋鹿遊**㈢，**浮深簸蕩黿鼉窟**㈣。　此極狀在苑飛揚之態。　夢弼曰：塠阜，苑中山塢，可以藏馬之奔突。　坡陀，苑中沙汀，可以縱馬之超越。角壯猛而翻騰，能與麋鹿同遊。浮深淵而簸蕩，直探黿鼉之窟。

㈠《前漢·石顯傳》：印何纍纍。潘岳《懷舊賦》：墳纍纍以接隴。《頭陀寺碑》：溝池湘漢，堆阜衡霍。梁武帝詩：黄落散堆阜。《西京賦》：窮虎奔突。

㈡《前漢·吴王傳》：往往而有。相如《子虚賦》：罷池坡陀，下屬江河。又《哀二世賦》：登坡陀之長坂。《匡謬正俗》：坡陀者，猶言靡迤。盧思道詩：寥廓鸞山右，超越鳳洲西。

㈢《赭白馬賦》：紛馳迴場，角壯永埒。桓譚《新論·任均篇》：龍蛇有翻騰之質，故能乘雲依霧。曇瑗詩：麋鹿自騰倚。《南都賦》：馬鹿超而龍驤。

㈣《海賦》：戲廣浮深。《河東賦》：簸丘蕩巒。《後漢書》：龐德公曰：「鴻雁巢於高林，暮而得所棲；黿鼉穴於深淵，夕而得所宿。」

**泉**唐諱淵，故改泉。一作海，非**出巨魚長比人**㈠，**丹砂作尾黄金鱗。豈知異物同精氣**㈡，**雖未成龍亦有神**㈢。末段借魚形馬，與上龍媒相應。《杜臆》：泉出巨魚，感龍精氣，亦成神物，而馬之簸蕩其中者可知已。趙次公曰：龍或魚所化，或馬所爲，故異物而同精氣。此章前二段各八句，後二段各四句。

㈠朱注：公《留花門》詩云「沙苑臨清渭，泉香草豐潔」，則泉即沙苑之泉也。《前漢·眭弘傳》：海效鉅魚。京房《易傳》：海出巨魚，邪人進，賢人疏。

㈡賈誼《鵩鳥賦》：化爲異物。《易》：精氣爲物。

㊂《西京賦》：海鱗變而成龍。

王嗣奭曰：此詩首言沙苑之寬闊，繼言養馬之繁盛，而苑中塠阜可藏奔突，陂陁可縱超越，此皆紀實事。至角壯以下，變幻神奇，不可方物矣。

盧元昌曰：自禄山知總監事，選健馬堪戰者驅歸范陽，得以助其叛勢。篇中曰「王有虎臣司苑門」，以見不須禄山也。曰「春秋二時歸至尊」，以見非禄山所得私畜也。篇末巨魚，正指禄山。是時尾大已見，巨魚雖不成龍，而砂尾金鱗，似有神彩，患豬龍之僭擬真龍也。《靈湫》詩云：「復歸虚無底，化作長黄虬。」兩篇結語，皆有寓意。

# 橋陵詩三十韻因呈縣内諸官

鶴注：詩云「廨宇客秋螢」，又云「荒歲兒女瘦」，當是天寶十三載，物價暴貴，人多乏食時，往見諸官而作。又篇内不言禄山之事，知非十四載所作矣。　師氏曰：天子之陵曰山陵，取高大之意。《舊唐書》：開元四年十月，葬睿宗於橋陵。奉先縣，本同州蒲城縣，以管橋陵，改屬京兆府，仍改爲奉先。開元十七年，制官員同赤縣。《新書》：橋陵，在奉先縣西北三十里豐山。

**先帝昔晏駕**㊀，**兹山朝**音潮**百靈**㊁。**崇岡擁象設**㊂，**沃野開天庭**㊃。**即事壯重**平聲**險**㊄，**論功超五丁**㊅。**坡陀因**一作用**厚地**一作力㊆，**却略羅峻屏**㊇。前四段，歷叙橋陵始末。首記山陵之闊大也。 百靈，言諸神拱護。象設，石馬之類。大庭，壇宇之高。即事，起陵之事。五丁，開鑿之功。陂陀，言山勢迢遞。却略，狀山背後擁。

㈠《蕭望之傳》：先帝聖德。《漢書》：宫車晏駕。注：王者初崩，臣子之心猶謂宫車晚出。

㈡宋之問詩：兹山棲靈異。《東都賦》：禮神祇，懷百靈。

㈢《嵇康賦》：記峻嶽之崇岡。《招魂》：象設居室，静安閒些。注：象，法也，言爲君造設屋宇，法象舊廬。

㈣《國策》：蘇秦説惠王曰：「秦地沃野千里。」揚雄《甘泉賦》：開天庭兮回群神。

㈤陶潛詩：即事多所欣。《易》：習坎，重險也。《天台賦》：履重險而踰阪。

㈥《史記・甘茂傳》：樂羊返而論功。《華陽國志》：蜀有五丁力士，能移山舉萬鈞，每一王死，輒爲立大石，長三丈，重千鈞，爲墓志。

㈦坡陀，注見上章。《東京賦》：豈徒跼高天蹐厚地而已哉。

㈧古樂府：却略再拜跪。

**雲闕虚冉冉㈠，松風肅泠泠㈡。右門霜露**一作霧**白㈢，玉殿莓苔青㈣。宫女晚**一作曉**知曙㈤，祠官**一作臣**朝見星㈥。空梁簇畫戟㈦，陰井敲銅瓶㈧。** 此記寢殿，而及守陵之事。雲闕凌虚，言高大也。松風肅然，言陰寒也。石門冷，故霜露常凝。玉殿空，故莓苔常緑。祠官早入，故梁間簇戟。宫女奉盥，故銅瓶汲井。

㈠《漢・祭祀志》：雲氣成宮闕。　陶潛詩：冉冉星氣流。
㈡顔延之詩：松風遵路急。　《離騷》：下泠泠而來風。
㈢《山海經》：積石之山，其下有石門。　此石門指墓門言。　《記》：霜露既降，君子履之，必有悽愴之心。
㈣曹植詩：歡坐玉殿。　孫綽賦：踐莓苔之滑石。
㈤後漢郎顗疏：簡出宮女。
㈥《前漢・郊祀志》：祠官各以歲時祠如故。　江數《讓婚表》：夕不見晚魄，朝不見曙星。　謝靈運詩：曉聞夕飈急，晚見朝日暾。　此詩「晚知曙」、「朝見星」所自出。
㈦薛道衡詩：空梁落燕泥。
㈧庾丹詩：銅瓶素絲綆。

**中使**去聲**日相繼**從《正異》作日相繼，一作日夜繼，一作日繼夜㈠，**惟王心不寧**㈡。**豈徒卹備享**㈢，**尚謂求無形**㈣。**孝理敦國政**㈤，**神凝推道經**㈥。**瑞芝産廟柱**㈦，**好鳥鳴**一作巢，一作宿**巖扃**㈧。　此記聖孝，而及感應之符。　遣使守陵，而君心未安，蓋不徒備享爲儀，直欲視於無形矣。敦國政，開元致治也。　推道經，御注《老子》也。　瑞芝好鳥，言陵上禎祥。

㈠朱注：《舊書》：天寶十載正月，太廟置内官，供灑掃諸陵廟。　《晉・武帝紀》：中使相繼，奉問起居。

㈡《詩》：王心載寧。

㈢《記》：備物之享。《唐六典》：凡朔望、元正、冬至、寒食，皆修享於諸陵，若橋陵則日獻羞焉。

㈣《曲禮》：視於無形，聽於無聲。

㈤沈炯《陳情表》：刑於四海，弘此孝理。《孟子》：行乎國政。

㈥《莊子》：其神凝。《舊書》：天寶十四載，頒《御注老子道德經》并《義疏》於天下。

㈦《杜詩博議》：《舊唐書》：天寶七載三月，大同殿柱産玉芝，八載六月，又産玉芝。此云産廟柱，蓋橋陵亦有之也。

㈧曹植詩：好鳥鳴高枝。宋之問詩：待月詠巖扃。

**高嶽前嵂**音律**崒**音萃㈠，**洪河左瀠**胡坰切**濚**烏營切。一作瀠㈡。**金城蓄峻趾**㈢，**沙苑交迴汀**㈣。**永與奥區固**㈤，**川原紛眇冥**㈥。**居然赤縣立**㈦，**臺榭争岧亭**㈧。此記山川形勝，而并叙改縣之由。拱嶽帶河，抱城環苑，見此陵爲王氣所鍾。永與二句，申言地脈之悠長。居然二句，稱其規模之弘遠。嵂崒，聳峙貌。瀠濚，迴旋貌。眇冥，謂川流卑伏。岧亭，謂臺形高秀。下四，乃隔句對法。

㈠高嶽，指華山。《詩》：崧高維嶽。《子虚賦》：隆崇嵂崒。

㈡《西都賦》：帶以洪河涇渭之川。《水經注》：河水又南經蒲城東。闞駰曰：蒲城在西北。《江賦》：漩澴濚瀯。

㈢錢箋：《寰宇記》：秦孝公元年築長城，簡公二年塹洛，故云自鄭濱洛，今沙苑長城是也。《三秦記》云：在蒲城東五十里，秦築長城，即是塹洛也。賈誼云：關中之固，金城千里。指長城也。舊注引京兆始平之金城，非是。《魏都賦》：藐藐標危，亭亭峻趾。注：趾，基也。

㈣沙苑，注見前。　陳子昂詩：袚宴坐迴汀。

㈤《西都賦》：防禦之阻，則天地之奥區焉。

㈥曇瑗詩：川原多舊跡。

㈦張翰詩：能否居然别。

㈧《韓詩外傳》：臺榭不如丘山。　江淹詩：岧亭南樓期。

官屬果稱去聲是㈠，聲華真一作宜可聽平聲㈡。王劉美竹潤㈢，裴李春蘭馨㈣。鄭氏才振古㈤，啖侯筆不停㈥。遣詞必中去聲律㈦，利物常發硎㈧。綺繡相展轉㈨，琳瑯愈一作逾青熒㈩。側聞魯恭化㈠，秉德崔瑗銘㈡。太史候鳧影㈢，王喬隨鶴翎㈣。此贊美縣内諸公。

王劉六人，皆稱職而有聲者。遣詞四句，稱其文章。側聞四句，叙其政事。

㈠漢宣帝詔：二千石各察官屬。此指縣内諸官。　稱是，稱職也。《梁孝王傳》：他財物稱是。

㈡劉峻書：聲華無寂。

㈢《吴志》：虞翻以所注《易》示孔融，答書曰：「延陵之知樂，吾子之治《易》，乃知江南之美者，非徒會稽之竹箭。」

㊃《楚辭》：春蘭兮秋鞠。阮籍詩：二子贈嘉詩，馥如幽蘭馨。

㊄吴陸景書：高風振古。

㊅朱注：啖侯，疑即啖助。《唐書》：啖助，字叔佐，趙州人，淹該經術，善爲《春秋》之三家短長，號集傳。《鸚鵡賦序》：筆不停綴。

㊆《文賦序》：夫其放言遣詞，良多變矣。王褒《四子講德論》：轉運中律。

㊇《莊子》：刀刃若新發於硎。

㊈《淮南子》：養之以芻豢，衣之以綺繡。《詩》：輾轉反側。

㊉《抱朴子》：琳瑯墮於筆端。《西都賦》：琳珉青熒。顏師古注：色青而有光熒也。

⑪司馬遷書：側聞長者之風。《後漢書》：魯恭爲中牟令，專以德化爲理，不任刑罰。

⑫《楚辭》：秉德無私。漢文帝詔：秉德以陪朕。《後漢書》：崔瑗舉茂才，爲汲令，作座右銘。

⑬晁影，見《九日楊奉先》詩。

⑭《列仙傳》：王子喬，周靈王太子晉也，七月七日，乘白鶴於緱氏山頭，舉手謝時人，數日而去。

**朝**音潮**儀限霄漢**㈠**，客思**去聲**迴林坰**㈡。**轗軻辭下杜**㈢**，飄颻凌**一作陵**濁涇**㈣。**諸生舊短**一作裋**褐**㈤**，旅泛一浮萍**㈥。**荒歲兒女瘦**㈦**，暮途涕泗零**㈧。**主人念老馬**㈨**，廨署**一作宇容或作寄，一作客**秋螢**㈩。**流寓理豈愜**⑪**，窮愁醉不**一作未**醒**⑫。**何當擺俗累**⑬**，浩蕩乘滄溟**⑭。

末叙客況淒涼也。公未受官，故有朝儀二句。來自長安，故有下杜二句。諸生四句，飄零窮老之感。

主人四句，秋日旅居之事。末乃不得志而思遯迹矣。　此章前四段各八句，後二段各十四句。

㈠《漢書》：叔孫通起朝儀。　謝靈運詩：結念屬霄漢。

㈡宋武帝詩：客思空已繁。　謝靈運詩：相送越林坰。

㈢《長安志》：下杜城，在長安縣南一十五里，其城周三里。《漢·宣帝紀》：尤樂杜鄠之間，率常在下杜。　應劭曰：下杜城，故杜陵之下，聚落也。

㈣曹植詩：羅衣何飄飄。　鶴曰：涇水本濁，而後人襲舛，多以爲涇清。《詩》云「涇以渭濁」，猶謂涇以渭而見其濁也。　涇水在長安之北，公自杜陵往奉先，故渡此水。

㈤任昉表：臣本自諸生，家承素業。

㈥傅玄歌：浮萍本無根，非水將何依。

㈦荒歲，謂天寶十三載，秋霖，關中大饑。　陶潛詩：固爲兒女憂。

㈧漢主父偃曰：日暮途遠。《詩》：涕泗滂沱。《說文》：自鼻曰涕，自目曰泗。

㈨主人，指奉先令。　《韓詩外傳》：田子方出，見老馬於道，喟然歎曰：「少盡其力，老棄其身，仁者不爲也。」束帛贖之。

㈩左思《吴都賦》：廨署棋布。　江淹《畫扇賦》：秋螢兮初飛。

⑪謝靈運《擬王粲詩序》：家本秦川貴公子，遭亂流寓，自傷情多也。　謝靈運詩：意愜理無違。

⑫《史記》：虞卿非窮愁，不能著書以自見於後世。

㊂凌敬詩：心灰俗累忘。

㊃《楚辭》：志浩蕩而傷懷。　謝朓牋：滄溟未運，波臣自蕩。注：滄溟，海也。

胡夏客曰：此詩前半篇但詠橋陵，略不及諸官，後但詠諸官，略不及橋陵，結則陵與官皆不及，但自作感慨。此少陵自成章法也。

王洙《談録》云：唐鄭顥自言夢爲詩十許韻，有云「石門霜露白，玉殿蕪苔青」，意甚惡之。後遇宣宗山陵，因復緝成。此杜公《橋陵》詩也，顥以爲園陵之祥，不亦可鄙乎。

# 送蔡希魯一作曾都尉還隴右因寄高三十五書記

原注：時哥舒入奏，勒蔡子先歸。

朱注：《通鑑》：天寶十四載春，哥舒入朝，道得風疾，遂留京師。故蔡都尉先歸而公送之。若十一載入朝，乃在冬日，與春城赴上都不合。夢弼之説，非是。《唐書》：諸府折衝都尉各一人，左右果毅都尉各一人。每歲季冬，折衝都尉率五校之屬，以教其軍陣戰鬬之法。

蔡子勇成癖，彎弓西射音石胡㊀。健一作男兒寧鬬死㊁，壯士恥爲儒。官是先鋒得㊂，才緣挑徒了切戰須㊃。身輕一鳥過㊄，槍急萬人呼㊅。從蔡叙起，言其志雄氣猛。　寧鬬死，時方右武，恥爲儒，世漸輕文。一鳥過，見其勢疾。萬人呼，畏其鋒鋭。

㈠《韓詩外傳》：彎弓而射之。　漢桓帝時童謡：丈夫何在西擊胡。

㈡陳琳樂府：邊城多健兒。　曹植詩：名在壯士籍。　希曰：健兒、壯士，乃軍士之名。　天寶十四載十一月，於京師召募十萬衆，號曰文武健兒。　陳琳樂府：男兒寧當格鬭死。

㈢先鋒，注見二卷。

㈣《漢書·項羽傳》：願與王挑戰。　注：挑戰，擿嬈敵求戰也。

㈤韋鼎詩：一鳥忽相驚。　張景陽詩：忽如鳥過目。

㈥開元十三年四月敕，四軍槍矟，有緋緑紅碧之辨。《玄宗實録》：吐蕃寇邊，翰用半段槍，當其鋒，擊之。　《項羽傳》：學萬人敵。　杜牧詩：射鵰都尉萬人敵，黑矟將軍一鳥輕。本此。

**雲幕隨開府**㈠，**春城赴**一作入**上都**㈡。**馬頭金匼**加答切。一作帢**匝**㈢，**駝背錦模糊**㈣。**咫尺雪**荆作雪，一作雲**山路**㈤，**歸飛青**一作西**海隅**㈥。**上公猶**荆作獨**寵錫**㈦，**突將**去聲**且前驅**㈧。

次叙送蔡，記其入朝歸隴。　開府上公，俱指哥舒翰。　寵錫，謂翰尚留。　前驅，謂蔡獨往。

㈠王洙曰：軍中以幕爲府。《西京雜記》：成帝設雲幕於甘泉。

㈡沈約詩：春城麗白日。　鶴曰：古時，國都通稱上都，至寶應元年，方以京兆府爲上都。　班固《西都賦》：作我上都。

㈢古詩：驄馬金絡頭。　《西京雜記》：羊勝《屏賦》：屏風帢匝，蔽我君王。　鮑照詩：彫屏匼匝組帳紆。江淹《江上之山賦》：黿鼉兮匼匝。《韻會》：匼匝，周繞貌。此言金絡馬頭，其狀密匝也。

㈣《唐書》：哥舒翰在隴右，每遣使入奏，常乘白橐駝，口馳五百里。趙曰：駝背蒙以錦帕，故云模糊。匼匝、模糊，皆方言。

㈤錢箋：《寰宇記》：姑臧南山，一名雪山，山無冬夏積雪，屬武威郡。又番和縣南山，一名天山，一名雪山，山闊千餘里，其高稱是。《元和郡國志》：雪山，在瓜州晉昌縣南六十里，積雪夏不消，南連吐谷渾界。

㈥《詩》：歸飛提提。青海，注見本卷。

㈦《翟方進傳》：春秋之義，尊上公謂之宰。《晉書·職官志》：太傅太保，皆爲上公。《易傳》：在師中吉，承天寵也。

㈧《後出師表》：突將無前。鶴曰：突將，猶驍將、飛將，謂能馳突，亦突騎之義。《詩》：爲王前驅。

**漢使**去聲。一作水**黄河遠**㈠，**涼州白麥枯**㈡。**因君問消息，好在阮元瑜**㈢。末致寄高之意。河遠麥枯，邊地秋寒也。高適在此，故欲問其消息。漢使指蔡，元瑜指高。此章前二段各八句，後段四句收。

㈠《荆楚歲時記》：漢武帝令張騫使大夏，尋河源。《穆天子傳》：黄河自積石西南流，又東迴入塞燉煌、酒泉、張掖郡南，與洮河合。今按：唐隴右道，即漢之隴西、張掖、酒泉等郡，黄河之流，經於其地矣。漢水雖出隴西，不應一句中用兩水，故當從漢使爲是。

㈡《唐志》：涼州爲武威郡。　夢弼曰：《隴西記》：諸州深秋採白麥釀酒。　錢箋：陳藏器《本草》：河渭以西，白麥麪涼，以其春種，闕二時之氣也。　顧炎武曰：杜氏《通典》：涼州貢白小麥十石。

㈢朱注：好在，乃存問之辭。《通鑑》：高力士宣上皇誥曰：「諸將士各好在。」白居易詩：好在李使君。　《魏志·王粲傳》：阮瑀，字元瑜，少受學於蔡邕，太祖以爲司空軍謀祭酒、記室，軍國書檄，多陳琳、阮瑀所作。

歐公《詩話》：陳舍人從易，偶得杜集舊本，文多脱誤。《送蔡都尉》詩「身輕一鳥」，其下脱一字。陳公與數客各用一字補之，或云疾、或云落、或云下，莫能定。　後得一善本，乃是「過」字，陳歎服，以爲雖一字，諸君亦不能到也。

## 醉歌行原注：别從姪勤落第歸。

勤，郭本作勸。　鶴注：據史：十三載秋八月，上御勤政樓，試四科制舉人。　前此十二載秋七月，詔天下舉人，不得鄉貢，須補國子學生，然後貢舉。　詩云「春光淡蕩秦東亭」，當是天寶十四載春，在長安作。

陸機二十作《文賦》㈠，汝更少去聲年能綴文㈡。　總角草書又神速㈢，世上兒子徒紛紛㈣。　驊騮作駒已汗血㈤，鷙鳥舉翮連青雲㈥。　詞源一作賦倒流一作傾三峽水㈦，筆陣獨掃千人軍㊇。先贊勤才美。　上二稱文章，次二稱書法。驊駒鶩翮，言少負奇氣。倒三峽，謂文勢浩瀚。掃千軍，謂草字縱横。

㊀臧榮緒《晉書》：陸機少襲父兵爲牙門將軍，年二十而吴滅。退臨舊里，與弟雲勤學。機妙解情理，心識文體，故作《文賦》。

㊁《漢書贊》：自孔子之後，綴文之士衆矣。

㊂《詩》：總角丱兮。《三十國春秋》：封秀，總角知名。　後漢張芝好草書，見二卷。趙曰：草書以遲爲功，所謂「匆匆不及草書」是也，以速爲神，所謂「一筆變化書」是也。

㊃《莊子》：兒子動不知所爲。　鮑照詩：紛紛徒滿目。

㊄驊騮，周穆王八駿之一。駒，小馬。汗血，見二卷。

㊅孔融《薦禰衡表》：得凡鳥百，不如得鷙鳥一。　《楚辭》：冠青雲之崔嵬。

㊆《隋·藝文傳》：筆有餘力，詞無竭源。　《海賦》：吹澇則百川倒流。梁元帝《檄侯景》：按劍而叱，江水爲之倒流。　《益州記》：明月峽、巫山峽、廣濟峽，謂之三峽。

㊇《法書》：王羲之《題衛夫人筆陣圖》：紙者陣也，筆者刀稍也，墨者鍪甲也，硯者城池也，本領者將軍也，心意者副將也。

只今年浩然本作生纔十六七，射策君門期第一㊀。舊穿楊葉真自知㊁，暫蹶霜蹄未爲失㊂。偶然擢秀非難取㊃，會是排風有毛質㊄。汝身已一作即見唾成珠㊅，汝伯何由髮如漆㊆。

次慰勤下第。　上是叙平日，此乃叙其臨試。穿楊，言命中之技。蹶蹄，應騂騮，惜其不遇也。擢秀，言識拔有時。排風，應鷙鳥，望其終達也。唾成珠，矢口成章。髮如漆，青年莫返矣。

㊀姜宸英曰：西漢歲課士，有對策射策。顏師古注：射策者，爲難問疑義，書之于策，量其大小，署爲甲乙之科，列而置之，不使彰顯，有欲射者，取而擇之，以知優劣。對策者，顯問以經義，令各對之，而觀其文詞定高下也。按：董仲舒以對策爲江都相，蕭望之以射策甲科爲郎，是矣。後漢劉淑，五府辟不就，帝令輿詣京師，不得已而對策第一。射策之射，音石，見《文心雕龍》，注詳二十五卷。

㊁《戰國策》：楚有養由基者，去柳葉百步而射之，百發百中。

㊂《聖主得賢臣頌》：過都越國，蹶如歷塊。　霜蹄，見前。

㊃《晉書・文苑傳》：擢秀士林。

㊄鮑照《與妹書》：浴雨排風，吹澇弄翮。　《舞鶴賦》：烟交霧凝，若無毛質。

㊅《莊子》：子見夫唾者乎，噴則大者如珠。　趙壹詩：咳唾自成珠。

㊆《陳書》：張麗華，髮長七尺，鬒黑如漆，光澤可鑒。

春光潭一作淡沱徒可切秦東亭㊀，渚蒲牙《韻會》：芽，通作牙白水荇青㊁。風吹客衣日杲杲㊂，樹攪離思花冥冥㊃。酒盡沙頭雙玉瓶㊄，衆賓皆一作已醉我獨醒㊅。乃知貧賤別更苦，吞聲躑躅涕淚零㊆。　末叙別時景事，情溢言表。　東亭餞別，蒲荇方新，客衣離思，勤將去矣。

皆醉獨醒，公不忍别也。　此章三段，各八句。

㈠富嘉謨《明水篇》：陽春二月朝始暾，春光潭沱度于門。《江賦》：隨風猗萎，與波潭沱。何氏曰：潭沱，即淡蕩也。《選注》：潭沱，逐波動貌。今從何説。　何氏曰：秦東亭，京城門外送别，多於此處。

㈡梁簡文帝詩：渚蒲變新節。《詩》：參差荇菜。

㈢庾信賦：山月没，客衣單。《詩》：杲杲日出。

㈣陳子高詩：花片攪春心。《楚辭》：深林杳以冥冥。《注》：冥冥，草木茂盛也。　潘岳詩：何以叙離思。

㈤庾信《春賦》：沙頭渡水人。

㈥《晉書·徐邈傳》：衆賓沉湎引滿。　屈原《漁父篇》：衆人皆醉我獨醒。

㈦鮑照詩：心非木石豈無感，吞聲躑躅不敢言。　古詩：泣涕零如雨。何氏曰：在鼻曰涕，在眼曰淚。吞聲，聲哽咽也。躑躅，行不進貌。

# 陪李金吾花下飲

鶴注：詩云「醉歸應犯夜，可怕執金吾」，當在長安作。李金吾，李嗣業也，時嗣業爲左金吾大將軍。禄山反，兩京陷，上在靈武詔嗣業赴行在。以時論之，知金吾爲嗣業。此天寳十四年春作。

**勝地初相引**㊀，**徐**一作余**行得自娱**㊁。**見輕吹鳥毳**昌瑞切㊂，**隨意數**所主切**花鬚**㊃。**細草偏稱**義從去聲，讀用平聲**坐**一作稱偏坐，非㊄，**香醪懶再沽**㊅。**醉歸應**平聲**犯夜**㊆，**可怕執**張遠作執，諸本作李**金吾**㊇。上四，花下之遊。五六，花下之飲。末乃醉後謔詞。始則陪李同行，故曰相引。既則從容獨覽，故曰自娱。口吹輕颺之鳥毳，意數吐萼之花鬚，細寫閑中玩物之趣，所謂自娱也。稱坐，謂與坐相宜。懶沽，謂醉不須沽。

㊀江總詩：名山極歷覽，勝地殊留連。《世説》：王衛軍云：「酒正引人著勝地。」

㊁《列子》：徐行而去。《莊子》：鼓琴足以自娱。

㊂毳，鳥細毛也。《韓詩外傳》：背上之毛，腹下之毳。張九齡詩：簷風落鳥毳，窗葉掛蟲絲。

㊃鬚，花心鬚也。潘岳《安石榴賦》：細的點乎細鬚。

㊄鮑照詩：北園有細草。趙注：偏稱，言偏宜。公詩常用「偏」字，如偏勸、偏醒、偏秝。

㊅香醪，注别見。《詩》：無酒酤我。

㊆《前漢書》：陳孟公日醉歸。《世説》：王安期作東海郡吏，録一犯夜人來。

㊇韋述《西京記》：京城街衢，有金吾曉暝傳呼，以禁夜行，唯正月十五夜，敕許金吾弛禁，前後各一日。《前漢・百官志》：漢武帝更中衛尉名爲執金吾。顔師古注：金吾，鳥名也，主辟不祥。天子

出行，職主先導，以備非常，故執此鳥之象，因以名官。《後漢・志》應劭注：執金革以禦非常，吾，猶禦也。徐陵詩云「非但執金吾」，孔奂詩云「無勝執金吾」，皆用在結句，此詩句法似之，若作「李金吾」，反直致矣。

張表臣《珊瑚鉤詩話》：王臨川詩云：「細數落花因坐久，緩尋芳草得歸遲。」此與杜詩「見輕吹鳥毳，隨意數花鬚」，命意何異？予詩云：「雲移鳥滅没，風霽蝶飛翻。」此與東坡「飛鴻群往，白鳥孤没」，作語何異？兹可與智者道，不可與愚者説也。

## 官定後戲贈

原注：時免河西尉，爲右衛率府兵曹。

鶴注：十三載冬，公《進西岳賦表》云「長安一匹夫」，則其時尚未得官也。其改衛率府參軍，乃在十四載。《夔府書懷》詩所云「昔罷河西尉，初興薊北師」是也。《杜臆》：戲贈，公自贈也。晚唐人自貽、自贈等題本此。

**不作河西尉，淒涼爲**去聲**折腰**㊀。**老夫怕趨走**㊁，**率**音帥**府且逍遥**㊂。**耽酒須微禄**㊃，**狂歌託聖朝**音潮㊄。**故山歸興**去聲**盡**㊅，**回首向風飆**㊆。公辭尉而就率府，蓋取逍遥自在，得以飲酒狂歌耳，然亦不得已而爲此，故有回首故山之慨。按：趙注云：方官未定時，公《贈崔學士》詩云「故山多藥物」，「欲整還鄉旆」。今官已定，無復歸山之興，唯有臨風迴首耳。

㊀庾信詩：淒涼多怨情。《晉書》：陶潛爲彭澤令，郡遣督郵至。吏白：應束帶見之。潛歎曰：「吾不能爲五斗米折腰，拳拳事鄉里小兒。」即解印，賦《歸去來詞》。

㊁《列子》：趨走作役，無不爲也。

㊂《詩》：于焉逍遥。

㊃《晉書》：阮咸耽酒浮虚。

㊄徐幹《中論》：或披髮而狂歌。

㊅應瑒詩：日暮歸故山。

㊆班彪《北征賦》：風飈發以飄飄。

## 去矣行

鮑欽止曰：天寶十四載，公在率府，因欲辭職，作《去矣行》。　劉琨詩：去矣若浮雲。

**君不見鞲上鷹㊀，一飽即飛掣㊁。焉**音烟**能作堂上燕㊂，銜泥附炎熱㊃。野人曠蕩無靦**音腆**顔㊄，豈可久在王侯間。未試囊中餐玉法㊅，明朝且入藍田山㊆。**此詩欲去官而作也。上四屬比，下四屬賦。　寧爲鷹之颺，不爲燕之附，以野性曠蕩，不屑覥顔傒門也。　餐玉藍田，蓋將託之以遁世矣。　《杜臆》：曠蕩無覥顔，具見浩然之氣。

㊀《東方朔傳》：董君緑幘傅鞲。　韋昭曰：鞲，形如射鞲，以縛左右手。　鮑照詩：昔如鞲上鷹，今似檻中猿。《史記·滑稽傳注》：鞲，捍臂也。

㊁胡夏客曰：鞲鷹飽飛，此或一時偶激之言。但公《送高適》詩云「飢鷹未飽肉，側翅隨人飛」，又云「老驥思千里，飢鷹待一呼」，自喻喻人皆用此。

㊂古詩：思爲雙飛燕，銜泥巢君室。　又，翩翩堂前燕。

㊃班婕妤歌：涼飈奪炎熱。

㊄陸機《嘆逝賦》：雖蒙曠蕩，臣獨何顔。　沈約奏彈：明日覥顔，曾無愧畏。

㊅洙曰：《周禮·天官》：玉府：王齊，則供食玉。　注：玉，是陽精之純者，食之以禦水氣。　鄭司農云：王齊，當食玉屑。《後魏書》：李預居長安，羡古人餐玉之法，乃採訪藍田，掘得若環璧雜器者，大小百餘，皆光潤可玩。　預乃椎七十枚爲屑，食之。

㊆《長安志》：藍田山，在長安縣東南三十里，一名覆車山，其山産玉，亦名玉山。《三秦記》：玉之美者曰球，其次曰藍。　以地出美玉故名。

# 夜聽許十一一作許十損，一作許十誦詩愛而有作

鶴注：當是天寶十四載長安作。又曰：許十一，當是居五臺學佛。

**許生五臺賓㈠，業白出石壁㈡。余亦師粲可㈢，身猶縛禪寂㈣。何階子方便㈤，謬引爲匹敵㈥。離索晚相逢㈦，包蒙欣有擊㈧。**首叙許精禪理。錢箋：曰賓，則暫住也。曰出，則出遊也。得非許生遊歷，亦如鸞公之少住臺山，後移石壁者歟？許業已白，而己猶縛於禪，今何所階梯，得子方便之門，而謬引我匹敵乎。包蒙有擊，待其啟發也。

㈠《水經注》：五臺山，五巒巍然，故謂之五臺。此山名爲紫府，仙人居之，其北臺之山，即文殊師利常鎮毒龍之所。

㈡《寶積經》：若純黑業，得純黑報，若純白業，得純白報。朱注：《翻譯名義集》：十使十惡，此屬乎罪，名爲黑業。五戒十善，四禪四定，此屬于善，名爲白業。《續高僧傳》：曇鸞，雁門人，家近五臺山，年未志學，便往出家。大通中，遊江南，還魏，移住汾州北山石壁玄中寺，今號鸞公巖。

㈢《舊唐書》：達磨傳慧可，慧可嘗斷其左臂以求法。慧可傳璨，璨傳道信，道信傳弘忍。

㈣朱注：《維摩經》：一心禪寂，攝諸亂意。

㊄應璩詩：良遇不可值，伸眉路何階。　經又云：有方便，慧解；無方便，慧縛。

㊅《左傳》：賓媚人曰：「若以匹敵。」

㊆離群索居，見《禮記》子夏語。

㊇《易·蒙卦》：九二包蒙，上九擊蒙。

誦詩渾上聲。一作混遊衍㊀，四座皆一作俱辟音劈易㊁。應手看捶鈎㊂，清心聽鳴鏑㊃。精微穿溟涬㊄，飛動摧霹靂㊅。陶謝不枝梧㊆，風騷共推激㊇。次言聽許誦詩。許生自誦其詩，渾渾然流出。遊衍，從容貌。辟易，驚避貌。捶鈎，喻功之純熟。鳴鏑，喻機之迅捷。穿溟涬，謂思通造化。摧霹靂，謂勢壓雷霆。下凌陶謝，上繼風騷，言其才大而氣古。枝梧，猶云抵當。推激，謂推尊而激揚之。

㊀《詩》：及爾遊衍。遊衍，優游寬衍也。

㊁孔融詩：高談滿四座。　《項羽傳》：人馬俱驚，辟易數里。注：分張而易其處。

㊂《莊子》：輪扁斲輪，得之於心，應之於手。　又曰：大馬之捶鈎者，年八十矣，而不失豪芒。朱注：司馬云：拈捶鈎之輕重，不失豪芒。或云：江東三魏之間，人皆謂鍛爲捶。

㊃諸葛武侯表：清心寡欲。　《史記》：冒頓作鳴鏑。注：髐箭也。

㊄吴邁遠詩：精微貫穹旻。　《淮南子》：四海溟涬。《帝系譜》：天地初起，溟涬濛鴻。舊注引《莊子》「大同乎涬溟」，非。杜公不肯倒用也。

㊅沈佺期《祭李侍郎文》：思含飛動。《公羊傳注》：雷疾而甚者爲震。震與霆，皆謂霹靂也。

㊆鍾嶸《詩品》：陶潛詩，其源出於應璩，又協左思風力。謝靈運詩，其源出於陳思，雜有景陽之體。《項羽傳》：諸將讋慴，莫敢枝梧。注：小柱爲枝，大柱爲梧。

㊇湘東王書：既殊比興，正背風騷。《謝靈運傳》：自漢至魏，文體三變，莫不同祖風騷。

**紫燕**舊作鸞，歐公家本作鸗，《正異》同**自超詣**㊀，**翠駮**伯各切**誰剪剔**㊁。**君意人莫知，人間夜寥闃**㊂。末贊許生，歸結夜聽之意。自超詣，獨能超出也。誰剪剔，無待改削也。詩意之妙如此。使不遇知己，幾於清夜寂寥，公蓋自託爲知音也。騰逸曰超，遠造曰詣。剪謂薙其鬃，剔謂刷其毛。

此章前二段各八句，後段四句收。

㊀《西京雜記》：文帝自代來，有良馬九匹，其一曰紫燕騮。《赭白馬賦》：紫燕駢衡。《唐六典》：《昭陵六馬贊》：紫燕超躍。司馬相如《封禪文》：招翠黄。即紫黄也。揚雄《河東賦》顔注：翠龍，穆天子所乘馬也。此云翠駮，即翠黄、翠龍之意。《爾雅翼》：六駮，如馬，白身黑尾，一角，鋸牙虎爪，其音如鼓，喜食虎豹。蓋駮毛物既可觀，又似馬，故馬之色相類者以駮名之。《子虛賦》：楚王乃駕馴駮之駟。徐鉉曰：晉侯乘駮，乳虎見之而服。則象駮之文，理或然也。《世説》：諸葛厷所談，便已超詣。

㊁《莊子》：燒之剔之。

㊂蕭子範《直坊賦》：何坊境之寥闃。

王嗣奭曰：公自謂「語不驚人死不休」，又云「沉鬱頓挫，隨時捷給，揚枚可企」。平日自負如此，定應俯視一切。今聽許詩，實心推服，不啻口出。其稱他人詩，類此尚多。生平好善懷賢，誠求樂取，從來詞人所少。蓋休休大臣之度也，詩人乎哉。

## 戲簡鄭廣文虔兼呈蘇司業源明

鶴注：《唐史》：蘇源明以太子諭德，出爲東平太守。時濟陽太守李陵，請增領二縣，詔河南採訪使與五太守議，不能決，卒廢濟陽。志云：天寶十三載廢，召源明爲國子司業。禄山陷京師，源明不受僞署。肅宗復兩京，擢考功郎。則爲司業在禄山未亂之前。今詩題云「蘇司業」，當是十四載作。

**廣文到官舍**㈠，**繫**音計。**馬堂階下**㈡。**醉則**一作即**騎馬歸**㈢，**頗遭官長**丁丈切**駡**㈣。**才名三**《英華》作四，《唐書》亦作四**十年**㈤，**坐客寒無氈**㈥。**賴**一作近**有蘇司業，時時乞**丘既切。一作與**酒錢**㈦。四句轉韻。上戲簡鄭，摹其狂態。下兼呈蘇，美其交情。

㈠《晉書》：杜預擅飾城門官舍。

㈡劉琨《扶風歌》：繫馬高堂下。

㈢襄陽兒童歌：時時能騎馬。

㈣《道德經》：聖人用之以爲官長。《魏志·夏侯尚傳》：衆職之屬，各有官長。
㈤《禰衡傳》：荆州士大夫，先服其才名。
㈥《孔融傳》：坐上客長滿。《晉書》：吴隱之，爲度支尚書，以竹篷爲屏風，坐無氈席。
㈦陶潛詩：鄰曲時時來。《朱買臣傳》：吏卒更乞匄之。顔師古曰：乞，讀作氣，與也。《廣韻》：乞，與人也。

四明林時對曰：古文用字，隨義定音，如上下之「下」，乃上聲，而禮賢下士之「下」，則去聲也。杜詩「廣文到官舍，繫馬堂階下」，又「朝來少試華軒下，未覺千金滿高價」，是借上聲爲去聲矣。王維詩「公子爲嬴停駟馬，執轡愈恭意愈下」，是借去聲爲上聲矣。此類頗多，不可無辯。

# 夏日李公一云李家令見訪

鶴注：詩云村塢城南，則是在長安城南作矣。別本作李家令，考《宗室世系表》，唯蔡王房有炎爲太子家令，又讓皇帝房有平亦爲太子家令。然平去讓皇五世，不與公同時，疑是李炎。當屬天寶末年作。

遠林暑氣薄㈠，公子過我遊㈡。貧居類村塢㈢，僻近城南樓㈣。傍舍頗淳樸㈤，所須一作願亦易音異求。隔屋喚西家㈥，借問有酒不妨鳩切㈦，牆頭過濁醪㈧，展席俯長流㈨。首聯點題。貧居以下，承遠林。此叙所居景事，而兼述留飲之情。申涵光曰：「隔屋唤西家」，「牆頭過濁醪」，畫出村家情事宛然，語不嫌質。

㊀沈約詩：遠林響咆獸。閔鴻《羽扇賦》：暑氣雲消。

㊁應瑒詩：公子敬愛客。

㊂陶潛詩：貧居乏人工。庾信詩：依稀映村塢。

㊃城南，即公所居城南韋杜也。

㊄王粲《七釋》：渾沌淳樸。

㊅《邴原傳》：以僕爲西家愚夫耶。

㊆曹植詩：借問誰家子。《詩》：有酒湑我。陶潛詩：當復如此不。

㊇嵇康書：濁醪一盃。

㊈趙曰：杜陵之樊鄉，有樊川，而潏水則自樊川西北流，經下杜城，詩云「展席俯長流」，豈其居當此地耶。盧諶詩：平陸引長流。

**清風左右至**㊀，**客意已驚秋**㊁。**巢多衆鳥鬭**一作喧㊂，**葉密鳴蟬稠**㊃。**苦遭**一作道**此物聒**㊄，**孰謂**陳作語**吾廬幽**㊅。**水花晚色静**樊作净㊆，**庶足充淹留**㊇。**預恐樽中盡**㊈，**更起爲君謀**。清風以下，承暑氣薄。此叙夏時景物，而并及勸飲之意。《杜臆》：此物聒，承蟬鳥，反去聲言以見其幽。晚色静，又作轉語，文有頓挫之致。此章兩段，各十句。清風左右至，方喜涼氣披襟，忽而鳥鬬蟬鳴，又覺繁聲聒耳。及看水花晚色，則喧不礙静，幽意仍存。即見前景物，寫得曲折生動如斯。知善布置者，隨處皆詩料也。

㈠《詩》：穆如清風。　江淹詩：晨飈自遠至，左右芙蓉披。

㈡江總詩：絲傳園客意。　江淹詩：春意秋方驚。

㈢陶潛詩：衆鳥相與飛。

㈣孫綽詩：湛露灑庭林，密葉辭榮條。　潘岳詩：鳴蟬厲寒音。

㈤湯僧濟詩：此物今空傳。　郭璞《江賦》：千類萬聲，自相諠聒。

㈥陶潛詩：吾亦愛吾廬。

㈦何遜詩：水花披未落。《古今注》：芙蓉，名荷華，一名水花。《杜臆》：水花言静，猶《詩》言静女，形容有致。　謝朓詩：瑶池曖晚色。

㈧《楚辭》：蹇淹留而無成。

㈨陶詩：罇中酒不燥。

黄徹《䂬溪詩話》：杜詩有用一字，凡數十處不易者，如「展席俯長流」、「傲睨俯峭壁」、「俯視但一氣」、「俯視萬家邑」、「杖藜俯沙渚」、「此邦俯要衝」、「四顧俯層巔」、「材歸俯身盡」、「旄頭俯澗瀍」、「層臺俯風渚」、「城上俯江郊」、「開宴俯高柳」、「游日俯大江」、「江檻俯鴛鴦」、「緣江路熟俯青郊」。其餘一字屢用，若此類甚多。